极凶之地

轩胖儿 著

辽宁人民出版社

图书在版编目（CIP）数据

极凶之地 / 轩胖儿著．—沈阳：辽宁人民出版社，
2021.8
（暗夜悬疑小说系列）
ISBN 978-7-205-10221-0

Ⅰ．①极… Ⅱ．①轩… Ⅲ．①长篇小说—中国—当代
Ⅳ．① I247.5

中国版本图书馆 CIP 数据核字（2021）第 122491 号

出版发行：辽宁人民出版社
　　　　　地址：沈阳市和平区十一纬路 25 号　邮编：110003
　　　　　电话：024-23284321（邮　购）　024-23284324（发行部）
　　　　　传真：024-23284191（发行部）　024-23284304（办公室）
　　　　　http://www.lnpph.com.cn
印　　刷：北京长宁印刷有限公司天津分公司
幅面尺寸：145mm×210mm
印　　张：11.5
字　　数：309 千字
出版时间：2021 年 8 月第 1 版
印刷时间：2021 年 8 月第 1 次印刷
责任编辑：赵维宁
封面设计：乐　翁
版式设计：一诺设计
责任校对：郑　佳
书　　号：ISBN 978-7-205-10221-0
定　　价：49.80 元

目 录

第一卷　零号停尸房 ————————

第一章　冰霜鬼脸

护士是一个神圣的职业，她们是天使，平凡而又伟大。

护士小兰长得五官端正，扎着一个马尾辫，一身的清纯气息。病人大冰浓眉大眼，家庭条件殷实，又特别能逗女人开心。

一个细心体贴，一个坚强幽默，随着大冰身体的康复，两人的感情也逐渐升温。从牵手到接吻，为了避人耳目，大冰看中了一个幽会的好地方——后院。

医院的后院很大，大部分的平房作为仓库使用，其中离住院大楼最远的一栋平房作为停尸间用。

也不知从何时开始，停尸房闹鬼的传说在医院传了开来，而且越传越厉害。不论是医护人员还是其他工作人员，几乎很少有人去后院，这就给大冰和小兰提供了幽会的绝佳场所。

老谢是负责停尸房的雇工，又聋又哑，他的上一任曾经告诫他，要想在停尸房工作，就得保持肩头的三把火烧得旺，最好的一个办法就是喝酒。老谢的酒是几块钱一桶的散装白酒，这种酒最大的好处就是劲儿大，喝了几口之后很快上头。

大冰听到老谢的呼噜声后，拉着小兰大大方方地走进后院，在一个屋檐的台阶上坐了下来，聊天聊地聊人生，聊着聊着，两人的动作逐渐亲密起来。

"哎呀，这里不行，从医院大楼的背面窗户都能看到。"小兰极力地躲着。

大冰抬头看了看医院大楼，点点头，又看向停尸房，一个主意涌上心头，说道："咱们去那里面！"

小兰猛地摇头，说道："都说那里面闹鬼，我们半夜送尸体都不敢一个人来。"

"让你这样一说，我还觉得比较刺激了呢！"大冰一伸手把小兰抱了起来向停尸房走去。

"别逞强，你的伤口还没好！"小兰极力挣扎着。

大冰是阑尾炎手术住的院，通过关系找了外科主任给做的微创手术，他体质比较好，术后恢复快，要不是因为想和小兰多接触赖在医院，早就该出院了。

大冰伤口一痛，慢慢把小兰放下来，憨憨一笑，摸了摸伤口的位置："还真有点疼。"说完，他便拉着小兰的手向停尸房走去。

"没钥匙进不去的。"小兰依然想找借口离开。

"我去拿钥匙！"大冰在小兰的脸上亲了一口，随后向门房走去。

每次有病人去世，都是两名护士把尸体送到停尸房，老谢晚上喝多了睡觉大家都知道，没人会去打扰他，钥匙就挂在门房的门口。

小兰向后退了两步，尽量远离停尸房的大门。她靠在医院大楼的外墙上，双臂抱在胸前，警惕地看着周围。当她的目光望向停尸房大门时，突然感到一双眼睛在盯着她。

她揉了揉眼睛，仔细地看向大门，却并未发现任何异常。

正当她疑惑时，大冰从门房里跑了出来，一路跑一路兴奋地小声喊道："钥匙到手了！"

不得不说，要是放在一般人的身上，肯定不会选择在停尸间幽会，但大冰不同，恐惧反而激发了他的情欲。

"我看到那儿好像有一双眼睛盯着我。"小兰指着停尸房的大门说道。

大冰用手机手电晃了晃停尸间大门，发现上方的墙壁由于年久失修出现了两个窟窿，用水泥堵上了，两个水泥补的窟窿看起来就像是一个人的眼睛。

大冰拉着小兰走到大门前，指着上方的两个窟窿说道："你呀，就是心理作用，仔细看看！"

小兰看到后也松了一口气，她本身是学医出身的，尸体和死人见得多了，胆子比一般的女孩子大。

大冰打开门，刚一开门的瞬间，从房间里面传出一股轻微的死尸味道和阴森森的凉气。小兰心里有些害怕，但她和大冰一样，害怕的劲儿最终转变成好奇心，反而渴望进入里面探索一番。

进入大门后是一条长长的走廊，走廊的一侧是窗户，窗户被老谢用木头板子钉死，使得本就阴郁的走廊更加阴森。

走廊的另一侧是不同的房间，有大有小，房间中发出嗡嗡的响声，是制冷机工作时的动静。

房门上方是用油漆写上的字迹，捌、柒、陆、伍、肆、叁、贰、壹，字都是用红色油漆写上去的，时间久了，有些部分的油漆脱落，让字体看起来有些斑驳。所有的字都是大写的，笔画刚劲有力。当两人来到走廊的尽头时，发现有一个房间写着一个大写的"零"。

房间怎么会有零号？

对于小兰而言，她来过这里很多次，见怪不怪，也不会去思考这些问题，但对大冰而言，这是头一次来，当房间号码出现零的时候，他心里隐隐地觉得有些奇怪。这栋房子是新中国成立初期建的，"文化大革命"中曾经做过红卫兵总部，历经数次火烧、爆炸、打砸等，却仍然屹立不倒，在建筑业里可以说是一个奇迹了。

由于房子带着历史遗迹的属性，就一直没拆，后来被医院用作停尸房，很多房间是打通的，实际变成了数个大房间，里面是存放尸体的柜子。只有零号房间是单独的，没人知道里面是什么。

年轻人激情起来就顾不了许多了，两人从走廊尽头的墙边到零号房间的门口，大冰抱着小兰重重地撞在木门上，发出砰的一声。木门上有一块玻璃窗，老式的绿玻璃，玻璃和木框碰撞发出了稀里哗啦的声音。

小兰已经在激情中达到忘我状态，大冰却在关键时刻停止了动作，伸着头向门上的玻璃窗看去，他的手也从小兰的身上离开，摸向门上方的玻璃。玻璃窗的一角露出一点光芒，在几乎密不透风、暗夜无光的走廊，这丝光芒格外显眼。

"干吗？"小兰媚眼如丝。

既然零号房间从来都没人打开过，里面怎么可能有光，难不成……

大冰的瞳孔开始逐渐放大，呼吸也停顿下来。那一点小光亮逐渐变大，最后整个门上的玻璃窗变得亮了起来，更恐怖的是，一张非常奇怪的脸贴在玻璃上，整张脸满是冰霜，嘴唇呈现死人才会有的灰黑色，毫无生机的双眼死死地盯着大冰。

更诡异的是，这张脸是悬空的，忽上忽下地飘浮在空中，披散下来的头发散落在脸颊周围。

大冰嘴里发出嘀嘀的声音，手术的部位慢慢渗出鲜血，他的眉头逐渐皱成一个大疙瘩，痛苦的表情中夹杂着一丝恐惧。

小兰觉得大冰有些异常，便随着大冰的眼神向后看去，在安静的走廊里，她甚至可以听见颈骨扭动的声音，当她看到那张脸时，心脏像被捏瘪了一般，瞬间失去了知觉……

第二章　疑点重重

"刘队，你快点来医院，乘风出事了，现在还在抢救。"

……

接了姚文媛的电话后，刘天昊的心里忐忑不安。

在"血雾"一案中，虞乘风抓捕忠哥时受了伤，经过治疗基本已恢复正常，如无意外，很快就可以出院，在医疗条件这么发达的情况下，还能出什么意外？

姚文媛的腿伤恢复得很好，已经可以挂着拐走路了，当刘天昊和韩孟丹来到医院时，她和一名医生从ICU走出来。

"病人的情况还算好，放心吧。"医生安慰着姚文媛，看到刘天昊后，打了声招呼，随后疾步离开。

刘天昊和韩孟丹从门玻璃向里面看去，虞乘风躺在病床上，身上连接着各种检测仪器。

"去外面说吧！"刘天昊小声说道。

姚文媛叹了一口气，向ICU病房里看了一眼，这才依依不舍地跟着向外走去。

医院楼顶的露台上挂满了绳子，绳子上晾晒着白色的被单和被套，还有一些医护人员的白大褂等，它们随着风呼啦啦地飘荡着。

"乘风不是恢复得差不多了吗？怎么会这样？"韩孟丹有些疑惑。

姚文媛把拐杖放在一旁，靠在楼体边缘的防护墙上，开始讲述起来。

……

停尸房闹鬼的事儿已传遍整个医院，甚至还引起了很多媒体人的关注，其中就包括王佳佳团队。

受害者有两人，就是故事里的大冰和小兰。

两人是在第二天中午被人发现的。两名护工送一具尸体去停尸间时，发现了走廊尽头有两个人衣衫不整地躺在地上，壮着胆子走到跟前，这才发现女的是外科的护士小兰，男的是病人大冰。

大冰已经没有生命体征，惊恐的表情凝固在了脸上。小兰还有微弱的心跳和呼吸。

经过抢救，医生把小兰从鬼门关拉了回来。但可惜的是，小兰醒来后双眼中尽是迷茫之色，反应非常迟钝，很显然，她的神志受到了严重的损伤。

随着精神科医生的介入，小兰慢慢地有了些反应，她不停地念叨着："鬼，有鬼。"

光是闹鬼事件还好说一些，院长曾下过禁令，谁要是乱传播谣言就会被开除。但事件中涉及的男女之事，传播速度非常快，一传十、十传百，加上一些人添油加醋，一桩带着桃色的闹鬼事件便应势而生。

虞乘风已经第五次向医生申请出院了，出于伤情的考虑，医生拒绝了他，并告诉他，姚文媛嘱咐过，一天没恢复就得在医院待一天。

虞乘风闲来无事，就在医院大院里散步恢复身体，听病友们都在谈论小兰和大冰的事儿，好奇心驱使下，他来到精神科所在楼层。

他本身穿着病号服，加上人畜无害的憨笑，并未引起医生和护士们的注意，在一间诊室门口，他见到了故事里的患者小兰。

原来是她！

虞乘风对小兰比较熟悉，小兰原名夏兰兰，在外科病房工作，和虞乘风接触过，给他的印象是，她是一名温柔文静而又善解人意的护士，对他照顾有加，抛开职业的区别，她和姚文媛有很多相似之处。

此时的小兰已是蓬头垢面，整个人像一个木偶一般，眼神空洞。她的手脚被束缚衣捆得牢牢的，躺在床上一动不动，要不是微微起伏的胸口，还以为是一具尸体。

虞乘风作了一个决定，查清楚停尸房闹鬼事件。

闹鬼肯定是不存在的，也许事件的背后涉及其他的秘密，也许又是一起离奇古怪的案件。

虞乘风找到了发现小兰和大冰的两名护工，也许是受到院长禁令的限制，他们开始还支支吾吾，当虞乘风请两人到医院附近的酒馆喝了一顿后，话匣子就打开了，几乎像讲金瓶梅一样把小兰的故事讲述出来，闹鬼事件完全变成了桃色事件。

把桃色事件抛掉之后，剩下的信息量并不多，虞乘风总结了一下：零号停尸房、多年未打开的锁头、光、冰霜鬼脸。

大冰的死引发了家属的不满，他的病已经痊愈，想多接触小兰拖延出院，但在家属口中却变成了医院为了敛财不让大冰出院，加上医疗失误，导致大冰死亡。

在得到了大冰家属签署的尸体解剖同意书后，法医鉴定中心对大冰进行解剖，结论是大冰用力过猛撕裂伤口，流血过多导致失血性休克而死。

奇怪的是，小兰身体没有隐疾，也未遭受任何外力伤害，为什么会和大冰一起晕倒，而未对大冰进行抢救？

此事属于医疗纠纷，虞乘风没法向刘天昊求助，只好带着疑问继续暗中调查。出事后，医院后院被院方列为禁地，死者家属想见死者都要院长亲自开条子。

在毫无头绪的情况下，他决定偷偷地潜入后院的停尸间一探究竟！

第三章　零号

姚文媛脸上尽是悔意，眼泪滴滴答答地流了下来。

"当初他和我说这件事时，我就应该阻止他，也就不会有今天的事儿了。"姚文媛说道。

"后面呢？"韩孟丹问道。

姚文媛摇了摇头，说道："我只知道这些，剩下的事儿得他醒过来之后才能知道了。"

"文媛，你去陪着乘风吧，有消息立刻打电话给我，我和孟丹去后院停尸房看看。"刘天昊说道。

本来这件事没人报案，没立案刑警就不会介入调查，但涉及虞乘风，刘天昊哪有不管之理。

姚文媛点了点头，从口袋里掏出一张名片，说道："这是外科方医生的电话，也许他能帮上忙。"见两人一愣，便又解释道："方医生就是洛樱案子里护士小昭的男朋友！"

刘天昊看了看名片："方星宇，我一直不知道他的名字呢。"

方星宇原本是一个很阳光的大男孩，自打小昭出事后，他一直被阴郁笼罩着，除了值班看病，就坐在医生值班室里盯着小昭的照片发呆。

刘天昊和韩孟丹出现在他面前时，他呆了一下，随后缓过神来，露出了很阳光的微笑，得知刘天昊的想法后，他犹豫了一阵，才说道："院长下过禁令，如果没有他批的条子，任何人不得进入后院。如果是病人擅自进入后院，将会被请出医院。如果是医务人员，会被开除的，现在要是有病人去世，都得找院长开条子。有时候院长不在，只好临时放在病房里，医务人员和病人们的意见都很大，但没办法。"

方星宇委婉地拒绝了刘天昊，但也指明了一条路：找院长开条子。

这件事要是放在一年前，刘天昊肯定以查案的名义强行闯进去，但经历一年来的磨砺后，他变得圆滑起来。如果没有医院方面的配合，就算硬闯进去，也会遭到重重阻碍，对于破案无益。

"好吧，一会儿我们去找院长。不过在此之前，我想了解一下大冰和小兰的事儿，你能告诉我吗？"刘天昊问道。

方星宇点点头："这个没问题。别看小兰年轻，她可是这儿的老护士了，如果不是资历浅，凭她的能力应该当上护士长了。"

"小兰在医院有没有得罪过人？"韩孟丹问道。

方星宇连连摆手："绝不可能，小兰为人和善，对谁都好，不可能得罪人，小昭还在的时候，她们俩非常要好。"

说到这里，方星宇的神色黯然，不由自主地叹了一口气。

"大冰呢？"刘天昊问道。

"我是大冰的主治医师，除了病情之外，对他的社会情况也知道一些。他是个富二代，父亲有个外贸公司，大学毕业后就在父亲的公司任职。他性格不错，为人低调，没有某些富二代的痞气和坏习惯，在公司他不负责主要业务，交往的人也都是正经人，没听说有太过复杂的社会关系。他生病期间有很多人来探望，感觉他人缘不错。"方星宇介绍道。

"还有没有其他的？"刘天昊问道。

方星宇摇摇头："我就知道这些，至于他和小兰之间的事儿，我都是道听途说，不说也罢。"

刘天昊和韩孟丹对视一眼，知道在方星宇这儿不会再有收获，便准备去找院长。

"刘警官，韩警官，你们相信这世界上有灵魂吗？"方星宇跟着站起身问道。

刘天昊一笑："医生不应该是无神论者吗？"

方星宇摇摇头："医生未必就是无神论者，科学家也未必是无神论者，人类的认知和科技在不足以破解某些现象时，就会用神的理论来解释。"

"所以你认为这件事和灵魂有关？"刘天昊问道。

方星宇点了点头："有些事你信也好，不信也好，它都是存在的。零号，零号停尸房代表着终结，只要和它挂上边就会有不幸的事儿发生，这个传说从医院建成的那天就有了。"

"会有什么不幸的事儿发生呢？"韩孟丹来了兴致。

方星宇说道："我听老一辈的医生们说过，当年医院大改造的时候，本来想把后院的平房推平重新建造一栋15层的高楼，可还没动工，就发生了怪事，工地有一名工人无缘无故地死在了零号停尸房门口，临死前大喊着'鬼脸，有鬼'，加上一些老一辈的文物工作者说这栋建筑属于文物级别，医院就放弃了改造，再后来，大楼里的病房和诊室不够用了，就把太平间搬到了后院的平房里。从这天开始，后院发生的事儿就更多了，除了看门的老谢，没人敢多待一分钟。"

"比如小兰和大冰的事儿？"刘天昊说道。

方星宇耸了耸肩，说道："我就知道你们不信。"

刘天昊被方星宇的直率打个措手不及，尴尬地咳嗽两声："谢谢你，方医生。要是有问题需要请教，我还会来找你的。"

和方星宇告辞后，刘天昊径直来到医院的院长办公室。院长姓吴，叫吴永胜，50多岁，原本是学中医的，由中医科主任一步步当上了院长。

医院免不了死人，家属接受不了死者去世或是有疑点就会报案，他和刘天昊之前就打过多次交道。

院长只是稍微犹豫了一下，便答应两人，并亲自带着他们来到后院。

白天的老谢是清醒的，而且很敬业，哪怕是院长亲自来了也不行，不给条子坚决不让进。无奈之下，院长只得当场写了条子，这才进入后院。

院长好像对后院比较忌讳，把他们领到门口，对老谢嘱咐了几句后就找借口离开了。

当老谢打开停尸间大门时，一股阴森且带着浓臭味的空气冲了出来，让没有准备的刘天昊和韩孟丹打了一个冷战。

老谢从兜里拿出一个小扁玻璃瓶的红星二锅头递给刘天昊，并用手势示意他喝两口。刘天昊摆了摆手，和韩孟丹走了进去。

老谢拿着酒瓶向嘴里灌了两口，这才迈步走进去。

光线从窗户缝隙透进走廊，让其中有了些人间气息，但斑驳却让人产生一种奇怪的幻觉，产生不知身处何地的感觉。

零号停尸房门口的地面上有一些不太清晰的脚印和发黑的血迹。韩孟丹打开工具箱，拿出几样仪器，开始对现场进行勘查。

刘天昊戴上白手套，轻轻地拿起零号房间的锁头看了看，又仔细地勘查了门窗，随后拿起仪器帮着韩孟丹一起勘查。

老谢被二人所拿的先进仪器所吸引，瞪大眼睛看着他们忙活着，甚至忘了喝手里的二锅头。

过了一阵，刘天昊和韩孟丹把仪器放回箱子，向老谢比画着，意思是想让老谢把零号房间的门打开。

老谢似乎听明白刘天昊的意思，但双手连续摆动，嘴里咿咿呀呀地喊个不停。

双方沟通不畅，让本就有些心急的刘天昊恼火，加上老谢喊的时候嘴里散发的口臭，更是让他心烦意乱，只得和韩孟丹收拾工具走了出去。

"给大师姐打个电话吧，她的手语很厉害，和老谢沟通应该没问题。"韩孟丹摘下手套说道。

"我都忘了这茬儿了。"刘天昊立刻拨通了大师姐的电话。

赵清雅听后二话没说，答应他立刻起身前往医院。

等待是漫长的，二人却没闲着，对刚才勘查的结果进行一番讨论。

地面残留的脚印杂乱无章，血迹有一部分是虞乘风的，一部分是大冰的，便溺有大冰的，也有护士小兰的。

零号房间的门窗完好，没有遭到破坏的痕迹，门锁是老式的挂锁，由于走廊中阴暗潮湿，锁眼已满是锈迹，没有打开的痕迹。门上的小玻璃窗是用很小的秋皮钉钉上的，玻璃窗里面有一层密不透光的黑色遮光布帘。

玻璃大约是20厘米见方，就算有人能把玻璃窗上的玻璃卸下来，也不可能钻进去。

如果是有人作怪，除非零号房间中还有其他的入口。

虞乘风是刑警出身，见过的案子不计其数，心理素质非常过硬，不太可能被鬼怪这等事儿吓破胆，但从目前的情况看，虞乘风没有被人袭击的迹象，胸腹部的伤口是因为肌肉高度紧张而造成的撕裂，和造成大冰死亡原因一样。

赵清雅来了之后，和老谢的沟通顺畅了很多。

对于打开零号房间的事儿，老谢依然坚决反对。他用手语告诉赵清雅，零号房间是受过诅咒的，门上方写的"零"字是经过大师开光并用带法力的朱砂写上去的，门板上原本也是用朱砂画了符咒，但由于时间久远，慢慢地褪了色，但法力依然存在。一旦打开，里面的冤魂就会冲出来害人。

从老谢的表情看，他对此事坚信不疑，但对于无神论者的三人，无论如何也接受不了这个荒唐的说法。

既然事情的起因是零号房间，那么打开零号房间可能是破解大冰事件的关键，无论如何都要打开！

第四章　无法透视

打开零号房间的事儿惊动了医院的领导，上到院长、副院长，下到医务科主任，都赶了过来，所有人难得一致地劝说刘天昊不能打开。

刘天昊是个倔脾气，若是常人，这件事也就算了，但他倔强的性格反而被这么多人的反对激了起来，越是不让打开就说明房间有问题。

闹鬼事件涉及一名警察，警方来调查也是无可厚非。院长一看坚持不住，只好同意把门打开。

老谢却并未直接打开零号房间的门，而是打开了一号房间。一号房间很大，灯是老式的管灯，可能是镇流器不太好用了，灯管一闪一闪的。里面摆放着十几个装尸体的冷柜，中间还有一张不锈钢停尸床，在临近零号房间的墙上多了一个门，与其他门不同，这道门是不锈钢的防盗门。

按说现在的医院都不设置停尸房，但市医院因为种种历史遗留问题这个部门就一直没撤销，承担的只是尸体临时存放功能。

老谢找了好一阵钥匙，才把防盗门打开，在没开门之前，他又用手语向赵清雅询问是否真的要进去。

赵清雅都没征求刘天昊的意见，直接答复要进去。她对刘天昊太了解了，事儿办到了现在这种程度，就算知道会有生命危险，他也会一头拱进去。

"这个防盗门是什么时候装的？"刘天昊向院长问道。

院长扶了扶眼镜，看向一旁的医务科主任。医务科主任叫肖嘉麟，医院的修缮和建设都是由他牵头完成的。

肖嘉麟清了清嗓子，说道："至少不是我在任期间安装的，是什么时候……无据可查。"

"您在医院任职多少年了？"韩孟丹问道。

肖嘉麟答道："22年了。"

刘天昊上前摸了摸防盗门，眉头皱了皱。从外观上看，防盗门旧是旧了点，但无论如何都不像20多年前的门。20年前装的防盗门无论从钢材还是制作工艺上都很难达到不上锈的程度，加上房间中常年有冰柜在，又没有良好的通风，要是铁门的话，肯定已是锈迹斑斑了。

防盗门周围的墙壁和原本的墙壁不太一样，一眼就能看出是装防盗门时砸开后又修补上去的。

老谢很顺利地把门打开，再次证明了刘天昊的判断。

零号房间的面积不大，借着一号房间的灯光向里面看去，房间中除了一具棺材之外，再无他物。刘天昊和韩孟丹慢慢走进房间，其他人却像躲避瘟疫一样，不但没有进，反而还离得远远的。

刘天昊对他们的行为有些不屑，都是经过高等教育的高知型人才，却还相信幽冥之说。

韩孟丹按了一下墙上的电灯开关，灯并没亮。

老谢向韩孟丹喊了几嗓子，同时使劲地挥了挥手，见韩孟丹没看懂，便又向赵清雅用手语解释着。

原来房间里是有灯的，但奇怪的是，只要装上灯，按动开关后灯就会损坏。

刘天昊听得心里暗笑，他看了看韩孟丹、赵清雅和外面的医生们，暗中叹了一口气。这些人在各自的领域都是高手中的高手，但对于领域外的事儿却一窍不通。如果按动开关灯泡就坏，很有可能是电线年久失修发生短路，按动开关瞬间电流过大烧毁灯泡。

刘天昊打开手机手电，惨白的光芒照在棺材上。棺材很大、很宽，两侧和顶头加上棺材盖上都有很多奇怪的花纹。

令他惊讶的是，棺材外表呈现青绿色，还有一层白色和青绿色粉末状的物质，这应该是一具青铜棺，按照棺材的样式和损耗程度，很有可能还是一件古董。

"棺材能打开吗？"刘天昊向老谢问道。

通过赵清雅的翻译后，老谢猛地摆手，嘴里咿咿呀呀叫个不停。这次不用赵清雅翻译，刘天昊也能看懂老谢的意思——坚决不能打开。

赵清雅又和老谢比画了一阵，这才明白老谢为何坚决反对。

棺材还真是青铜材料的，但自打有这副棺材以来，就从没有人打开过，也不知道里面究竟装的是什么。曾经有好事者用国外先进的 X 光机来照射，期望能够看到里面的情况，但遗憾的是，X 光居然失了效，根本不能照进去。文物专家说青铜棺可能有夹层，两层青铜材料之间的材料可能是一层类似于铅的合成物质。

刘天昊又走到零号房间的正门前，门是普通的木门，是用很宽的木板拼制而成的，门上的玻璃窗上有一个黑色的帘子，帘子是左右滑动的，面积比玻璃窗要大上很多。他用手拉着帘子滑动了几下，发现帘子还是完好的。

"孟丹，你在这儿帮我拉动这个门帘，我出去看看。"刘天昊说完便走出房间，来到走廊，敲了敲零号房间的门。

韩孟丹拉开窗帘，随后又关上，又拉开，又关上，最后刘天昊点了点头，这才把帘子再次拉上。

刘天昊回到一号房间，围着一号房间转了一圈，见地面和冰柜很干净，便向肖嘉麟问道："肖主任，这里面有人清扫卫生吗？"

肖嘉麟点点头，说道："整栋平房的卫生都是老谢负责的，老谢虽然又聋又哑爱酗酒，人却比较勤快。"

"房间里有没有通气孔或是排气系统？"刘天昊问道。

"有，就在这排冰柜的上方，咱们站的角度你看不见，你站在停尸床平着看就能看到，排气系统的开关在冰柜的旁边。"肖嘉麟说完便走到停尸柜旁边，按动了墙上的开关，排气扇嗡嗡的响声传了出来。

赵清雅立刻明白了刘天昊的意思，用手语向老谢询问上一次打扫卫生的时间。

刘天昊的意思是如果有人在一号或是零号房间内搞鬼，势必会留下指纹、脚印等痕迹。

老谢的答复令刘天昊有些失望。

老谢果然很勤劳，每天上班和下班的时间都会对房间进行清扫，几乎每个角落都会用抹布擦一遍，地面清扫一遍。

零号房间他每年才会清扫一次，而且每次清扫之前都会烧香拜佛，沐浴更衣后才会进入。

赵清雅又询问为何会这么麻烦，老谢却出乎意料地保持了沉默，眼睛有意无意地瞥向院长和肖嘉麟等人的方向。

"咱们走吧，去看看乘风。"刘天昊说道。

院长和肖嘉麟等人像是得到了大赦一般，和刘天昊打了招呼后几乎一溜烟地离开了后院。

三人到 ICU 看望了昏迷中的虞乘风，又安慰了一番姚文媛，这才离开，见时间还早，便在医院附近找了一家咖啡厅喝咖啡。

"哎，看你刚才欲言又止的模样，是不是找到了什么线索？"赵清雅喝了一口咖啡问道。

"收获没有，疑点倒是一大堆。"刘天昊说道。

"快说说。"

……

首先是零号停尸房中的青铜棺，青铜棺表层的青绿色和白色粉末是青铜氧化的结果：碱式碳酸铜，说明棺材已经有很多年的历史了，如果青铜棺是文物级别的，为什么不搬到保存条件较好的博物馆去，反而放在阴暗潮湿的平房中。

　　青铜棺一般都是铜锡合金，在中国青铜时代，也有过加入铅的青铜器，但数量少之又少，不太可能完全屏蔽 X 光。如果在棺材中间有铅的夹层，主要目的就是为了防止 X 光的照射。但最早的 X 光机是在 1895 年发明制造出来的，而这具青铜棺看起来至少有千年以上的历史了，两者的时间完全不匹配。

　　其二是一提到打开青铜棺，老谢的反应就要强烈很多，看样子要是有人硬要打开棺材，他会冲上去跟人玩命，这说明青铜棺和老谢之间有着一定的联系。

　　其三是防盗门，防盗门是现代产物，20 年前防盗门并未普及，也不可能达到这么高的工艺，这点通过老谢用钥匙顺利打开门就可以判断出来。令人奇怪的是，为何零号房间明明有门，还要从一号房间的墙壁凿一道门出来。

　　最后一点是院长、医务科主任等人的反应。按说这些人都是高等医学院的毕业生，高知型群体，为何会相信子虚乌有的幽冥事件，到底是真信还是另有隐情？

　　……

　　三人正讨论着，刘天昊的电话响了起来。

　　赵清雅瞥了一眼，随后调侃道："是不是王大记者来的电话？"

　　刘天昊使劲朝赵清雅挤了挤眼睛，随后说道："可能是又听到什么风了吧。"

　　韩孟丹有些不快，放下咖啡杯，站起身说道："我去下洗手间。"

　　韩孟丹离开后，刘天昊叹了一口气，接通电话，王佳佳的声音从话筒传出来："昊子，我听说市医院发生了闹鬼事件，虞乘风好像也涉及其中了？"

　　"你的消息总是很灵通。"刘天昊回道。

　　"我从京都刚回来，现在赶过去，你在哪儿？"王佳佳说道。

　　"啊……这个……"刘天昊不知如何应对才好。说起破案，他是一等一的好手，但对于女人，他从来不知道该如何拒绝。

"我之前报道过医院后院的青铜棺，也许会对你破案有益。"王佳佳加了一道砝码。

"无孔不入，青铜棺的事儿你也知道？"刘天昊有些惊讶。

"医院附近有家咖啡馆不错，就约在那儿吧。"

刘天昊看了看赵清雅。赵清雅耸了耸肩，表示无所谓，又向韩孟丹的座位努了努嘴。

"好吧，我和清雅大师姐、孟丹已经在这儿了，你过来吧！"刘天昊心中暗叹一口气。

三个女人一台戏。王佳佳、韩孟丹、赵清雅都是各自领域的专家级人物，凑在一起对于刘天昊来说可不是什么好事儿。

第五章　永远打不开的青铜棺

王佳佳的到来并未造成三个女人之间的不愉快，她们聊得很开心，反而把刘天昊抛在了一边。女人之间的话题似乎永远是如何保持青春、选什么样的化妆品、香水、名牌包、流行款式的衣服，等等。

刘天昊听得索然无味，在一旁连连打着哈欠。

王佳佳看到刘天昊的状态后，扑哧一笑，说道："好啦好啦，咱们再找个时间讨论，先说说青铜棺吧，要不我们的大神探就要把咖啡馆当成酒店客房了。"

王佳佳不愧是记者出身，几句话把刘天昊的尴尬全部化解，立刻进入正题。

韩孟丹和赵清雅对青铜棺也颇感兴趣，三人又点了一杯咖啡，边品着咖啡边听王佳佳讲述青铜棺的故事。

五年前，NY市医院发生了一起和现在同样的幽冥事件，那起事件的主人公也是一名护士，叫小晴，据说是晚上送尸体到停尸房时遇到了不该遇到的东西，随后小晴被送进了精神病医院，直到现在还没出来。

当时王佳佳刚从体制内单位辞职，入行网络记者的行列，她需要的就是这种有噱头的题材。她决定以女护士遇鬼的事情为原型，写一期关于医院的幽冥事件揭秘。

对于医院来说，幽冥事件一旦发酵，会对医院声誉造成不可逆转的损失，光明正大地采访是不可能的了。

王佳佳初生牛犊不怕虎，联合刚刚出道的老蛤蟆等人，到精神病医院采访事件的主人公。

采访精神病人也不是一件简单的事，精神病院本身的防卫比较严密，加上一套非常严格的探视制度，要想神不知鬼不觉地采访病人不太可能。幸运的是，老蛤蟆的姐姐就在这家精神病院工作，在她的帮助下，王佳佳和老蛤蟆顺利地在下班后见到了小晴。

小晴是一个非常清秀的姑娘，要不是她看人的眼神是空荡荡的，没人会认为她有问题。她躲在房间的一个角落，对任何人的靠近都非常敏感。王佳佳数次想接近她，都被她拒而远之。

采访的结果令人失望，小晴什么都没说，只是当王佳佳提到零号停尸房和青铜棺的时候，她的眼神中出现了恐惧，随后就是情绪的失控。

离开精神病院后，他们前往护士小晴所在的市医院，按照王佳佳制订的计划，他们从医院的后墙翻进后院，然后再偷偷地潜入停尸房进行探察。令人意想不到的是，此时的老谢还没来得及喝酒，虽说他耳聋，眼睛却毒得很，几乎在王佳佳两人脚刚落地，便发现了他们。

老谢没报警，也没撵他们走，反而把他们请进门房中。王佳佳在电视台当记者时，为了采访需要曾经学过手语，虽说不精通，但和老谢交流还是够用的。

原来，老谢曾有个女儿，和王佳佳长得很像，老谢受伤后从部队复原，因为成了残疾，妻子嫌弃他，便带着女儿回了娘家，后来等老谢再去找她们时，发现娘家人已经搬了家，此后再无踪迹。

老谢把女儿十来岁的照片递给王佳佳。王佳佳细看之下，照片上的小姑娘还真有她的影子。

在得知王佳佳两人的来意后，老谢喝了一杯酒，带着两人来到停尸房中，打开了一号停尸房的门，又打开了零号房间，让王佳佳参观了其中的青铜棺。当时的王佳佳也提出打开青铜棺看看里面究竟有什么，老谢立刻翻了脸，把二人连拉带扯地拽出房间锁上了门，随后把他们赶出了后院。

不甘心的王佳佳第二天带着好酒又来到门房。老谢嗜酒如命，一闻到好酒后，把昨天发生的不快全忘了，连吃带喝地和两人聊到一起。

老谢的故事是惊人的，他讲述了一个民国时期的爱情故事，正是关于这副青铜棺的。

民国时期极其动荡。

吕老二原来只是杨家庄的一个很普通的地主，他的经商头脑却在这时候发挥到了极致，他利用灾难和战争敛财，很快就成为全国数一数二的富豪。他花了一大笔钱在上海买了一栋豪宅，除了年迈的父母不愿意远离故土，其他人都随着他去了上海。

饱暖思淫欲。

吕老二先后娶了三房姨太太，但他并不满意，又娶了一个唱戏的花旦做四姨太，这才算止住了他的想法。四姨太不但长得漂亮、戏唱得好，更会黏人，几乎把吕老二迷得神魂颠倒，每天都在四姨太的房中过夜。

好景不长，战争带来的不仅仅是死亡，还有通货膨胀，吕老二的资产缩了水，几个姨太太和大太太天天吵着要分家。

诡异从这天开始发生了。吕家像是受到了诅咒一般，先是三姨太死于非命，随后二姨太又死去，两个姨太太生的女儿也落水溺亡。

大太太请来了一名高人，高人说是四姨太命硬，把全家人克死了。

大太太把娘家人请了来，趁着吕老二出去谈生意时，把四姨太绑到山上，活活地吊死在树上。

当吕老二回来后，发现四姨太不见了，便询问大太太。大太太哪敢说是她杀了四姨太，便谎说四姨太和之前搭班子的武生跑了。

吕老二哪肯相信，便找了一个老实的下人询问。下人禁不住吕老二的威逼利诱，便把看到的一切都说了出来，并带着吕老二找到了四姨太的尸体。

令人惊讶的是，事情已经过了数天，但四姨太的尸体却没有腐烂，要不是脖子上有一道勒痕，没人以为这是一具尸体。

高人指点说四姨太有一口气没咽下去，这才尸身不腐，只能火化才能保证她不变成僵尸。

吕老二舍不得，让高人另想办法。高人还真是高人，硬生生地找来一尊青铜棺，说是帝王之尊所用的棺材，可以辟邪。

把四姨太的尸体放入青铜棺后，吕老二还请民间工匠用独特的焊接技术把棺材封住，以免后人打开棺椁，让四姨太变成僵尸危害人间。

大太太因为杀害四姨太的事儿被官府抓了去，按说这个时候随便花点钱就可以买回她的命，可吕老二心中对她恨意太足，不但没去疏通，反而花钱让官府判大太太死刑！

至此，吕老二每天陪着青铜棺里的四姨太，嘴里不停地唠唠叨叨，不知道说些什么。后来他没钱了，无法在上海立足，便准备带着青铜棺回老家。

青铜棺本来就很重，加上路途遥远，他花尽了钱财费尽了千辛万苦才回到老家，也就是现在的 NY 市，棺材就安置在他父母所住的大宅院里。

也许是四姨太真的克人，没过多久，吕老二的父母便相继去世，而吕老二也因为悲伤过度得了一场大病，没过多久就死了。

政府接管他的房产后发现了青铜棺，专家们一致认为这是一件战国时期的古董，战国时期是青铜时代的衰落期，但工艺却是青铜时代最好的。

青铜棺在吕老二从上海运回来的时候就已经有了损伤，再搬动恐怕会破坏了这件古物，为了不再让古董受损，本来要建成学校的吕老二家临时改成建博物馆。

博物馆建成的那天，怪事便连连不断，不是管理员得病就是围墙倒塌、水管漏水，反正一天也没闲着，到最后莫名其妙地着了一把大火，把博物馆里的藏品全部烧毁，只留下了这尊青铜棺。

直到后来医院建成，当时的院长瞒着所有人找来一个算命先生，算命先生看到青铜棺材后大吃一惊，说这是邪物，里面要是装了尸体，会把人的魂魄镇住，永不得超生，尸体产生怨气，久而久之会变成僵尸。

院长让算命先生想办法破解。算命先生也不推辞，让人把青铜棺封闭在最里面的房间，然后把房间分成十间，从零号到九号，并用混合狗血的朱砂在门上方写上数字，并告诫当时的院长，不要打开零号停尸房，否则将会有不可预料的事发生，如必须打开，也得让阳气十足的人沐浴更衣烧香拜佛后再打开。

青铜棺更是不能打开，里面的尸体一旦接触阳气就会变成飞天遁地的僵尸王。

……

"好像每个案子背后都有一个比较离奇的故事哎！"赵清雅说道。

"我也很好奇，如果真有僵尸王，遇上现代的枪炮，不知道谁更厉害一些。"王佳佳说道。

刘天昊笑着不语，看了看韩孟丹。

韩孟丹被两人的情绪所感染，抛开冰山美人的形象，笑着说道："佳佳，按照你的性格，不打开青铜棺是不可能罢休的。"

王佳佳摇了摇头，说道："我当然不会罢休，但青铜棺我也没打开，因为它根本是无法打开的，具体地说是无法完美地打开！"

"你尝试过？"赵清雅急忙问道。

王佳佳点点头，说道："有一次我和老蛤蟆把老谢灌醉，然后拿着钥匙进入零号停尸房，老蛤蟆带了撬棍等各种工具，但我们仔细观察之后，发现棺材盖和下面已经连为一体，要想打开就只有破坏。"

"可能是吕老二让人焊接上的。"赵清雅说道。

说到焊接技术，用现代工艺来看，非破坏性的焊接青铜件都不是一件容易的事儿，更何况是民国时期，但中国文化博大精深，有很多工艺是现代机械也无法达成的。

四人正聊着，韩孟丹的电话响了起来，是姚文媛打来的电话，传来了好消息——虞乘风醒了，要立刻见刘天昊。

王佳佳收拾东西第一个告辞离开，说有一个重要的采访。韩孟丹也相继告辞，说队里还有一个解剖要做。

刘天昊又看向赵清雅，她微微一笑，说道："两位大美女都有事，就让我这个大师姐陪你去吧，说不定还能帮上忙。"

刘天昊优雅地做了一个请的姿势。

第六章　虞乘风的奇怪经历

对于虞乘风而言，这一年是多灾多难的一年，先是抓捕忠哥文德忠时受伤，又在医院闹鬼事件中伤口崩裂。不过他也因祸得福，通过这件事见了姚文媛的父母，算是把两人的关系确定下来了。

"正好我心中有疑惑，准备找师姐请教。"虞乘风半倚在病床上冲着赵清雅和刘天昊招手，他的头发乱糟糟的，脸上满是疲倦之意，双眼充满血丝。

刘天昊看到虞乘风的精神状态后，心里咯噔一下。

"昊子，咱们都受过高等教育，是无神论者，你相信幽冥之说吗？"虞乘风声音有些虚弱。

刘天昊愣了一下，和赵清雅对视一眼，见她也是一脸不解。

虞乘风的问题本身就有问题，既然是无神论者，怎么可能相信幽冥之说！

世界是建立在人类高度发达的科技基础上，依靠现有科学体系支撑，如果超出科学体系，那就只能叫迷信了。

当科学达到一定程度，人们的认知程度提高后，很多幽冥事件就会变成科学。

比如刮风、闪电、打雷、下雨，在古代就得由风婆、雷公、电母和龙王等神来完成，在现代科学体系下，闪电、打雷就是一次放电过程，下雨是地表水蒸发冷凝降落的过程，这种常识性的知识连三年级的学生都懂。

虞乘风之所以这样问，肯定是遇到了认知范围之外的事，这才令他迷惑。

刘天昊略加思索后摇了摇头，说道："除非我亲眼看到。"

虞乘风叹了一口气："要不是我经历过，我也不肯相信的。"

赵清雅却很有耐心地问道："你先别着急，慢慢和我们说，大家一起探讨一下。"

虞乘风点了点头："这就是我急着找昊子来的原因，但有些事我能说清楚，有些事说不清楚。"

刘天昊也反应过来，说道："我明白，你先说，有表述不清的，咱们再讨论嘛。"

虞乘风的眼神清澈起来，抿了下嘴，才开始讲述他的经历。

……

虞乘风的伤恢复得很好，如果没有这次意外，再休养一个阶段就可以出院了。他本性憨厚老实，做事中规中矩，后来受到刘天昊的影响，做事变得不拘一格，因此才不顾院长的禁令跳墙到后院探查。

虞乘风从院墙跳进后院后，便感到胸部一阵疼痛，气息也不太够用，喘了好一阵才缓过来。

后院与医院大楼截然相反，医院大楼是喧闹的，而这里安静得让人抓狂，虞乘风小心翼翼地走着，生怕声音大了会惊醒看门的老谢。

走到门房附近，他才发现担心多余了，老谢的呼噜声堪比拖拉机，从门缝飘出来的酒精味道很浓。虞乘风进入房间悄悄地拿了钥匙，见老谢趴在桌子上一动不动，这才放大了胆子，观察了整个房间。

房间内的摆设很简陋，窗户前面放着一张桌子，靠墙角的位置是一张破旧的病床，上面胡乱地堆放着被褥和枕头，房间里混合着酒精和单身汉的味道。靠近床头的位置有一个神龛，里面放着一尊雕像，仔细辨认才发现是钟馗。

钟馗是祛除鬼怪邪魔的神，在这里供奉也无可厚非。

床下是一些做饭的家伙，电饭锅、炒勺之类的，还有一些碗筷，除此外再无他物。

闹鬼事件发生在停尸房，后院除了少数的护工送尸体进入外，只有部分死者家属临时进入，常年在此居住的只有老谢一人，所以虞乘风第一时间对老谢产生怀疑。

老谢又聋又哑，生活极其简朴，几乎达到无欲无求的地步，要说他为了某种目的策划这样一起闹鬼事件，实在有些牵强，要是弄不好，医院把停尸间给停了，他连工作都保不住，无论如何，闹鬼事件对他来说都不是一件好事。

虞乘风又在老谢的房间搜了一遍，但没有任何发现，这才离开门房前往停尸房。

老谢从不担心停尸房的安全。首先停尸房里面都是死人，再者就算有人想偷走尸体，也要经过医院一楼的护士站，一楼除了护士站之外，还有三个摄像头。出了医院一楼大厅还有一个 24 小时有人值班的保安亭，这也是老谢敢晚上喝酒睡觉的主要原因。

虞乘风很顺利地来到停尸房门口，当他准备打开大门时，他突然感到有一双眼睛在盯着他，这种感觉非常真实，绝对不是因为半夜心里害怕造成的。

他向四周望了望，又抬头向上面看了一阵，并未发现任何异常之处。他挠了挠脑袋，疑惑了一阵之后才打开大门。

大门因为潮湿加上年久失修，打开的一瞬间发出吱呀一声，吓得虞乘风急忙缩起脖子向四周看了好一阵。

走廊满是福尔马林消毒水和尸臭味道，回荡着制冷机发出的嗡嗡声。

虞乘风边走边找零号房间的钥匙，一共是10个房间，但有编号的钥匙只有9把，从1到9，唯独没有零号，其他的钥匙零零散散一大把，也不知道是什么钥匙。

他挨个试了一下，都没能打开零号门的锁头。

"怪！"虞乘风叨咕着。他不知道零号房间和一号是通着的，犹豫了好一阵，才拿出一号房间的钥匙慢慢地尝试着打开房门。

当他看到一号和零号之间的那道防盗门时，才知道为什么零号房间没有钥匙。虞乘风又尝试用钥匙打开防盗门，所有钥匙都试过一遍后也没打开。

但此时从零号房间里面传来窸窸窣窣的声音，听起来好像是有人在穿衣服，又像是叠被子，又好像是挪东西。

他把耳朵紧紧地贴在防盗门上，想听听里面究竟是什么声音，声音却突然消失了。他想起零号房间在走廊的门是木门，要是有声音，从木门肯定听得清楚。

他小跑着来到木门前，把耳朵贴了上去。

恐惧情绪是人类的天性，是恐惧让人类得以规避潜在的危险，人类才得以发展存活下来，否则，人类在石器时代就被猛兽、毒物给灭绝了。

虞乘风脖子后面的汗毛突然竖了起来，第六感告诉他有危险临近，当他回过头看的时候，又发现走廊里空空如也，除了他之外再无其他人。

"邪门！"虞乘风嘀咕了一句，随后又把耳朵贴向木门，屏住呼吸听着。

木门里面传出微弱的声音，他皱着眉头听了好一阵，才听出说话的内容是：好冷啊，救命！

"不可能，一定是我产生了幻觉！"虞乘风压根就不相信鬼神之说，整个建筑里只有他一个人，哪来的声音？

他掏出手机打开录音软件，把手机贴向房门，他想把声音录下来，以便和刘天昊说事儿时能有个证据。

当他刚刚打开录音软件，那股不好的感觉再次临体，手指甲挠玻璃的声音从门上方的玻璃窗传来，他慢慢地站起身，瞪大眼睛向门上的玻璃窗看，让他意想不到的情景出现在他眼前，一个满脸冰霜的鬼脸居然悬浮在门玻璃后，鬼脸的五官是空洞的，乌黑的血从空洞中流下来，长长的头发枯燥而卷曲，垂在鬼脸的周围。

"好冷啊，救命！"声音传了出来，和刚才他听到的声音完全一致。

虞乘风看到鬼脸感到浑身上下冰冷冰冷，好像掉进了冰窖中一般，不由自主地打起了寒战，他急促地喘息着，同时向后退了两步，他好像踩到了什么东西，浑身麻酥酥地一颤，就没了知觉……

第七章　母亲的劫难

"你是说你在失去知觉之前有一股麻酥酥的感觉？"刘天昊问道。

虞乘风思索一阵后回答道："对，是一阵麻酥酥的感觉，好像是……"

"触电！"刘天昊说道。

"我也奇怪，我的身体一直很好，不可能无缘无故地晕倒。"

人触电后肌肉会强烈抽搐，应该是造成虞乘风胸腹两处伤口撕裂的原因。刘天昊和韩孟丹等人到停尸房勘查过，并未发现漏电现象，而且老谢几乎每天都用拖布拖走廊，要是漏电，早就把他电倒了。

除非是高电压的直流电——心脏除颤器。

"当时你穿的是什么鞋？"刘天昊问道。

"运动鞋，不过我从外墙跳进后院的时候踩进水沟里，湿了。"虞乘风说道。

刘天昊弯下腰看了看床下面的那双运动鞋。运动鞋是耐克的牌子，黑色的边缘沾了一些污泥，鞋面上也有干了的水渍。

刘天昊点点头，陷入沉思。

虞乘风是十来年的老刑警了，反应、身手都不错，停尸房走廊中那么安静，要是有人拿着除颤器接近他，没理由发现不了。

赵清雅拿起虞乘风床头柜上的诊断书看了看，又看了看 X 光片和胸部的 CT 片。赵清雅皱着眉头盯着虞乘风看了一阵，才说道："有没有可能这一切都是你的幻觉？"

虞乘风摇了摇头，说道："我知道你的意思，但我真的看到了，也真的感觉到了，不可能是幻觉。"

赵清雅轻舒了一口气，说道："要不我给你做个心理测试吧。"

虞乘风苦笑一阵，说道："你还是不相信我！"

赵清雅说道："人在黑暗中时间久了，可能会产生幻觉，和你的意志力没关系，意志力越强的人，在单一环境下产生幻觉的机会就会越大。"

虞乘风点了点头，同意了赵清雅的建议："我倒是真希望一切都是我的幻觉，这样心里还好过一些，要是真实的，我也接受不了。"

赵清雅向刘天昊看了一眼，刘天昊识趣地离开病房。

……

医院的走廊里总是忙碌的，病人和家属、医护人员走来走去，部分病人的步伐是缓慢的，还带着些许的痛苦声音，医护人员的步伐是轻快而急促的。

一个十来岁的小女孩在走廊里慢慢地走着，她的脸色看起来不怎么好，她紧咬着嘴唇，神色坚毅地向前挪动着脚步。

也不知道为何，刘天昊看到小女孩后，便想到了之前十七起神秘失踪案中的洛樱，也许洛樱的职业不光彩，也许她骗钱的手段不光彩，但光彩的人性在孤儿院落成的那一刻全部散发出来，让人们疏忽了以往所有的不快。

刘天昊停住脚步，向小女孩一笑，问道："小朋友，需要叔叔帮忙吗？"

小女孩向刘天昊俏皮地笑了笑，说道："我去趟卫生间，恐怕你帮不了我吧！"

刘天昊见小女孩一副顽皮的模样，也不禁跟着笑了起来，看着小女孩走到卫生间的门口，这才转身走向护士站。

护士见刘天昊来了，便放下手上的工作，冲他一笑，说道："刘警官，刚才那个女孩叫杨晓琪，是个小调皮鬼，精明着呢。"

"得了什么病？"刘天昊问道。

护士脸上露出可惜的神色，说道："肾衰竭，准备接受肾移植手术，手术费用和肾源都准备好了，但奇怪的是，她的家长却不见了踪影，没人在手术同意书上签字，手术就无法进行下去。"

"哦，那像这种情况应该怎么办？难道就一直这样拖下去？"刘天昊关心地问道。

刘天昊听到小女孩的事儿后，好奇心彻底被撩了起来。小女孩正是在父母怀里撒娇的年纪，得了病之后父母肯定要在身边照顾，但小女孩的父母却不见踪影！

"已经请示医院领导了，手术费用倒是好说，但肾源难得，要是拖着不做手术，就得给其他匹配的人去做了。"护士说道。

"联系不上她的父母吗？"刘天昊又问道。

"她母亲之前一直在，父亲倒是没见过，前段时间她母亲和她做了配型，几乎完美，然后就开始筹钱。20万元的手术费对于她这样的家庭算是天文数字了，也不知道她是怎么弄来的。"

刘天昊一听，心里就是一紧，又问道："肾源是哪来的？"

一提到肾移植手术，他突然想起之前在监狱里畏罪自杀的"忠哥"文德忠，文德忠是人体器官贩子中的一道环节，虽说触犯了法律，却罪不至死，如果认罪态度好、有立功表现的话，关在监狱里五年八年的也就出来了，可他却在移交检察机关之前自杀了。

如果人没有被逼到绝境，在冷静状态下做出自杀的行为是很难的。

文德忠因为涉及跨国贩卖器官案，涉案范围广、涉案金额比较大，因此看守所给了他一个单间。文德忠自杀后，刘天昊也到看守所看过现场，文德忠是硬生生咬断了自己的手腕动脉失血过多而死。

死得坚决而干净利落。

随着忠哥的死，关于国际器官贩卖集团的线索完全断掉，忠哥的家人处理完后事就消失不见。

"是杨晓琪母亲的，她身体很不错，所有的指标都是符合手术条件的。本来应该是活体移植，但不知为何，杨晓琪的母亲今天早上拎着一个医用恒温保存箱，说里面装的是她的肾，让医生马上给杨晓琪移植。因为这不符合规定，所以医生并未立刻进行移植手术。她还留下了一张卡，说两个小时后会有20万元打进账户，作为女儿的手术费用，安排完这些后她就走了，到现在也没个消息。"护士介绍道。

"怎么不符合规定？"刘天昊问道。

"肾源是否受到外界感染，移植后的成活率能有多高，这些都是未知数，也不知道杨晓琪妈妈是怎么想的，完全可以做低风险活体移植。"护士说道。

"行为太反常了。"刘天昊说道。

"谁说不是呢！"女护士说了一句，随后向四周看了看，见没人才小声地说道："刘大神探，你说这事儿有没有可能是一桩离奇的案子？"

刘天昊呵呵一笑，想了想表情又严肃起来，说道："还真有可能。你有杨晓琪母亲的资料吗？"

护士点点头，拿出手机打开微信，说道："加个微信吧，我把资料传给你。"

刘天昊没多想，立刻扫码加了微信。

"还有奇怪的事儿呢！"显然护士讲故事的技巧很高明，不是把所有的梗一次性讲完，而是一潮高于一潮，吸引着人继续听下去。

刘天昊的兴趣再次被点燃，忙问道："什么？"

护士见策略起了作用，便沉吟一下后说道："病理科的医生们检查了肾源，不但没受到任何污染，反而保存得很好，储存箱也很先进，目前国内还没有这种储存设备，另外切肾的手术做得非常专业，就算我们肾脏外科的主任来做也就那样，所以在肾源方面没有任何问题。"

刘天昊没有说话，只是微微点了点头，他感觉这件事很有可能与国际贩卖器官集团有关，否则，好好的活体肾移植不做，非要搞得这么复杂，绝不是一个盼着女儿复原的母亲应该做的。

杨晓琪从卫生间出来，拖着脚步来到护士站，笑着向护士问道："姐姐，我手术什么时候能做？"

护士立刻变成一副笑脸，说道："很快，你先回去躺一会儿，有消息我立刻通知你。"

话音刚落，一名男医生从医生值班室走出来，向护士说道："小美，让杨晓琪准备手术，院长签字了。"

护士向刘天昊抱歉一笑，随后搀扶着杨晓琪向电梯走去。杨晓琪边向前走边回头冲着他眨了一下眼睛。

果然是个小精灵鬼，都要做手术了，还不忘了和刘天昊顽皮。

"好巧啊！"王佳佳人还没到声音先传了过来。

话音刚落，王佳佳和老蛤蟆走到刘天昊身前。

老蛤蟆穿着一身加肥加宽的衣服，看起来显得更加胖了，看他的脸和脖子几乎分不太清，呼吸显得非常沉重，本来很小的眼睛眯着，看模样走路时都有可能打起呼噜来。

"你们这是……"

"你还不知道啊，我新一期的话题在 NY 市已经爆款了，是一个肾衰竭女孩的故事，我给她做了众筹，还有很多志愿者要来医院，等她手术后照顾她。"王佳佳说道。

"杨晓琪？"刘天昊问道。

"这你都知道，不愧是神探啊！哎，乘风的案子查得怎么样了？"王佳佳问道。

"大师姐还在给虞乘风做心理评估。"刘天昊说道。

老蛤蟆拎着小型摄像机向手术室的方向走去，临走时故意向王佳佳挤了挤眼睛，意思是我可给你俩创造机会了！

"你知道为什么我要做杨晓琪的事儿吗？"王佳佳问道。

"和杨晓琪母亲的神秘失踪有关吧？"刘天昊说道。

王佳佳一反常态地收起嬉笑的表情，很严肃地说道："她母亲给我发了一封电子邮件，你看看吧。"

王佳佳说完把手机递给刘天昊。

刘天昊接过手机，看完之后长叹了一口气："有很多办法可以救杨晓琪，她为什么要选择这样惨烈的办法？"

王佳佳拿回手机，神色黯然地说道："筹 20 万元对咱们来说可能很简单，但对于一名从农村来的妇女而言，这已经是她所能做的极限了。"

"也许咱们还有机会救回她！"刘天昊眼中散射出精光。

第八章　欲盖弥彰

杨晓琪母亲给王佳佳所发的邮件内容是这样的：

尊敬的王佳佳记者，我是患者杨晓琪的母亲，感谢您一直以来的帮助，但小琪的病情已经等不及了，我只好选择另外一条路，用我的命来换小琪的命。唯一放不下的是小琪以后的事儿，恳请您能够继续帮助小琪。我的事儿肯定瞒不过您，但请不要告诉小琪，免得她今后的路会有负担。谢谢！

落款是：感恩您的杨晓琪母亲。

刘天昊长叹一口气，沉默了好一阵没说话。

母性是无私的奉献精神、执着意念、誓死决心和勇敢斗志的集合体，母爱的天性是人和自然界的骄傲，有了母性，才有了生生不息，有了母爱的奉献，才会有世世代代的繁衍。

"据我分析，杨晓琪的母亲很可能是去卖肾了，把另一个肾卖给器官贩子。"王佳佳说道。

"很有可能是忠哥背后的那些人。"刘天昊说道。

刘天昊刚说完，手机响了几声，是护士发给他关于杨晓琪母亲的信息和手机号码。

刘天昊立刻拨打了电话，响了一阵后没人接，电话自动挂断后，他又按了重拨键，幸运的是，响了两声后终于有人接听了电话。

女人的声音是虚弱无力的："喂。"

"请问是杨晓琪的母亲吗？"刘天昊问道。

"我女儿手术怎么样了？"女人语气立刻变得焦急起来，甚至都没问刘天昊的身份。

"她很好，已经进了手术室了。"刘天昊答道。

"那就好，那就好。"女人松了一口气。

"我是刑警支队的刘天昊，有些事儿我想和您了解一下，您能不能告诉我您的位置。"刘天昊说道。

女人沉默了好一阵，才说道："刘警官，我的事我自己负责，和其他人没关系，你别多费心了。"

"我想帮你！"刘天昊说道。

女人惨笑一声，说道："太晚了，该做的事儿我都已经做了。"

"我想和你见个面。"刘天昊直接提出请求。

"不行！"女人很干净利落地拒绝了他。

王佳佳冲着刘天昊摆了摆手，示意她来接电话。

"小琪妈妈，我是王佳佳。"王佳佳拿着刘天昊的电话说道。

杨晓琪母亲听出了王佳佳的声音，态度立刻一百八十度大转变，声音暖了很多："王记者，您怎么和刘警官在一起呀？"

"刘警官是我……朋友，他曾经办过一个案子，可能和您现在的处境有关，所以想和您见个面。"王佳佳说道。

女人叹了一口气，好像是捂着手机话筒和人商量什么，过了一阵后，才缓缓地说道："好吧，三点半，我们在医院附近的咖啡厅见面吧。不过，有些事我不可能讲的，王记者，您的情我记着。"

"好，我让刘警官直接联系您了，我还得在医院安排志愿者给小琪手术后做轮班。"王佳佳说道。

"好，好，好，真的感谢您，王记者！"杨晓琪母亲一连说了三个好。

刘天昊看了看手表，已经指向 3 点。

"看你的模样，是有什么新发现吗？"王佳佳作为记者，洞察能力可不是一般的敏锐，她把手机还给刘天昊，顺手拉过他的胳膊搂着。

刘天昊干咳了一声，下意识地向后缩了缩胳膊。王佳佳却搂得更紧了。

"现在距杨晓琪母亲约定的时间还有半小时，这说明她的住址和咖啡店只有半小时的车程，如果是开车可能还会缩小。"刘天昊边说边挥舞着手，顺便把胳膊从王佳佳的手里抽了出来。

"果然是神探！"王佳佳笑着打了一个响指，立刻用手机查看范围半径内的酒店和旅社。

"杨晓琪母亲舍不得女儿，但因为正在做某件事没法到医院，但她能够答应与我见面，说明这件事儿她做完了。"刘天昊分析道。

"难道说……"王佳佳一边查着地图一边应和着。

"按照之前的分析，她可能失去了两个肾，要想活命，就得做透析！"刘天昊说道。

"有道理，但做透析也是要花钱的呀，还得各种补营养，感觉得不偿失。"王佳佳说道。

刘天昊摇了摇头，说道："王大记者，现在都什么年代了，因肾病做透析国家是有补助的，几乎是全免费，但杨晓琪母亲卖一个肾可以拿到 20 万元的现金，先满足救孩子的需要。至于如何伪造肾病做免费透析，我觉得应该难不倒器官贩卖集团吧。"

"哦，原来是这样啊。我查了一下，在你分析的范围一共有大酒店六家，旅馆三家，还有能够做透析的医院两家，其中包括咱们所在的这家医院。"王佳佳说道。

"佳佳，这件事儿你帮我查查，杨晓琪的母亲叫张梅，身份证号码我发你微信。"刘天昊说道。

"没问题，你是想通过张梅找出忠哥背后的器官贩卖集团，对吧？"王佳佳问道。洛樱的案子她是全程参与的，所以对忠哥的案子比较熟悉。

"两个目的，一是想帮助张梅，二是抓住器官贩卖集团。"刘天昊说道。

两人正说着，见老蛤蟆从手术室门口向后边倒退边用摄像机摄像，几名医护人员推着手术床从里面走出来。

王佳佳急忙上前，看到杨晓琪戴着氧气面罩躺在床上一动不动，便急忙向其中一名医生问道："医生，情况怎么样？"

"手术很成功，你是病人的家属吗？"医生问道。

王佳佳略微点点头，说道："我是病人家属临时的委托人，有什么事可以和我沟通。"

"行，那你和我来一趟办公室，需要你签字。"医生径直朝着办公室走去。

刘天昊松了一口气，随后离开了医院向咖啡店走去。

……

张梅很文静，看起来有 40 多岁，脸色极差，手和脸的皮肤比较粗糙，手上拎着的包只能算是粗仿版的 LV。

两人互相介绍后便坐到一个比较偏僻的位置上。

"刘警官，我答应过他们，什么都不会说。王记者是我的恩人，我才答应见你一面。"张梅小声地说道，她说话时看了看眼前的拿铁咖啡，犹豫了一下还是没敢喝。

刘天昊拿起咖啡喝了一口，张梅这才端起杯子喝了一口咖啡。

"我知道你有苦处，你什么都不用说。"刘天昊说道。

原本张梅带着抗拒，但刘天昊这样一说，她反而有些不好意思。

"我卖了一个肾，加上和亲戚朋友借的钱，算是把手术费用凑齐了，当我准备给孩子换肾做了体检，医生说我只有一个肾，不符合捐赠条件。"张梅说到这里眼泪流了下来。

最初的时候，刘天昊和王佳佳以为张梅是先给孩子捐了肾，然后再去卖另外一个肾筹手术的钱，却没想到张梅为了救孩子，先卖了一个肾！

事情出乎刘天昊的意料，让他原本还想救张梅的想法泡了汤。

"孩子的病不能等，她是我的一切，宁可我死了，也不能让孩子有问题，没办法，我又找到了之前买肾的那些人，求他们帮忙。他们提出可以在他们的医生帮助下摘除肾，然后送到医院，再和医院高层领导疏通一下，医院方面就算违反一些规定，也会给小琪做手术的，才能够情理和法理都说得过去。"张梅说道。

捐献肾脏是有一定条件的，对于见多识广的人来说可能是常识，但对于一名整天在农村种地的妇女来说，哪能知道这些事儿。

"你就没想过你以后怎么办？没有你，孩子以后怎么办？"刘天昊问道。

"王记者已经在替我做了，相信孩子会有一个好去处。"张梅抹了抹眼泪说道。

刘天昊从口袋里掏出所有的钱放在桌子上，这是对一名伟大母亲的心意。

"不用，真的不用。刘警官，那些人虽说做的是非法的买卖，但有些人需要他们，请原谅我不能向你透露任何事。"张梅把钱又推了回去。

刘天昊微微点点头，心中对张梅的说法并不认可。非法器官移植就是非法，其中不但存在着巨大的利益风险，还对当事者造成一定的生命威胁，若任由其泛滥，社会医疗体系岂不是乱了套！

刘天昊把一张名片递给张梅，说道："有什么困难就给我打电话。"

张梅郑重其事地接过名片，收了起来。送走张梅后，刘天昊回到医院，看到赵清雅从病房里走了出来。

"大师姐，情况怎么样？"刘天昊急忙问道。

"乘风的状态是正常的，至少他没撒谎。"赵清雅有气无力地说道。

对于目前的结果，赵清雅是不愿意接受的，虞乘风讲述的事太过离谱，让一名接受多年高等教育的心理专家相信这些子虚乌有的事儿，应该比登天还难，但事实是虞乘风看到的就是真实的。

"不过也不是没有收获！"赵清雅说道。

刘天昊一听便来了精神，忙问道："什么收获？"

赵清雅打开手机，放了一段录音，录音的效果很差，但能依稀地听出有指甲或者钥匙划过玻璃的吱吱声，非常刺耳。

"你还记得虞乘风的话吧，他拿着手机录音，准备事后和你一起讨论做证据。"赵清雅问道。

"记得。但他录的音只是挠门的声音吧。"刘天昊说道。

"他的手机被人动了手脚，删去了这段录音，我帮他恢复了。"赵清雅说道。

赵清雅是心理专家，却没想到她还有这种能力。

"明白了，录的是什么并不重要，重要的是有人在事后删除了虞乘风手机中的录音，也就是说，虞乘风事件可以定性为一起人为事件了！"刘天昊终于舒了一口气。

第九章　会讲故事的肖嘉麟

对于刘天昊的推理，赵清雅不置可否，但她还是善意地提了醒，如果当作案子来查，查出结果还好，要是不了了之，不但会影响他神探的威名，甚至还会把负面舆论指向刑警大队。

刘天昊的答复很坚决。事件中的大冰不明不白地死去，小兰变成了疯子，无论是对死者还是家属都不公平。另外，事件又涉及虞乘风，要是不彻查清楚，虞乘风的后半生都会陷入无穷无尽的困惑中。

"就知道你的选择！"赵清雅也作了一个决定，接触小兰，并最大程度地帮助她恢复。

两人正聊着，刘天昊的电话响了起来，看了一眼后，他喜上眉梢，说道："大师姐，小兰的事儿就拜托你了，我还有事。"

"哎……"赵清雅还想说说自己的想法，他却飞奔一般地离去。

……

老谢最大的特点就是负责任，他冲着面前的两人比画，嘴里咿咿呀呀地叫喊着，也不知道他想说什么。两人是文物专家，手上拿着一张介绍信，介绍信是市文物局出具给医院的，让医院配合对青铜棺再次进行检验。

"你小子利用私人关系把我们请来，结果这些杂事儿还要我们自己协调，不地道啊！"其中一名专家冲着跑来的刘天昊埋怨着。

两名专家是古文物的专家，是文物局返聘的工作人员，他们原本是古董界的高手，一直沉浸在古物的研究上，曾经因为一件盗墓案和刘天昊有了交往，成为忘年之交。

刘天昊隐约觉得青铜棺和闹鬼事件有关，所以才将两人请来。想不到老谢只认院长的批条，对介绍信视而不见。

　　刘天昊只得再去找院长批条，又请来医务科主任肖嘉麟坐镇，这才让老谢打开零号停尸房。

　　两名专家曾经听说过这尊青铜棺，也看过相关资料，考古价值并不大，所以两人并未关注。

　　当他们对青铜棺进行初步勘查后，几乎同时抬起头对视一眼，心中不约而同地骂着之前鉴定过青铜棺的专家。

　　这尊青铜棺是战国时期的古物，棺材表面和底部的花纹及符号非常奇特，简单地翻译后，得出青铜棺应属于王族成员，甚至可能是战国时期的一个王，上面的符号兼有辟邪、驱鬼、镇魂的含义，说明墓主人有尸变或者是魂变的可能。

　　这点结论竟然和那个不靠谱的算命先生说法相同。

　　但令人奇怪的是，在吕老二的故事中，他找人打开了棺材，还把他心爱的女人放进棺材中，而在此之前，他是知道棺材有这个作用的，为何还要把女人装进这种棺材里，女人的灵魂永世不得超生对他有什么好处！

　　对于 X 光无法透视棺材这件事，两名专家也有其独特见解。战国后期虽说青铜器工艺达到顶峰，但金属提纯工艺并不发达，青铜和锡的合金中往往掺有大量的铅。

　　最终两名专家得出结论，棺材是战国时期仅留存下来的为数不多的青铜棺之一，应该和云南发现的那尊青铜棺属于同一时代，是罕见的文物。

　　可惜的是，在民国时期，也就是吕老二的故事里，他打开过棺材，还用一种古老的工艺把棺材焊住，现在要想打开棺材，肯定要破坏整体的结构，弄不好会造成不可逆的损失。

　　两名专家的意见是，除非极特殊情况，否则不能打开棺材！

　　送走了两名专家后，刘天昊离开零号房间，来到一号停尸房中，他盯着停尸床愣神。

遗体告别仪式大都是在火葬场的停尸间进行的，个别医院就算有停尸柜，也都是临时存放尸体所用，当病患死亡后，尸体会直接放进冰柜中冷藏，但一号房间中却出现一张不该出现的停尸床。

刘天昊尝试着和老谢沟通，想弄明白停尸床的用途，但两人始终不得法，最终只得作罢。

医务科主任肖嘉麟却看出了刘天昊的疑惑，半开玩笑地和他讲了一个故事。

医务科除了医院的一些行政管理工作，还处理医患纠纷，可能因为工作性质的关系，肖嘉麟总是一副笑脸，细一看，却属于皮笑肉不笑，让人看起来很假的笑容。

故事是发生在吕老二的故事之后，在医院刚刚建起来的时候，那时的医疗技术不发达，死亡率比现在要高出不少。

停尸柜都是原装进口的，体积很大，10具停尸柜占满了所有的房间。

故事就发生在一号停尸间。

一名得了心脏病的女患者因抢救失败，医生在死亡证明上签了字。

当时民间流行的风俗是送三停七，意思是死者在第三天魂魄会离开阳间前往地府，需要送，第七天魂魄又回到阳间看看他留恋的世界和亲人，头七之后才能下葬。

但停尸柜中已经停满尸体，女患者的尸体没地方存放，只好放在一间空病房中。女患者的丈夫是名政要人物，通过关系，让医院腾出一具停尸柜，于是女患者的尸体被存放到一号房间的停尸柜中。

而原本停在停尸柜的尸体因多年没人相认，被拉到乱坟场埋葬。

故事本应该到此结束，不料却是另外一个故事的开始。

当时的停尸间看守人还不是老谢，而是老谢的师父路永定。路永定原本是义庄看守，新中国成立后取消了义庄，改制到医院的停尸房。这活儿涉及死人，比较晦气，没人愿意干，路永定就一个人承担下来，吃住全都在医院的后院。

路永定能在极阴之地生存下来依仗的就是一个方法——喝酒，他从不喝醉，但身上始终保持有酒气，用他的话说，他的岁数大了，肩头的三把火不足以抵抗阴气，只得借助酒精来加速生命之火的燃烧，虽说会损伤一些寿命，但总比病恹恹的好。

有些事却出乎他的意料，也终止了他的职业生涯。

在女患者送进停尸柜的那个夜晚，他一如既往地进入停尸间巡查。

路永定拿着三节电池的手电筒进入停尸房中，走廊中依然很安静，除了制冷机很低的嗡嗡声之外就剩下路永定喘息和轻柔的脚步声。

当他走到一号房间门外时，他听到了一阵刺耳的吱嘎吱嘎声，像是用金属刀叉用力在陶瓷盘子上切牛肉的声音。

路永定拿出酒瓶在嘴里灌了一口，哈出一口酒气后，趴在一号房门上的玻璃窗向里面看了看，房间里面没有动静，他用手电向里面晃了晃，除了两个巨大的停尸柜，并未发现任何异常。

之前停尸间中发生过老鼠啃食尸体的事儿，后来医院找来灭鼠专家把所有老鼠都灭杀，还用水泥做了厚厚的防护后，老鼠便再也没出现过。窗户和门都是紧锁的，也不可能进来一些野猫野狗。

除非……

路永定打了一个寒战，他看了半辈子的义庄，什么事儿都遇到过，他一向守口如瓶，从来不说幽冥之事，因为他的师父曾经说过，遇到这种事儿绝对不能说出来，不但没人相信，那些脏东西见你泄露了他们的秘密，反而会起了害你之心。

他口中念了几句佛语，又竖起耳朵听了听，房间中安安静静，他松了一口气，准备离开。

此时，刺耳的声音再次响起，与此同时传来的还有一个女人幽幽的声音：好冷啊，快放我出去。

路永定知道这是遇到事儿了，他的酒劲儿已经过了大半，冷汗刷地一下流了下来，他不敢再停留，更没有进入房间一探究竟的勇气，一路小跑着离开停尸间，锁上大门后回到门房中，一口气灌下了一瓶高度白酒。

在酒精上头之前，他依稀地听见停尸房的方向传来吱嘎吱嘎的声音和女人微弱的呼救声，终于，他带着恐惧睡了过去……

女患者的丈夫第三天来"送三"，当他打开停尸柜时，发现妻子的遗体有了变化，她双眼圆睁，双手举在胸前，双手的指甲部分脱落，剩下的也是七扭八歪地黏在手指头上，手指尖上满是黑褐色的血迹。

不但丈夫惊呆了，闻讯赶来的医院领导也惊呆了。

路永定看到此情此景后，心中后悔万分，他知道自己错过了一次救人的机会，那天晚上他听到的声音正是女子从冰柜里求救的声音，吱嘎吱嘎的声音是女子用指甲挠铁柜子的声音。

虽说政要人物并未追究这件事，但路永定的心中却充满愧疚，此后，他每天晚上都把每个冰柜打开看看，以防止有人醒过来。

医院方面也做出了改进，在一号停尸间中放一张停尸床，把刚刚死去的尸体放在停尸床上，一夜过后第二天天明前，要是人没醒过来，再放入停尸柜中。

……

"这就是这张停尸床的来历，后来无论是停尸间和停尸柜改造多少次、医院领导换了多少茬，这个制度始终没变。"肖嘉麟说道。

刘天昊正听得来劲，突然听到停尸柜发出吱嘎吱嘎的声音……

第十章　老谢的秘密

肖嘉麟上前用力一拍制冷机，吱嘎声立刻消失不见，房间又恢复了安静。

刘天昊暗中舒了一口气，随后向肖嘉麟问道："医院有老谢的档案吗？"

肖嘉麟瞥了一眼老谢，说道："医院谁的档案都有，就是没老谢的，他是前任院长留下的人，老院长退休时特意嘱咐一定要照顾好老谢。"

"他有亲人吗？"刘天昊又问道。

肖嘉麟摇摇头，说道："老谢每次生病时，会找一个中年人来替班，中年人叫老谢叔叔。"

"能联系到他吗？"

"没问题，有一次老谢病得挺重，医生下了病危通知书，我就把那人的电话留下了，是个座机号。"肖嘉麟说完后报出一个号码。

两人说话间老谢一直在旁边若无其事地站着，眼睛盯着零号房间的那道防盗门。

刘天昊又向肖嘉麟询要小兰和大冰的档案，肖嘉麟带着他来到档案室，让档案员配合刘天昊的工作后，便找了借口离开。

档案员是个二十五六岁的女孩，听说过刘天昊的事迹，心中仰慕已久，调取档案非常顺利。出乎意料的是，档案员和小兰是同龄人，关系很好，她说了不少档案之外的事儿。

小兰的社会关系比较简单，母亲是医院护士，父亲在医院开救护车，小兰从护校毕业后接了母亲的班，工作兢兢业业，曾经有两年被医院评为先进个人，她的人际关系也很好，从没听说和谁有过矛盾。

小兰长得不错，人品又好，所以医院很多男医生都追求过她，在医生中也不乏长相帅气、家庭条件好的。但奇怪的是，小兰对男医生们的追求无动于衷，很长时间以来，人们还以为小兰的性取向有问题，直到她和大冰出了这档子事儿。

大冰是个典型的富二代，父亲有个汽车零件加工厂，母亲是一家国企的高管，从小就接受高等教育，对金钱没有概念，但因家教比较严格，人品没问题，大学毕业后，就在父亲的工厂上班。到了成婚的年龄后，父母和朋友就不断地给他介绍女朋友，有知性的女白领，有高雅的大学教师，有门当户对的女富二代，但他对她们没有任何感觉，直到他生病住院遇到了小兰。

感情无法用数字和金钱衡量，这也是档案员羡慕小兰的原因。

"能找到一个对眼的人可不容易！"档案员有意无意地看了看刘天昊。

"小兰、大冰和老谢之间有没有关联？"刘天昊岔开话题问道。

档案员摇摇头，说道："没人愿意和老谢有关联，只有送尸体时，才会和他有些接触。"

"关于老谢……"刘天昊问了一句。

档案员犹豫了一阵，才讲述了老谢的事。

老谢的事是听上一任的老档案员说的。老谢刚到医院时还有听力和说话能力，在停尸房干了几年之后的某一天，老谢突然赤身裸体地昏迷在零号房间外，救醒后他完全记不得发生了什么。

令人意想不到的是，类似事件再次发生，当人们发现老谢时，老谢已经说不出话来，两只耳朵也失了聪，变得又聋又哑，和人交流起来异常吃力，时间久了，也就没人搭理他了。

"从此以后，老谢就变得神神道道，如果有人接近零号房间，他就会极力阻拦，但他究竟遇到什么，除了他自己，没人知道。"档案员说道。

老谢又聋又哑，悄无声息地偷袭虞乘风可能性不大。老谢无欲无求，每天三顿饭一瓶酒就能满足他的所有需求，没有作案动机。再者，如果弄晕虞乘风的是心脏除颤器，老谢也拿不到。

具备作案条件的人可能是医生、护士，能够拿到心脏除颤器，同时具备一定的反侦查能力，行动比较敏捷，能够迅速地接近虞乘风。

小兰昏迷后成了疯子，大冰死了，前去探查的虞乘风昏迷后并未遭受其他的伤害，凶手完全有机会在他们昏迷时杀了他们，却并未这么做，可见凶手弄出闹鬼事件不是为了害人，而是另有目的。而停尸房中有价值的除了青铜棺外再无他物，从青铜棺的大小和成分来计算，应该能有3吨以上，没有偷走的可能性。

停尸房中还有停尸柜和尸体，停尸柜和青铜棺一样，重量很大，拿不走，剩下的也只有尸体了，可凶手费这么大的力气就是为了储存在冰柜中的尸体？

刘天昊感觉头绪比较乱，给档案员留下一张名片后，便离开档案室，来到虞乘风的病房。

虞乘风恢复得很好，看到刘天昊后，立刻从床上坐起来："昊子，调查有进展吗？"

刘天昊把赵清雅还原的录音放了出来，虞乘风的脸瞬间变色，眼神中闪现一丝恐惧和不安。

"我在昏迷前听到的就是这种声音，好像是手指甲挠金属的声音，让人听了之后很难受。"虞乘风说道。

"除了声音和麻酥酥的感觉之外，还有其他的异状吗？"刘天昊又问道。

虞乘风立刻摇了摇头，对于这个问题，他已经回答过赵清雅数次。

"声音听起来很古怪，如果是合成的……"刘天昊想到这里眼睛一亮。

自然产生的声音与合成声音肯定有区别！

"老蛤蟆，我有事找你。"刘天昊用微信呼叫老蛤蟆。

"陛下，我在工作室呢，啥指示？"老蛤蟆也给刘天昊起了一个外号。天昊反过来读就是昊天，在神话中昊天上帝是大神，也算是捧了刘天昊一把。

"一小时后我去找你，有事请你帮忙。"

"没问题，顺路给我带点好吃的，比如肯德基汉堡什么的。"

刘天昊放下电话说道："有人在你昏迷后删除了你手机上的录音，还抹掉了走廊中所有的痕迹，可以肯定是人为事件了，但现在还缺一个突破口，凶手作案的动机和手法，我先从录音的事儿入手，也许会有些收获。"

"需要我做什么？"虞乘风忙问道。自打他抓捕忠哥受伤以来，基本就没活动过，眼见着这件案子有了眉目，且涉及自己，又开始蠢蠢欲动起来。

"你现在的任务就是好好休息，什么都不要想，不要做任何事，相信我！"刘天昊说道。

虞乘风勉强地点了点头。

两人正说着话，姚文媛推门走了进来，她已经不用拐杖就可以走路，只是走路的时候有点瘸。

她和刘天昊打了招呼，随后把提着的饭盒放在床头柜上，打开后，一股饭菜香气飘了出来。

"有福气啊。"刘天昊呵呵一笑，向两人告辞后转身离开。

能看得出来，两人的世界是甜蜜的，刘天昊要是还不走，就有些不知趣了。

刘天昊开着车向刑警大队的方向行驶着，心中却始终想着这件古怪的案子。与其他的案件不同，这件案子可以说有受害者，也可以说没受害者，加上凶手又是传说中的幽冥鬼怪，感觉一身力气没地方使。

刚进刑警大队的院子，就见韩孟丹站在大门口向他招手。

"刘队，大冰的验尸报告出来了，有些异常情况。"韩孟丹说道。

第十一章　制造声音

人生前无论多显贵，死后都会变成一堆臭肉，冷冰冰地躺在停尸床上。大冰算是一个比较优秀的富二代，不计较名、不计较利，其父母是很知性的高知人群，但人毕竟是人，脱不了人间的俗套。

韩孟丹的检测结果是大冰曾服用过类大麻药物，如果这一结论成立，就代表着大冰可能涉及吸毒。

大冰的父母完全无法接受检测结果，便告诫韩孟丹，在没经过更高一级的法医鉴定中心检测之前，不得轻下结论。

也难怪，吸毒在现代而言是一件大事儿，无论多大的官，多富有的商人，一旦沾上毒品，都会落个身败名裂。

省级鉴定中心主任很快便来了电话，让韩孟丹先不要出报告，等省里派专家来检测之后再定夺。

韩孟丹有些心累，明明是很简单的一件事，一旦涉及权贵，复杂程度就开始慢慢增大。

"死者应该是通过冰壶吸入的，很可能与死者和小兰的幽会有关。"韩孟丹说道。

刘天昊从不怀疑韩孟丹工作的严谨性。大冰利用毒品增加自己的能力，一方面是取悦自己，另外一方面也是为了取悦小兰。

"死者的声带有损伤，部分区域还有出血点，损伤的痕迹是生前造成的，也就是说，他在生前经历过声嘶力竭的喊叫。同时，死者体内的肾上腺素代谢物过高，说明死者生前经历过一些非常规的事儿。"韩孟丹介绍道。

这也解释了大冰带着小兰到停尸房幽会这件事，一般的人别说是去停尸房幽会，连接近都不愿意接近，大冰也是正常人，要不是提前嗑药，怎么可能去那种地方。

"小兰呢？抽血化验的结果怎样？"

"小兰的血样分析是正常的。"韩孟丹说道。

刘天昊心中一叹，一个女孩子，在精神状态完全正常的情况下，能和男人半夜到停尸房幽会，着实胆大。

"我有个同学在医院精神科，小兰是她的病人，你去和她聊聊。"韩孟丹说道。

"是吗？我怎么没听说你还有这么个同学！"刘天昊瞪着大眼睛茫然地问道。

韩孟丹白了他一眼："我警告你，只允许和她探讨案子。"

刘天昊笑了笑，说道："我不和她讨论案子，还能去谈恋爱不成！"

话刚出口他便有些后悔，但话已说出口收不回来，只得尴尬地笑了几声，见韩孟丹没理会他，便找个理由离去。

……

老蛤蟆的生活很简朴，几乎能达到了苦行僧的程度，房间里除了一张床，还有一张巨大的电脑桌。电脑桌上摆放着几台体积很大的电脑，还有3台看起来非常豪华的显示器。老蛤蟆可以没有豪车、豪宅、名牌衣服、手表，但在电脑上绝不糊弄。

他的电脑是现在最主流服务器级的配置，显卡、声卡都是以10万元为单位买来的，这3台电脑就是他的全部身家。

老蛤蟆大部分时间处于冬眠状态，无论坐着或者是站着，眼睛都半眯着，只要看他一眼，绝对比任何催眠师都好用。但只要一坐到电脑前，半大的眼睛立刻瞪了起来，精神头十足，三天三夜不睡觉都没问题。

刘天昊坐在老蛤蟆旁边的客座上，看着3台夸张的显示器问道："老蛤蟆，能分辨出一个音频是合成的还是自然形成的吗？"

老蛤蟆自信地笑了笑，说道："对你来说没区别，但在我这儿它们区别就大了。你看看这些设备，这音响，这耳机！"

刘天昊把音频传给老蛤蟆，冲着他做了个请的姿势。

"弄明白了，晚上你请客，带上佳佳姐！"老蛤蟆还算是有良心。

"没问题！"

老蛤蟆打字速度很快，所用的软件也是刘天昊从来没见过的。

按说刑警大队技术科所用的技术和软件应该是比较先进的，但对比老蛤蟆来说，一个地下一个天上了。

看着老蛤蟆光速按动键盘的手指时，刘天昊甚至产生了把他收编的想法，要是有这样一个超级黑客在身边保驾护航，破案效率会高很多。

借着老蛤蟆还原音频的机会，他又仔细回想了一下大冰和小兰、虞乘风的两起案件。

两起案件都发生在零号房间外，虞乘风和大冰都因为伤口撕裂而重伤，从虞乘风的经历来看，大冰应该是遇到了传说中的鬼！

两件案件的区别在于结果不同，小兰疯了，大冰死亡，虞乘风重伤。

可能是身份的原因造成的两种不同结果。

大冰再富有也只是百姓，小兰亦是如此。虞乘风的身份却不同，他是主管刑事案件的刑警，一旦出了事，警方定会一查到底。

另外一种可能就是大冰和小兰恰好发现了什么，凶手为了平息事件，只得弄死大冰、弄疯小兰，就算有家属追究，最终也只能是医院赔偿了事。虞乘风是为了查案，虽说追得紧，却并未触及事件核心，另外，凶手害怕弄死他会惹来刘天昊等人，弄疯又很难，只好装神弄鬼迷惑他。让身为无神论者的虞乘风陷入幽冥事件，最终连他自己都无法分辨真伪。

案件的难点在于凶手有反侦查能力，现场处理得非常干净，当事人又非死即疯。但凶手也犯了一个致命错误，就是在虞乘风昏迷之后删除了他手机上的录音，无异于此地无银三百两。

要想知道零号房间在夜间究竟发生了什么，就只有一个办法，和虞乘风一样，晚上到停尸房去探查！

　　但凶手经过两件事后肯定会有设防，能否查到线索还不好说。

　　"好了，你看，这是人工合成的。"老蛤蟆的手指打键盘的速度比刘天昊的思路还要快，他指着电脑上面一个软件显示的图说道。

　　"解释一下！"刘天昊有些迷惑。

　　老蛤蟆一笑，按动鼠标后，一阵两种金属小面积摩擦产生的声音从电脑里传出来，听得刘天昊直皱眉头。

　　"这就是模仿指甲挠金属的声音，还有一种声音你听听！"老蛤蟆又按动鼠标。

　　电脑音箱中发出哗哗的响声，刘天昊侧着耳朵听也没听出来究竟是什么声音，冲着老蛤蟆摇了摇头。

　　老蛤蟆拿了一个巨大的耳机给刘天昊戴上，又点击了一下。刘天昊屏住呼吸，听到哗哗的声音里还有嗡嗡的声音，连续听了几遍之后，才缓缓摘下耳机，试探着问道："是压缩机的声音？"

　　老蛤蟆点了点头，说道："从高频率上分析，其中一种声音应该是功率很大的压缩机发出的。"

　　医院的停尸柜！

　　"这也很正常，虞乘风是在零号房间外录的音，里面就是停尸柜。"刘天昊说道。

　　"如果是隔着一道门的话，压缩机的声音不应该这么大，而且同频率的嗡嗡声有两个，一大一小。"

　　刘天昊戴上耳机听了听，还真是老蛤蟆说的那样，嗡嗡的声音有两个，一远一近、一大一小。

　　"录挠金属的声音是在停尸柜旁边，放的时候是在零号房间门附近，和一号房间的停尸柜声音就有了交叠！"刘天昊恍然大悟。

　　"从理论上讲是，你再听听！"老蛤蟆说道。

　　刘天昊又戴上耳机听了一阵，听到一种类似于电流充电的啸声，他开过电动车，猛踩油门时，电流经过电机发出的声音便是如此，还有给汽车充电有时也会发出这种声音。

"电流的声音？"刘天昊问道。

"具体地说应该是某种大功率电器充电的声音，从图上显示的频率应该是，但我不明白为什么录音时会有这种声音！"老蛤蟆摇了摇头说道。

刘天昊想起了虞乘风当初说的，他在昏迷之前身体有种麻酥酥的感觉，充电、放电，是心脏除颤仪！

全对上了！

但令人疑惑的是，除颤仪为什么会出现在满是尸体的停尸房中？难道是某个科学怪人在房间里做死人复活的实验，又或是……

刘天昊下定决心要潜入停尸房一探究竟！

第十二章 第一个嫌疑人

让刘天昊意外的是，老蛤蟆告诉他录音里还有一种金属碰撞的声音。

"能不能放大点听听？"刘天昊问道。

老蛤蟆神秘一笑，说道："我先把这种声音分离出来，然后你再听下。"

当声音放大到 20 倍时，逐渐清晰起来，像是吃西餐时刀叉和盘子碰撞的声音，又像是把金属工具放在金属台上的声音。他反复听了几遍，才慢慢地摘下耳机，表情凝重地思索着。

老蛤蟆拿过耳机听着好一阵，才问道："既然是从医院录的音，有没有可能是手术刀具和治疗车上的无菌盘碰撞的声音？"

刘天昊脸上石化般的表情终于有了一些生气，缓缓点了点头，说道："应该是。"

"大侦探又要展开精彩的推理了。"王佳佳的声音从外面传了进来，人也随即走了进来，手上拎着一大袋子便当。

饭菜香气随着王佳佳的走入飘满了整个房间，老蛤蟆立刻抛下耳机，站起身接过塑料袋，打开一次性环保饭盒后眼睛一亮。

"还是佳佳姐对我好，大神探除了破案厉害之外，记性却太差，一点好吃的都没给我带！"老蛤蟆是个地道的吃货，除了黑客技术之外，他的生活就剩下吃，甚至在吃的需求上要超过对女人的兴趣。

刘天昊轻轻呼出一口气，在来的路上他一直想着案子，把给老蛤蟆带吃的这件事早就忘在了脑后，要不是王佳佳给他解了围，估计得被老蛤蟆记恨一辈子。

"咱们边吃边说吧！"王佳佳打开一个盒子递给刘天昊。

老蛤蟆已经大口大口地吃上了，糖醋排骨加上几样韩国泡菜，配着米饭和可乐，使他完全沉浸在美食当中。

"我找到了杨晓琪母亲的住所，不过你别抱太大的希望，向她买卖肾的那些人可能已经撤了，杨晓琪母亲比较倔强，让她说出背后那些人的可能性不是很大。"王佳佳说道。

刘天昊已经领教过杨晓琪母亲的倔强，点了点头，问道："那她现在怎么生活？"

自打他在派出所工作了半年之后，心思变得更加细腻了，由一个粗线条的侦探变成一个暖心大叔。

"没了肾，她每隔三天就去医院做透析，其他时间捡垃圾。"王佳佳说道。

"她女儿在医院，她为什么不去照顾，反而出去捡垃圾？"刘天昊问道。

王佳佳神色一黯，放下饭盒和筷子，叹了一口气。王佳佳是乐观主义者，刘天昊认识王佳佳这么久，很少见她叹气。

"杨晓琪母亲和丈夫五年前离了婚，通过多方的努力，已经联系上杨父了，他愿意抚养杨晓琪，条件是杨晓琪母亲不能再和她见面。约定就是从杨晓琪做手术的那天达成的，杨晓琪母亲诚实憨厚，答应的事儿就一定要做到，所以她就强忍着对女儿的思念不去医院，杨晓琪所有的信息都是通过粉丝传达给杨母的。"王佳佳说道。

"这条件也太离谱了吧！"老蛤蟆在一旁发了一句牢骚。

"杨父这几天回国把杨晓琪接走。"王佳佳说道

刘天昊放下盒饭，正要说话，王佳佳抢着说道："昊子，我知道你的想法，你想劝说杨父对吧？"

刘天昊点了点头。

"每个家庭都有苦衷，无法判断对与错，如果你强行干预，事情可能会朝着无法控制的方向发展，这非你我初衷。"王佳佳说道。

刘天昊思索了一阵，缓缓点了点头。

"很多事是人力所不能及，先做好自己吧。"王佳佳说道。

"对对，做好每一件事，咱们还是先把这顿饭吃好。"老蛤蟆又开始风卷残云地吃了起来。

看到老蛤蟆一副没心没肺的模样，刘天昊和王佳佳两人心中的阴霾瞬间消散，心思又回到了眼前的案子上。

"你这儿有什么收获？"王佳佳问道。

刘天昊深吸了一口气，结合老蛤蟆对音频的破解，对大冰、小兰和虞乘风遇鬼事件进行了分析。

……

青铜棺和后院闹鬼的传说可能是凶手用来吓唬人的，是为了让人们产生敬畏之心，从而不敢接近后院的停尸房，至于幕后真凶的所谋之事，目前还不明确。

大冰和小兰到停尸房约会是偶然事件，可能在过程中遇到了幕后真凶所谋之事，但幕后真凶并未立刻对二人下手，而是利用了闹鬼传说，

制造诡异氛围吓唬大冰和小兰，当大冰伤口撕裂、小兰吓得昏迷后，又对现场进行清理，做足了反侦查的工作。

小兰胆子比较小，精神上受到了极大的刺激，大冰却丢了一条命。

闹鬼事件让后院的停尸房再次成了热点，让人们更加对其畏惧。

幕后真凶成功将案件转向闹鬼事件，见外界没有任何风吹草动后，便继续其罪恶的勾当，意想不到的是，闹鬼事件引起了虞乘风的兴趣，一向守规矩的他居然半夜跑到停尸房探察。

经过小兰和大冰事件之后，幕后真凶已经有了设防，发现虞乘风闯入后，幕后真凶使出对付小兰和大冰的手段，但虞乘风是刑警出身，胆量和见识绝非小兰和大冰能比，甚至还拿出手机录音作为证据。情急之下，幕后真凶只得用改装过的心脏除颤器电晕虞乘风。

幕后真凶本应杀了虞乘风，再制造幽冥事件杀人的假象，当他看到来探察的人是警察时，便放弃了之前的主意，杀死一名刑警可不是件容易摆平的事儿，按照一点线索也不留的原则，凶手把所有的痕迹清除掉，再悄无声息地离开后院。

……

"是谁第一个发现虞乘风的？"王佳佳问道。

刘天昊呵呵一笑："你也知道我的意思了。"

王佳佳点了点头："第一个发现虞乘风的可能就是幕后真凶！"

刘天昊喝了一口水："是肾脏外科的主任于钟国发现的，按照你的说法，他是第一个嫌疑人。"

"肾脏外科的主任怎么会去那种地方，这解释不通啊。"王佳佳立刻发现了问题所在。

"我问过于钟国，他说他们科里有个病人刚去世，送到停尸房了，他去看看。"刘天昊说道。

"这就更说不通了，病人去世是经过一系列程序的，尸体进入停尸房后就和科室没关系了，他没理由去呀。"王佳佳说道。

刘天昊说道："的确可疑，得好好查查他。还有，幕后真凶应该认识虞乘风，知道他的身份后才放过他一命。"

"怪就怪在停尸房只有尸体，尸体能做什么呢？"王佳佳放下筷子说道。

"会不会和刘队一直关注的贩卖器官案有关呢？"老蛤蟆又打开一个袋子，里面是包子，一股肉香和面香的味道瞬间飘散出来，他干脆放下筷子，用手拿起一个便咬了下去，里面的肉汤滋地一下冒了出来，弄了他一下巴，他哈哈一笑，用手背一抹，随后一口把包子吞掉。

王佳佳眼珠一转，脸上露出一丝坏笑，问道："老蛤蟆，你看过香港电影《八仙饭店》吗？"

老蛤蟆被问得一愣，喝了一口水后又拿起一个包子，说道："没看过，你知道我一向只看好莱坞的。"

《八仙饭店》讲的是一起灭门惨案，是1985年澳门轰动一时的凶杀案。疑凶黄志恒涉嫌杀害澳门八仙饭店东主一家九口及一名员工，死者年龄由7岁至70岁。当凶案被揭破后，盛传黄志恒把死者尸体的肉剔下来做成叉烧包，并用于饭店出售，很多居民乃至办案的警察都吃过叉烧包，案件轰动港澳两地。黄志恒在扣押期间割腕自杀身亡，但并未承认杀人。

王佳佳讲完后看了看老蛤蟆，脸上露出顽皮的笑意。

老蛤蟆看着是一个五大三粗的老爷们，实际上心思很细腻，而且对恶心人的事儿特别敏感，当他终于听明白王佳佳说的案子和停尸房中尸体的关系时，他的脸色一下子变得煞白，放下手中的包子向外跑去，不一会儿，卫生间传来老蛤蟆呕吐的声音。

"玩笑开大了！"刘天昊说道。

王佳佳并未在意，看样子平时她总是捉弄老蛤蟆。

"他呀该减减肥了，要不，这楼板早晚让他给压塌了。"王佳佳说道。

"你呀！"

"昊子，你听没听过之前还有火腿肠是用人肉做的这件事。"王佳佳说道。她是媒体记者出身，花边新闻在圈子里并不罕见，时间久了，让人难以分辨究竟是真是假。

"无论真假，从理论上讲，付出这么大的代价，去弄人肉顶替一些很常见、很便宜的猪肉，完全不值当，凡是犯罪，都是和巨大的利益挂钩的，医院一年才死几个人，而且很多都是病死的，要是用来做肉料，得不偿失啊。"刘天昊分析道。

老蛤蟆从外面走进来，看了王佳佳一眼，说道："佳佳姐，刚才吃的那些都白吃了，你还得请客！"

"走吧，我请客，咱们到外面去吃点，烤肉如何？"刘天昊见案子有了进展心情大好。

一听见烤肉，老蛤蟆再次干呕了起来。

第十三章　苛刻的许安然

有人好办事，人情社会如此，法治社会也是如此。

大冰的父母果然厉害，找来的省级鉴定中心专家很快有了结果，大冰生前服用过类似于冰毒的毒品代替物，一般是用于男女之间求欢尽兴所用。

这一结果让大冰父母非常失望，在他们的眼中，大冰是一个非常听话的孩子，也从来不接触毒的圈子，怎么可能吸食毒品！

韩孟丹的法医鉴定报告很快出炉，大冰生前服用类冰毒的毒品，导致极度兴奋、和小兰之间的动作过大，最终导致伤口开裂，而毒品同时又具有一定的麻醉性，让大冰失去了人类本应有的疼痛，最终失血过多导致死亡。

大冰的父母经济条件很好，并不奢求医院的赔偿，只是想让儿子死得明明白白，至少死得干净一些，但两人的愿望随着省级鉴定中心的报告而破灭。

在医院闹鬼事件中，大冰和小兰就是其中的过客，是无意中陷入局中的受害者，这点已通过刘天昊的推理分析得到了证实。

赵清雅是全国数一数二的犯罪心理学专家，除了每天的事务性工作，还要应对来自全国各地的大学和公安机关的邀请授课。

对于这件案子，引起她更多兴趣的是小兰的经历。

她想知道究竟是什么让小兰的心智崩溃，这对于人类精神系统极限研究有很大的帮助。

小兰的精神状态很差，远不如前几个案子里面的受害者。"画魔"一案中的徐静、"鬼瞳"一案中的小周都是因为某种原因得了精神疾病，也就是世人所说的疯子，徐静是因为精神和肉体上的双重折磨而导致精神崩溃，而小周只是单纯地被药物毒害产生幻觉，得了暂时性的精神疾病。小兰却不同，从目前的线索看，她是因为经历了所谓的幽冥事件导致精神崩溃所致，这种能颠覆世界观的事件对人的冲击力非常大，造成的精神损害也非常大。

催眠被世人传说得神乎其神，尤其是一些影视剧，更是把催眠推上了神台，但实际上催眠是需要双方互相配合才能完成的，单凭借催眠师的一个响指和一些钟摆暗示很难完成催眠。

小兰几乎处于对外界事物无反应的状态，别说配合赵清雅，就算想让她有点反应都很难。但赵清雅就是赵清雅，她和刘天昊属于一类人，不会因为困难就退缩，越是困难就越激发骨子里的倔强。

尝试了很多办法都没奏效，她突然想起了虞乘风手机还原出来的那段录音，于是她当着小兰的面播了出来。

原本面无表情、眼中无神的小兰突然动了起来，她使劲地向后缩着，缩在病床和墙之间的角落里，双手抱着膝盖浑身颤抖着，眼神中充满了恐惧。

"鬼，青铜棺材，鬼，青铜棺材！"小兰嘴里不断地重复着这句话，情绪越来越激动，越发地难以控制。

赵清雅急忙把录音关掉，闻讯赶来的精神科医生许安然帮着一起安抚小兰，这才使她彻底平静下来，又恢复到一潭死水的状态。

许安然今年 28 岁，从外表上看还是 20 来岁的模样，人算不上非常漂亮，但气质绝对出众，加上绝佳的身材和接近 180 厘米的身高，走在大街上能吸引大部分男人的眼球，她奉行的不是单身主义，但对男伴的要求却达到了极为苛刻的地步，所以至今，她还没有合适的意中人。

韩孟丹之所以提醒刘天昊是有私心的，许安然的择偶条件虽然苛刻，刘天昊却完全符合条件，韩孟丹和刘天昊共事已久，两人虽说并未挑破关系，但她也不愿意有人插在中间。

赵清雅的名声在外，是许安然崇拜的偶像。两人针对小兰的情况进行了分析，得出两套治疗方案。一套是比较保守的药物治疗加上心理干预。这种治疗方式比较传统，主要依靠病人自身走出精神困境，但效果比较慢。

另一套是比较激进的治疗方案，采用先进的强力电击治疗法，利用强电流刺激患者大脑并辅以药物达到恢复的目的，只有在部分高等私人诊所才会见到，有治愈的先例，也有让病情恶化的案例。

赵清雅的工作主要是研究犯罪心理学，许安然是以治疗精神疾患为主，重点研究的是如何利用各种先进的仪器和药物医好精神疾病。在对人性的研究和审讯方面，赵清雅略胜一筹。在治疗精神疾病方面，许安然更加专业。

赵清雅想从小兰口中得到遇鬼事件的真相，但她考虑到患者健康问题，更加倾向于传统的治疗方式。许安然则是比较激进，提出使用强电流电击疗法，不但有治愈小兰的可能，对赵清雅也比较有利。

赵清雅针对许安然提出的办法进行了分析并提出相应的几条意见，两人聊得异常投机。

其间，赵清雅接到了局里的电话，说有一起比较奇特的案子需要心理师介入，于是两人建立了微信联系后，赵清雅依依不舍地告辞了。

……

人类并不完美，有人类存在的那一天起，疾病便一直跟随其左右，尤其是到了现代，医学发达，但原本罕见的疾病也层出不穷。医生总是忙碌的，当刘天昊见到医生于钟国时已经接近下班的时间。

经历了一天的疲劳，于钟国的心情烦躁到极点，两人的见面并不算愉快。

于钟国在更衣室一边换衣服一边发牢骚，无非是病人提出了很多刁难问题，病人家属又因为之前的诊断来闹事，诸如此类。

好不容易等到于钟国说话的间隙，刘天昊终于有了一个问话的机会："于医生，你能和我说说当天发现虞乘风的过程吗？"

于钟国不耐烦地看了一眼刘天昊，说道："都说了好几遍了，和那个姓杨的警官，还有姓韩的警官，连虞乘风本人也问过我，有问题你可以问他们去，我已经很累了，需要休息！"

"有些细节问题我还想亲自和你谈谈。"刘天昊不急不躁地说道。

"不行，我没空！"于钟国立刻拒绝道。

刘天昊原本并不恼火，被于钟国这样一说，突然想起了"画魔"一案中的蒋小琴，两人对人对事的态度竟如出一辙，心里一股火腾地一下冒了起来，但语气依然控制得很好，说道："于医生，你很累我能理解，如果你觉得咱们谈话的环境不好，我可以请你去刑警大队。"

"你是在威胁我吗？"于钟国语气更加冰冷。他身材比较高大，加上平时喜欢健身，看起来要比刘天昊大上一号。他向刘天昊迈近了一步，想利用身材的优势压迫对方。

健身只是锻炼肌肉和形体，和搏击完全是两码事，刘天昊怎会把一个大型的肉沙包放在眼里。

"在虞乘风事件中，接触过他的人都有嫌疑，更何况你是第一个！"刘天昊丝毫不让步，也向对方迈进一步。

于钟国和刘天昊对视了好一阵，最终还是败下阵来，泄了一口气后说："好吧，不过这是最后一次。"

"可以！"

"咱们换个地方吧，这里好像不太适合谈话。"于钟国瞥了瞥陆陆续续走进来换衣服的医生和工作人员。

医院大院里的小花园是五颜六色的，附近的空气也充满了花草的香气，比医院走廊中的福尔马林消毒液的味道要让人舒服很多。

于钟国点了一根烟，独自抽着。

"于医生，你身为肾脏外科的主任，为什么要到后院的停尸房？"

于钟国嘴角露出一丝冷笑，表情有些不屑一顾，说道："我是去看科里刚刚去世的患者，送他一程，就这么简单。"

刘天昊点点头，这件事他查证过了，的确有一名肾脏外科的患者去世，早晨送进的停尸房中，于钟国上班后得到的消息，到停尸房送病患最后一程也说得过去。

"当时你在走廊里看到虞乘风时，有没有其他的异常？比如说有其他人在附近，或者是老谢……"

于钟国摆了摆手，说道："我知道你想问什么，我直接和你说，事儿没你想的那么复杂，什么鬼呀神啊的都没有。虞乘风倒在地上，地面上积了一摊血。"

刘天昊看到于钟国的眼睛满是血丝，脸色也有些难看，站着的身体有些微微晃动，于是便问道："你没事吧？"

第十四章　赌祸

于钟国苦笑一声，脸上露出的抵触情绪有些缓和，说道："医生这行就这样，看着挺好，但责任大于天，累不死还得继续干，一大堆病人等着治，哪能歇着。要是碰到医疗事故或者是家属胡搅蛮缠，那就倒霉了。"

"你之前认识虞乘风吗？"刘天昊问道。

"虞乘风到了医院后，我才认识他的，他是抓捕犯人受伤的，大伙儿都当他是英雄。"于钟国语气中透露着仰慕之色。

"你在经济上有什么困难吗？"刘天昊突然问道。

于钟国也是一愣，随后晃了晃手腕上戴着的雷达银钻系列男款手表，脸上露出不屑一顾的笑意，意思是：我的经济有什么问题！

刘天昊拿出手机，调出一张照片，显示的是于钟国信用卡的流水，其中好几笔大数额的交易都是和澳门某某娱乐公司之间的，显然是他多次到过澳门赌场赌博。

自打和王佳佳讨论于钟国有问题后，刘天昊便让技术科对于钟国的社会关系和所有的银行账户进行清查，想不到还真查出了问题。

于钟国的社会关系相对来说比较简单，父母、妻子、一个孩子、岳父岳母，妻子也是独生子，在银行工作，没有复杂的社会关系。

他去澳门赌场都是单独去单独回，家人应该不知情。

赌博的危害性很大，人们去赌博绝不是为了风险，而是冲着不劳而获的巨大利益。

"你……你……这是我的隐私，你无权干预！"于钟国有些恼羞成怒。

"你第一个发现虞乘风，而且作为一个科室主任，到停尸房看望去世的病人的行为有些反常，我不得不怀疑你。"刘天昊开门见山地说道，在说话时他仔细地观察着于钟国的反应。

于钟国对心中的愤怒毫不掩饰，双手在空中无意义地胡乱挥舞几下，几乎是吼着说道："有证据你就抓我，没证据就别废话了。我可以很负责地告诉你，我就是去看看去世的病人，碰到虞乘风的事儿就是碰巧！"

刘天昊耸了耸肩，并未再和他争执，但他一直在观察着于钟国的反应。

于钟国猛地吸了一口烟，叹了一口气说道："对不起，我有些不太冷静。"

刘天昊发现于钟国在道歉时眼神闪烁了一下，便知道他有问题："没关系，咱们可以继续吗？"

于钟国微微点点头，把烟头掐灭用手捏着，说道："去世的病人是我同学，很要好的高中同学，如果不是因为我好赌，这台手术会由我亲自来做，也许一切都会不一样。"

原来，于钟国是一次和同事到澳门旅游时染上赌瘾的，同事的理念是小赌怡情、大赌伤身，就带 3000 元钱进赌场，输光了就离开，赢了就当赚了一次旅游费用。赌就是赌，都是由小到大，一旦陷进去就身不由己了。

几次下来之后，除了主职业工作之外，他一心想着赌博，只要手上有闲钱，就会串休飞往澳门赌博，他同学病情恶化必须立即手术，而他此时还在赌场拼杀。不幸的是，当他急匆匆回到医院时，同学的尸体已经送进停尸房。

"你可以调查，绝无半点虚言。"于钟国眼泪噼里啪啦地落下来，捂着嘴不停地抽泣着。

于钟国避重就轻地回答问题，哪能逃过刘天昊的眼睛。

"于医生，你……没事吧？"许安然的声音从一旁传来。她上身穿着T恤衫，下面穿着紧身牛仔裤，一双搭配得完美的运动鞋，梳着青春气息无敌的马尾辫，双手插在口袋里，向两人的方向看着。

"没事，没事，许医生下班了啊。"于钟国偷偷擦干眼泪，这才转向许安然，努力地挤出一个笑容，极力克制着声音回道。

许安然把目光望向刘天昊："刘警官？"

刘天昊微微点点头，他突然想起韩孟丹说过她同学许安然就在医院精神科。

"你们先聊，我还有事先走了！"许安然冲着刘天昊微微一笑，随后转身离开。

刘天昊两人目送许安然走后，才不约而同地松了一口气。许安然国际名模般的身材对男人拥有致命的诱惑力，哪怕是心如止水的刘天昊依然逃不过。

"于医生，我有时间再找你！"刘天昊说完便向许安然离去的方向追去。

NY市的公共交通系统非常发达，几乎快赶上京都了，许安然经过了医院的停车场后径直走向地铁站。

"许医生。"刘天昊追上许安然。

许安然的五官每一样单独摘出来都算不上好看，但组合在一起却有一种让人怎么看也看不够的感觉。

因为职业的原因，她几乎是素颜，脸蛋透着细腻的粉红，一副黑边眼镜架在恰到好处的鼻梁上，让她看起来在青春无敌的气息上又多了一份理性。

刘天昊180厘米的身高在许安然的面前居然占不到任何便宜，隐约还有些压迫感。

"看够了吗？"许安然的话很直接。她摘下眼镜挂在胸前，浓眉大眼更显出她气质非凡。

"哦，对不起，我有些失态了。"刘天昊急忙把目光从许安然的脸上收回来。

"不是近视镜，我平时戴眼镜是为了工作，戴上眼镜能显得我更斯文、理性一些，毕竟是做心理疾病的，给人压迫感并不好。"许安然笑得很阳光。

许安然的美在于气质和完美的对称，再加上模特身材，给人的感觉是可望而不可即，相对比而言，韩孟丹冰山一般的美至少还能摸得着，王佳佳是成熟性感路线，大师姐赵清雅是知性路线。

"你去哪儿我送你吧，我想了解一下小兰的病情。"刘天昊说道。

"好吧，但愿你的车我能坐得进去。"

刘天昊终于明白韩孟丹那句话是什么意思，除了业务上的事儿，不要和许安然谈其他事情，因为男人在面对许安然时都会失去抵抗力，任何男人！

刘天昊的大切诺基并没有让许安然失望，空间和动力都让她很满意，显然许安然对车辆的了解不比刘天昊差，一上车就说出这台车是极为罕见的 6.4 排量的大切诺基 SRT8。刘天昊也颇感吃惊，别说是女人，就是比较喜好车的男人也很少能识货。

一聊之下他才知道许安然还是一名业余的赛车手，经常在休假时参加一些国内业余选手的赛事。

两人聊了一阵车，反而把小兰的事儿给疏忽了，目的地到达之后，仍然感觉不尽兴。

"哎呀，咱光顾着聊车了，把正事儿给忘了。"刘天昊苦笑着。

"再约个时间吧，小兰的情况比较复杂，要想治疗好她，可能会冒些险。"许安然说道。

互留了联系方式后，许安然下车离去，刘天昊目送她直到背影消失后，才依依不舍地收回目光。

并非刘天昊是渣男，见一个爱一个，而是许安然对男人的诱惑力太致命了。

刘天昊给技术科打了电话，安排了调查于钟国所说的事儿。又得到了王佳佳的微信定位和信息，告知她现在正在杨晓琪母亲住所外蹲点，让他给带点好吃的来。刘天昊买了一些吃的后，立刻驱车前往杨晓琪母亲的住所。

刘天昊的车刚到，王佳佳不知从哪里冒出来钻进了车里，拿起汉堡吃了起来。

"你快赶上老蛤蟆了！"刘天昊调侃道。

他和王佳佳在一起时很轻松，就像在别人家做客后又回到自己家的感觉。没有和韩孟丹在一起的冰冷感，没有和赵清雅在一起的无力感，也没有和许安然在一起的压迫感。

"你再不来，我都要变成蛤蟆干了，又热又饿，蹲点还真不是一件容易的事儿。"王佳佳又拧开一瓶冰镇饮料咕嘟咕嘟地灌了下去。

吃了一阵后，王佳佳突然皱起眉头，鼻子使劲抽了抽，随后似笑非笑地盯着刘天昊："车上有一股女人的香味，但绝不是韩孟丹，因为她的香味混合着解剖室特有的味道。"

都说女人的第六感比较灵验，果然如此。

"医院精神科的许医生，刚好碰到了，聊了聊小兰的事儿。"刘天昊急忙解释道。

"光聊小兰的事儿了？"王佳佳并没打算放过他。

"吃还堵不住你的嘴！"刘天昊摇了摇头。

王佳佳最大的优点就是知难而退，见刘天昊不愿继续这个话题，便顽皮一笑，又拿起一个汉堡吃了起来。

盯梢的事儿比较隐秘，不能找粉丝，老蛤蟆动不动就睡着，只得她亲自出马。

杨晓琪母亲又换了一个住所，比之前的那个位置更加偏僻，几乎快到城市的边缘地带了，房子是 20 世纪 90 年代建造的，比筒子楼略强，但租金要比之前便宜很多。

除了治病需要的钱之外，杨晓琪母亲赚的钱都通过志愿者们转给杨晓琪。母亲是伟大的，为了女儿，可以付出金钱和生命，连基本的探视权都可以放弃，默默地在背后关爱着女儿。

"有什么线索吗？"刘天昊问道。

"只是搬了家，应该是为了省钱吧，其间没有其他人介入，也没发现任何可疑的人和她接触，除了去医院透析、捡垃圾卖钱之外，她就在家里待着。"王佳佳说道。

两人正说着，刘天昊突然身子一缩，同时把脸别向一旁："怎么是他？"

第十五章　别有天地

于钟国是年入百万的外科医生，出现在澳门赌场、富丽堂皇的大酒店、高级别的私人会所、夜总会都没问题，但他先是以看望病逝同学为名出现在停尸房中，现在又出现在杨晓琪母亲租住的棚户区，这难道真的是巧合吗？

刘天昊和王佳佳坐在车里盯着从车上走下来的于钟国，几乎大气都不敢喘，生怕会被他发现。

于钟国从公交车上下来之后绕了一圈，这才慢慢悠悠地走向杨晓琪母亲的出租屋。

刘天昊心情有些激动，如果于钟国和杨晓琪母亲接触，就免不了和她卖肾有关，先不说虞乘风的案子，忠哥背后的贩卖器官集团的案子是有眉目了。

贩卖器官并不是一件容易的事儿。首先是得有贩卖的渠道，国外、国内要有客户。其次是要有货源，也就是愿意卖肾的人。再次就是要有一批有高明医术的人来做手术，因为各个国家都有相应的法律反对非法器官移植，正规的医院不可能做非法移植手术，只得在条件比较差的隐蔽场所进行。

最后一个条件就是在各个国家和地区器官贩卖集团都得有代理人，类似忠哥，寻找有需求卖器官和买器官的群体，贩卖器官集团只是提供了平台，提供相应的条件。

按照于钟国的条件，他属于医术高明可以做手术的那种人。

杨晓琪母亲先是卖了一个肾，然后又私自切下另外一个肾捐给女儿杨晓琪，这两个手术都必须在 NY 市当地完成，否则都无法保证肾源的成活度，也就是说，在 NY 市一定有一处可以做肾移植手术条件的黑诊所。

于钟国走到杨晓琪母亲住所门前敲了敲门，过了一阵后，门咯吱一声打开了，露出杨晓琪母亲的脸，两人低声交谈了几句，于钟国才走进房间，杨母探出身子向四周看了看才关上门。

刘天昊和王佳佳因为距离住所较远，听不见两人说的是什么。

"怎么办？"王佳佳问道。

"不急，先观察一阵再说。"刘天昊说道。

王佳佳立刻掏出手机开始录像，刘天昊则陷入深思。

小兰和大冰的案子走进死胡同，虞乘风的案子却因为一段音频撬开了一条缝，而通过这条缝露出来的就是于钟国，于钟国又和杨母有了联系，加上之前的分析判断，这桩医院闹鬼的案子很可能和国际贩卖器官集团有关。

但现在让人想不通的是，停尸房都是尸体，器官早已随着人的死亡而坏死，就算取出来也不能用，那为什么案子会发生在停尸房呢？

刘天昊正思索着，却见于钟国从房间里走出，观察了一阵后，才打了一辆车离开。

"哎哎哎，他走了！"王佳佳提醒道。

刘天昊发动汽车，在后面不急不缓地跟着于钟国的出租车。

"杨晓琪母亲住所还有人盯着吗？"刘天昊边开车边问道。

"没了，就我自己。"王佳佳说道。

"以后也不用跟了，杨晓琪母亲并非知情者。"刘天昊说道，话音未落，他猛地一打转向拐向另一条街道。

刘天昊的车技很好，车也不错，但也架不住一些自带路怒症的愤青们，几台车见人切诺基窜来窜去，心中就产生了各种不服，于是就出现了各种别、各种急刹车，活生生把刘天昊给别住，眼睁睁地看着于钟国的车拐了弯不知所终。

刘天昊追了一阵也没追上，只得作罢，叹了一口气看了看王佳佳。

王佳佳想笑又碍于情面没笑出来，看得刘天昊憋得直难受。

"想笑你就笑吧。"

王佳佳扑哧一声笑出来，说道："好啦好啦，追不上就追不上，咱还有别的办法嘛。"

她拨了一个号码："林朝英呼叫老蛤蟆。"

听到王佳佳自称林朝英，刘天昊忍不住笑了笑。林朝英是金庸大师小说里古墓派师祖，和西毒欧阳锋是同辈人，按说王佳佳这样的性格应该自称小龙女才是，但小龙女明显低了欧阳锋的辈分，所以才以林朝英自居。

"老蛤蟆收到。"老蛤蟆的声音懒洋洋的，应该是在床上躺着睡懒觉。

"帮我查一台车，车牌号微信发给你了！"王佳佳说道。

"我马上起床！"老蛤蟆果然没起床。

王佳佳布置完后歪着头看刘天昊，意思是说你搞不定的事儿我都能搞定！

刘天昊摇了摇头，说道："你总让老蛤蟆去黑进交管系统，早晚有一天会被网警抓住。"

王佳佳哼哼两声，说道："你还不是总让虞乘风也做这种事儿，网警一样抓他！"

两人不约而同地嘿嘿笑了两声。

老蛤蟆的效率很高，3分钟不到，他就把于钟国乘坐的出租车的定位和运行轨迹发了过来，刘天昊一脚油门冲了出去，迅速地到达定位的地点。

两人下车后，果然看到那辆出租车停在路边等客。一旁是一栋有些年头的大厦，门口的保安见两人下车，便冲锋式地跑了过来。

"停车费10块钱。"保安说道。

刘天昊正要说话，王佳佳急忙站在他前面，从口袋里掏出50元递给保安。

"不用找了。"王佳佳轻描淡写地说道。

保安立刻露出笑容，说道："您随便停，随便停啊。"

"大哥，我打听一个事儿呗。"王佳佳朝着出租车看了一眼。

别看保安的文化水平低，情商可不低，他一看到王佳佳的眼神看向于钟国刚刚乘坐的出租车，就立刻明白王佳佳的意思，说道："美女，您要找于医生，是吗？"

王佳佳点点头。

保安脸上露出可惜的神色，说道："您这长相，也没必要找他呀！"说完话，他又看了看一旁的刘天昊。

刘天昊和王佳佳两人属于帅哥美女级别的，加上开的车也属于豪车行列，一般人还以为是从事影视行业的明星。

"嗨，这和长相有什么关系呀。"王佳佳说道。

保安愣了一下，随后说道："于医生在16楼，整层。"

刘天昊和王佳佳大约猜出于钟国用这层楼干什么了。

现在很多医生都有私人产业，比如五官科的医生可能会有一个牙科诊所，外科医生可能和其他的几个同行开一个高档的私人诊所，美容科的医生可能有一个相应的美容院。于钟国有技术，更有金钱上的需求，私下里开一个诊所也是情理之中。

到了16楼下了电梯，是一个很大的大堂，大堂后方的有一个带门禁系统的大门。大门旁边有个牌匾，写着钟国私人诊所几个大字。

大堂靠边的位置有一个吧台，一名年轻美女坐在吧台后，见刘天昊二人进入，站起身露出职业式的微笑，问道："请问二位有预约吗？"

"没有，我们是来找于钟国的。"刘天昊说道。

"我们这儿是高档私人诊所，只针对会员进行服务，如果没有预约……"

刘天昊挥了挥手，掏出警官证，打断美女的话："我是警察，是来查案的，我要立刻见到于钟国。"

美女脸上露出为难的神色，正要打电话请示，却见于钟国出现在玻璃门后，他看到刘天昊后也是一愣，随后叹了一口气，打开门禁向美女招了招手。

于钟国的办公室很大，很豪华，他坐在一旁的沙发上看着窗外的景色发愣，刘天昊两人走进来后，他才缓过神来，说道："刘警官，王大记者，我这儿是合法手续，不知道二位……"

"诊所主要的业务都有什么？"刘天昊问道。

"美容，这玩意赚钱。外科手术也赚钱，但风险太大，需要的人手、设备也多。"于钟国说道。

于钟国的话令二人吃惊，一名肾脏外科的主任医师居然在私下做起美容诊所。

"我们能参观一下吗？"刘天昊问道。

于钟国犹豫了一下，才说道："好吧，但请不要拍照，也别打扰正在治疗的病人。"

整个16楼的面积非常大，经过改造后，除了走廊之外，剩下的都是单独的诊室，诊室的面积很大，装修很豪华，一看就知道花了大价钱。

两人转了一圈后，并未发现任何异常，诊室除了一些美容设备之外，并未发现能够做外科手术的设备和手术室。

其间，刘天昊还询问了于钟国是否整个16层都租了下来，得到的答案是不是租，而是都买了下来，全部！

刘天昊摆弄了一阵手机，随后便向于钟国告辞，两人走出大厦钻进汽车中，王佳佳才问道："昊子，这可不像你的风格呀，开始风风火火的，结果就草率地离开了？"

刘天昊笑着说道："你没觉得诊所里的房间设计得有些奇怪吗？"

王佳佳摇了摇头，说道："设计得挺好呀，没见哪里有奇怪的地方。"

刘天昊指了指大厦，说道："这栋大厦是方形的格局，中间位置是4部电梯，周围都是办公室，按说办公室的设置应该是很规矩的，但他的办公室却少了一块区域，就在这个位置。"

他把手机拿了出来，指着屏幕上的一张施工图纸。图纸是从规划局朋友那儿弄来的，很明显，在16层的图纸上看，和现在的诊所对比多出了一块面积，面积能有250平方米左右。

"靠东面的拐角处少了一块，所以你才问他是不是16层全部租下来了？"王佳佳惊道。

"里面一定有故事！"刘天昊看着走来的保安神秘一笑。

第十六章　后宫

于钟国诊所还有很多年轻大夫，都是从医科大学毕业后没能进入医院体系的医生，美容手术的难度往往要低于普通外科手术的难度，正规医学院毕业的外科医生，只要稍经培训就可以达到从业条件。

于钟国看着忙碌着的众人欣慰地一笑，只要大伙儿都忙起来，对于他来说就是一沓沓的人民币，可以满足他很多的欲望。

诊所中的医生和护士多以美女为主，脸蛋漂亮、长发飘逸、身材绝佳，绝不比影视明星差，这也难怪，美容诊所中的医护人员要是长相难看，顾客估计也不肯来。其余的女医护人员虽说比不了影视明星，但站在普通人中也是鹤立鸡群。

除了于钟国一人外，整个诊所竟然没有一个男医生。

自身的条件好，工资待遇就不会太差，只要进入诊所的工作人员，几乎是正规医院的两倍工资，也难怪这些人宁可不去正规医院也要到于钟国的诊所任职。

当刘天昊和王佳佳再次站在他面前时，他的笑容凝固了，因为同来的还有4名着装整齐的警察。来者不善、善者不来，刘天昊刚刚离开不久便折返回来，一定没什么好事儿。

出示了搜查令后，刘天昊又向于钟国展示了手机上的16层的规划图。于钟国的脸色变得更加难看了，脸上甚至露出哀求的神色。

"刘警官，能不能借一步说话。"于钟国性情高傲，从未像现在这样苦苦哀求别人。

刘天昊心里一软，略加思索后点了点头。

两人来到于钟国的办公室，于钟国叹了一口气，说道："刘警官，我知道你不是针对我，可能是有案件查到我，诊所的确有秘密，但能不能您一个人进入？"

于钟国的语气很诚恳，很明显他有难言之隐，如果让其他人知道怕是声名落地。

"王佳佳是我的伙伴儿，她也需要进去。"刘天昊语气坚定地说道。

于钟国深吸了一口气，眼神左右摆动，最后长叹一口气，说道："我最怕的就是她，她是媒体记者，就算没事儿也会挖出一些事儿出来，更何况……"

"如果你做的不是非法的勾当，又怕什么呢？"刘天昊说道。

"好吧，刘警官，在可能的情况下，您尽量帮我保密吧。"于钟国的情绪似乎平静了一些。

每个人都有自己的秘密，于钟国自然也不会例外，只不过有些人的秘密只是普通的小秘密，于钟国的秘密属于惊天秘密了。

隐藏起来的房间被打通成了一个房间，房间中分成各个区域，每个区域的设置也有所不同，有医院病房、有学生教室、有公交车、有公共浴室，各区域的墙上挂着各种各样男女之间所用的工具，从品种来说，甚至比"画魔"案中的刘大龙别墅里的花样还多。

于钟国不但建了一个诊所赚钱，更是为自己创造了一个巨大的皇帝后宫。刘天昊、王佳佳终于明白在楼前保安露出的可惜表情是什么意思了，他以为王佳佳是来就职的，十分可惜王佳佳这样一个美人又落在于钟国的庞大后宫中。

凭借于钟国的性格，不太可能放过诊所中的任何一人。

怪不得于钟国苦苦哀求刘天昊不让其他警察进来，尤其是王佳佳，一旦他的这件事儿传出去，不但诊所保不住，连他医院的职务也保不住。

像这种私人诊所也不太可能一个人开，肯定是有其他美容科的医生参与，如果赔了钱，以后也不可能再有人与他合作。

于钟国从一个墙的暗门里打开一个保险柜，从里面拿出 20 万元现金，整齐地放在桌上，向刘天昊苦苦哀求道："刘队，王记者，这是一点心意，是我剩下的全部了，等以后赚了钱，我还会再……您明白的。"

王佳佳冷笑了一声，说道："你是不是脑袋秀逗了，别说我们不收你的贿赂，就算真想要，也不可能拿着这么一大堆现金出门吧。"

于钟国恍然大悟，连连点头，说道："是，是，我脑袋麻木了，做了蠢事。"

刘天昊原本以为暗室会和杨晓琪母亲的肾移植有关，没想到费了这么大劲，却得到这样一个结果。

"我可以帮你保密，但有些事我也得请你帮忙，如果……"刘天昊话还没说完，就被于钟国打断：

"没问题，绝对知无不言。"

"杨晓琪母亲的事是怎么回事？"刘天昊问道。

要是这个问题在之前问，估计他会随便找个理由推搪，现在他有把柄在王佳佳手上，再想说谎估计得要慎重思考一下了。

于钟国叹了一口气，说道："说来话长，她们本来和我没什么关系，杨晓琪只是科里的一个病人，但有一次杨晓琪母亲私下找到我……"

……

杨晓琪母亲很坚强，不但独自养育杨晓琪，还兼顾着公公婆婆的生活。杨晓琪的父亲是个典型的花花公子，去城里打工后认识了一个50多岁的富婆，一来二去就和她在一起了，富婆的条件就是脱离原来的生活，脱离所有的亲戚关系。他连想都没想就同意了，从此之后再也没回过家，甚至连父母都不管不顾，过起了醉生梦死的纯物质生活。

当杨晓琪被确诊肾病后，杨晓琪母亲曾经找过杨父，怎奈狠心的杨父并不在乎女儿的生死。杨晓琪母亲的经济状况很差，别说治疗杨晓琪的肾病，连平常的生活都有些吃力。

幸运的是，王佳佳的介入让她看到了一丝希望，但现在看病筹款的事儿太多了，很多筹款到最后都凑不齐。杨晓琪的病情已经不能再等，于是她通过忠哥联系到了国际贩卖器官集团，此时的忠哥还没被刘天昊等人抓捕。

等配型匹配成功后，忠哥却进了监狱。杨晓琪母亲心急如焚，肾卖不出去，就代表着杨晓琪的死亡。

于是她找到了肾脏外科的主任医师于钟国，希望能够卖一个肾。在我国，这种事本身就是违法的，一旦卖掉一个肾后，杨晓琪母亲只剩下一个肾，不再符合给杨晓琪肾移植的条件，拿到了手术费，但没有肾源照样救不了女儿。

"就这样？"王佳佳问道。

"就这样，其他的我都不知道，我只是被这个女人的母性所感动，所以私下帮了一些小忙而已，并没有更复杂的关系了。"于钟国说道。

刘天昊一直在观察着于钟国的表情，通过微表情，能大约判断出他并未撒谎。

"杨晓琪母亲和你提过忠哥的事儿吗？"刘天昊问道。

"提过，忠哥是个神秘人物，我们对他的名字都很熟悉，很多需要肾脏移植的病人都是通过忠哥得到了肾源，合理合法地进行了移植，我们做医生的只管治病救人，只要肾源的来源合法，其他的事儿我们也管不起。"于钟国说道。

"把这儿拆了吧，做些该做的事儿，否则我会把所有的账和你一起算的。"王佳佳晃了晃手中的手机。

于钟国脸上露出可惜的表情。

原本以为案子到了于钟国这里会有收获，想不到得到的却是一场空。

和王佳佳告别后，刘天昊不知不觉又开车回到了医院，用韩忠义教导的话说，当案子遇到困难无法推进时，就回到起点。

停好车后，他慢悠悠地穿过一楼走廊，来到医院的后院，后院和停尸房之间的大铁门已经上了锁，门上多了一个红色按钮，看样子应该是一个门铃。

老谢又聋又哑，要门铃干什么！

刘天昊带着疑问按下门铃，没过多久，一个40岁左右的中年人从门房走了出来，脸上带着苦相，走路时的模样好像刚刚得过一场大病。

中年人一看刘天昊不是穿白大褂的医护人员，便站在铁门很远的地方喊道："干啥？"

刘天昊掏出证件出示给他看，随后说道："我是刑警，来查案的。"

中年人犹豫了一下，最终还是走到铁门前，看了看证件，随后嘴里嘀嘀咕咕地打开铁门。

"老谢呢？"刘天昊问道。

"病了。"中年人不愿意多说一句话。

刘天昊仔细打量了一阵中年人，随后又拿出手机上了公安内网看了一阵，才冲着已经不耐烦的中年人说道："南城有家工厂丢了很多铜和锌锭，价值虽说不高，但足够立案条件了。"

中年人神色一凛，随即又恢复了平静，说道："什么？"

刘天昊呵呵一笑，指着中年人的鞋说道："你的鞋帮上沾有锌粉和铜粉的泥土，相信鞋底也有，还有你的指甲里面也有锌粉。"

中年人的手下意识地向后缩了缩。

"经过现场勘查，盗贼是用农用三轮车作的案，现场留下了滴落的机油，而你的裤腿上也有机油。"刘天昊说道。

中年人看了一眼刘天昊，不由自主地咽下一口吐沫："我……我不知道你说什么，我干农活经常用三轮车，也没啥不对劲儿的。"

刘天昊呵呵一笑，他知道中年人偷归偷，但还是老实人一个，并不具备反侦查能力，应该是初犯。

"你身上有酒味儿，是170元一瓶的泸州老窖，还有烤鸭的味道，对于一个收入很低的农民来说，这一顿饭有些奢侈吧！"刘天昊抽了抽鼻子。

"你是怎么知道的？"中年人瞪大了眼睛问道，原本他还打算狡辩一番，见刘天昊几乎一张口就说中，他不得不服气。

"先说说你吧，为什么会出现在这儿？"刘天昊问道。

中年人搓了搓手，态度好了很多："老谢是我表叔，他病了，临时找我来替班的。"

"我想知道关于老谢和青铜棺的一切事儿，如果你能提供一些线索，盗窃的事儿，我可以不追究，但东西你得还回去。"刘天昊说道。

中年人缓缓点了点头："我也是鬼迷心窍，应该还回去。我表叔的事儿我知道一点，刘警官，咱们到门房说吧！"

"好！"

第十七章　许安然的劫难

老谢的侄子和老谢虽说是表亲，但老谢无儿无女，在 NY 市就这一个亲戚，两人的走动比较频繁，但老谢最初只是不能说话，后来才变成了聋子，导致沟通有些吃力，所以老谢侄子知道的事并不多。

让刘天昊意想不到的是，老谢的耳朵居然不是生病聋的，而是故意吃了一种药物聋的，至于为什么吃药，究竟发生了什么，老谢却始终不肯说。

刘天昊阴沉着脸，什么也没说，这让老谢的侄子心里没了底，他一拍脑门故作灵光闪现状又道出了一个秘密：医院停尸房闹鬼的传言是老谢传出去的。

刘天昊还记得年轻的档案员说过老谢的事儿，她是从老档案员处听说的这件事。老谢醒来后发现自己躺在零号停尸房门前，但之前却什么都记不得，而时隔不久，他又一次莫名其妙地出现在零号停尸房门前，之后就变得又聋又哑。

按照老谢侄子的说法，老谢在第二次之前还是有听力和说话能力的，第二次睡倒在零号停尸房后就失去了听力和说话能力。

零号停尸房闹鬼的传言就是在这期间由老谢传出去的，至于究竟是不是真的，只有老谢本人才知道。

老谢本身没有更多的欲望，在后院门房打更就是他最大的目标，如果残疾了，很有可能会被院方炒鱿鱼。

但医院不但没炒老谢，反而还允许老谢在生病或有事时让侄子替班，这应该算是医院方面对老谢的补偿，就意味着当时的医院领导很有可能与闹鬼的事儿有关！

想到这里，刘天昊不禁心中一惊，要是事情涉及医院高层领导，查案的难度会增加很多。

"老谢生了什么病？"刘天昊问道。

老谢侄子有些支支吾吾，犹豫了好一阵才说道："我表叔其实不是生病，是每月都会腾出一两天时间上山去给他爹娘烧纸，他在坟头搭建了一个小窝棚，其间也不下山，就住在山上。"

"有些奇怪呀。"刘天昊说道。

"谁说不是呢，但我表叔从来也不说，有一次医院有急事找他，这才让一个护工替我的班，我去山上把他找来，当时他喝了很多酒，我好不容易背他下的山，他醒来之后冲着我大吼大叫，意思是说我不应该打扰他烧纸。"老谢侄子说道。

"他最近有没有和你说过什么？"刘天昊问道。

老谢侄子想了想，说道："他变成聋哑人，我又不会手语，交流起来比较费劲，偶尔他会写一些字让我看，我记得他有一次喝多了，说过医院又开始发生怪事，和多年前他遇到的事儿一样！"

"闹鬼事件？"刘天昊问道。

"对，就是护士小兰桃色遇鬼事件！"老谢侄子说道。

"这件事儿你也知道？"刘天昊有些惊讶。

老谢侄子呵呵一笑："都什么年代了！"

"当年老谢遇到的也是桃色遇鬼事件？"

老谢侄子摇摇头，说道："遇鬼，没有桃色，因为只有他一个人赤着身体，没有女人！"

"小兰的事儿，老谢还和你说什么了？"刘天昊问到了关键所在。

老谢侄子又开始支支吾吾地不说话。

"我答应你，只要你还回盗窃的物品，既往不咎！"刘天昊说道。

老谢侄子向窗户外面看了看，随后小声地说道："其实我表叔耳朵没完全聋，还能听见一点声音。"

能听见一点声音！

所有人都知道老谢又聋又哑，无论是谁说什么话都不会背着老谢，这样一来，幕后真凶所做的事儿很有可能被老谢所知！

"他在纸上写，说他好像听到了一号房间中有金属碰撞和人喊叫的声音，还有机器充电的声音，人的叫声有些瘆人，好像是上刑的惨叫声。近两年来，他晚上都是靠喝醉才睡的觉，很少起夜。有一天他喝得太多了，加上天冷，晚上被尿憋醒了，到外面上厕所的时候听到的，当时他并没在意，以为是产生了幻觉，直到后来小兰和大冰出事后，他才觉得这件事儿不寻常。"老谢侄子说道。

刘天昊点了点头，示意他继续说下去。

"后院没有厕所，要是小便的话就在停尸房外的墙边解决。"老谢侄子解释道。

"什么时候的事儿？"刘天昊急忙问道。

"就是小兰桃色遇鬼事件的那天！"老谢侄子说道。

"还有谁知道老谢耳朵还有听力的事儿？"刘天昊问道。如果幕后真凶知道老谢的耳朵还能听见，那他现在的处境就比较危险了，为了掩盖犯罪事实，很有可能会趁着老谢落单的时候下黑手。

老谢侄子摇了摇头，说道："应该没人知道吧，反正大伙儿当他是聋哑人已经好多年了。"

"老谢写的字还在吗？"刘天昊问道。

"在！"老谢侄子起身走到桌子前，手伸向抽屉里摸了摸，从其中拿出一个笔记本，封皮上是一个类似于挂历美女的图案，表面陈旧，看起来有年头了。他打开笔记本，却发现里面剩下的纸是空白的，前几页应该有字的地方被撕掉了，看撕开的茬儿，应该是不久前撕掉的。

"奇怪，被人给撕掉了，我表叔写的字很烂，但很爱惜本子，从来都不撕本子的。"老谢侄子说道。

刘天昊看着笔记本思索着。

"本来今天我表叔也不应该回山上烧纸，还不到日子。"老谢侄子拿出手机看了看日历，又说道："按说是下礼拜一，今天才礼拜三，提前了好几天。"

刘天昊预感老谢的处境有些不妙，他眼睛一抬，立刻说道："能不能带我去找老谢，我现在就要见到他。"

老谢侄了却没感到刘天昊的异常，呵呵一笑，点开手机微信二维码，说道："刘警官，加个微信，我给你发个定位，你去找他就行了，这儿离不开人。"

……

受到惊吓后精神失常在临床上治愈率很低，大部分医生会选择保守治疗，让病人靠自身能力走出心理阴影，而医生和药物等只是作为辅助。

这样做虽说对患者的病情恢复不太有利，但至少可以保证医生没有责任，如果采用过激的治疗方案，一旦病人病情加剧，免不了惹来一场官司，得不偿失。

许安然不同于一般的医生，不但在技术和理念上比一般的精神科医生先进，更难得的是她敢于担当，所以她治愈的患者比一般的医生要多，但遭到的投诉和医患纠纷也比其他医生多。

医院的庄副院长是从精神科主任医师走到副院长岗位的，她知道这里面的利害之处，所以她对许安然的强电击治疗方案持反对意见，尤其小兰还是医院的护士，一旦治坏了，就不是医患纠纷那么简单了。

庄副院长的反对激起了许安然的倔强，晚上下班后，她来到小兰的病房，查看基本状况后，便把她领到治疗室。

许安然经过复杂的操作后，发现小兰的病情有所好转，这更增加了她的信心。

但强电流治疗不能超负荷，否则可能会引发病人的不适。送小兰回到病房后，她又尝试着和小兰沟通了一阵，发现小兰已经不像最初那样抗拒和人沟通，再假以时日，小兰可能会完全康复。

许安然心情大好，一方面她的理论得到了验证，另一方面她可以在灭绝师太一般的庄副院长面前抬起头来，可以在一群胡子、白头发一大把的老医生面前大声宣布强电击治疗的效果。

她出了医院大楼后，呼吸着不带福尔马林味道的空气，享受着缓缓落下的夕阳带来的余温，在停车场上左顾右盼了一阵，她盼的是还能遇到刘天昊，还能坐上他的车，哪怕是一段距离也好。

她不但对他的车感兴趣，更对他的人感兴趣，其实……也许人才是最重要的。

她有些失望，不过转念一想，笑容又重新回到了她的脸上。刘天昊是警察，不可能天天守在医院查案，就算她是他的女朋友，以他的工作也不可能天天来接她。

她有车，但 NY 市上下班点儿天天堵车，甚至快赶上京都的堵车程度了，所以她便选择了公共交通工具上下班，休息时她才开着越野车到郊外撒野。

她如往常一样来到地铁站入口，人们从地铁站下方涌了上来，她刚向下方迈出一步，就觉得背后有一股很大的力量推来……

第十八章　老谢之死

许安然做了很多的梦，梦见自己在天上飘着，但又飘不高，想使劲向前飞，但又飞不远，人在空中有劲儿使不上，她看到刘天昊和韩孟丹在地面上行走，两人有说有笑好不开心，她想落到地面上加入他们，却怎么也落不下来，想喊出声，却发不出任何声音。

一阵风吹来，她感到身体不由自主地随着风飘荡，越飘越远。令她奇怪的是，刘天昊二人和她之间的距离却始终不变。

……

在韩孟丹眼里，许安然内心非常狂热，平时喜好比较冒险而剧烈的运动，例如攀岩、滑翔伞、赛车等，身体素质和协调性绝不是一般女性可比，甚至很多男性都不如她。

崎岖的山路她都如履平地，怎么可能在地铁入口的台阶阴沟翻船！

外科医生告诉韩孟丹，许安然的头部和台阶碰撞受到震荡，目前还处于昏迷中，能不能苏醒过来，还要看自身，同时她在许安然的后背发现了一处疑似电击伤的两个小点。

韩孟丹立刻查看了许安然的后背，果然发现了在后背左肩胛骨下端的位置有一处类似于灼伤的黑色痕迹。她是法医出身，一看就知道这是高压电击器留下的痕迹，左肩胛骨下端的位置对应的正好是心脏。

看来是有人趁着地铁人多的情况下，从背后接近许安然，然后使用电击器电击许安然，幸运的是，许安然的身体强壮，遭受电击昏迷前下意识地前滚翻以减少伤害。

"在哪儿出的事儿？"韩孟丹问道。

"据送安然来医院的热心群众说，是在医院前的地铁站入口，靠近医院这边的地下入口。"医生说道。

"安然醒过来第一时间给我打电话。"韩孟丹留下一张名片后离去。

……

因为是医院的缘故，地铁站入口来来往往的人很多，韩孟丹站在入口处环顾四周，并未发现合适角度的监控，她拿出手机给技术科发了一条定位，让技术科查一查附近有没有能查到的摄像头。

很快，技术科回了消息，此处的摄像头有 6 个，但都无法拍摄到地铁入口处。韩孟丹走到台阶下，蹲下身体看着台阶，台阶上还有发黑的血迹，应该是许安然头部受伤后留下的。从血迹来看，许安然在被电击后，至少向下滚了十几个台阶，最后撞在隔离栏杆上才停下来。

韩孟丹把台阶的照片和许安然后背电击伤的图片发给刘天昊，随后给他打了电话："昊子，许安然被人袭击了，现在躺在医院昏迷不醒。"

"什么！"刘天昊震惊的声音从话筒传出来。

"有人使用电击器将她电晕，她头部和台阶碰撞受了伤。"韩孟丹说道。

"好，我马上回去，我现在在东岭镇的一个山上，老谢死了。"刘天昊说道。

"老谢死了？"韩孟丹也吃了一惊。

老谢死亡、许安然被袭击昏迷不醒，两人几乎在同一时间出事，而且他们都和小兰和大冰的事儿有直接或者间接联系！

到底是巧合还是有幕后凶手故意而为？

……

刘天昊是带着老谢的尸体回到刑警大队的，他和韩孟丹之间已经有了默契，几乎同时戴上口罩和手套进入解剖室。

解剖尸体并不是一件愉快的事儿。

老谢的死因是颅内出血导致颅内压力升高，加上多脏器破裂大出血，导致出血性休克死亡，体表多处软组织挫伤，多处闭合性和开放性的骨折，通俗的说法就是摔死的，这一点也和刘天昊的陈述对上了号。

……

刘天昊按照老谢侄子所给的定位来到山脚下，同来的还有所在乡镇的一名民警。山不高，远远地看去，有一条崎岖小路通往山上。通过民警介绍才知道，这座山南面的林子很密集，是四季常青的松柏，山的北面是一个相对较陡的斜坡，是光秃秃的岩石。

山林中有一片坟场，早年还没流行火化时村民们去世后都埋在南山坡的树林里，老谢的父母去世比较早，也是火化刚刚开始流行的时候，趁着村镇管理人员不注意偷偷地埋在了山上。

民警也听过关于老谢的事儿，每个月老谢都会用一两天的时间上山给父母上坟，有时候赶上消防防火抓得比较紧的季节，消防人员和派出所民警就会上山劝离老谢，但好在老谢上坟只是在坟前供些水果和吃的，从来不烧纸，大伙儿也就睁一只眼闭一只眼。

微信的定位到了这里好像并没有城市里那么精确，大约的方位就在山脚下。刘天昊和民警从南面的小路登了上去。

　　山路崎岖，却难不倒经常锻炼的二人，当他们来到一片坟地时，看到在其中两座连体坟前有一个三角形的小窝棚，只能容纳一个人在里面居住。

　　"这就是老谢上坟时住的地方。"民警介绍道。

　　刘天昊走近小窝棚，看到里面有一床被褥，旁边的连体坟墓碑前有两只破碗，碗里面装着几个苹果和橘子，还有几块干巴巴的饼干、小点心等。

　　刘天昊捏了捏苹果，苹果很硬实，重量也不轻，应是不久前放置的。

　　"老谢，老谢！"民警喊着，随即一拍脑门，自嘲道："我怎么忘了他是聋哑人了。"

　　"老谢在镇里还有房子吗？"刘天昊问道。

　　"没了，五年前因一场大雨塌了，镇政府给了一些补贴让村民重新翻盖，老谢估计心疼钱就没盖，镇子里也没他什么亲戚了，和邻里邻居处得一般，所以他回来一般都是到镇里买些东西，然后直接上山，待一到两天就走，听说他有个表亲侄子在城里，不知道有没有来往。"

　　刘天昊微微点点头，老谢的侄子他刚刚见过。

　　地面上两组脚印引起了刘天昊的好奇，两组脚印都是新印上去的，从小草弯折的程度来看，应该不会超过 12 个小时，老谢穿的是平底布鞋，鞋底的花纹很简单，但看另外一组脚印应该是运动鞋的花纹，属于另外一个人。

　　对于辨认一些不知名的信息，刘天昊发现了一个好办法，就是利用王佳佳的粉丝，粉丝群体太过庞大，所蕴含的信息量远比技术科几个人要多得多。他立刻给运动鞋的鞋印照了照片，发给了王佳佳，让她发动粉丝辨认。

　　随后，他低着头沿着脚印向坟地的另一头走去，另一头是一处不高不矮的山洼子，虽说没有山北坡那么高，却很陡峭，能有20米左右的深度。

陡坡边缘有一处草丛断成了两截，地面也有一块地和普通的草地不一样，应该是有人从边缘滑落山洼子的痕迹，断了的高草是人落下去的时候拽断的。

"糟了！"刘天昊心中暗道不好。

按说老谢对附近地形了如指掌，明明知道背面是20多米深的山洼子，不太可能闲着没事儿靠近，更何况还有另外一组脚印！

"哎，兄弟，你快过来看！"刘天昊向前探着身子，他隐约看到山洼子底部好像躺着一个人。

民警急忙跑过来，抓住刘天昊的衣服，说道："刘队，你小心些，这儿刚刚下过雨，地上滑得很。"

民警向山洼子下方看去，他倒吸一口冷气："下面真有个人！"

刘天昊向山洼子四周看去，并没有可供攀登的地方，而且刚下完雨，很多地方的泥土湿滑。

"得找专业的救援队才行！"刘天昊冷静下来，立刻拨打了蓝天救援队的电话，表明身份并说明情况后，救援队答应立刻出发进行救援。

王佳佳很快回了信儿，鞋印是一双耐克篮球鞋的鞋印，价值应该在1500元左右，这种鞋在耐克体育用品专卖店有售，在批发市场也有高仿版的，从鞋印花纹清晰度来看，应该是正品，正品球鞋已经上市销售一年多了。

王佳佳还发来两张图片对比，一张是正品的鞋印，一张是高仿的鞋印，高仿的鞋印边缘有些模糊。

刘天昊用手量了一下鞋印，随后说道："身高180厘米，体重85公斤左右，喜欢并经常打篮球，走路有些外八字脚，裤子略长，应该是宽腿的运动裤。"

警察一惊，连连竖起大拇指，夸赞道："听说刘队现场推理能力举世无双，今天一见果然名不虚传。您能不能说说究竟是怎么推断出来的？"

刘天昊点点头："身高和体重这两项你应该知道，与鞋印的深度和两只鞋印之间的距离有关，你看老谢的鞋印深度和另外一组鞋印的深度对比，老谢体重是 65 公斤左右。"

警察点了点头。

"再看运动鞋的鞋印，显然这双鞋不是新鞋，两只鞋的前脚掌磨损比较严重，应该是经常做类似于急停跳投的动作，或者是折返跑，另外鞋印的边缘磨损较大，两只鞋印的夹角大约都是 40 度角，所以我推断鞋的主人经常打篮球，走路外八字。"

"原来是这样！"警察说道。

"你看这个脚印，鞋后跟的位置多出一个痕迹，这个痕迹是裤子边缘勾在后鞋跟时踩下来造成的，边缘相对比较厚、宽，可能是运动裤或者是牛仔裤，但这个天穿牛仔裤实在是太热，所以我推断应该是宽腿的运动裤。"刘天昊说道。

"哦！"警察挠了挠脑袋，随后指着两组脚印说道："老谢这组脚印一直延伸到山洼子边缘，而另外一组脚印还差一步左右，这说明是运动鞋的主人推老谢下去的！"

"可能性很大，咱们再看看现场吧！"刘天昊望了望山洼子叹了口气！

第十九章　病情恶化

刘天昊和民警把现场再次勘查了一遍，在山脚下发现了一组比较浅的车轮印记，宽度为 235mm 的轿车胎，从车辆转弯和调头造成的轮胎痕迹计算，车辆的轴距应该在 2800mm 左右，可能是丰田凯美瑞、大众迈腾、尼桑天籁、本田雅阁级别的轿车。

"应该是嫌疑人的车。"刘天昊指着轮胎痕迹说道。

民警点点头，说道："这儿是荒山野岭，很少有人开车来这儿，如果这组车轮印记和凶手有关，那就好办多了。"

取样后，两人便坐在山脚下等着，不大一会儿，蓝天救援队的车辆便来到现场，大致讲了一下山上的情况，救援队便带着装备和刘天昊等人一起上了山。

蓝天救援队的效率很高，众人借助设备很快到达山洼子底部，几经波折后把人运到山顶。随队的医生立刻对老谢进行抢救，却发现人早已死去。

……

"大致的情况就是这样。"刘天昊看着已经支离破碎的老谢尸体说道，他打了一个哈欠，看看窗外有些刺眼的太阳，肚子里咕噜咕噜叫了起来。

"老谢的后背上有被电击过的痕迹。"韩孟丹指着老谢后背一处黑色的伤痕说道，随即她把百叶窗拉上，房间顿时暗了下来，冲着刘天昊说道："说事儿专心点行吧，别总向外看，我站在你面前呢！"

刘天昊抱歉地笑了笑，随即神色一正："老谢又聋又哑，他还有听力的事儿除了他侄子外没人知道，凶手能悄无声息地从背后电击老谢，只有一种可能，就是凶手和老谢非常熟悉。"

"怎么说？"韩孟丹露出疑惑的神色。

刘天昊把洗好的现场照片拿出来，其中一张拍的是悬崖边缘，上面有老谢的一组脚印，还有一组是嫌疑人的："老谢和凶手很熟，这才未加防备，凶手也不知道老谢还有听力的事儿，所以他诱使老谢接近山洼子旁边时，走到老谢身后，电击老谢，导致老谢摔下山洼子。"刘天昊又拿出山洼子边缘凶手脚印和老谢脚印的对比照片说道，同时他伸出手比画了一下距离，又说道："凶手的脚印和老谢在悬崖边的脚印的距离大约是一只手臂的长度。"

"凶手为什么不到悬崖边看看老谢的状况？"韩孟丹问道。

"两点，其一是凶手对环境很熟悉，只要掉下去就不可能生还；其二可能是害怕，普通人站在 20 多米高的悬崖边会胆战心惊，要是有恐高症的人，怕是连站都不敢站了。"刘天昊说道。

"根据尸体僵硬的程度来看，老谢的死亡时间应该在上午 9 点左右，按照时间推算，在许安然出事之前 10 个小时。"韩孟丹介绍道。

"从市内到老谢所在的山上车程加上爬山的时间大约在两个半小时，也就是说，两件案子的凶手很有可能是一个人，在做完老谢的案子后，又赶回市内，在地铁口等待着许安然。"刘天昊说道。

"既然是等着许安然，就意味着凶手是熟悉许安然作息时间，这说明凶手可能是医院的人，和许安然、老谢都很熟悉，开类似于凯美瑞、迈腾、天籁档次的车，身高 180 厘米，体重 85 公斤左右，喜欢打篮球，走路有些外八字脚。按照老谢被害和许安然被害的时间计算，凶手应该没上班，今天轮休或者请了假！"刘天昊分析道。

"电击器这点还有没有文章可做？"韩孟丹提醒道。

刘天昊摇了摇头，说道："现在管控严格了，在网上购买都会留下痕迹，但早年网络监管还不发达时，这种东西多得是。"

"这件事原本是由小兰、大冰事件引发，由虞乘风引入，随着老谢的死以及许安然的被害，现在可以确定这件案子的性质就是刑事案件。"韩孟丹说道。

"凶手最初是想通过幽冥事件来掩饰停尸房中所发生的事，如果不是虞乘风好奇，这件事会石沉大海，但虞乘风未能威胁到凶手。直到老谢和许安然，他们一定是发现了什么，威胁到幕后真凶，这才导致凶手不顾一切地下死手。"刘天昊说道。

"提到虞乘风，他的昏迷会不会和电击器有关？"韩孟丹问道。

"咱们当初分析的是除颤仪，也有可能是电击器！"刘天昊说道。

"许安然醒了，很多事情就知道了。"韩孟丹说道。

精神科主任，和许安然非常熟悉，也是医院的老员工，和老谢肯定也认识，加上运动鞋、身高、体重，所有的一切都符合条件，真的是巧合吗？

第二十章　七年之痒

"还行，偶尔运动一下，现在岁数大了，不能像年轻时那样剧烈运动了。"赵江被问得一愣，但还是回答了问题。

"咱们到楼顶平台聊聊吧，感觉你这里的气氛有些奇怪！"刘天昊说道。

赵江看了看手表，随后说道："嗨，来这儿看病的人都不太正常，所以感觉比较怪。楼顶平台就别去了，风大，说话听不清，咱们到停车场附近的小花园转转。"

不等刘天昊答话，赵江便拿起车钥匙和手机向外走去，走到护士站又和护士交代了一番后，才和刘天昊一起来到停车场旁边的小花园。

今天的天气风和日丽，一丝风都没有，楼顶平台哪来的风，很明显是赵江找的借口不愿意上楼顶平台。

刘天昊走在赵江的身后，边走边观察着他走路的姿势，赵江虽说有些八字脚，却不严重。

按照目前所观察到的线索，赵江完全符合杀害老谢凶手的条件，同时也具备害许安然的一切条件。

小花园面积不大，但看起来设计得比较别致，在这里散步的病人还不少。

刘天昊突然打了一个喷嚏，随后捂着鼻子说道："您车上有没有纸，我的老毛病鼻炎又犯了！"

赵江立刻向停车场走去，刘天昊捂着鼻子急忙跟了过去。刘天昊心里早已经打定主意，就算赵江兜里有纸，他也会很快把它用尽，然后再想办法去他的车那里。

两人走到一台车前，赵江打开车门拿出几张抽纸递给刘天昊，笑着说道："等一会儿我给你开个方子，你吃几服药试试，别看我是精神科的医生，对中医我也是略懂！"

赵江把略懂两个字说得很重，学的是电影里诸葛亮的那个桥段，意思是我说的是略懂，实际上非常精通。

刘天昊假装擦了擦鼻涕，实际上在观察车的轮胎和整个车身。

车是大众迈腾，档次比较符合一个医生的定位，车应该刚刚被洗过，还能看出部分位置有水迹。

"赵医生真勤劳，车洗得很干净啊！"刘天昊说道。

赵江脸上一红，说道："医生嘛，多多少少都有点洁癖。"

刘天昊看了看赵江，突然问道："赵主任昨天没上班吧？"

赵江愣了一下，说道："是，昨天我家里有点事儿，和院长请了假。"

刘天昊看着赵江颇有深意地笑了笑，心道：现在线索都已指向赵江，剩下的就是找证据和动机了。

"能说说是什么事儿吗？"刘天昊知道这样问很唐突，很容易被对方化解，但不得不冒险问一下。

赵江并未抗拒，但露出非常为难的表情，缓了好一阵才说道："我知道你是为了查大冰和小兰的案子，还有虞乘风、许安然的事儿，但我的事儿和他们没关系，就算你查清楚了，对你目前所办的案子也是无益。"

赵江的话说得很直白，并没有要隐瞒的意思，但实际上拒绝得也干净利落。

好不容易得来的线索，刘天昊哪肯轻易放手，又说道："老谢出事了，死在老家的山上，根据现场的线索推断，凶手的特征与你非常吻合，赵医生，您是不是与这件事无关我不敢说，但现在我要展开调查，你配合的话，也许咱们会非常愉快！"

赵江露出愤怒的神情，毫无意义地空挥了一下手，转了两圈后才渐渐平静下来，郑重其事地说道："刘警官，我的事儿我可以解释，但还请你保密，因为这涉及了我的家庭。"

"只要你做的不是违法的事儿，我答应你！"刘天昊知道让当事人说出来要比一点点去调查效率高很多，所以也就不会和对方计较保密的事儿。

"其实我昨天请假是去见我的前妻了。"赵江脸上出现愧疚之色。

刘天昊点点头，看赵江的神色，他去见前妻绝不是光聊聊天喝喝茶这么简单，肯定还有别的事儿。

原来赵江的前妻就是医院的庄副院长，两人原本是同事，接触多了之后便产生了感情，一起上下班、一起做饭、一起做家务，时间久了，两人便领了证成为夫妻。

办公室恋情是很难持久的，因为缺少神秘感、距离感和神圣感，你也知道我，我也知道你，生活没了情趣，也没有任何意外。新婚时还好些，彼此了解不深，但随着时间的推移，两人已经完全了解对方，各自的问题就会逐一暴露出来。

有些是能够忍受的，有些不能容忍，两人又都属于高知型的人，不愿意像普通的夫妻那样吵来吵去，取而代之的是冷战。

在夫妻关系中，冷战带来的伤害不会比其他问题带来的伤害小。他们终究没能熬过七年之痒，在庄主任光荣地成为庄副院长时，两人平静地办了离婚手续，好在两人还没来得及要孩子，一身轻！

离婚后两人都各自忙于工作，虽然彼此很少有私下的交集，但时间久了，又感到对方很多优点是现在的男女朋友身上都没有的，而且两人无论在生活上还是工作上都有了一定的默契，这种默契是用时间磨出来的，很难在其他人身上找到。

破镜终究不能重圆。两人最终还是各自找了一个人，成立了彼此的家庭，也各自有了的孩子，在工作上他们只是保持着同事和上下级的关系，从不僭越。

人生就是这样，只要不死，永远都会有事发生，也许是好事，也许是困难。

庄副院长的丈夫是一位商业大亨，有自己的商业王国，虽比不上首富级人物，但在 NY 市也可以与刘大龙等人比肩。令人遗憾的是，他却在壮年之时死于一场离奇的车祸，传言说他是因为开车时精神失常，导致与对面的大货车相撞，也有的说这就是一场安排好的车祸，是竞争对手或者是利益相关的合伙人安排的，他这一死，他所开发的市场被剩下的人瓜分。

无论是什么真相，人还是死了，庄副院长原本美满的生活崩塌了。

福无双至，祸不单行。

不得不说古语所说的都很有道理，因为这些古语都是几千年来的人们用生命和经验总结出来的。

庄副院长神经恍惚又出了错，6 岁的儿子独自在家时，居然从窗户爬了出去，趴在晾衣架上玩耍，等他感到害怕时，想回头已经回不来了。

邻居们报了警，等警方找来开锁匠打开门锁，小孩因体力不支从晾衣架上掉了下去，幸运的是庄副院长的家是三楼，只是摔坏了肾脏和脾，摘除了一个肾和脾。不幸的是，肾脏外科的医生于钟国发现孩子的另一只肾脏有先天缺陷，功能不全，摘除了健康的肾，除非是移植，否则就只能靠着透析度日。

一系列的打击之后，庄副院长原本沉稳的性格变得冰冷起来，生活变得乏味而简单，上班、照顾孩子两点一线地奔波着。

当赵江看到她的变化时，心又纠结了起来。

再强悍的女人也需要关怀，医生和护士们畏惧她那张冷若冰霜的脸，都敬而远之，年长的院长业务太忙，也无暇顾及她的家事，所以她的倾诉对象只剩下最了解她的前夫赵江。

赵江心软，在庄副院长数次的恳求下还是答应陪她到郊外散散心，于是他在昨天便请了假，在庄副院长和许安然讨论完小兰的治疗方案后，陪着她来到 NY 市郊外的青龙山爬山。

青龙山走的是旅游路线，有心的商家在半山腰开了一家山间客栈，专供爬山的情侣们留宿，两人上了年纪，爬累了便在客栈开了一间房间，休息之后才下了山。

"大致就是这样，真的没什么，但这件事好说不好听，让我妻子知道了，肯定说不清。"赵江苦笑一声。

的确，孤男寡女开了房，而且两人还曾经是夫妻关系，就算没事儿也说不清楚。

"不信你可以去核实，都是用了身份证登记的。"赵江说道。

刘天昊点点头，心里暗道可惜，原本已经指向性很强的线索又一次断了。

"你和老谢很熟吗？"刘天昊问道。

赵江立刻摇了摇头："外科、肿瘤科、心脑血管科、ICU 的医生和护士可能和老谢熟悉，这几个科室的病人死亡率相对较高，而精神科和老谢基本没有接触，尤其是医生，不太可能到后院停尸房和老谢有任何瓜葛。"

"许安然的事儿，你还知道些什么？"刘天昊问道。

"知道一点点吧，不知道算不算线索。"赵江犹豫后说道。

第二十一章　毒

赵江叹了一口气，说道："我和小庄都很关注许安然，她是个好苗子，就是有些激进。培养一个医生并不容易，采用激进的治疗方法很容易惹上官司，一旦有了污点，怕是很难再成长起来了，安然没经历过这些，当然也不会懂，所以在对小兰的治疗方案上，小庄和她吵得很厉害，不过小庄刀子嘴豆腐心，不太可能去害安然，而且她也没有时间，昨天她一天都和我在一起呢！"

赵江说到这里低下头，脚搓了搓地面，看了看周围并没有人注意到，才小声说道："这件事儿您一定得帮我保密，要不我的家庭就完了。"

刘天昊点点头，郑重其事地说道："放心，只要你没有做违法乱纪的事儿，我答应过的事一定做到。"

"对了，于钟国倒是有些可疑，他曾经追过许安然，因为两人年龄相差太大，而且他也是有家室的，所以就没成，事儿闹得沸沸扬扬，嗨，医院凡是单身的男医生都打着安然的主意呢，都没成，也不止他一个。"赵江说道。

刘天昊不想听这些乌七八糟的事儿，便假装打了一个哈欠，脸向一旁瞥了瞥。

赵江是精神科主任医师，心理学精着呢，怎能看不出刘天昊对他的话不感兴趣，只好止住了话头。

"我会继续调查于钟国的。"刘天昊为避免尴尬微微一笑说道。

"继续调查？"赵江抿了抿嘴小声嘀咕着。

刘天昊的电话响了起来，是韩孟丹打来的电话。

"孟丹！"

"刘队，我和大师姐在法医鉴定中心，小兰的血样有问题，你最好回来一趟，咱们当面说！"

刘天昊向赵江摆了摆手，随即向停车场跑去："我马上回去！"

……

许安然应该是发现了幕后真凶的秘密，幕后真凶不想让许安然再继续下去，这才下黑手害她。

恰恰是这种行为，暴露出线索就在小兰身上，但小兰还未恢复，无法说出当天发生了什么事儿，究竟小兰身上藏着什么秘密？

刘天昊边思考边走进法医鉴定中心，赵清雅和韩孟丹两人在实验桌前一起看着一份报告。

"大师姐、孟丹，有什么线索吗？"刘天昊问道。

两人同时抬起头看刘天昊，目光几乎同时交会到他的身上。刘天昊也是一愣，面前的两人都是美到极致，却各有不同，与现在的网红脸和整容脸完全不同。韩孟丹的美自不用说，完全对称的五官，每一个器官单独拿出来看，也绝对是极品。大师姐的脸上和眼神中透射着一种成熟、妩媚和知性，浑身上下都散发着成熟女人的味道。

赵清雅轻咳两声，半开玩笑地说道："师弟，你让我俩去偷病人的血样，要是让医院知道了，你可得负责任！"

她故意把负责任这三个字说得很重，令人意想不到的是，韩孟丹也凑了热闹："就得让他负责任，平时他总是让虞乘风黑交管系统，现在又让咱俩干这事儿，他不负责谁负责。"

俗话说得好，三个女人一台戏，现在两个女人就已经成了一台戏，幸好王佳佳没来，否则，这三人凑在一起，刘天昊的苦难日子就来了。

"行行行，我全权负责。"刘天昊举双手投降。

赵清雅一笑，把手里的报告递给刘天昊，解释道："孟丹在小兰的血液里发现了一些奇怪的代谢物，经过化验还原后，发现是一种毒，其中可能有……"

赵清雅看了看韩孟丹，韩孟丹会意，接着说道："肉豆蔻酸、毒蕈碱和四氢大麻酚，目前能检测出来的就这三种，其他的都被人体代谢掉了。"

"都是致幻的药物，事情发生这么久了，为什么还能检测出来？"刘天昊看着报告惊道。

"如果是单一的毒，肯定早被人体代谢了，但毒是合成的毒，几种毒之间相生相克，可以长时间存在于人体中，甚至永久性破坏人体神经组织。"韩孟丹受到父辈的影响，喜欢学习中医理论，对于国粹中医学非常痴迷。

　　毒理学是每名医生必学的课程，但毒理学大部分的内容都是西医学下的药物毒理学，在中国有很多中草药调配是在毒理学范围之外的，是经过多少代中医师总结出来的，正所谓多一分是毒，少一分也是毒。

　　"小兰还有的治吗？"刘天昊问道。

　　"不好说，有些损伤是永久性的，想恢复到正常状态估计是很难，不过知道她是因为药物导致的精神失常，至少通过药物可以减轻或控制症状，再加上大师姐的心理干预，还是有希望的。"韩孟丹说道。

　　刘天昊耸了耸肩，说道："你这话说得和领导似的，模棱两可。"

　　赵清雅一笑，解释道："任何事都不能百分之百，更何况是医学，就算孟丹研究出解毒的方法，医院方面承不承认还不好说，还有小兰的家属，我们也需要去说服。"

　　"小兰中毒导致精神失常的这件事和许安然有什么关系？"刘天昊问道。

　　赵清雅哈哈一笑，转身从桌子上拿起一个日记本，翻到其中一页，说道："女孩子的日记，你只准看这一页哟！"

　　日记本是粉红色的，带着淡淡的香气，一看就知道是女孩子的日记，翻开的页面上写着清秀而略带刚劲的字迹。

　　"你俩从哪儿弄来的许安然的日记？"刘天昊边看边问着。

　　赵清雅呵呵一笑，说道："孟丹早就猜到你会问小兰和许安然的事儿，在许安然受伤昏迷后，她就去了许安然家，找到了这本日记本，果然，里面真的有小兰的事儿，你看看吧！"

　　韩孟丹和许安然是大学同学，两人的关系好得和亲姐妹一样，寒暑假两人都在一起，要么去韩孟丹家住，要么去许安然家住。

　　韩孟丹一直住在哥哥韩忠义家，在韩忠义失去妻子后还把许安然介绍给他，要不是阴差阳错，估计许安然已经成了韩孟丹的嫂子。

　　日记的内容是许安然对小兰事件的看法，对于小兰和大冰遇鬼事件，她压根就不相信，同时分析了几点可能。一是两人的幽会让某些别有用心的人嫉妒，于是恶作剧想作弄两人，但不巧的是，事情作得有点大，导致两人一死一疯。

二是两人撞破了某人的好事，被人灭口，小兰因为身体没有隐疾，也没有任何伤痕，所以只能让其疯掉，否则会露出马脚。

在第一页的下端位置，记录的内容又有所不同，日期是前天，以下是日记的原文。

……

小兰是我的好姐妹，我看到她现在的样子非常难过，但庄副院长和赵主任不认可我的治疗方案，说方案过于激进，我知道他们是为我好，但我愿意为小兰冒险，相信如果小兰有神志，也会同意我的方案。

……

我发现小兰的病情很重，采用了很多种方法都没能奏效，甚至连我一直推崇的强电击治疗也没有任何反应，我在想是不是我的方向错了？如果小兰并非是因惊吓导致的精神失常，而是……

这样一来就太可怕了。

……

经过尿样和血样两项检测，确认小兰体内还残留一些不寻常的物质，肉豆蔻酸、毒蕈碱，还有几种成分分辨不清，需要到条件更好的化验室进行化验，但我已经可以肯定，小兰的病是因为毒，而不是惊吓，我的怀疑得到了验证。

……

我联系了我大学的刘老师，他说需要研究一下血样之后才能得出结论并确定治疗方案，大约需要一周的时间，但小兰的病情越来越糟。

……

一页日记的内容到此为止，刘天昊下意识地翻开下一页，却发现下一页里面有他的名字，还没来得及细看，就被赵清雅一把抢了过去。

"都说让你只看一页的，你这人！"赵清雅说话间用眼睛斜了斜一旁的韩孟丹给刘天昊做暗示。

刘天昊立刻会意，急忙岔开话题道："看来许安然就是因为这些而导致被幕后凶手谋害。"

"可幕后真凶是怎么知道的？"赵清雅问道。

"之前我分析过，幕后真凶就在医院当中，最初我怀疑过精神科主任赵江，但许安然一案案发时他的确不在市内，我安排人对其所述进行了查证，他并未撒谎。"刘天昊并未把赵江和庄副院长的事儿说出来，随后把在老谢被害现场对幕后真凶的推断说了出来。

"你的意思是说谋害许安然和老谢的是同一个人，这个人还是医院的医生？"韩孟丹终于问了一句。

显然，韩孟丹的情绪一直不高是因为她看了许安然的日记，日记里面有刘天昊的名字，就说明许安然至少关注过刘天昊，内容也是八九不离十，和男女之间的感情有关。

最初韩孟丹就告诫过刘天昊，除了正常的业务咨询之外，不要和许安然谈论其他的事情，其实她也是有私心的，感情这种东西很难琢磨，意外常常会发生，她当然不希望她和刘天昊之间又多了一个她最要好的同学。

"从理论上讲是同一个人，可以并案处理。"刘天昊说道。

"下一步怎么办？"赵清雅问道。

刘天昊嘴角露出一丝笑容，说道："孟丹认识许安然大学老师吧？"

"认识，是我们上大学时的毒理学老师，中医世家出身，半路出家转学西医，对毒理学的见解很独特。"韩孟丹说道。

"联系一下他，只要小兰的病情有所好转，幕后真凶一定还会动起来，到时候，咱们就来个瓮中捉鳖。"刘天昊说道。

赵清雅呵呵一笑，说道："按照大侦探以往的办事风格，你不应该这样被动做事吧？"

"当然，现在咱们连这件事背后的真相都还不知道，所以必须得主动出击，挖出让大冰和小兰遇害的那件事儿。"刘天昊说道。

"怎么挖？"韩孟丹有些疑惑。

刘天昊看到赵清雅会意一笑，说道："看来大师姐已经知道答案了，这件事儿从哪里埋的，还得从哪里挖出来！"

第二十二章　窃听

对医院医生的排查还是很顺利的，男性，身高180厘米、体重85公斤左右，喜欢篮球运动，走路有些外八字脚，符合这些特征的在医院有三人，精神科主任医师赵江、医务科主任肖嘉麟，还有一个是"血雾"一案中被害护士小昭的男朋友方星宇，方星宇是骨外科的医生，是姚文媛的主治医师，在得知小昭死亡的消息后沉寂了很久，最后还是在许安然的帮助下走出阴影。

赵江利用资源在外面开了一家私人诊所，主要是针对美容业务。医务科主任肖嘉麟的工作比较杂，也没心思在外面搞副业，只是在开展本职业务时顺便捞点好处，平时喜欢喝点小酒、唱个歌之类的娱乐活动，此外再无其他爱好。

方星宇是一个比较简单的人，本硕连读毕业后就分配在医院，由一名实习医生当上主治医师，没有太多的欲望和心机，老老实实做事，本本分分做人。小昭出事后，大伙儿帮助方星宇介绍了很多女朋友，希望他能走出那段感情，但他始终无法接受小昭被害的事实，对感情还是一副拒而远之的态度。

他坚信小昭只是为了躲开他才离开NY市的，总有一天她会回来，哪怕不再以他女友的身份回来。

方星宇、赵江、肖嘉麟都是医院的业余篮球队的队员，闲暇之余，他们会组织一些人到篮球馆打上几个小时，然后去小地摊吃些烧烤、喝点啤酒。

其他几名球员身材都比较矮小，不符合作案嫌疑人的条件。

由于球队都是统一购买的球服和球鞋，三人的身材又差不多，所以他们的鞋也都差不多，44码的正品耐克新款球鞋，球队半私人组织性质，而且医生这个职业本身也不差钱，所以无论是球鞋、球服还是球，买的都是最好的，打球的球馆也是NY市最好的球馆。

刘天昊和韩孟丹分别找三人了解了情况，老谢和许安然出事当天，赵江全天都和庄副院长在一起，不但有人证，还有半山腰旅馆的监控作证，目前应该不具备作案时间。

自打小昭出事之后，方星宇几乎每天都待在医院里，很少休息，就算周末串休，他也会到医院来看看谁有事，便替谁值个班，当天他一天都在医院，也得到了其他医护人员、患者的证实。

肖嘉麟刚好这天串休，说在家待了一天，在家主要是看书，由于妻子和孩子都在国外，所以他并没有人证，调取了他所在小区的监控，发现监控是有漏洞的，小区有两个出入口，而且从地下车库入口也能进入小区内部，第二个出入口和车库的出入口是没有监控的，这样一来就无法证明肖嘉麟一直在家究竟是不是真的。

又对三人的球鞋和老谢案发现场提取的鞋样进行了对比，令人遗憾的是，三人的鞋底和鞋样都不符合，令人意外的是，三人的鞋都刷得干干净净，这可能是医生职业的原因所致。

韩孟丹提出质疑，每个人对鞋的磨损程度不一样，球队第一次是集中购买的球鞋和球衣，但后面都是自己去采购，所以这些人也许会有两双以上同样的球鞋，但现在在案子还没有明朗之前提出搜查，一旦没有任何结果，恐怕会对破案不利。

而且幕后真凶拥有一定的反侦查能力，杀害老谢后，他应该知道现场留下了脚印，那双鞋应该不会继续穿才是，所以从脚印上找到幕后真凶的事儿可能行不通。

虞乘风的体质果然非常人能比。原本胸腹的两处刀伤已经很严重，加上后来伤口重新撕裂，失血过多导致身体极度虚弱，在这种情况下，他还是挺了过来，而且身体恢复得很好，就连医生和护士们都纷纷称奇，说很少见恢复能力这么强的人。

姚文媛几乎天天来陪着虞乘风，给他做了很多好吃的，以至于病房中另外一人总是闹意见，说姚文媛天天做好吃的，把他馋得够呛，虞乘风的身体像是吹足的气球一般，整个人胖了起来。以至于来看虞乘风的王佳佳和老蛤蟆调侃他，说这回真的像球一般，可以乘风飘动了。

虞乘风也是个闲不住的人，听说刘天昊的调查有了眉目后，就吵着要出院，重新归队。刘天昊为了照顾虞乘风，只得把人召集到他的病房来探讨案情，好在虞乘风住的病房是双人间，另外一名病人是性情中人，每次姚文媛来探望时，就主动到外面去散步，这次刘天昊、姚文媛等一大群人来，他立刻识趣地离开病房到外面去晒太阳了。

虞乘风听了刘天昊的案情分析后感慨一番，原本看起来很简单的事儿，现在居然演变成这么复杂的案子，而且到目前为止，连幕后真凶的动机还没弄清楚，这种案子不比血淋淋的案子，现场可以有很多痕迹可以追寻，这件案子本身就有一些幽冥的因素在其中，再加上凶手在事后做了反侦查工作，导致案情真相不明。

"凶手的动机有没有可能是偷尸体的器官？"虞乘风听完后立刻问道。

"其实我在老蛤蟆的帮助下听完你的录音后，心里也是这样想的，咨询了韩孟丹，却发现这种事不太可能，人体器官移植需要活体移植，或者刚刚去世时立刻进行移植才行，停尸房中的尸体都是停了至少一天以上，甚至更多，已经没有器官移植的价值，所以最初排除的也是这种可能。"刘天昊说道。

虞乘风并未继续提出做人肉包子或者是火腿肠之类的想法，因为他也知道这种事只能是存在于传说中，属于极个例，现实中不太容易实现。

"如果能找到凶手作案的动机，再找线索就会容易得多。"虞乘风提醒道。

韩孟丹点点头，说道："这一点你和昊子想到一起了，但这件案子里最难的就是洞悉凶手的动机，因为到目前为止，被害者有大冰、小兰、你、老谢、许安然，接触到案件核心的大冰、老谢已经死了，小兰中毒得了精神分裂症，许安然昏迷不醒，你又对案情了解不深。"

"凶手为什么在老谢的现场留下脚印？按照凶手的人设，应该很谨慎，一旦在老谢案发现场留下痕迹，岂不是会坏事？"刘天昊分析道。

"有道理，如果不是有突然事件打断凶手，他肯定会把脚印处理完，造成老谢意外坠崖的假象！"虞乘风说道。

"老谢父母的坟墓不属于公墓，在古代应该属于乱坟岗，不太可能有人到这种地方去，而且那个地方只有一条上山的小路，再远处都是群山，应该只有一种人会到那里去！"刘天昊说道。

"牧羊人！"姚文媛说道。

姚文媛当年学习画画的时候经常和老师、同学们去老谢所在的小镇写生，小镇是以放牧业为主业的经济模式，很多人家都养了牛羊，好多规模比较大的养殖户都实现了圈养，但少部分条件比较差的养殖户还是采用上山放羊的模式养殖。

"我打电话安排排查的事儿，那里的所长是我哥们儿。"虞乘风兴奋地拿出电话。

"好。我还有个方案需要你们配合，如果成功的话，也许咱们就可以知道幕后真凶的动机是什么了。"刘天昊说道。

韩孟丹几乎第一时间就想到了刘天昊的方案是潜伏，但停尸房中除了停尸柜就是一张停尸床，一个大活人要想隐藏几乎就是不可能的事儿。

"不太容易吧？"韩孟丹提出质疑。

"刘队的意思是无线监听，体积小，又不容易被人发现，淘宝就能搞定。"姚文媛说道。

刘天昊呵呵一下，冲着姚文媛伸出大拇指，又说道："老谢侄子在门房值班，也算是我的线人，做这件事应该不是问题，而且王佳佳和老蛤蟆就擅长此道，让他们去做就可以了。不过，我的计划却和这个没关系……"

老谢侄子因为盗窃的事儿有把柄在刘天昊手上，刘天昊念他是初犯，所以打算在他退赃后放他一马，用韩忠义的话说，抓人并不是警察的目的，目的是为了让人知道犯罪的后果，为了让世间多一些美好，少一些罪恶。

刘天昊说到这里，眼睛中带着询问之意盯着虞乘风。

虞乘风看到刘天昊的表情后一愣，随后哈哈一笑，说道："每次我看到刘队这个表情时，就知道他会要我做一些不符合常理的事儿了。"

"什么都瞒不过你，没错，我的计划其中很重要的一步就是你。"刘天昊说道。

韩孟丹和姚文媛对视一眼，都微微摇了摇头，两人虽说都是冰雪聪明，但对于刘天昊的套路却摸不准。

当刘天昊把他的计划一五一十地讲给三人听后，三人面面相觑，好半天都没说话，最后还是韩孟丹打破了僵局，问道："这样靠谱吗？万一中间任何一个环节出了问题，你都会性命不保。"

"要不，让我去吧！"虞乘风说道。

"以你的名义，但你本人肯定不行，就你现在的身体，估计撑不了多久，最佳的人选就是我。"刘天昊语气坚定地说道。

"你们研究什么呢？神神秘秘的。"王佳佳的声音传来。

"这个方案千万不能让她知道，只让她和老蛤蟆弄窃听的事儿就好了。"刘天昊小声地提醒着。

第二十三章　老蛤蟆的酒量

王佳佳脑子灵活，老蛤蟆技术过硬，有时候为了获取新闻会采用一些比较灰色的办法，在停尸房中安装窃听器对她来说属于小儿科。

王佳佳带着好酒好菜来到后院门房，以采访全市最后一个停尸房看守人的名义采访老谢侄子。

老谢的死讯已经传遍整个医院，老谢侄子除了在房间中用老谢的照片和一个碗做了一个上香的供台之外，再无其他行为。

很显然，老谢的死并未对老谢侄子造成很大的冲击，叔侄两人的关系还没到那种让人刻骨铭心的程度。

让人意想不到的是，一向老实巴交的老谢侄子却是个天生的表演王者，在镜头面前不但不打怵，而且还不断地引导话题，甚至反客为主地问了王佳佳和老蛤蟆很多问题。

采访结束后，老蛤蟆假装说要庆祝，老谢的侄子离开了镜头又恢复成为老实巴交的中年人，但他的酒量却出乎王佳佳的意料，一瓶750毫升56度的牛栏山二锅头下肚之后，他依然可以频频举杯，一只烤鸭和数盘小凉菜已经见了底。而一向以酒神著称的老蛤蟆却已经头晕眼斜，眼看就要晕倒。

"前几天我喝了泸州老窖，100多块，没劲儿，你这酒也没劲儿，喝我叔这个酒尝尝，劲儿大，好喝。"老谢侄子摇头晃脑地从桌箱里拿出一个10公斤的塑料桶和一大袋子花生豆和蚕豆。

塑料桶中还有大半桶酒，一打开塑料桶的盖子，一股劣质酒精的冲劲儿便飘了出来，熏得老蛤蟆连连打了两个喷嚏。

老谢侄子小心翼翼地倒了一口杯，又要给老蛤蟆和王佳佳倒酒，吓得两人急忙连连摆手。

一看接近乳白色的塑料桶就知道这酒是传说中的大散白，从居民区小超市酒坛子中一块钱一斤打来的，这种酒都是小作坊做的，用的料和酿造手法都不专业，其中所含的杂质非常多，在提纯工艺不精的情况下，其中会含有少量甲醇，甚至在不法商人用工业酒精勾兑的情况下，可能还含有大量甲醇。

甲醇本身对人体无毒害，但其代谢物甲醛和甲酸对人的肾脏和神经系统毒害都是非常大的，轻则损害眼睛视力，重则造成肾衰竭，最终导致人死亡。

老谢侄子脸颊透红，血丝遍布，显然是经常喝大酒毛细血管破裂造成的，眼珠混浊无光，应该是酒精中的甲醇含量过高损伤了他的视力。

老谢侄子已经喝到了位，哪肯放过两人，最后拿起王佳佳的摄像机，威胁两人，说要是不喝就是不给面子，便砸了他们的摄像机。老蛤蟆无奈之下只得英雄救美，替王佳佳把她的那一杯也喝下了肚。

老谢侄子劝完酒后再也不顾两人，独自喝了起来，刚喝下第二杯还没来得及倒第三杯的时候，他便一头栽倒在桌子上打起了呼噜。

王佳佳急忙冲着老蛤蟆使眼色，随即又试探性地叫了老谢侄子几声，又上前轻轻推了几下。老谢侄子睡得很沉，呼噜打得很响，门窗上的玻璃甚至都跟着一起颤抖。

老蛤蟆似乎也上了酒劲儿，眼皮直往下耷拉，人还硬挺着坐直身子，但微微的呼噜声从鼻腔中传了出来。

"不会吧，也没喝多少啊！"王佳佳小声嘀咕着。

老蛤蟆的酒量她是清楚的，曾经在一次粉丝招待会上，他一个人吹了一瓶750毫升的牛栏山，还喝了两瓶长城干红，照样坚持开完整个粉丝见面会。今天他们三个人喝了一瓶牛栏山，又外加两杯老谢的散酒，按说不应该醉酒才是啊。

见老蛤蟆懒得一动不动的样子，她只好亲自拿着钥匙去停尸房安装窃听器，等她安好窃听器再回到门房中时，发现老蛤蟆已经睡了过去，王佳佳只得架着将近 200 斤体重的老蛤蟆出了门，打了一辆车把他送回家中……

　　……

　　可惜的是，原本百试百灵的窃听器居然时不时地失效，不但听不到有用的声音，反而时不时地传出一两声奇怪的叫声，声音听起来就好像是鬼哭狼嚎一般。

　　王佳佳本就没耐心，加上窃听器传来的都是这种让人毛骨悚然的声音，于是便把任务交给老蛤蟆。

　　对于毛骨悚然声音，老蛤蟆有其独到的解释，宇宙中有很多不明的信号传输到地球上，也许是神奇的宇宙因某种原因自然产生的，也有可能是一些高级文明发送的信号，离人类认知最近的一种解释就是地球曾经出现过数次文明，也许是之前的几代文明给后人留下的信号。

　　但无论什么解释，也无法留住王佳佳继续监听，她的性格决定她天生就是一个坐不住的人。

　　老蛤蟆自打从门房喝酒后就一直萎靡不振，整个人像是霜打的茄子一般，蔫头耷脑的，连平时最喜欢吃的糖醋排骨都提不起兴趣，除了睡觉就是睡觉，这种情况持续了两天才有所好转。

　　恢复了精神的老蛤蟆对窃听来的音频进行分析，声音中有老谢侄子说话的声音，有送尸体护工的脚步声音，有停尸柜压缩机嗡嗡的声音，还有老蛤蟆口中所说的宇宙之声，除此之外，虞乘风录到的那种金属碰撞和摩擦的声音再也没出现过。

　　……

　　世间总有好事者，哪怕是关于幽冥之事。

　　医院停尸房发生闹鬼已不是一天两天了，按说没人会记得究竟什么时候发生过闹鬼事件，什么时候因此而死过人，但现实偏偏就有这样一个人——老谢。

　　老谢的破旧日记本前几页被人撕了去，看样子应该是记录了一些有用的东西，被幕后真凶发现，不但撕了日记本的前几页，还把老谢推下悬崖摔死。

日记本要是落在普通人的手上，没有任何价值可言，但落在了姚文媛的手上，至少还可以尝试一下恢复。

姚文媛的鉴定技术是一流的，尤其是在鉴定细微痕迹上。

老谢手劲儿很大不知道控制，在写日记时，笔迹透过日记本的纸张印到下面几页纸上，痕迹几乎用肉眼微不可见，但在姚文媛努力下，重叠在一起的字迹便逐渐显现出来，又经过数据还原后，最后两页日记的内容最终呈现在众人面前，再前面的几页内容由于太过模糊无法还原出来。

日记上所记录的是日期，巧合的是，最后一个日期是虞乘风出事的那天，倒数第二个正是小兰和大冰出事的日期。以此类推，每一个日期都应该是闹鬼出事的时间！

刘天昊数了一下，近五年来前后有十三起闹鬼事件发生。

老谢看起来又聋又哑，平时傻乎乎的，实际上他的心眼可不少，揣着明白装糊涂。

姚文媛和韩孟丹按照日期查找了对应的警方档案，发现六起相应的出警记录，当事人都是医院的护士或者是死者家属，报案的原因都是停尸房闹鬼。警方查不出个究竟，最后都是不了了之。

刘天昊看着日记本突然想起医院档案室的女档案员，她上一任的档案员是医院的元老级人物，什么稀奇古怪的事儿都和女档案员说。

他拿出手机给日期数字拍了照，发给女档案员，随后又写了一些文字发送过去。

韩孟丹好奇，便伸过头来看，刘天昊呵呵一笑，急忙收起手机，与韩孟丹对视着。

"刘队，有什么收获吗？"姚文媛看着还原出来的日期有些发蒙，很多事她并不了解，所以也不知道这些时间究竟代表什么。

韩孟丹白了刘天昊一眼，随后耐心地和姚文媛解释了日期的意义。

"呀，这只是两页纸的记录，日记本一共被撕去五页纸，要是都还原出来，岂不是有很多闹鬼事件！"姚文媛说道。

"老谢也是因为这个日记本而死的，所有人都认为老谢又聋又哑、憨憨傻傻的，但实际上他可不傻。"韩孟丹说道。

"可老谢究竟为什么要记录这些时间呢？有什么意义？"姚文媛问道。

"凡事都离不开一个字，钱。老谢这样做很可能是为了钱。"刘天昊说道。

"老谢平时那么节俭，衣食住行都没有太多的需求，要钱干吗？"姚文媛说道。

"孟丹，你去医院周边的几个银行查查老谢的存款记录，按照老谢这种年纪的人的习惯，他不太可能使用银行卡，存折和存单的可能性比较大。"刘天昊说道。

韩孟丹点了点头，又说道："咱们已经查过老谢的遗物，没发现任何存款单和存折。"

"我只是感觉，查下试试吧！"刘天昊摸了摸已经三天没刮的胡子说道。

刘天昊边思索边离开技术科，走到刑警大队小花园围着花坛来回转圈。他现在还在想着自己的计划，计划可谓是胆大至极，就是用他自己替换尸体进入冰柜中，而在之前所需要做的工作就是给冰柜的电路加点料，让冰柜中的刘天昊可以随心所欲地控制停电或者是有电，以免医院的电工检查的时候穿帮。

原本他并未下决心执行这个计划，但医院女档案员给他的微信回复增加了他的信心。

原来女档案员看到刘天昊发给他的微信后，便从档案中开始查找线索，果然，她发现近 5 年来每次发生闹鬼事件之前，都有一个刚刚去世的病人被放进停尸柜中，无一例外！

他现在要等的就是要有一个病人去世，并且因为种种原因无法直接送到殡仪馆火化，他的机会就来了！

想到这里，他突然停住脚步，拿出手机立刻拨号。

"哎，我的神探大人，终于想起小女子了！"王佳佳的声音从话筒里传出来。

"有件事我想请你帮忙！"刘天昊语气非常谦和。

"说吧！"

"专访，对医院停尸房闹鬼案的专访！"

第二十四章　巨款

王佳佳的每一次对刘天昊的专访都针对一个比较惊人的案子，这次专访的内容是医院停尸房闹鬼案。

案件的内容依然惊人并吸人眼球，但结果似乎出人意料，刘天昊在访谈中承认大冰、小兰和虞乘风遇鬼事件以及老谢和许安然事件都是意外。

不得不说，每次刘天昊的访谈都能让众多粉丝大呼过瘾，尤其是推理案情的过程，给人以畅快淋漓的感觉，但这次的结果却令人大跌眼镜，意外，居然都是意外！

世界很残酷，无论有多少次的功绩，但只要有一次失误，便会被人的吐沫所淹没。

开始时，粉丝还保持着理性，随着节目的结束，更多的粉丝渐渐被一些盲目的理论所误导，加入到攻击刘天昊和王佳佳的队伍里，与维护二人的粉丝骂成一团。

王佳佳看着快崩溃的微博，向刘天昊说道："你可得答应我，等事后帮我把粉丝赚回来。"

刘天昊自信心满满地点点头，说道："放心吧，这只是以退为进的一种手段，等真相大白时，粉丝们会理解你的，他们会争相回到你的粉丝大军中。"

"我到现在还想不明白，你为什么要这样定性？"王佳佳有些委屈。

老蛤蟆在一旁嘿嘿笑了两声，说道："神探就是神探，果然厉害！"

王佳佳立刻走到老蛤蟆身边，瞪着他的眼睛一字一句地问道："你……知……道？"

老蛤蟆尴尬一笑，连忙双手摆动，说道："我不知道，但我知道刘大神探一定有他的道理，咱们只要选择相信他就 OK 啦！"

"耍嘴皮子！"王佳佳白了老蛤蟆一眼。

"现在这件案子最难的是我们还不知道幕后真凶的作案动机，如果警方一直保持着查案但查不出来的状态，幕后真凶原本的行动就会一直延缓下去，直到警方放弃查案为止。"刘天昊说到这里颇有意味地看了看王佳佳。

这些天，刘天昊让民警对有嫌疑的四人进行监视，于钟国、肖嘉麟、方星宇三人的生活很规律，肖嘉麟和方星宇二人除了上班之外，休息时间会一起打打篮球，然后回家休息，而于钟国还会到他的诊所上班，除此之外，他们并没有任何其他异常行为。赵江作为精神科主任，工作忙得不可开交，除了和庄副院长必要的交流外，再也没私会过她。

看守停尸房并不是件容易的活儿，加上工资很低，没人愿意干，正好老谢的侄子每个月都来替班，对工作岗位比较熟悉，在老谢死后就顶替了老谢的位置，正式成为医院后院的打更人。

老谢的侄子也成为监视的对象之一，但他很少离开后院，除了到医院的食堂打饭、到外面的小超市买酒之外，几乎都在停尸房的门房中待着，而且他好像并不相信鬼神之说，甚至连老谢的神龛都扔进了垃圾桶。

王佳佳装在停尸房中的窃听器电池已经见了底，应该熬不过今晚就会没电关机，老蛤蟆不分昼夜地监听了一个星期，但依然没有任何发现。

王佳佳反应灵敏、冰雪聪明，几乎在刘天昊说出作案动机的时候便知道了他的意思："引蛇出洞！"

"对，再配合我偷天换日的计划，应该能把幕后真凶揭出来。"刘天昊说道。

王佳佳皱着眉头没说话，不知道为何，她内心隐隐觉得有些不安，想了一阵，才知道这是因刘天昊的计划太过冒险造成的不安。

"放心吧，我的计划万无一失！"刘天昊话音刚落，电话响了起来。

"昊子，你来趟医院附近的工行，有情况。"韩孟丹在电话里说道。

王佳佳立刻收拾手包，拿起手机跟着刘天昊一起向外走："一起去吧，工行的行长我很熟，也许能帮上忙。"

刘天昊一想到她和韩孟丹两人在一起讨论化妆品、美容之类的事儿就头痛，远不如和许安然在一起讨论车来得自然通泰。

……

工行的经理室布置很豪华，行长30多岁的模样，他和韩孟丹一起看茶几上的一张报表。

"唐行长，咱们又见面了！"王佳佳轻轻敲门后推门而入。

唐行长抬起头，看到王佳佳后，立刻起身，满脸堆笑地说道："王大记者，咱们可是好久不见了，是哪股风把您给吹来了！"他边说话边看了看王佳佳身后的刘天昊，随后眼神一亮，说道："哟，著名的神探刘天昊警官，哎呀哎呀，今天我这儿来的可都是贵人啊，快请坐！"

有些人天生就具有和人交往的魅力，任何场合、任何人都是自来熟，从不怯场，从来不会因为别人的冷脸而产生不愉快，可以一如既往地和人交往，这类人是天生的外交官，他们的财富和地位也是因此而来。

唐行长便是其中一例。

连一向是冰山美人的韩孟丹在他这儿也始终保持着少有的微笑，这似乎出乎了刘天昊的意料。

刘天昊脸上波澜不惊，但内心却产生一股醋意。

唐行长看身材和长相都不差，还有一股难以抗拒的亲和力，别说是女人，就连男人见到他也会有一种主动结交成为朋友的欲望。

王佳佳也是天生的外交官，和唐行长连连寒暄了好一阵后，四人才重新落座。韩孟丹把报表放在刘天昊的眼前，努努嘴示意他先看看。

刘天昊看到报表上写着的名字是谢安之，下面是银行账号和流水。老谢又聋又哑，加上相貌奇丑无比，身体又干又瘦，却起了这样一个文雅的名字。

再看报表上的流水，刘天昊大吃一惊，平时看起来毫不起眼的老谢，存款最高时竟然达到200多万！大部分都是存款的记录，前不久他取了180万，现在账号里还剩下30万。

"这是老谢的账号？"刘天昊有些不敢相信自己的眼睛。

老谢的工资一个月才1500元，就算一分钱不花，工作50年的时间也才90万，绝不可能攒到200万！

"谢安之很奇怪，每次他都是拿着现金来存款，提款时也是现金。现在是电子支付时代，很少有人拿着这么多现金了，存款时是一笔一笔存进来的，每笔的金额多则10万左右，少则两三万，提款时他是一次性提走的，装了整整一手提袋，我让业务经理送他，可他偏偏不让，出门坐了一辆跑黑车的三轮车走了。"唐行长微微摇了摇头说道。

这么多钱可以让一个家庭过上很好的生活，为什么老谢偏偏不用，还屈居在医院后院看守停尸房！

"现金存取，也就是说钱的来源无法查证了？"刘天昊问道。

"从理论上说是没法查的。"唐行长答道。

"唐行长有话直说！"刘天昊呵呵一笑。他听出唐行长话里有话，显然他应该掌握着一些线索。

唐行长点了点头，说道："要是我的线索能为大侦探破案立功，那就太好了。"

王佳佳及时地打开手机录音，放在唐行长的面前。

唐行长清了清嗓子，说道："我还记得他存10万元的那次，刚好我到大厅巡视，业务员把他的钱存好之后，便和我说这钱刚刚从她手里出去，没到一小时的时间，又回来了。"

"取钱的是谁？"刘天昊和韩孟丹异口同声地问道。

唐行长看了看两人，神色有些失落，沉吟一下后说道："也是医院的医生，叫许安然，她个子很高，很漂亮，眼神很迷人。"

刘天昊和韩孟丹对视一眼，微微点了点头。

"哦，事后我让业务员查了监控录像，才确定是许安然的，这样一名美女，受到些关注也是正常的哈！"唐行长说道。

老谢和许安然没有任何关联，怎么可能取这么多钱给老谢！

"每次都是许安然吗？"刘天昊问道。

唐行长摇摇头，说道："就那一次，其他的钱都是散着的，不知道来源。"

第二十五章　惊人的家世

按照老谢被害现场的痕迹，许安然也符合凶手的条件，只是刘天昊在最开始分析时，把女性刨除在外，至于体重稍微有些不符，是因为山里条件多变，潮湿可能会让土壤变得松软，根据足印的深度做出的判断可能会有些误差，外八字脚这项可以是伪装出来的。

可以假设许安然开车进山，到老谢上坟处杀了老谢，然后提前伪造后背的电击器痕迹，再回到医院上班，等下班后，在地铁口趁着没人注意的时候滚下台阶，制造自己不在现场的假象！

从逻辑上来说是可以行得通的！

可惜，许安然一直处于昏迷当中，昏迷并不是装的，是经过数名医生测试得出的结论，而且昏迷多久还不好说，也许是一天，也许是一辈子，如果做一辈子植物人，和被当作杀人犯抓起来有什么区别呢？

许安然是一个相对比较高知和理智的人，做这种得不偿失的事儿有些不符合和人设。

刘天昊和韩孟丹决定去看望许安然，无论是作为朋友，还是去寻找案情的线索，都应该去看看她，只要她醒来，很多事都可以浮出水面。

到许安然原来的病房后，发现她并不在病房中。一番打听之后，才知道许安然转到 VIP 病房。韩孟丹曾经听许安然说起过 VIP 病房，价格很贵，而且不是有钱就可以住的，需要很高级别的官员和有一定地位的商业大亨才能享受得到，虽说许安然是本院的医生，也不太可能住进 VIP 病房。

刘天昊和韩孟丹两人在 VIP 病房门口正疑惑着，就见走廊不远处走来一群人，为首的一人穿着一身西装，器宇轩昂、精神抖擞，看模样依稀有许安然的影子。他身后跟着的一群人也都是西装革履，看起来气势非凡。

刘天昊一眼就认出此人正是势头正盛的商人许新国。

许新国是 NY 市较有名气的商人之一，和地产刘大龙等人可以比肩，主要业务是汽车零件制造，和全世界一半以上的汽车制造商都有合作。如果许安然是他的女儿，住进 VIP 病房就不算新鲜事儿了。

许新国一行人走到病房门口，他站定脚步看了看刘天昊，一股无可匹敌的气势从他的身上不断压向刘天昊，这种气势是来自于他处于社会顶层的自信和优越感，可以瞬间压垮对方，让人顶礼膜拜。

刘天昊却天生傲骨，遇强则强！他站直了身体，与许新国对视了一阵，不亢不卑的目光不但没有让许新国反感，反而让他对这名年轻人充满了好奇。

"许新国，新业集团董事长。"许新国向刘天昊伸出手。

刘天昊和许新国握了握手，正要说话，却被许新国打断。

"神探刘天昊，安然很多次提起过你，很不错！要一起进来吗？"许新国笑着说道。

"好。"刘天昊有些尴尬，看了看一旁的韩孟丹，咧嘴憨憨一笑。

刘天昊和韩孟丹对视一眼，两人都被许安然的身份所震撼，尤其是韩孟丹，她和许安然从上大学开始就是同学，放假时她也去过许安然的家里住，可许安然的父母却始终没有出现过，说是工作很忙，而许安然从来不提起父母的事儿。NY市的房子经常是许安然一个人住，加上年轻人之间也不喜欢家长进来掺和，所以韩孟丹就一直没在乎她的家世。

许新国又转向韩孟丹，说道："你是孟丹吧，安然一直当你是最好的姐妹，你们上大学时是我事业最忙的时候，经常在国外漂着。"

"您是安然的父亲？"韩孟丹试探着问道。

许新国微微点点头，笑着说道："你应该叫我许叔叔。"

"许叔叔！"韩孟丹向许新国打招呼。

"我从来不让安然提起我们，是因为不想让她有太多的优越感，所以……抱歉了，等安然康复，我会邀请你们到家里，正式认识一下。"许新国很诚恳地说道，随后他推开门走了进去。

其他穿西装的人都站在门外，冲着韩孟丹两人点头微笑，随后又恢复了严肃的表情。

许安然作为精神科医生的工资并不高，而且她从来不接受患者家属的红包，平时她又喜欢一些冒险的运动，比如登山、赛车等，这些运动都很烧钱，按照她的工资标准很难拿出10万元现金给老谢，但现在知道她的家世后，10万元只是零花钱。

两人走进病房，看到许新国的脸色变得阴沉下来，刚才那股精气神儿也泄了去，坐在病床旁握着许安然的手发呆。

此时此刻，他从叱咤风云的商场大亨变成一个慈祥的父亲，看着躺在病床上一动不动的女儿黯然心酸。

"刘警官，答应我，一定找到伤害安然的凶手，不论代价。"许新国语气中带着一股悲凉之意。

刘天昊本来想询问关于许安然和老谢之间的事儿，但看许新国的模样他反而有些不忍心，只好把到了嘴边的话头儿咽了下去。

许新国站起身，原本挺拔的身姿佝偻起来，他打开窗户，深深地吸了一口气，叹了一声说道："安然最喜欢新鲜空气，房间里太闷了！"

许新国的泪水不停地流下来，却不愿意让刘天昊二人看到，这才背着身体向窗外看着。

过了好久，许新国才转过身，他的眼圈有些略显红肿，但情绪已经平复下来，语气异常平静地说道："我不让安然露面的原因还有一点，商场如战场，我在圈子里能混到今天，得罪的人不计其数，所以我担心有人对安然报复，这几年我不断地做善事，也是为了弥补之前所做的错事。"

刘天昊点了点头，对于许新国所说的事儿，他能理解，但他们不在一个层面上，几乎插不上嘴。

韩孟丹坐在许安然旁边，摸着她的手，小声地在她的耳边说着什么。

许新国和刘天昊走到一旁的沙发坐下，许新国的眼神中冒出精光，说道："我知道这件事后，派人调查过，我的对手们虽说想尽办法要弄倒我，但我们之间是有底线、有规则的，从不殃及家人，所以这件事应该和我的对手关系不大。"

刘天昊点了点头，把医院闹鬼事件详细和许新国说了一遍，又把自己对许安然的怀疑也陈述一遍。

许新国耐心地听完刘天昊的叙述后，才说道："你的怀疑我能理解，可安然她……"他说到这里，神色突然一怔，随后道了一句抱歉，便匆匆地走出病房。

刘天昊知道他肯定是想起了什么事儿，这才匆匆离去，许新国的性格是属于强者系列的领袖型人格，除非他主动想说，否则没人可以逼他说出任何事。

一名医生走了进来，他40多岁，看起来彬彬有礼。

韩孟丹见到后，立刻放开许安然的手，站起身向医生半鞠躬致意："古主任。"

韩孟丹属于业界精英，虽说从事了法医的职业，但对人体的了解绝不比医生差，从来没见过她这样尊敬一个人。

"小韩，咱们好久不见了。"古主任说起话来老气横秋，好像一位看透了世间沧桑的老人的语气，与实际年龄完全不符。

韩孟丹微微一笑，说道："刘队，这位是我毕业实习时的指导老师，现任外科主任医师的古医生。"

古主任转向刘天昊，微微一笑，说道："刘神探，久闻大名。"还不等刘天昊答话，便看向昏迷中的许安然。

"安然伤了头颅，具体能不能醒过来还不好说，凭我们现在的医疗条件，已经尽到了最大努力，剩下的事儿就交给上帝了。"古主任在胸前比画了一个十字，看样子他应该是基督教的信徒。

韩孟丹又向古医生请教了一些问题，古医生像是有心事，有一搭一搭地回答着，弄得韩孟丹也是丈二和尚摸不着头脑。

正尴尬的时候，有名护士走入病房，和古医生耳语几句，随后古医生便离开病房。

"有件事儿我很奇怪。"刘天昊坐在许安然的床边皱着眉头说道。

韩孟丹坐在床边给许安然捋着头发，许安然的脸颊红润，神情自然，长长的睫毛随着韩孟丹的手不时地动一下，仿佛随时可能睁开眼睛一般。

"许安然的父亲？"韩孟丹接道。

刘天昊摇了摇头，说道："是许安然的母亲，安然伤得这么重，作为一名母亲，怎么可能不来看自己的女儿？"

韩孟丹愣了一下，随后说道："对呀，许安然和母亲的关系非常好，经常打电话，没听说她母亲有什么事儿啊。"

"也许，她母亲没出现可能和老谢有关！"刘天昊说道。

"不会吧，这都哪儿和哪儿呀？"韩孟丹有些惊讶。

"这也不是难事儿，既然许安然的父亲是许新国，她母亲就好查了。"刘天昊嘴角露出一丝笑意。

"好吧，快去查，我再去见见古医生，我感到他有些古怪！"韩孟丹率先走出了病房。

刘天昊看着昏迷中的许安然，心里不由自主地叹了一口气。

……

令刘天昊惊讶的是，许安然的母亲居然是一家外企年薪百万元的高管，数个博士头衔，同时又是全国科技创新的领军者，国家十大杰出人才之一，科技界大名鼎鼎的才女袁楚楠。

提起袁楚楠，论名气可比许新国大得多，但没人能想到袁楚楠和许新国是夫妻，而他们的独生女许安然屈居在市医院当一名精神科医生！

对于袁楚楠，王佳佳是最清楚的，因为数次为她做过专访，原本活跃在科技前沿的袁楚楠却有大半年的时间没露脸，据团队的人说她在做一项秘密的科研，也有人说她得了一种怪病，可能是因为长期接触放射性物质造成的。

"我半年前采访袁楚楠后就再也没见过她，电话和微信都联系不上。"王佳佳说道。

"10万元、老谢、停尸房、袁楚楠、许安然，他们之间究竟有什么联系？"刘天昊埋头苦想着……

第二十六章　寻找袁楚楠

袁楚楠在离子应用学上有其独特的见解，因此成为这个领域的先驱，她带领的团队和项目在国际上获得很多大奖，对航空航天技术的发展起到了极大的推进作用。

王佳佳能够采访到她还是老蛤蟆的功劳，老蛤蟆作为世界顶级的黑客之一，对计算机程序的理解远超过一般的程序员，因此袁楚楠曾经找他为离子发动机做过程序代码。

王佳佳的门路广，心思灵活，连她都找不到袁楚楠，其他人就更不用提了。

"我能想过的办法都想过了，包括发动粉丝，可袁楚楠就像从人间蒸发了一样，完全没有任何活动的痕迹。"王佳佳说道。

按照许新国的经济实力和人脉关系，帮助袁楚楠过上一段隐居生活是一件轻而易举的事儿，但袁楚楠作为科学界的前沿人物，为什么要选择消失一段时间呢？真的像传说的是因为身体问题？

"袁楚楠把事业看得比生命都重要，除非是她完全没办法从事科学研究，否则绝不会离开心爱的行业，我有一篇专访，有空你可以看看。"王佳佳又说道。

"如果是身体原因，又和老谢能联系上，老谢最大的资源就是尸体……"老蛤蟆挠了挠脑袋。

刘天昊和王佳佳把目光不约而同地集中到韩孟丹身上，韩孟丹被看得有些不自然，说道："你们看我干什么？"

"你是法医，说说看法。"刘天昊说道。

韩孟丹明白了他们的意思，于是点了点头。

器官移植在现代算不上稀罕的技术，但人体是个非常奇妙的东西，对外来的组织有着极其强大的排斥反应，器官移植最大的难题就是抗排斥反应。

现代医学体系下，有很多种方法可以做到抗排斥治疗，但对患者本身伤害极大，但有一种器官例外，它因为本身不含血管，处于"免疫赦免"的地位，移植手术的成功率位居所有器官移植之首，那就是眼角膜。最重要的是，眼角膜取膜时间可以延长至人去世后 6 小时到 12 小时之间。

"你的意思是说袁楚楠很可能是眼睛的问题，和老谢有瓜葛是利用他取尸体的眼角膜？"王佳佳惊得下巴差点掉在地上。

"除了这种，很难想象其他的可能。"韩孟丹说道。

"找她的范围就应该缩小到能做眼角膜移植的私人医院。"王佳佳说道。

NY市经济比较发达，很多富人都有私人医生，私人医生并未在医院供职，而是有自己独立的诊所，名曰诊所，实则很多设备和医生水平比正规的医院还要好，但收费也是正规医院的数倍。

"许安然有没有可能会做这种手术？"老蛤蟆问道。

韩孟丹摇摇头，说道："从理论上说她是不会做的，她在大学时主要进修的是心理学和精神科，和大师姐赵清雅差不多，对于外科手术，她只是在理论上，从没有过临床经验，眼角膜手术虽说不是大手术，但也需要很高明的医术和相关的手术经验才行。"

"妥了，这件事儿就拜托给你了。"刘天昊说道。

王佳佳做了一个 OK 的手势，正要说话，就听见敲门声响起。

老蛤蟆手上鼠标点了几下，电脑屏幕上立刻显出大门口的影像，虞乘风、姚文媛和另外一名不认识的警察站在门口，他抬起头看向摄像头，同时摆了摆手。

老蛤蟆把虞乘风迎了进来，姚文媛立刻和王佳佳走到一边说悄悄话。

虞乘风看了一眼韩孟丹和刘天昊，叹了一口气，自打"血雾"一案受伤后，他就一直住在医院，好好的三人侦破小队被硬生生地打散，如今他身体痊愈得七七八八，经过和医生反复磋商后，才得到特批，可以出院，但必须一个星期回医院复查一次，其间不得进行剧烈活动。

同来的民警是老谢老家所在地区的片警，看今天虞乘风兴高采烈的模样，应该是有了一定的收获。

果然，民警介绍了排查的结果，一名羊倌在中午 1 点左右经过乱坟岗上山，羊倌是镇里的老人了，和老谢属于同一辈分的，和老谢还算是熟悉，经过时还和老谢打了招呼，并没见老谢有其他异常。

因为家里有急事，两个小时后，羊倌又赶着羊下山。他从山上采了一些野苹果，老谢最喜欢吃酸苹果，羊倌每次上山遇到都会给老谢带一些。他经过老谢父母坟地的时候并没发现老谢，找了一阵后，他把野苹果留在老谢的临时窝棚里，便下了山。

到山脚下的时候，他发现了一台轿车，羊倌这辈子都没走出去过，一看亮晶晶的车漆就知道这是一台好车，至于什么品牌他也说不上来，车牌号更没记住，只记得是 NY 市的牌照。

经过派出所所长和民警的耐心引导，终于得知羊倌看到的车是一台大众三厢轿车，但具体是什么车就不知道了。

按照羊倌所说，大约分析出大众轿车可能是帕萨特或是迈腾，也有可能是朗逸。

"大致的情况就是这样。"民警说道。

"关于车的事儿我了解过，医院和大众 4S 店有过一些交集，只要医院的医护人员，在 4S 店买车，享受八折优惠，所以很多医生和护士都在大众店买的车，大众轿车比较中等的就是迈腾和帕萨特、途观、途昂等，途锐、辉腾价格太高，医生们不太可能买这种车招摇，很多护士买的都是朗逸、速腾、宝来、捷达等。有嫌疑的三人开的车都是大众迈腾。"虞乘风说道。

"安然呢？她好像开的也是大众车。"韩孟丹问道。

"许安然开的是一台高功率版的高尔夫 R，落地价 45 万左右，后来经过了一些改装，价值在 100 多万，也算是低调的豪车了。"虞乘风接着说道。

"既然是三厢轿车，基本可以排除许安然作案的可能了。"韩孟丹说道。

"暂时还不行，车可以租，也可以借，不能单凭一台车就排除嫌疑。哦，对了，你说许安然的主治医生古主任比较奇怪是怎么回事？"刘天昊问道。

韩孟丹站起身，走到窗口沉默了一阵，转身说道："我看过安然的头部 CT 扫描，按说她的伤没那么重，这种伤势对于精通脑外科的古主任来说应该是轻而易举，但他所说的话却比较悲观，所以我起了疑。"

"但你并没有去找古主任核实，而是去找了安然的父亲，对吧？"刘天昊问道。

"看来什么也瞒不过你，没错，我是去找了安然的父亲，我建议他把安然转到高档私人诊所或者是其他城市的医院，他说他会认真考虑我的建议。"韩孟丹说道。

"考虑到许安然可能和案子有关，出于对她的保护，我其实已向市局申请保护许安然，结果市局派了两名女警去医院，却发现许安然在没有办理出院手续的情况下离开了医院，刚刚给我发的信息。我记得你见古主任的态度非常尊敬，就算你有些疑惑，也不太可能去找他当面核实。"刘天昊说道。

"算起来时间应该差不多了，咱们去看看安然吧，很多问题在她醒来之后都可以迎刃而解。"韩孟丹说道。

刘天昊看了一眼王佳佳，说道："好，那咱们分头行动，有消息随时联系。"

……

王佳佳对科技领域的科学家充满敬畏，社会的发展中坚力量就是这些为科学事业奋斗终生的科学家们，在 NY 市，袁楚楠是科学领域的佼佼者，王佳佳通过老蛤蟆采访了科技女强人袁楚楠，发现袁楚楠并没有传说中的那样高冷，和平时见到的邻居阿姨、大姐没太大区别。通过采访，两人还成了忘年之交，只要有科技方面的新闻或者是突破，袁楚楠肯定第一时间请王佳佳到她的单位接受专访。

袁楚楠的失踪不但对科技界是一大损失，对王佳佳更是损失很大，她的粉丝群中有很多是袁楚楠的科技粉。寻找袁楚楠，也是众多粉丝关注的点。

王佳佳在医疗界的朋友很多，很快她便得知 NY 市能做眼角膜移植手术的私人医院有 10 家，其中 6 家有正规的医疗资格，另外 4 家处于灰色地带。

私人诊所不比公立医院，为了保证患者的隐秘性，都是采取预约制度，记者溜进去采访的难度非常大。

王佳佳找到了曾经被她抓过把柄的一名医药代表，让他想尽办法带她进入诊所，并伺机查看各个诊所半年内就诊人员的名单。

医药代表本来不想蹚浑水，但在王佳佳的逼迫下也只好帮她，但医药代表就是医药代表，不是演员，推销药物的时候，他的口才绝对是一夫当关万夫莫开，但真要他做间谍搞事情，他就变成大风天吃炒面——张不开嘴了。

当王佳佳查到第四家的时候，一名不速之客找上了她，许安然的父亲许新国！

许新国一向强势惯了，但这次他却一反常态地低调起来，恳求王佳佳不要再查下去，再有一个星期的时间，他会带着袁楚楠给王佳佳一个说法。

王佳佳要是心软就不可能有今天的成就，很多惊爆眼球的新闻都是靠着她坚毅的性格硬生生地采访下来的，所以她拒绝了他，并告诉他，一定会继续找下去，直到找到袁楚楠为止。

王佳佳现在不单是光为了采访，还有刘天昊委托她查许安然和老谢之间的事儿，所以无论如何都要找到袁楚楠。

许新国身上升起一股无可匹敌的气势，盯着王佳佳。

王佳佳和刘天昊的性格一样，遇强则强，开始她还对许新国的气势有些打怵，随着时间的推移，她内心的倔强开始反击，最后迎着他的目光与他对视。

许新国叹了一口气，整个人又恢复了常态，微微点点头，说道："好吧，你跟我走，我带你去见她。"

第二十七章　失明带来的困惑

　　果然如刘天昊所分析，袁楚楠在一家私人诊所就医。私人诊所在
NY市郊外一处风景优美的山脚下，三栋有长廊连接的四层别墅组成了
一个建筑群，三米高的院墙把三栋别墅圈了起来，占地十几亩。院子里
有一个巨大的游泳池。其中一栋别墅前还有一个直升机停机坪，停机坪
旁边是一排车位，停放着路虎揽胜、奔驰迈巴赫、宾利等名车。

　　大门口有一个警卫室，一名身穿保安服饰的男子警惕地盯着外面的
道路，他身旁蹲着一条德国黑背，敦实的身体和锋利的牙齿无不彰显它
的实力。

　　许新国的车是一台限量版的宾利尚慕，6.8T的动力几乎可以在一瞬
间达到想要的速度。王佳佳属于激情的驾驶者，但对比许新国，她就属
于入门级的选手了。

　　许新国让司机打车回了公司，他亲自驾车带着王佳佳从市区开往郊
区，应该是司机并不知道袁楚楠的所在地，每次去看望袁楚楠都是许新
国亲自开车。

　　经过严格的安检和各种证件登记之后，许新国才开车进入大院，停
好车后，两人径直前往中间那栋最大的别墅。

　　王佳佳边走边看着别墅区，正应了那句话，贫穷限制了想象力。除
了行车的道路之外，其他的位置都是草坪加上小型花坛，花坛中各种各
样名贵的花都可以见到，游泳池周边是一圈沙滩，沙滩的沙子竟然是接
近于纯白色的，王佳佳去过殿堂级的几个海滩，也只有坦桑尼亚的桑给
巴尔岛海滩才会有这种沙子。

连沙子都是从非洲运来的，可见此地的设计费了多大的手笔。王佳佳深吸了一口气，一股海沙的味道从游泳池方向飘来，预料不错的话，游泳池的水也应该是海水。如果不是现代钢筋混凝土建筑物，还以为自己来到了桑给巴尔岛呢。

刚走进别墅大门，一股医院特有的味道便扑面而来，让走神的王佳佳回到了现实中。一名长相甜美的护士向许新国鞠了一躬，做了一个请的手势，又带着疑惑的目光看了看王佳佳。

王佳佳与护士对视一眼，心里又是一惊。这里的护士不但身材极佳，而且相貌也绝不比她差，走起路来腰肢扭动，就算去巴黎时装周走个 T 型台也绰绰有余。

袁楚楠是一名优秀的科学家，也是瑜伽运动的狂热爱好者，当王佳佳看到袁楚楠的时候，她终于知道为什么许新国这样痴迷袁楚楠了。

袁楚楠穿的不再是王佳佳之前采访的工作装，而是一套做瑜伽运动的紧身衣，病房很大，除了一张病床之外，很大一部分空间是平整的地面，上面铺着巨大的一块瑜伽垫。

袁楚楠正在上面做着瑜伽高难度动作，不一样的是，她的眼睛上缠着一圈绷带。

美女护士急忙上前，扶起袁楚楠，轻声说道："楠姐，您身体没恢复，现在还不能做剧烈运动。"

袁楚楠微笑了一下，随后和气地说道："我都是慢慢做的，放心吧。新国，你来啦！"

袁楚楠的脸慢慢转向许新国，鼻子微微抽动了一下，又转向王佳佳："是王佳佳吧，你怎么找到我这儿的？"

王佳佳听后也是一愣，单凭鼻子闻一下就知道她的身份，这也太不可思议了。刘天昊鼻子灵敏是因为他曾有鼻炎，治好以后鼻子的灵敏度变得更强了，但也不能闻一下就能辨别出人来，想不到袁楚楠比刘天昊的本领更高一筹。

"是我，袁教授。"王佳佳说道。

"王记者一直在找你，把整个 NY 市都翻个底朝天，我这不是没办法嘛。"许新国摊了摊手说道。

袁楚楠一伸手抓住许新国的手，显然是她知道他说话时的习惯，两人的手轻轻地握在一起，彼此向对方微笑着。

"许先生，楠姐，现在阳光太足，纱布可不能拿下来呦。"美女护士嘱咐了一句之后就离开了病房。

王佳佳借着目送护士离开的机会，这才仔细看了看病房。病房是典型的阳光大房，朝南的窗户是落地窗，阳光从南面洒进房间，让房间中暖洋洋的，虽说是夏天，但房间中的新风系统和空调都开着，房间始终保持适中的温度。

病床是一张双人床，床头摆放着各种各样的医疗监测设备，靠门口的位置是一个独立的卫生间，旁边还有一个简易的厨房。

这哪里是病房，简直比五星级宾馆还要豪华！

袁楚楠叹了一口气，说道："该来的早晚都要来，既然瞒不住，索性就把这个负担交给佳佳处理吧！"

王佳佳一听，心中顿感不妙，听袁楚楠的语气，一定是有什么难言之隐，可能会涉及道德层面的问题。

三人落座后，袁楚楠开始讲述她的经历。

……

先进的尖端科研项目都是需要科研人有冒险精神的，每一次试验都是一场与自然规律的赌博。

许安然的性格中有一大半是继承了袁楚楠的性格，敢于冒险，敢于创新。袁楚楠发起的一个项目一直没有进展，虽说赞助者是许新国，在钱的方面从不着急，但她内心却比任何人都着急，所以在团队的人下班之后，她独自一个人留在实验室，在不成熟的情况下冒险采用比较激进的办法进行试验。

就在即将成功的时候，意外突然发生，原本不稳定的设备由于过载发生了小范围的爆炸，实验室并未受到太大的影响，但袁楚楠的眼睛却受到了致命一击，眼角膜在爆炸中损伤严重。

许新国连夜处理了此事，把实验室恢复原样，同时带着袁楚楠来到现在的这家私人诊所。私人诊所的技术和设备相对医院要好很多，几名医生联合诊断，为袁楚楠做了手术，眼球是保住了，但眼角膜却损伤严重！

医生提出只要有人捐献眼角膜，在两个月内给袁楚楠移植，就可以百分之百恢复视力，要是等以后再移植，恢复视力的程度就会稍差一些。

我国的眼角膜捐献是有制度的，并没有活体捐献这一说法，而是采用新鲜的供体摘取眼角膜的方式捐献，但生前捐献眼角膜的人少之又少，而需要眼角膜的患者却很多，以至于供不应求。

袁楚楠属于完美型人格，对任何事都要求到极致，她容不得自己的视力受损，更不允许让别人知道她是在一次冒险的实验中伤了眼睛，因此许新国让医生想办法弄到眼角膜，恢复她原来的视力。

许安然得知母亲受伤的消息后立刻赶到诊所，对于母亲的冒进她并未责怪，因为她也是这样的性格。但失败终究就是失败，袁楚楠每天不但要承受实验失败的打击，还忍受着黑暗的折磨。

尤其是伤痛渐渐平复后，她开始摸索着下地走路，屡次碰壁摔倒让她更加体会到眼睛的重要，她开始发脾气，摔抛能够抓到的一切物品，甚至连前来探望的许新国也被砸伤。

许安然是精神科医生，擅长的是心理学，但心理学对于愿意接受的人还有效果，对袁楚楠这样内心坚定的人完全没效果，还起了副作用——袁楚楠一听见许安然的声音就大发雷霆。

医生们只好每天给袁楚楠注射镇静剂，以保持她不去做伤害别人或者自己的事。

许安然心里清楚，要解除母亲的痛苦，只有让她尽快地恢复视力，否则再过上一段时间，等到母亲心理崩溃后，一切就都晚了。

诊所的医生们竭尽所能开始寻找眼角膜捐献者，价钱自不必多说，再高的价格许新国也能出得起，但出乎意料的是，一个星期过去了，仍然没找到合适的供体。

中国人受到五千年传统文化影响很深，对于遗体保持完整非常重视，很少有人主动签捐赠眼角膜或者器官的协议。

无奈之下，医生们再次做起袁楚楠的思想工作，说眼角膜肯定能有，视力受到些损伤也不要紧，可以通过激光手术矫正达到想要的视力。袁楚楠的精神状况远比身体损伤还要糟糕，她无法接受无穷无尽的黑暗，恢复视力已经成为她现在唯一的想法。

令人意想不到的是，在袁楚楠受伤后的一个月，她强悍的心理即将崩溃时，许安然带来了眼角膜，手术做得很成功，袁楚楠再次见到了光明，心理问题瞬间得到了解决。

许新国和袁楚楠在高兴之余，却发现他们的爱女许安然变得闷闷不乐起来。

"大致的情况就是这样，现在楚楠已经恢复了视力，很快就会彻底康复，回到工作岗位上去，如果你愿意帮我们保守秘密，我们将感激不尽。"许新国很有诚意地说道。

王佳佳对袁楚楠的伤没什么兴趣，是试验方法激进也好，还是操作失误也罢，这些甚至都算不上一则很好的新闻。

她现在最关心的是许安然拿到的眼角膜，要是这件事真和老谢有关系，那很有可能是许安然用 10 万元买通老谢，从刚去世的病人身上取了眼角膜，事后不知为何，老谢对许安然或者是其家人产生了威胁，进而使得许安然下手把老谢推下悬崖。

如果事情是这样，那就太可怕了。

王佳佳正要询问一些细节，以图在其中找出眼角膜的来源，她的电话却响了起来。

"佳佳，许安然醒了。"刘天昊的声音从话筒中传出。

袁楚楠和许新国听到后脸上立刻露出笑容，两人的手再次握在一起。

"别哭，别哭，我说过，安然会没事的。"许新国劝着袁楚楠。

"我找到袁教授了，现在我和他们在一起，事情可能有些复杂。"王佳佳看了一眼夫妻二人说道。

"那就带他们来私人诊所吧，有些事情他们也需要知道。"

王佳佳看了一眼两人，两人不约而同地点了点头。

"好，我们现在出发，给我发个定位！"

第二十八章　非法买卖

许安然昏迷这些天是靠着营养液度日的，醒来后她胃口大开，一下子喝了好几袋牛奶，要不是韩孟丹阻止，估计还能吃下几个汉堡包和鸡腿。

宽宽大大、蓝白相间的病号服穿在她身上居然传出别样的味道出来，加上一头披散的秀发，一股懒洋洋的居家味道从她的身上散发出来，好像一个等待新婚丈夫回家的小妻子一般。

刘天昊看得呆了一阵，听到韩孟丹轻咳几声后才缓过神来，向许安然陈述了老谢遇害的事，同时告诉他对许安然的怀疑，希望她能够配合工作，说出知道的一切。

不知是许安然刚刚从昏迷中清醒反应比较慢，还是她被刘天昊的开门见山弄得不知所措，她缓了好一阵，眼神才活跃起来，说道："刘警官，我想这件事可能存在些误会，能容我慢慢解释吗？"

许安然的态度出乎了韩孟丹的意料，按照她原先的性格，就算不和刘天昊吵起来，肯定什么都不会说，想不到现在她竟然这样温柔地……

"哎，你这个小女子，还有我呢，在你昏迷的时候陪了你很久的！"

131

韩孟丹白了许安然一眼说道。

许安然嫣然一笑,轻轻地抓住韩孟丹的手,说道:"我知道,其实我一直都知道你在。"

许安然的笑是极具魅力的,就连韩孟丹同样身为女人,也被她这一笑所感染,吃醋的情绪一挥而散,冲着她笑了笑,微微摇了摇头表示无奈。

许安然看了一眼刘天昊,眉头皱了起来,看他的眼神略带些迷离,轻叹一口气后说道:"有些事终究还是瞒不住的。"

语气竟然和袁楚楠一模一样!

……

当许新国、袁楚楠、王佳佳赶到诊所时,许安然正在治疗室接受医生的各项检查,人是醒过来了,但生理指数并不稳定,私人诊所虽说规模小,但医术和态度绝对是一流的,医生们绝不肯冒一丝风险,也不肯放过任何一个能治愈病人的机会。

袁楚楠眼睛上依然蒙着纱布,许新国牵着她的手慢慢地走到诊室外,好像古代结婚时新郎拉着蒙着盖头新娘的手走向洞房的情景,看得韩孟丹羡慕极了,有意无意地瞥向走在一旁的刘天昊。

许新国看到刘天昊后先是一愣,随后向他一笑,说道:"刘警官,这是咱们第二次见面了,我觉得咱们很有缘,有时间到我公司坐坐,可以好好聊聊。"

刘天昊呵呵一笑,看了一眼蒙着纱布的袁楚楠,说道:"没问题,我更希望是等我穿便装的时候再去您的公司比较妥当一些。另外,袁教授的事儿安然都和我们说了,非法移植眼角膜……"

许新国眼神突然凌厉起来,一股王者气势油然升起:"这件事我们有错,但事已至此,还得想办法处理妥当,在这个世界上,有很多事儿要比真相更重要。"

许新国的意思很明显,既不想让许安然为此事坐牢,又得让刘天昊等人说得过去。已经移植到袁楚楠眼睛上的眼角膜无法再还给死者,许安然救母心切，利用金钱和权力诱使老谢帮助其非法取得眼角膜，虽违反法律，但情有可原。

而且按照许安然刚才的说法，她已经和死者家属达成协议并按照约定付给死者家属一大笔精神损失费，也算说得过去。

"我明白，但这件事不能这么结束，刚才安然已经答应我，等闹鬼这件案子过去后，她会给我一个满意的说法！"刘天昊对于许新国的气势并未作出反击，依然保持着不冷不热的态度。

他身为执法者，眼睁睁地看着违法行为不去纠正，于职业道德、于职责都说不过去，正所谓身在其位谋其职，有些事愿意不愿意都要去做。

许新国表情凝重地点了点头，问道："眼角膜的事我们也想知道，可之前安然始终不肯说，她这脾气随我俩，要是不肯说，怎么问都没用。"

"安然和老谢之间的事儿你们有权利知道，希望袁教授眼睛复原后，能够为国家科技事业多做点事，对得起捐献者的一片心意。"刘天昊开始缓缓讲述许安然和老谢之间的事。

……

许安然原本和老谢没有任何瓜葛，甚至连面都没见过，她只听护士们说过后院有个又聋又哑的老头儿看停尸房，还有停尸房闹鬼的故事。她是个唯物主义论者，对鬼神之说压根不信，只是当作饭后谈资来听。

如果不是母亲袁楚楠受伤的事儿，可能这辈子她都不会去后院停尸房，也不会认识老谢这样的人，他们原本就是两个世界的人。

袁楚楠的事儿让许安然心里难受，虽说她是心理医生，但自己的刀难削自己的刀把儿，尤其在治疗小兰的事情上和科室主任赵江、庄副院长起了争执，两件事儿加在一起搅得她心里很烦。

不知不觉她来到了后院附近，后院传来老谢咿咿呀呀的声音，她心中一动，迈步走了进去。

她从来没进过后院，甚至连看都没看过，在她的印象中后院应该是非常小、狭窄且阴暗潮湿的地方，但实际上除了阴暗之外，整个院落干净整洁。

两名护工推着一辆运送尸体的车，向停尸房大门推着。老谢站在车前，朝着护工比画画。他们听不懂老谢究竟想说什么，脸上露出不耐烦的神色，其中一人还向老谢不断挥着手像赶苍蝇一般。

许安然在心理学课上学过手语，平时到聋哑学校兼职做过心理辅导老师，所以能看明白老谢的意思。

老谢是在告诉两名护工，停尸房中的停尸柜满了，只能放到一号房间的停尸床上，如果尸体短期内不能处理，就得向院长申请调整一个停尸柜出来。

早年医院都是有停尸间的，但后来殡葬制度改革后，医院渐渐地取消了停尸间的设置，在没有争议的情况下，都是殡仪馆把尸体拉走，但有些医院因为种种问题可能把这个部门保留下来，有些尸体因为各种原因无法及时处理，便长期占用着停尸柜，被占的多了，后面的尸体处理起来就比较麻烦。

护工哪会理会老谢的话，不由分说地把尸体送进停尸房中，放在停尸床上后就离开了。老谢只得从停尸柜中拿出一些提前冻好的冰袋，堆放在尸体周围，以免尸体因为天气炎热而受损。

许安然走进停尸房，来到一号房间后和正好回头的老谢对视一眼，她心里立刻产生了怀疑，她平时穿的都是旅游鞋，走路很轻，脚步声她自己都很难听见，又聋又哑的老谢怎么会知道自己来到一号房间？

许安然冲着老谢一笑，用手语和他打着招呼。令她想不到的是，老谢的态度很冷淡，看了她一眼后便不再理会。

许安然也没和老谢计较，上前帮老谢用白布盖尸体。老谢这才勉强在嘴角挤出一丝笑容，用手语表示感谢。

许安然点了点头，看到死者大脚趾上挂着的尸体鉴别牌后突然灵光一闪，从死亡时间上看，死者刚刚去世不到半小时，死亡原因是心脏骤停，整个身体器官都保持完整，如果能够说服死者家属捐献眼角膜，那母亲的事儿就可以彻底得到解决……

她是高等医学院科班毕业，知道死者生前没签器官捐献协议就不能捐献眼角膜，但母亲住的是私人诊所，只要有眼角膜，医生不会计较它的来源。

心念一动之后，许安然便尝试着和老谢交流。老谢对许安然的突然热情并不感冒，不咸不淡地比画着，许安然心里明白，现在和老谢沟通这件事的时机未到。

世上无难事，只怕有心人。许安然已经打定主意要做这件事，便向一些护士询问老谢的事儿，得知老谢最大的喜好就是喝酒和吃烤鸭，对其他方面并无需求。

为了保险起见，许安然还特意找了私人侦探调查老谢，令人意想不到的是，老谢看起来穿得破破烂烂的，但银行里的资产居然有将近 200 万！

一个正常参加工作的人有个百万资产不足为奇，但要是能有 200 万的现金，怕是大部分人都做不到，无论从哪方面看，老谢都不太可能有这么多的资产。

私人侦探并非神探，更没有正规警察的力度，对于老谢资产的来源无法彻底查清，也只得作罢，但有一点可以确定，就是老谢需要钱。

许安然单纯，但并不代表她没有智商，对于和老谢打交道的事儿，她并没奢望能和他正常沟通，当她带着一张银行打出来的存款凭据找到老谢时，老谢开始时有些愤怒，随后开始变得恐惧，因为许安然向他解释了宪法中关于"巨额财产来源不明罪"这一条的意思，如果老谢不能说出资金来源，不但会没收他的全部财产，而且还会判他入狱！

当老谢脸上变成哀求的表情后，许安然知道时机到了，和老谢说出了她的苦衷，希望老谢帮助她，而且还会给他一大笔钱作为报酬。

老谢犹豫了一阵，最后还是点头答应下来。

剩下的事情就比较简单了，她需要等待的就是一个机会，一个患者刚刚去世，家属不能来得及处理尸体的机会。

对于医院而言，死人是再正常不过的事儿了，三天不到的时间，许安然的机会来了，一名患者因为脑肿瘤破裂迅速死去，而家属远在千里之外的偏僻地区，需要两天的时间才能赶到医院！

肖嘉麟虽然年近 40，但为人色心不减，看到漂亮的姑娘就喜欢占一把便宜，许安然的条件都够得上国际名模的标准，他怎么肯放过讨好她的机会，所以许安然很轻松地就拿到了死者家属的联系方式。

许安然以最快的出行方式帮助死者家属订了票，并与她取得了联系。死者家属的经济状况很一般，在偏僻的山区年收入不超过 5000 元。

令许安然意外的是，她开出 50 万的价格买死者的眼角膜居然被死者家属拒绝，理由是死者家乡有个习俗，人死后的尸体必须要完整，否则，到了阴曹地府无颜面对老祖宗！

许安然不物质，但依然坚信钱可以通神。

60 万……70 万……80 万……90 万……

习俗归习俗，逝者已矣，生者当如斯。在许安然思想工作和金钱的双重作用下，家属最终同意捐献眼角膜。

老谢拿到许安然的 10 万元后，他便喝下三杯大散白，趴在桌子上呼呼大睡。许安然心灵手巧，亲自做了个眼角膜摘取手术，顺利拿到眼角膜。

许安然知道这件事违反了法律，但为了母亲也不得不为，心中有亏让她连走路时都感到愧疚，否则也不会被人从背后接近电击后摔倒在地铁台阶……

第二十九章　针眼

对许安然的行为，刘天昊无法做出任何评论，在人情世故上，许安然为了母亲，同时又没伤害到任何人，做法虽有些激进，但合情合理，但在法律上，非法移植就是非法行为。

"我明白了，谢谢你，刘警官，这件事我会给你一个满意的答复。"许新国对这件事并未放在心上，许安然的行为属于轻微违法，而且还征得死者家属的同意。

袁楚楠听后却抽泣起来，母女连心，她知道这件事如果非要个结果，最终只能是许安然被迫离开医生岗位，医生这个职业对于许安然来说是她一生的追求，离开岗位就意味着梦想彻底破灭。

许安然走出治疗室后看到父母都在门外守候，心头一酸，眼泪差点掉出来，她快步走上前和父母拥抱在一起。

在她心中，家人才是最重要的，别说是职业生涯，就算让她付出生命代价，也会毫不犹豫！

"刘警官，我还有一些发现，也许对案子有用。"许安然放开父母，转身对刘天昊说道。

许新国立刻会意地向刘天昊四人点头致意，随后拉着袁楚楠的手转身向外走去。

"咱们到病房说吧，这里说话不方便！"许安然挽着韩孟丹和王佳佳的胳膊向她的病房走去，大步迈得很开，完全不像是重伤初愈的模样，要不是头上包着的纱布和病号服，没人会相信这是一名刚刚从昏迷中醒过来的病人。

"哎，又是三个女人一台戏，看来我随时可能成为多余的人！"刘天昊小声自嘲道，摇了摇头后，他紧赶几步向病房走去。

……

半夜三更的停尸房对于女孩子来说还是非常恐怖的。

许安然生怕有人来打扰，进入停尸房之后便从里面插上了门，死者的尸体已经停放在一号房间的停尸床上，和流行的那个传说一模一样：为了防止死者苏醒过来，去世后要在停尸床上停放一段时间，确认死亡后再放进停尸柜中。

当许安然把眼角膜放进储存器具里后，她听到了零号房间里发出轻微响声，但零号停尸房中只存放了一具青铜棺，再无他物，怎么可能有动静！可她今晚的任务是取到眼角膜并给母亲送去做手术，再有好奇心也只得作罢。

……

"是什么声音？"刘天昊问道。

许安然皱着眉头，摇摇头，说道："不太容易分辨，好像是不锈钢刀具在一起碰撞的声音，也好像是两个坚硬物体碰撞的声音，声音很小，如果不是在绝对安静的环境下，肯定听不见。"

刘天昊立刻想起虞乘风手机里面的录音，于是调出录音让许安然听了听，反复听了数遍之后，许安然不敢确定，但觉得有些相像。

"还有一件事比较奇怪，就是老谢。我找他拿停尸房钥匙，却发现他睡得和死猪一样，任凭如何推搡也不醒。"许安然说道。

王佳佳一直思索着，突然她眼神一亮："推他都没反应？"

许安然点了点头："反正那晚都很奇怪，什么人睡觉能睡得这么死啊！"

王佳佳突然想起那晚安装窃听器时，老蛤蟆和老谢侄子喝酒，老蛤蟆酒量很好，但喝了两杯老谢酒桶里面的酒后，回去后就昏睡不起，好几天都没精神，按照许安然的说法，老谢每次喝了酒也是这种状态，难道说酒里有问题？

听了王佳佳的说法后，韩孟丹说道："这件事好办，我去弄一些酒来化验一下就知道了。"

"如果幕后真凶在停尸房里搞事儿，老谢是最大的障碍，一方面可以用钱买通老谢，这就可以解释老谢的巨款来源，另一方面他们不愿意老谢知道太多秘密，所以在酒里加了药，喝一杯后，就可以完全没知觉地睡上一段时间，等老谢清醒之后，事情已经做完了，这样一来就可以保证老谢知道有事，但不知道是什么事儿！"刘天昊说道。

韩孟丹转过头盯着刘天昊看，神色异常严肃，看得他有些不知所措。

刘天昊眨了眨眼，试探着问道："孟丹，我说的有什么问题吗？"

韩孟丹缓过神来，忙摇摇头，说道："你的分析让我想起给老谢尸检时的怪异之处。"

王佳佳一听来了精神，凑到韩孟丹身边，饶有兴趣地问道："什么怪异之处？"

老谢因为摔下悬崖，身上有多处骨折和挫伤，头部也受到重创，面目全非，在清理伤口处的淤血之后，在他的后背上出现了几个类似针眼的伤，有些是新造成的，有些是陈旧伤，已经结痂。

尸检时韩孟丹并未在意，以为这些伤可能是坠落过程中被树枝或者是灌木刺扎的，也有可能是生前被某些生物叮咬的。

但细想一下，叮咬过的伤口和针刺过的伤口并不一样，老谢生前无吸毒习惯，而且就算吸毒也不可能在自己的后背扎针，在老谢后背针刺的伤口只能是别人扎的，他自己绝对够不着。

联想到刘天昊的分析，很有可能是幕后凶手验证老谢是否真的喝了酒昏睡过去用针扎的！

韩孟丹立刻站起身："我现在回刑警大队。"

王佳佳也起身跟着向外走，边走边说道："我去一趟医院后院门房，取一些酒给孟丹化验，你俩先聊着！"

韩孟丹和王佳佳属于实干派，说干就干，没等刘天昊说话，两人就已经离开了病房。

房间中就剩下许安然和刘天昊两人，气氛突然变得尴尬起来，许安然原本是个大方的女子，突然间脸上一红，低下头玩起衣角来，时不时地抬起头看一眼刘天昊。

尴尬的一分钟对刘天昊而言仿佛过了一年，最终他清了清嗓子，打破了沉默："许医生……"

"叫我安然好了，叫许医生有些怪怪的！"许安然小声说道。

刘天昊点了点头，刚才还在嘴边的问题突然想不起来了，只好又轻咳两声。两人几乎在同一时间抬起头嗯了一声，随后又同时笑了起来。

病房的门打开了，许新国和袁楚楠手拉着手准备走进房间，见两人正笑着，许新国呵呵一笑，说了一句："那个……没事，你们俩闲聊，我和楚楠去院子里再散散步，院子里的空气挺好，真挺好！"

袁楚楠看不到刘天昊和许安然的情况，伸手打了一下许新国，嗔怒道："我都转了多少圈了，又不是毛驴，蒙着眼睛拉磨呀！"

许新国在袁楚楠的面前完全没有了霸道总裁的范儿，憨憨一笑，说道："你就陪我溜达溜达嘛，现在连鸡和猪都流行溜达猪和溜达鸡了，咱们也得多活动活动，等你眼睛好了，可能就没这个时间喽。"

不等袁楚楠反对，许新国再次把袁楚楠拉走，病房的门再次关上，房间中又安静下来。

很明显，许新国对刘天昊很有好感，女儿许安然的条件配刘天昊绰绰有余，只要女儿开口，两人成为一对儿就是分分钟的事儿。

刘天昊暗自叹了一口气，心反而静了下来："安然，我还有个问题需要你诚恳地回答我。"

许安然撩了撩头发，像个小女子一般地说道："刘警官，你尽管问，我知无不言。"

"老谢的死和你有关吗？"刘天昊盯着许安然的眼睛问道。

第三十章　约定

面对刘天昊开门见山的质问，许安然嫣然一笑，随后望向窗外的风景，说道："看来我们之间还缺少一点信任。"

"我明白你的意思，但我需要你正面回答我。"刘天昊说道。

"我没害老谢！"许安然回答。

刘天昊又问道："能和我说说小兰的事儿吗？"

许安然醒来之后，刘天昊一直在盘问她关于眼角膜的事，现在基本可以排除她的嫌疑。

由于大脑受到创伤，部分记忆受损，一些画面断续地在许安然的脑海里闪现，她努力地把它们还原成连续画面。

许安然的表情突然变得痛苦起来，双手抱着头，嘴里发出呜呜的声音，过了好一阵，她才缓过神来，吐出一口气后，皱在一起的眉头慢慢舒展开，说道："我用强电击治疗法给小兰治疗，赵主任和庄副院长极力反对，所以我必须得在下班后偷着进行。"

……

精神科病房不比普通病房，住的都是精神有问题的病人，需要一定的管制，平时大门都是有人看守的，下班后大门便上锁，以防止病人偷跑出去，这样一来，精神病科病房就形成了相对密闭的空间。

治疗效果出乎了许安然的意料，治疗后的小兰脸上有了些生气，眼神开始活跃起来，甚至出现了与人交流的欲望。

许安然尝试着与小兰交流，小兰断断续续地说出了一些话，话不连贯，但还是能听得出大致的意思。

"青铜……开……女鬼……内脏……血红的眼睛……"

按照字面的意思，青铜棺打开之后，女鬼出来杀人，吃内脏，她有一双血红的眼睛。

许安然皱着眉头联想着，她对闹鬼事件知道的不多，所以无法联想更多的情节。

……

"就这些？"刘天昊问道。

许安然点了点头："也许以后还会想起来，但目前只想起这些了！"

小兰所说的话肯定是触及到了凶手，这才引发凶手谋害许安然，照这样推断，具备条件的很可能是精神科的赵江和庄副院长。

他又联想到了庄副院长的孩子，摔坏了一个肾，另一个肾天生功能不全！

"难道是她？"刘天昊心里想着，很多画面在他的脑海中不停地闪过。

许安然见刘天昊眼神发直，便挥动双手在他眼前晃了晃。

刘天昊缓过神来，问道："小兰开口说话这件事还有谁知道？"

许安然摇了摇头，说道："应该没人知道吧，我给小兰治疗的时候是锁上门的。下班后除非是必要情况，否则值班医生和护士都在值班室待着。"

"值班的医生和护士是谁？"刘天昊问道。

如果精神科病房是相对封闭的，知道许安然治疗过程的人一定是内部人，精神科医护人员的可能性很大。

"原来是赵主任值班的，他好像说是有什么事儿，和童医生换了班。"许安然说道，见刘天昊有些疑惑之色，又接着说道："童医生是比我大一届的学姐，性格比较温和，对人也很好，一般谁有个事儿都会找她换班，她从来没拒绝过。"

"在你给小兰治疗期间发生过比较怪异的事吗？"

许安然摇了摇头，说道："没有，我给她治疗时很专注，并未注意到有任何异常。"

"治疗室有没有监控之类的？"刘天昊又问道。

"原来是有的，主要是为了治疗时方便其他医生观察病人的情况，以便于及时调整治疗方案，但后来因为涉及病人隐私的问题，被一名病人投诉，就一直没再启用。"许安然说道。

"你现在身体感觉如何？"刘天昊突然关切地问道。

许安然被他突然一问弄得一愣，脸上绯红升起，低下头说道："挺好的。"

刘天昊拉起许安然的手向外走去。

"干吗呀！"

"去医院治疗室。"

两人走到私人医院的走廊中，正好遇到散步归来的许新国和袁楚楠夫妇，刘天昊赶紧松开许安然的手，脸上有些红，他搓了搓手，说道："徐先生、袁女士，我和安然还有些事。"

许新国呵呵一笑，挥了挥手："年轻人忙些好，去忙吧。"

刘天昊看了看袁楚楠，她歪头向着两人的方向，看样子是想看看他们的样子，但纱布却挡住了她的视线。

刘天昊脑中灵光一闪，转向许新国说道："许先生，我有些事想单独和你聊聊。"

许新国还没来得及答话，袁楚楠把手伸向许安然："安然，妈正好有事和你说，10分钟就行。"

许安然看着刘天昊和父亲，微微摇摇头，挽住母亲的胳膊向病房走去。

刘天昊和许新国来到院子中，走到游泳池旁，沙子柔软极了，每踩一下就会留下一个脚印。游泳池的水波荡漾着，水清澈见底，碧蓝碧蓝的，要不是医院大门不时地有股消毒水的味道传来，还真让人怀疑在海边。

"说吧。"许新国以长辈的语气说着。

刘天昊看到许新国的眼光后，就知道他一定误会了自己，以为自己会说和许安然之间的事，但他和许安然才认识不到一个星期，就算许安然的条件好，也不可能这么快产生感情。

许新国是过来人，能看到人最终的需要是什么，但年轻人不同，除了金钱和地位之外，他们还是一群有血有肉的人，还有说不清道不明的感情。

"我有件事想求许先生！"刘天昊说道，他向周围看了看，小声地在许新国的耳边说着。

许新国脸上的笑容渐渐消失，取而代之的是严肃，思索了好一阵后，才缓缓地点了点头。

"你也得答应我一件事。"许新国嘴角露出一丝不易察觉的笑容。

"没问题，只要不违法，能帮忙的我一定帮忙！"刘天昊说道。

许新国学着刘天昊的样子凑近他耳朵，小声地说着。

许安然和袁楚楠正好从大门走出来。许安然已经换上了一身运动装，头上戴着一顶鸭舌帽，高挑的身材十分显眼，袁楚楠虽说上了年纪，但由于保养很好，加上平常的锻炼，身材居然不输于女儿。

许安然笑着向两人摆了摆手，刘天昊回应着挥了挥手，脸上露出一丝苦楚。

……

自打发生闹鬼事件后，医院发生的怪事一件接一件，院长给各个科室开了会，要求各个部门从整顿工作纪律和秩序做起，要给广大患者一个新印象，又出资对医院部分老旧楼梯进行装饰。

医务科肖嘉麟招了一个班的保安，加强了对医院的巡逻，同时下了禁令，夜间去后院停尸房必须两人以上同行，而且要值班院领导亲自签字批条。

许安然和刘天昊避过两名巡逻的保安，进入病房所在大楼，当她走到精神科大门时，发现门已经上了锁。

"医院病房一般都是9点上锁，精神科不同，6点半就锁上了，今天……"她看了看手表，接着说道："应该是赵主任值班。"

刘天昊正要敲门，被许安然一把抓住手。她脸上露出狡黠的笑意，小声说道："你想查案就不能惊动任何人，如果光明正大地搜查可以解决问题，你就不会带我来了，对吧！"

刘天昊笑着点点头。许安然拉着他沿着走廊走到楼外面的临时消防通道。

这栋大楼是很老的建筑，但外墙体经过粉刷，变得和崭新的建筑没什么两样。当初建的时候规划得不好，没有建消防通道，最后只得在楼梯外加了临时消防通道，但为了防止精神科病人逃走，这层楼的消防通道大门锁了起来。

"这里也进不去呀！"刘天昊推了推门。

许安然像变戏法一样，伸出手转了两圈，突然多了一把钥匙。

"备用钥匙也是很重要的。"许安然打开锁头。

精神科的走廊很安静而且幽暗，不时地从病房传出一两声无意义的吼叫声，更令人毛骨悚然。

两人进入精神科后，径直来到治疗室，治疗室亮着灯。

"这里的灯常亮吗？"刘天昊问道。

"嗯，赵主任定的规矩，据说是这里好像发生过病人杀死医生的案件，如果黑灯的话，就会传出医生被杀死前的惨叫声。"许安然说道。

刘天昊哼了一声："鬼神之说就是这样传出去的，弄得人心惶惶。安然，你躺在治疗床上，就像小兰那样。"

"啊……这……"

"相信我。"刘天昊自信满满地说道。

许安然点了点头，走到治疗床上躺了下来，盯着刘天昊看。

"别看我，你给小兰治疗时，她当时看向哪里？"刘天昊提醒道。

许安然转头看向房顶的一个角落。

刘天昊走到门口，伸手关了灯，随即又打开灯，看到许安然指着房间吊顶的一处，嘴巴张得大大的，眼神中充满了不可思议。

刘天昊再次关灯，顺着许安然指的方向看去，若不细看，根本看不出异常，细看之下，那处有一个暗红色的小点，悬在半空好像是一只眼睛，若是配合鬼神传说，肯定会被认为是鬼眼。

"小兰虽说的前几个词都和青铜棺有关系，但最后一句……"刘天昊打开灯，搬过一把椅子，踩在椅子上够向红点处："'血红的眼睛'指的却是这个！"

他手伸进灯罩附近，用力一拽，一个微型摄像头露了出来。

"这个是什么时候安装的？"许安然从治疗床上蹦下来，走到微型摄像头下看着。

"这就是凶手为什么知道你治疗小兰结果的原因，也是导致你被害的原因。"刘天昊使劲拽了拽，最后把摄像头拽了下来，摄像头是无线的，连接着一个很大的充电宝作为电源，续航力能达到 3 个月以上。

摄像头有红外的功能，一旦在黑暗中，就会显现红色。

"那凶手会不会看到咱们？"许安然问道。

"但愿他能看到。"刘天昊想起了老蛤蟆，按照老蛤蟆的能力，追踪这个摄像头的接收端应该问题不大。

"走吧，也许凶手正在盯着咱们呢！"刘天昊拉着许安然的手向外走去。

……

老蛤蟆是效率很高的黑客，如果没有王佳佳在一旁指点，他的效率还能提高一倍，不到半小时的时间，他就破解了微型摄像头内置装置，可惜的是，摄像头的接收端已经关机。

"太可惜了！"老蛤蟆说道。

"上次你喝了老谢的酒有什么感觉？"刘天昊突然问道。

"晕，困……"老蛤蟆看了看王佳佳，随后又小声地说道："我睡着后不知道从哪儿摔了一下，现在还疼呢，但当时却没摔醒，奇了怪了！"

"我拿了老谢的酒给孟丹了，按说化验也该出结果了。老谢侄子我也买通了，只要有新鲜尸体进入停尸房，就会立刻通知我。"王佳佳得意地说道。

"窃听器听到什么了吗？"刘天昊向老蛤蟆问道。

"没有任何异常。"老蛤蟆蔫头耷脑地说道。

王佳佳的手机响了一下，看了看，是老谢侄子发来的微信，图片上显示一具尸体放在一号房间的停尸床上，上面盖着白布单。

王佳佳把手机图片出示给刘天昊，又看了看他："你真的决定要冒险吗？"

刘天昊点点头："不入虎穴，焉得虎子。"

王佳佳思索一下后说道："孟丹正在配置小兰的解药，一旦配出来后，小兰的口供就可以锁定凶手的，你没必要冒险的。"

"大网已经布下了，不能等，否则鱼儿就溜走了！"刘天昊自信满满地说道。

"虽然我不知道你的计划是什么，但有孟丹和赵清雅的配合，我相信可以治愈小兰。"许安然说道。

"老规矩，咱们分头行动。王佳佳和我去找虞乘风，执行引蛇出洞计划，安然去找孟丹和大师姐，小兰的事就交给你们了，有消息随时沟通！老蛤蟆继续坐镇，利用窃听器随时关注停尸房。"刘天昊说完便转身离去。

没人知道即将会发生什么，但作为一名警察，有些事不得不为！

第三十一章　潜伏

治愈小兰对于目前这个案子起到关键性作用，如果能从小兰处获得更多的线索，会极大地降低刘天昊执行计划所面临的风险。

另外，小兰的中毒时间越长，康复的概率就越小，毒性完全被身体吸收，就算研究出解药，怕是对小兰的恢复也毫无作用了。

人的意志力是无法量化的，韩孟丹两天两夜没睡觉了，要不是坚定的信念支撑，早就昏睡过去了。经过数百次的实验，她几乎摸到了解药的边缘，就差一点点就可以完全解除毒药的药性。赵清雅一直陪着，生怕她因为过于劳累猝死，同时也帮助她打下手，一旦解药研制成功，就立刻对小兰进行治疗。

随着许安然的到来，配置解药的实验加快了速度，终于在一次实验后，许安然高呼一声，脸上露出极为兴奋的表情。

韩孟丹的配方终于可以中和小兰体内的毒性而无半点副作用，再加上赵清雅心理治疗介入以及许安然的强电击治疗法，小兰恢复的可能性很大。

"刘队呢？"韩孟丹想在第一时间把这个消息告诉刘天昊。

赵清雅看了看许安然，挑了挑眉毛。

"他去医院了，说是和王佳佳还有虞警官执行他的计划。"许安然说道。

"太莽撞了，都说让他等两天的。"韩孟丹说道。

"小师弟说案情已经浮出水面，但没证据点，他这样做就是要抓凶手的现行。"赵清雅解释道，"还有，这份是技术科的报告，你看看吧。"

报告是老谢的酒的成分分析。酒精中含有地西泮的成分，浓度很高，虽达不到致命量，但喝下后会形成强力催眠效果。

从这点来看，老谢后背上的针眼应该是幕后凶手为了测试所形成的。如果用针刺没有反应，就说明老谢的确睡着了，对幕后真凶的事儿不会造成威胁，这也是老谢活了这么多年的原因。

老谢应该和幕后真凶有约定，每天喝酒后都会昏睡不醒，最近他被警方盯上，而且老谢还写了那本日记，幕后真凶感到威胁，这才出手将其杀死。

"他们去了几天了？"韩孟丹看了看手机，手机已经没电了，又看手表才知道已经过了两天。

"两天，中间我们和刘警官联系过，一切正常，而且还有老蛤蟆用窃听器在监听着，加上虞乘风和王佳佳两人的接应，问题不大。"许安然说道。

许安然本身就是奉行冒险主义，做任何事情都要冒险，没有冒险精神无以成事，所以对刘天昊的行为并没有太多的感觉。但韩孟丹不一样，她心中有股不好的预感。

"咱们去医院给小兰服用解药吧，也许她提供的消息会对案情有所突破。"赵清雅提醒道。

韩孟丹洗了把脸，深吸几口气强挺了挺精神，拿了药和两人出了门。

自打许安然出事后，小兰的主治医师就变成了童医生，童医生并无太多个性，她几乎言听计从地按照主任赵江和庄副院长的方案进行保守治疗。

童医生人好，但是做事没担当，许安然自然不肯冒险和她商量，于是便带着韩孟丹和赵清雅从消防通道大门进入，又悄无声息地把小兰弄到治疗室。

给小兰注射了解毒剂之后，三人便紧张地盯着她，生怕会产生不良后果。

过了好一阵，小兰的眼珠转了起来，脸上不再是呆滞的表情。又过了一阵，小兰表情突然变得痛苦起来，整个人在床角缩成一团，后背顶在墙上，但她依然向后缩着，看样子是恢复的记忆令她恐惧造成的。

赵清雅尝试着和小兰接触，但小兰仿佛惊弓之鸟，一点异动都会引发她的剧烈反抗。

好在治疗室的隔音效果好，这才没引来值班医护人员的注意。

……

刘天昊的计划很简单，不提前告诉王佳佳的原因是怕她一时兴起来个直播。

为了迷惑老谢侄子，王佳佳没事的时候就泡在门房，以采访最后一个停尸房看守的名义缠着他，反正闲来无事，老谢侄子便开始讲述自己和老谢看守停尸房时的那点事儿，有些是杜撰出来的，有些是听别人说的，不管是发生在张三还是李四身上的事儿，一概变成老谢侄子的光荣事迹。

王佳佳对老谢侄子的态度可以用"仰慕"两字，导致老谢侄子以为自己走了桃花运。

这也难怪，他最近得了老谢余下的 30 万元遗产，在经济上算是翻身做了主人，如果再能来点桃花运，这辈子就值了，王佳佳原本和他毫无瓜葛，现在突然这样热情，不误会才怪。

对于刘天昊来说，这一天的日子并不好过，人躺着的确很舒服，但躺时间久了，尤其是像尸体一样一动不动，的确需要很大的毅力。

幸运的是，停尸房平时没人来，他还能动一动，缓解急躁的情绪。刘天昊装了一天的尸体，但一号停尸房中并未发生任何事，无奈只得放弃计划。

而隔了一天，又一名病人去世，他的计划再得以进行。病人是酒精中毒导致急性胰腺炎发作，送来的时候已是病危状态，整个尸体上散发着一股浓浓的酒味。

刘天昊为了真实，便让王佳佳从老谢侄子处弄了一杯酒，巧的是，王佳佳给老谢侄子买的酒喝没了，只好用老谢剩下的酒代替，而王佳佳对此并不知情，还以为那是她买的酒。

刘天昊喝下之后就知道不是好酒，肯定是老谢的散白，甚至里面有可能还有其他药物。

事情就是这么凑巧。

院长和医务科主任肖嘉麟等人正好赶上这个时候到后院视察工作，准备对后院进行一个大改造，同时还背地里找来一个风水先生给看风水。

刘天昊为了避免怀疑，只得将酒一口喝下，又留了半口喷在身上。

肖嘉麟进入房间后皱了皱眉头，询问后勤管理人员为什么房间里这么大酒味儿，此时的老谢侄子已经昏睡不醒，后勤人员又不知道咋回事，气得肖嘉麟发了一阵脾气，要不是内科负责人及时出现并解释清楚，估计肖嘉麟会把"尸体"翻个个儿检查一番。

　　肖嘉麟到门房大骂了一顿老谢侄子后，见老谢侄子并无半点反应，便让医生检查他的状况，见人只是喝醉了并无生命大碍之后，这才骂骂咧咧地离去。

　　一番有惊无险的经历后，一号房间再次陷入寂静中，除了制冷机低沉的嗡嗡声音外，再无其他声音。

　　寂静有时候会让人产生错觉。

　　刘天昊的神志忽然上天，忽然入地，忽然看到老谢被一双手推下悬崖，忽然看到一只手拿着电击器顶在许安然的后背上。

　　幕后真凶的面孔不断地变化着，赵江、庄副院长、院长、肖嘉麟、古主任，甚至许安然和方星宇都冒了出来。

　　他本能地想喊出来，却发现胸口好像压着一块大石头一样，任他怎么努力也无法叫喊出声，他整个人更像是陷进了泥潭一般，身体不由自主地下沉、下沉，再下沉……

　　在他的意志力即将陷入一片黑暗之前，他听到了一个熟悉的声音，他曾经数次和他打过交道，也曾经怀疑过他。

　　遮住他的白布单被掀开，刘天昊想睁开眼睛看看眼前的人是不是他，可眼睛却不听使唤，仿佛灌了铅一般，怎么睁也睁不开。

　　他甚至能感到对方温热的呼吸喷在他的脸上。

　　"怎么是他？"

　　沉寂了好久之后，才听到另外一个声音再次响起：

　　"也许只有死人才会闭嘴，既然来卧薪尝胆，咱们就假戏真做！"

　　"既来之则安之？"

　　"既来之则安之！"

　　这是刘天昊听到的最后一句话。

他所有的意识陷入一片黑暗中，甚至连感官对外界的刺激也完全感觉不到，他明白了老谢被扎针的感受，痛觉不在，但感觉还在，他很清晰地感到有一根针刺进他的静脉中。

老谢的酒已让他失去了半个自我，针管中的麻药让他又失去了另外半个自我。

……

第三十二章　危机

在刘天昊的计划中，虞乘风、王佳佳、韩孟丹、赵清雅、许安然、老蛤蟆等人都有相应的任务，只要配合得当，就能把凶手当场拿下，风险是一旦某个环节出现问题，就会产生连锁反应，甚至会破坏计划。

但为了破案，为了揪出这只闹了几十年的鬼，他已经顾不得这些了。

赵清雅、韩孟丹、许安然的任务是救治小兰，小兰是整个事件的关键人物，许安然的被害肯定和她有关，凶手不愿意让许安然继续给小兰治疗，就是因为小兰肯定知道了幕后真凶的一些事。

在赵清雅给小兰做心理治疗的时候，韩孟丹一直在追问许安然，刘天昊这样做怎么会引出凶手，万一凶手不行动，岂不是白白在停尸房里受煎熬。

许安然摇了摇头，她也不知道刘天昊葫芦里卖的是什么药。

此时的小兰表情有了变化，在赵清雅的引导下，她渐渐舒缓下来，最后定睛看了看赵清雅，脸上露出不可思议的神情。

"我这是怎么了？"小兰恢复过来的第一句话。

赵清雅耐心地解释着小兰的经历，小兰听得一会儿瞪大眼睛，一会儿捂住嘴巴，一会儿眼神中又充满恐惧。

赵清雅说完之后，轻出了一口气，很温柔地看了小兰一阵，才缓缓说道："能和我说说你的经历吗？"

"能，但这件事说起来非常怪，你们能相信我吗？"小兰说话时脸上毫无自信心，很显然，她即将说出的事情连她自己都不太愿意相信。

韩孟丹和许安然凑了过来，三人几乎同时向小兰点头。

世界上本来就有很多事充满诡异，诡异的来源是因为现在的科学体系无法合理解释。

"当时我和大冰幽会时，看到了一个铁青的鬼脸，是女的，大冰吓晕过去之后，我本来想跑，但两腿没劲儿，结果就摔倒在地上，当我的手扶着墙慢慢站起来时，那张鬼脸已经消失不见，门玻璃上还是一块遮挡的黑布，但遮挡的黑布好像没完全遮住，漏了一点缝隙，我壮着胆子从缝隙向里面看去，发现了一双人的眼睛也在盯着我！"

"人的眼睛？"韩孟丹问道。

"人的眼睛，因为还有一副眼镜，金边黑框眼镜。"小兰说道。

"能认出是谁吗？"许安然问道。

小兰抿了抿嘴，看着许安然好一会儿，才说道："许医生，你应该很熟悉的，医院戴黑框金边眼镜的人并不多！"

是庄副院长！

庄副院长戴的就是黑框金边眼镜，她大半夜的为什么会出现在停尸房中？

"安然受伤之后，小兰的主治医生换成了庄副院长，但庄副院长仅仅治疗一天后，便调整小兰的主治医师变成了童医生，此后，小兰的病情愈加恶化。"韩孟丹说道。

赵清雅想了想，说道："也许是庄副院长有问题，在确诊小兰无法复原之后，才放心地把小兰交给童医生，而她则是在一旁观察，如果小兰的病治不好，她没有任何责任，而且一旦小兰中毒的事儿东窗事发，也可以推个一干二净！"

"差不多是这样，要不没法解释交接那么快的事儿。"韩孟丹说道。

"如果庄副院长有问题，赵江肯定也跑不了，他俩虽说离了婚，但心仍在一起，任何事两人都会互相帮忙！"许安然说道。

"这样说来，凶手已经浮出水面了，赶紧去找刘天昊吧，以免他有危险。"韩孟丹说道。

赵清雅摇摇头，说道："孟丹，你忘了，这件事最难的是如何找出证据，必须当场抓到凶手才行，而且在他的计划中，咱们三个人的任务是救治小兰，进而得到更多的线索。"

韩孟丹拿出电话拨打刘天昊的号码，却发现无法拨通，又拨了虞乘风和王佳佳的号码，也是无法拨通。

"三个人都联系不上，无论他们是什么计划，都太冒险了。"韩孟丹说道。

赵清雅最擅长的是心理学，看得出韩孟丹和刘天昊之间的感情，说道："那我陪你去后院看看，安然继续向小兰了解情况，有情况随时沟通。"

两人正准备向外走，韩孟丹的电话却响了起来。

老蛤蟆虽说认识韩孟丹，两人也有彼此的联系方式，却从未给她打电话，一是韩孟丹对外人的态度过于冷，另外就是韩孟丹的哥哥韩忠义的身份让老蛤蟆不敢太接近她，以防止韩孟丹知道他的小勾当后被抓，说白了，就是对韩孟丹没有信任感。

"喂！"韩孟丹接到老蛤蟆的电话居然不知道应该如何称呼对方。

"韩警官，不好了，你快点去后院停尸房，出大事了……"老蛤蟆的语气很急。

……

刘天昊的计划虽说有些冒失，但还算设置了一道保险，就是虞乘风和王佳佳两人的接应。

虞乘风自不必说，他本身就是刑警出身，现在又在医院住院。王佳佳以记者身份采访老谢侄子，对付他也是绰绰有余，如果幕后真凶到后院，凭王佳佳的灵活性，肯定也不会被发现。

但意外就是意外，万分之一的概率发生之后，事情的发生率就会突然变成百分之百。

三部手机摆在治疗车上，与锋利的手术刀和一些不知名的器具放在一起，有两个人躺在地上，一人腹部伤口不断地流出鲜血，另一人头部不断地流出鲜血，两人正是虞乘风和王佳佳。

而此时的刘天昊正躺在停尸床上，身上覆的白布单已经被扔在一旁，他双眼紧闭、脸色煞白，仿佛对外界的事情完全不知情。

手术床旁边还站着两个人，从身材来看是一男一女，男人大约180厘米，身体微胖，脸上戴着手术用的口罩和头罩，脚上穿着一双篮球鞋，他盯着旁边的女人，眼睛中满是责怪之意："你太鲁莽了，现在弄成这个样子，怎么办？"

"又不是我一个人的事儿，你也不想想，我哪有那个本事，别忘了，这人可是名警察，厉害得很。"女人语气很硬。

"他人呢？"男人叹了一口气。

"去处理伤口了，应该马上能回来。"女人说道。

"两名警察、一名记者，这事儿玩大了。"男人说道。

女人的口罩动了动，眼神中露出一丝冷酷的神色，说道："事儿都这样了，还能怎样，假戏真做，把他们弄死，然后……"

"胡说，闹鬼事件糊弄一下医院领导和老百姓还行，这可是两名警察，公安局肯定不能善了！"男人有些气急败坏地说道。

"我没说用闹鬼这件事糊弄过去，你别忘了，病理科的焚烧炉也在后院，今晚咱们就加个班！"

"你……咱们做这件事可从来没涉及人命，这是三个大活人！"男人吓得失了声。

"我看行，如果这三个人活着出去，你就得坐一辈子牢。"一个男人随着声音走了进来，反手把房门锁上。

来人正是医务科主任肖嘉麟，他的脸上有一道伤口，嘴唇也肿得很高，鼻梁略有些歪，显然他刚刚经过一场激烈的搏斗。

……

刘天昊的计划并不是粗制滥造，他给自己设置了两道保险，一道是王佳佳和虞乘风，另外一道是老蛤蟆。

王佳佳和虞乘风在医院接应他，一旦有风吹草动，两人便接应，将犯罪嫌疑人拿下。就算两人有意外，还有老蛤蟆在监听，可以随时和韩孟丹等人联系。

令他没想到的是，第一道保险这么快失去效果，而且还把他们自己也搭进来了。

虞乘风一直在临近后院的一楼附近转悠，以观察进出后院的人。由于后院有停尸房，里面还有一个破旧的锅炉房给病理科做销毁器官用，偶尔会有护工或者是护士进出。白天时，老谢侄子除了看着停尸房，还有一项任务就是帮着销毁病理科的废器官等。

当一名护士慌慌张张地跑到一楼走廊，小声地提醒着清洁人员院长要到后院视察，清洁人员的身影便忙碌起来，虞乘风立刻通过手机告知刘天昊这个消息。

刘天昊知道院长为人谨慎，加上肖嘉麟心眼更多，他穿帮的可能性很大，藏尸体的时候他闻到尸体上还有很浓烈的酒味，要是他身上没有，会有被揭穿的可能。

刘天昊只好通过微信告知王佳佳让她弄一些酒来，同时让虞乘风想办法拖住院长等人。

院长的效率很高，很快就领着一群人到了一楼通往后院的大门，虞乘风为了给刘天昊争取时间，只得用警察的身份阻挡院长，问了一些无关痛痒但还必须得回答的问题，一大群科室主任级别的医生都冷脸盯着虞乘风，若不是为了刘天昊打掩护，恐怕他早就受不住众人的眼光逃走了。

王佳佳采访完老谢侄子后，便拿出之前买的一些熟食，边吃边陪着老谢侄子喝酒。老谢侄子虽说对王佳佳有感觉，但他却不敢轻易表白，如果不表白，至少还不会引起王佳佳的反感，两人还会在一起聊天喝酒，要是表白了，万一王佳佳翻脸，他连再接近的机会都没有。

两杯老谢剩下的白酒下肚之后，老谢侄子就趴了窝，原本嘀嘀咕咕的嘴立刻变得不好用，头重脚轻地趴在桌子上睡了过去。

王佳佳叫了他几声，随后用银针试探着刺老谢侄子的后背，老谢侄子果然一动不动，任凭银针扎了几下也没反应。

酒一定有问题。

她想起之前刘天昊用微信向她着急要酒，没有其他酒的情况下，她趁着老谢侄子上厕所的机会倒了一杯白酒送进了一号停尸房，出来的时候正好赶上院长等人视察，若不是机灵，肯定会被院长等人抓个正着。

当王佳佳和虞乘风互相看到并发送暗号后，她这才松了一口气。

刘天昊原本只想喷些酒在身上，但他整个人没穿衣服，停尸房中阴凉阴凉的，冻得他直发抖，要是院长等人视察的时候发现尸体在抖动，事情就有些不妙了，于是他抱着侥幸心理喝了两口，剩下的才喷在身上和白布单上，于是……

世界上很多不可思议的事情都是由诸多的巧合凑在一起促成的。

王佳佳一直藏在老谢房间里，门房的安静和老谢侄子的呼噜声让人心里直痒痒，而且老谢侄子口腔中散发一股酸臭难忍的味道，不大一会儿就飘得整个房间都是，熏得王佳佳坐立不安。

甚至她感到空气中有股压抑的氛围，以至于她开始怀念喧闹的街头和她宝马车的引擎声，正当她憋闷得难受时，门外传来一阵轻微的声音，声音响了一阵后便消失。

"奇怪，怎么会有动静！"王佳佳心里疑惑着。

记得老谢侄子听老谢说过，当年停尸房比较简陋的时候，经常会有野猫野狗之类的来停尸房偷吃尸体，以至于家属看到破损的尸体后找医院索赔，从那时开始，停尸房走廊的窗户全部用木板封死，大门上锁。

王佳佳按捺不住，猫着腰走到门口，轻轻地打开门，抬着头向外看去，想不到迎接她的是一根木棍。她从来没挨过这么重的棍子，在棍子接触到她头部的一瞬间，她感到眼前一黑，头顶传来一阵剧痛，随着头顶一股热乎乎的血液流下来，她很快便感觉不到疼痛。

第三十三章　女鬼现身

后院和一楼的大门比较偏僻，从一楼大厅七拐八拐之后才能到，到了晚上，走廊的灯大部分熄灭，太过阴暗，加上后院闹鬼的传言，没人会在傍晚靠近这里。

虞乘风上了趟厕所，等他回来后，发现门房的门半开着，但奇怪的是，后院的门却是锁着的。他觉得有些不对劲，看了看四周无人，便从一旁厕所的窗户跳进后院。

跳下去的一刹那，他痛苦地叫了一声，他腹部的伤还未痊愈，下跃的时候产生的冲击力让他疼了一下，他低头一看，一点鲜红色从病号服渗了出来。

伤口裂了！

老谢侄子的呼噜的穿透力很强，几乎整个后院都是轰隆隆的声音。

他捂着腹部走到门房门口，发现王佳佳直挺挺地躺在地上，她头部流着鲜血，整个人一动不动。他叫了王佳佳一声，急忙上前查看王佳佳的情况，突然感到脑后一股恶风扫过，这一棒子要是实实在在打到后脑上，他的这条命怕是不保。

他下意识地向前翻滚，但由于腹部疼痛，动作便没了以往的利落，木棒扫到了他头部的上半部分。

虞乘风毕竟是警察，就算身体受了伤，战斗力依然不可小觑。偷袭他远没有偷袭王佳佳来得痛快。

他迅速起身后，发现一个身穿运动服脸上蒙着一块黑布的人正在朝着他打来第二棒。

虞乘风拳脚虽不如刘天昊，对付普通的搏击白丁还是比较轻松的，他轻松躲过第二棒后，立刻起身对其进行反击，一套组合拳打在对方的脸上。

对方的体力和抗击打能力并未经过专业训练，这一套组合拳之后，他重重地摔倒在地上，把老谢侄子放在墙角的东西撞散了一地，遮在口鼻部位的黑布洇出了血迹。

虞乘风正要上前，却感到头部一阵眩晕，身体一晃，靠在老谢侄子趴着的桌子上，他的腹部正不停地涌出鲜血来，头部也不停地流出鲜血，染红了病号服后背。

他心中暗道一声不好，他感到身体正在逐渐脱离他的控制，深吸一口气，强忍着天旋地转的感觉向袭击者的方向走去。

幸运的是，袭击者被他一顿组合拳打得受伤不轻，倒在墙角挣扎了几下还是没能站起来。

人的意志力有时候是难以想象的，在危急时刻，人的意志力会极大地调动人体的潜能，发挥比平常高出数倍的力量。

按照虞乘风的伤势，他早就应该昏倒在地了，可他还在坚持着一步一步地向袭击者走去，在他眼里，必须在昏迷之前把袭击者拿下，他甚至已经看到了袭击者眼中流露的恐惧。

正当虞乘风的手触碰到袭击者身体的时候，身后又一股恶风袭来。

"糟了！"虞乘风知道凭借现在的身体和所处的姿态，无论如何也躲不过这一下。念头还未落下，他的头部便重重地挨上一棒子，扑通一声倒在地上。

……

一号房间中除了嗡嗡的制冷剂声音外，还有一声长长的叹息声，发出叹息的是高个儿男子，他的手扑在停尸床上，盯着停尸床上微微动弹的刘天昊紧皱眉头，他缓缓地把口罩摘了下来。

站在一旁的女人也摘下口罩，长出了一口气，无论多狠，她仍旧是女人，真到了要她出手杀人时，不免情绪上会出现很大波动。

高个儿男子是赵江，而女人正是庄副院长，赵江的前妻！两名精神科医生和医务科主任居然是整个事件的幕后真凶！

"刘天昊，市刑警大队的刑警，任中队长职务，思维敏捷、擅长推理，为人非常自信，甚至有些自恋的倾向，但他最大的缺点也是因为这个，他在没有绝对把握之前，是绝不肯轻易施展推理结案能力的，我觉得他这次行动的后援就只有这两人。如果警方早就掌握了咱们的事儿，咱们今天面对的就不是躺在这里的刘天昊了。"肖嘉麟托了托眼镜分析道。

肖嘉麟在没当上医务科科长之前是精神科的医生，也是研究心理学的，对人性的研究可谓是入木三分，所以在医务科这个岗位上才能做得如鱼得水。

对刘天昊和虞乘风，他显然是做了功课。

"虞乘风憨厚老实，行动力比较强，但他唯刘天昊马首是瞻，不可能擅自向支队报告，另外一个就更简单了，看起来很厉害的当红大记者，靠着刘天昊的几个案子发的家，没什么真本事，她的合作伙伴叫老蛤蟆，是个比较有名的黑客，但肥得像猪一样，没战斗力。"肖嘉麟说道。

"你怎么知道这些的？"赵江问道。

肖嘉麟冷笑一声，说道："我不像你，一天除了研究个学问，治疗个病人就可以了，咱们的事业需要发展，也需要隐藏得更好，想的事自然就多。虞乘风本来可以出院回家疗养，可他偏偏不出院，又不像大冰一样心存色心，一个警察赖在医院不走，他想做什么？"

"嗯，之前就是因为他的事儿，刘天昊才介入调查的，结果让他误打误撞，还真给摸着门道了。"庄副院长说道。

此时的刘天昊眼睫毛开始微微颤动，呼吸越来越重，像是和体内的药性挣扎着。

"还有这个记者王佳佳，天天泡在门房不走，以采访老谢侄子的名义接近停尸房，目的还不是为了查这个案子。另外，据鬼哥的情报说，王佳佳和刘天昊曾经好过，他们之间的关系绝不是合作那么简单。"肖嘉麟踢了一脚躺在地上的王佳佳说道。

王佳佳嘴里哼了一声，身体微微动了动。

"她不会醒过来吧？"赵江脸色有些变化。

"不会，我给她注射的麻药剂量够她睡个三天三夜了。"庄副院长自信满满地说道。

"至于刘天昊就更简单了，之前我来检查一号房间时，就发现了问题。"肖嘉麟说道。

对于肖嘉麟的推理分析能力，赵江颇感意外，遂问道："他也有破绽？"

肖嘉麟说道："他通过老谢和许安然的案子差点就抓到你了，要不是我帮你善后，你现在已经在刑警大队的审讯室了。"

赵江有些苦闷，他挥了挥手说道："咱做这事儿之前可没说要杀人，一旦沾了人命，就没有回头路了。"

庄副院长眼睛散发出寒芒："你以为你现在就有回头路吗？"

"如果咱们搞不定这件事，老鬼不会放过咱们的，凭之前的那些事儿，咱们也会在牢里待一辈子！"肖嘉麟抓起治疗车上的手术刀恶狠狠地说道，随后又冷笑一阵，咬着牙一字一句地说道："而且老赵，你手上已经有了人命。"

"是老谢不听我解释，自己摔下悬崖的，而且在现场我没留下任何破绽，没人证明那事儿是我做的！"赵江脖子上的青筋爆出，他这辈子最恨的就是别人冤枉他。

"你觉得他们会相信你的说辞吗？"肖嘉麟拿着刀逼近刘天昊。

"反正我不能再错了。"赵江把脸撇向一边。

"这次不用你动手，我来！不要以为这个医院里只有你是全能医生，老子的外科比你优秀得多！"肖嘉麟走到刘天昊身边，开始用手术刀比画着。

庄副院长把一个专门盛器官的器皿打开。

"冷，我好冷啊，让我出去！"

不知从哪里传来一声凄凄哀哀的哭声，声音中不但有着凄苦，更多的是怨恨，声音很尖锐，在异常安静的房间中极具穿透力。

肖嘉麟拿着手术刀的手一抖，差点在刘天昊的肚子上划一个口子，他惊魂不定地向四周望着，最后把目光投向隔壁的零号房间。

赵江和庄副院长的反应一样，惊愕、恐惧一股脑涌了上来，两人对视一眼后，不约而同地随着肖嘉麟的目光望向零号房间的门。

"不可能，零号房间闹鬼的事儿是咱们杜撰出来的，世界上根本就没有鬼，用不着害怕，刚才肯定是幻觉！"肖嘉麟咽了一口吐沫说道，但底气明显不足。

"可我刚才明明听到了。"赵江说道。

肖嘉麟胆子很大，可能是脸上被打的缘故，脸上的肌肉抽搐两下后，他拿着手术刀慢慢凑近零号房间的防盗门，耳朵贴在门上凝神听着。

赵江和庄副院长也凑在肖嘉麟身旁，竖起耳朵听着。

"怎么样，我说是幻觉吧，干活儿！"肖嘉麟摇了摇头，又走到停尸床旁边。

"我好冷啊！"凄凄哀哀的女人声音再次传了出来。

肖嘉麟敏感地把头转向治疗车，盯着三部手机，说道："是手机传出来的！"

这句话一出，令赵江和庄副院长头皮都麻了起来。他们控制了三人之后就把他们的手机关了机，肖嘉麟还亲自检查了一遍，这才把手机放在治疗车上，要说已经关了机的手机发出女鬼的声音，这不是闹鬼还是啥！

"不可能，我把手机关了，你还检查过！"赵江说道。

肖嘉麟把牙一咬，吐了一口带血的吐沫，走到治疗车旁，拿起一部手机看，手机屏幕是黑的，点了几下之后也没有任何反应，于是他又拿起第二部手机，第二部手机的屏幕已经破碎，手机壳裂开一道口子，这是虞乘风的手机，他在和肖嘉麟搏斗过程中摔的。

肖嘉麟把手伸向第三部手机，拿到手之后，他看了看凑过来的两人，眼神中带着一些忐忑。

不得不说，在经历过恐惧之后，女人更容易平静下来，也更容易做出比较理智的选择，庄副院长向肖嘉麟点了点头，伸手抓住他的手慢慢地把手机翻转过来。

但又不得不说，女人的神经是很脆弱的，她盯着屏幕的眼睛越来越大，眼神中不但有恐惧，还有一股不敢相信的味道。

屏幕上出现了一个女鬼，惨白得泛青的脸上满是白霜，双眼完全变成乳白色，耷拉的嘴突然一边扬起一个弧度，就这样一边耷拉着一边微微扬起，形成一个诡异的笑容，与此同时，手机话筒传出一声撕心裂肺的惨叫声。

庄副院长的叫声与惨叫声交相呼应着。

第三十四章　缓兵之计

肖嘉麟原本还算是冷静，但听到庄副院长的惨叫声后，他也被吓得汗毛都乍了起来，急忙扔掉手机，倒退了两步，撞在赵江身上。

肖嘉麟是个会讲故事的人，他的能说会道在传播鬼故事方面发挥得淋漓尽致。

女鬼的传说原本是肖嘉麟为了掩人耳目故意传播出来的谣言，老谢也好，其他的精神病患者也罢，还有喜欢传话的女护士们，他们都是很好的传播载体，只要有一个开头，这种事被人们添油加醋地一讲，会比一般的事儿扩散得更快，而且到了最后，版本一定比最初丰富得多。

加上零号房间中的青铜棺的神秘，使得肖嘉麟的故事的真实性又得到进一步的增强。

王佳佳的手机掉到地面上，屏幕和手机主体分散开，电池也摔了出来，屏幕上的女鬼立刻消失，令人毛骨悚然的声音亦随之消失。

肖嘉麟首先缓过神来，暴喝一声制止了庄副院长。

庄副院长躲在赵江的怀里哆嗦着，甚至连睁开眼睛的勇气都没有，刚才那副要杀人便杀人的气势早已消失不见。

赵江缓过神来，惊魂不定地看着破碎的手机，说道："听手机里女鬼的声音，怎么和小庄这么像啊，难道是预示什么吗？"

经过他这样一说，肖嘉麟和庄副院长不约而同地点了点头。虽说房间已经恢复了安静，但刚才手机中女鬼的叫声太过于瘆人，以至于现在三人的耳朵里还回荡着女鬼的声音，仔细想想，和庄副院长刚才喊叫的声音还真的很像！

"预示个屁，该杀还得杀！"肖嘉麟咬着牙说道。

赵江不想杀人，眼珠一转说道："咱们给这三人下点毒药，让他们失去神志，就像小兰那样，最后他们还得落到咱们手里。"

赵江和庄副院长都是精神科的主治医生，如果要是有病情比较严重的病人需要治疗，第一关便是两人，他们随便做点手脚，保证刘天昊三人一辈子走不出精神病科的病房。

"太麻烦了，没必要！"肖嘉麟狂笑着，最后嗓子都有些哑了，咳嗽了几声后才算止住笑声。

躺在停尸床上的刘天昊动了动，吓得庄副院长不断地向赵江的怀里躲去，眼睛不断地瞥向刘天昊。

"在这儿，我才是阎王！"肖嘉麟双眼冒火，神志已经处于癫狂状态。事已至此，他已经没有回头路，杀了三人，也许他还可以继续隐藏下去，但三人若是逃出生天，他的职业生涯就完了，一生也完了。

庄副院长躲在赵江的怀里，哆哆嗦嗦地指着破碎的手机说道："那……手机……是怎么回事？"

……

老蛤蟆好几天没好好睡觉了，按照他的生理极限，坚持10个小时不睡觉已属难得，可他这次却硬生生地坚持了两天两夜。

刘天昊计划中的一环是监听，保险中的保险，一旦听到停尸房有变故，老蛤蟆就立刻联系韩孟丹等人或是报警。

对于朋友，老蛤蟆绝对够义气，他在困得快要不行的时候，就用钢针在大腿上扎一下，每扎一下，他嘴里都会念叨一句：刘天昊欠我一顿红烧排骨！

窃听器中的安静令他有些窒息，困意源源不断地传进他的大脑，两个眼皮好比孙悟空的金箍棒一样重。当肖嘉麟的声音传到他耳朵里时，他几乎下意识地激灵一下，连续在腿上扎了两针，剧烈的疼痛令他头脑清醒过来，他深吸几口气，拿着鼠标按下录音按钮。

停尸房中赵江、肖嘉麟、庄副院长三人的对话源源不断地传了过来，为了保证信号传输不间断，老蛤蟆还在门房中设置了一个信号中转站。

当肖嘉麟提出要杀死三人时，老蛤蟆坐不住了，他急忙站起身想冲出去到医院帮忙，想了想又站住，他家离医院至少有20公里的路程，就算开超级跑车去，等到了的时候，三人也已经遭了毒手。

他急忙给韩孟丹打了电话，随后又继续回到电脑旁，绞尽脑汁地想着办法，突然他灵光一闪，脸上笑意渐浓。

记得有一次采访任务比较特殊，采访对象不让王佳佳用任何采访设备，老蛤蟆便在王佳佳的手机里植入了一个后门程序，在手机关机之后，也能远程操作启动手机。

老蛤蟆噼里啪啦地敲了一顿键盘，远程启动了王佳佳的手机，手机远程启动算不上高科技，在很多间谍案中，间谍都是利用手机植入程序，在后台启用软件进行监听，而启动手机软件的要求很低，只要手机电池还有电，无论开机状态还是关机状态，都可以启动并控制手机。

老蛤蟆把一张女鬼的图片传到她的手机上，同时又从网上找了一段模仿女鬼号叫的音频，他还用庄副院长的声音替换了女鬼的声音，最后连同图片一同发到王佳佳的手机上。

这样做未必能救得了刘天昊三人，但至少可以拖延一下时间，让韩孟丹等人有时间从精神病科住院部前往后院救援。

老蛤蟆的举手之劳对赵江三人的冲击力很大，还真的起到了效果。

……

"一个破手机而已，王佳佳一向诡计多端，弄些稀奇古怪的玩意也很正常，要是她真有本事，就不会躺在地上一动不动任由咱们摆布了。"肖嘉麟说道，随后他走到治疗车旁，把另外两部手机朝着靠门口的墙上狠狠一摔，两部手机撞到墙上后又落到地面上，屏幕和手机壳、电池碎裂成数个零件。

"如果真是鬼怪所为，手机碎裂它也照样能出来！"肖嘉麟揉了揉肿胀的脸颊，上前又踩了两脚。

三人几乎不喘气地盯着手机，房间内再次恢复了寂静，手机并未再次出现女鬼的照片和号叫声。

"鬼怪并不可怕，可怕的是人心！"声音从停尸柜处响起，是个男人的声音，不但粗犷，而且还带着些许的戏谑。

庄副院长的惊叫声再次充满整个房间，害得赵江两人急忙捂住耳朵。

一个男人腰部以下围着盖尸体用的白布单，上身裸露着，一只胳膊拄在停尸柜上，两腿交叠在一起，呈现很悠闲的姿势，脸上满是笑意。

"你什么时候醒的？"赵江的眼神满是绝望，指着刘天昊的手有些发抖。

肖嘉麟脸上露出凶狠之色，拿着手术刀向刘天昊迈了一步。

"其实我早就知道赵主任和庄副院长和这件案子有关，但没想到肖主任也牵连其中，还是主谋！"刘天昊毫不在意地说道。他的表情很随意，一副完全没把三人放在心上的样子，看起来信心十足。

"你都知道些什么？"肖嘉麟又逼进一步。

"你们三个是国际器官贩卖集团的执行端之一，相信其他医院也有集团的人，而目前，集团最高的领导叫老鬼，原来是文德忠的上线，文德忠死了之后，他就联系了你，肖嘉麟！"刘天昊说道。

"你知道得还不少。"肖嘉麟握着手术刀的手有些颤抖。

"停尸房闹鬼的事儿是从你这儿传出去的，目的就是为了让人们不愿意接近这里，进而达到你们的目的。你们的勾当其实很简单，就是从刚死去的人身上取出能用的器官，提供给贩卖集团出售，成本几乎为零，其中的利润非常可观，而且根本不用担心取器官手术失败一说，远比找那些贫困的人买器官划算。"刘天昊说道。

"你没有证据，纯属胡说八道。"肖嘉麟说道。

"证据当然有，你这一单生意就是我提供的。我请求许安然的父亲许新国想办法联系到贩卖集团的老鬼，说需要一对眼角膜，眼角膜移植最大的好处就是不需要配型，只要从供体上取下来，再给贩卖集团就可以。"刘天昊说道。

肖嘉麟看了看赵江，叹了一口气。

当初在私人诊所时，刘天昊约许新国私谈，请求的就是让他隐瞒袁楚楠眼睛已经治好的事实，想办法找到国际器官贩卖集团的头领买眼角膜。

许新国是商界大亨，在各个行业都有眼线，联系上老鬼轻而易举，当他出到一定的价格后，老鬼便答应三天内帮他找到一对眼角膜。

"也许老鬼可能会有其他的渠道，但眼角膜一般人是不肯捐献的，所以你们就成了最大的可能。"刘天昊说道。

"行，你说说是怎么发现我们的事儿的？"肖嘉麟托了托眼镜，嘴角露出一丝凶狠，他现在已经下了决心，先套出刘天昊方面究竟知道多少，还有多少人知道这件事，要是只有刘天昊这几个人知道，便不惜一切代价将几人杀死，然后再想策略。

刘天昊对肖嘉麟的想法心知肚明，他现在需要的是时间，老谢酒中的药性很足，虽说他只喝下半杯的量，药劲儿让他浑身无力，仅凭着一股强悍的意志力硬挺着，他需要时间代谢掉剩下的药性，更需要时间等待韩孟丹的救援，因为他坚信手机上出现女鬼的事儿就是老蛤蟆弄出来的，此时，韩孟丹应该知道他处境的危险。

"那我就先从庄副院长的儿子说起吧！"刘天昊自信满满地一笑。

第三十五章　破局

在肾移植手术中，最难的不是手术费，而是肾源，除非是直系亲属，其他人的肾源配型很难配得上，几乎和中 500 万元彩票差不多。

庄副院长的丈夫意外去世后，她的生活中就只剩下孩子，她可以牺牲一切挽救孩子，所以她和孩子进行了肾源配型与身体检查，配型没问题，但出乎意料的是，庄副院长只有一个肾是好用的，另外一个肾功能只剩下百分之五都不到，不符合移植条件。

而排队等肾源的有很多人，和其他人肾源配型匹配上的可能性微乎其微。孩子的身体一天不如一天，虽说透析也能够起到肾的作用，但毕竟是靠着机器生存，和真正的肾还有一定区别。

庄副院长痛苦万分，工作上没了精神，甚至失去了生活的勇气。

一直关注她的赵江找到了她，告诉她可以帮助她找到肾源。庄副院长和赵江只是因为其他原因离婚，但对赵江的能力从来就没怀疑过。

身为一名主治医师多年，加上又是副院长的职务，钱不是问题。但赵江提出的条件着实让她非常为难：要她加入器官贩卖组织，帮助其工作。

　　庄副院长升为副院长之后，权力大了不少，如果能加入，会对器官贩卖集团有很多好处。赵江还让她看了需要器官移植的人的现状，很多患者需要器官移植，但签署器官捐献的人太少，满足不了移植器官的市场需求，人去世后，身体器官都随着一把火灰飞烟灭，实在是有些可惜。

　　庄副院长身处其中，当然知道病人家属的迫切心情，当她听到赵江的说法时，心动了！

　　医院有太平间的并不多，大部分病人去世后都直接送往火葬场火化，而市医院偏偏就有一个太平间，病人死亡后便暂时存放在一号房间的停尸床上，如果配型合适，器官就可以售卖出去，帮助更多人得以重生。

　　而在此之前，只要庄副院长手指轻轻一点，病人的基本情况就可以下载，给贩卖器官集团提供基本的配型信息，一旦有合适的需求，就可以摘取刚去世死者的器官，给另外一个人用。

　　庄副院长不是一个糊涂的人，知道做这种事无论出发点多好，都违反法律，但在自己孩子也需要救治时，她动摇了，经过一番犹豫后，最终答应了赵江的条件。

　　庄副院长的儿子康复出院后，她的心终于放在肚子里，对于器官非法移植这件事，开始她还抱着随便做做的态度，可到了后来，一笔笔巨款打到她的账户上，加上一个个身患重疾的病人痊愈出院，她开始变得疯狂起来。

　　在庄副院长看来，没人会和钱过意不去，而且还能帮助人恢复健康，一举两得的事儿她何乐而不为！

　　但行动隐蔽是这件事的关键，而三人小组中的肖嘉麟是个诡计多端的阴谋家，之前已经做了很多铺垫，不但让停尸房闹鬼的传闻愈演愈烈，无人在夜间接近停尸房，还让一直盯着他们的门房老谢闭上了嘴。

　　收买老谢很简单，钱加上掺有强力安眠药的劣质白酒。老谢这人就好这口儿，给他太好的白酒他还不愿意喝，非得医院对面小超市卖的散白。

老谢拿那么多钱并不是给自己用，而是把大部分钱捐献给聋哑学校了，这是肖嘉麟在跟踪老谢不下10次后得到结论。

任谁也想不到，又聋又哑的老谢居然是个大善人，可能是因为他饱受聋哑之苦，不愿让聋哑孩子有类似于他一样的经历吧。

肖嘉麟的鬼故事很好用，甚至还说动了坚持无神论的院长，偷着请大师来看风水，然而他不知道的是，大师早已被肖嘉麟收买，成为传递肖嘉麟观点的桥梁。

于是青铜棺和女鬼的故事在医院流传开来，再加上后期肖嘉麟等人的渲染，逐渐又产生了另外一个故事，一名未死透的女患者活生生被冻死在停尸柜中，老院长为此定下一个规矩，所有去世的病人不能立刻放入停尸柜中，需要在一号房间的停尸床上放置一夜后才能入柜。

这一规矩为肖嘉麟等人提供了便利条件，他们可以安心地在停尸房中取尸体的器官，而不用担心冷冻损伤死者器官的问题。

而他们取器官之前，都要到老谢的门房中露个面，老谢心知肚明，拿了钱后也乐于装傻，喝下掺有强力安眠药的白酒，舒舒服服地睡上一觉，第二天他的桌子抽屉里就会多上一些钱。

为了验证老谢是否真的喝下了酒而昏迷，每次他们都用一根银针刺老谢后背作以验证，老谢皮糙肉厚，醒来后也不当回事，以为是蚊虫叮咬造成的。

后来老谢摸透了规律，只要是有刚刚去世的病人送进停尸房，他就会在傍晚时喝下白酒，迷迷糊糊地睡过去。

医务科管理员为此事多次批评老谢，还是肖嘉麟以门卫不好找人为由，坚持让老谢在其岗位上任职。

可惜的是，在一次肖嘉麟与老谢的交集过程中，得知老谢的耳朵并未失聪，而此时，刘天昊和王佳佳两人频繁与老谢接触并进行调查，一旦老谢说出任何事情，都有可能对他们三人造成致命打击。

肖嘉麟利用老谢焚烧病理科器官时搜查了老谢的物品，居然发现老谢的笔记本上记录着很多时间，这些记录的时间正是肖嘉麟等人取器官的时间。

看起来人畜无害又被收买的老谢，实际上藏着后手，一旦想反咬一口时，他随时会变成吃人猛兽。

肖嘉麟感到有些后怕，于是便把这个消息告诉了赵江。赵江知道老谢每个月都会回老家祭拜父母，于是在一次老谢离开后，他便驱车前往老谢父母坟堆的所在地等着他。

此时的肖嘉麟已经支开老谢侄子，把老谢的笔记本记录撕下来销毁。

赵江的到来令老谢有些意外，赵江本不想伤害老谢，可老谢误以为赵江就是来杀他的，于是他与赵江动了手，甚至还用石头准备砸对方。赵江无奈之下只得先行离开，他和肖嘉麟通了电话之后，肖嘉麟让他必须杀了老谢。赵江则是拿出肖嘉麟送给他的高压电警棍，趁着老谢在悬崖边愣神的机会，悄悄地接近他，电了老谢一下后，老谢居然没有太大反应，转过身来准备和赵江搏命，却脚下一滑，落下山崖。

事后，赵江按照肖嘉麟的指示准备清理现场，没想到放羊的羊倌经过，他只得落荒而逃。

与此同时，许安然治疗小兰的事被庄副院长得知，庄副院长急忙电话联系肖嘉麟商量对策，他们知道如果小兰病愈，很可能会说出当天她在零号停尸房外看到了庄副院长。

只有让许安然无法再治疗小兰，毒药完全破坏小兰的神志后，三人就可以高枕无忧了。

肖嘉麟知道许安然并不容易对付，以庄副院长的能力绝对没办法胜任，而此时的赵江还在回山间客栈的路上，他要与在客栈等待的庄副院长会合，无奈之下，肖嘉麟决定亲自出手。

"许安然的治疗方案可能会治愈小兰，进而会威胁到你们。"刘天昊说道。

"管闲事总是要有代价的。"肖嘉麟眼冒凶光地说道。

"老谢侄子就是通过老谢才知道获得大量金钱的规律，所以每次在有新尸体进入停尸房后，他都会把自己灌醉，醒来后果然会有很多钱在抽屉里，为了钱，他甚至连好奇心都不顾。"刘天昊说道。

"没错，你说得很对，老谢是揣着明白装糊涂，老谢侄子是被钱蒙蔽了眼睛，也不管糊不糊涂，反正醒来有钱就可以了。"肖嘉麟苦笑着说道。

"无论你们出于什么目的，非法器官移植、谋害老谢和许安然，制造鬼怪传说妖言惑众，你们必然要受到法律的制裁，收手吧。"刘天昊说道。

"我没杀老谢！"赵江几乎咆哮着。

"还记得你的车吧，235宽的轮胎，在老谢出事的山脚下也出现过，经过花纹对比，就是你的车！那次我找你谈话时，我特意邀请你去楼顶，而你却舍近求远地要去楼下谈。因为我通过老谢被害的现场发现一个秘密，凶手有恐高症，所以在老谢掉下悬崖后，凶手甚至都不敢向前迈两步向下面看。"刘天昊说道。

赵江叹了一口气。

"虽说事后肖嘉麟替你清理了鞋、车轮等，但你仍然逃不出我的眼睛。"刘天昊说道，随后转向庄副院长，说道："还有你，庄副院长，除了小兰的供述之外，赵江、你、肖嘉麟都有不在场证据，但你和赵江两人是互相作证，另外在我查半山客栈监控时，发现了一点破绽，你们两人进入和离开房间时有监控证明，但在此期间却无法证明你们二人都在房间中，因为你们所住的那个房间的窗户后面是一块空地，从后面的空地离开客栈正好可以躲过监控，于是赵江开着车前往老谢所在地，杀完人之后再原路返回，而此时的庄副院长，正用电话和肖嘉麟商量如何对付许安然的事儿。"

肖嘉麟冷哼一声，正要说话，却被刘天昊打断。

"我从第一次听你讲故事时，就知道你一定有问题，只是那时候我

172

还想不到你就是幕后真凶。"刘天昊说道。他暗中活动了一下手指，发现身体的控制已经恢复了七七八八，按照目前的形势，赵江和庄副院长不太可能上来拼命，肖嘉麟在此之前已经被虞乘风殴打一顿，现在脸上的肿胀越来越厉害，左眼睛几乎肿得快封上了，战斗力大减，就算他手里拿着手术刀，也有一拼之力。

他向窃听器的方向瞥了瞥，又说道："医务科主任的职责是处理一些杂七杂八的事儿，医院的制度建立、医疗、教学、外事等都归医务科管，权力很大，业务也很忙，可你却关注一个毫不起眼的后院，如果我没猜错，这道防盗门是你安装的吧？"

肖嘉麟冷哼一声，看了一眼防盗门，说道："那又怎样？"

"防盗门看起来有些陈旧，但无论从样式还是防盗性上，绝对是10年内的产品，你是医务科主任，弄一个门对你来说轻而易举。"刘天昊说道。

"废话。"

"我还记得老谢对赵清雅警官说过，曾经有好事者用X光照射过青铜棺，但无法看清里面究竟是什么。是谁能有这么大的权力做这件事呢？医院中能做到这点的只有你和院长，院长对青铜棺压根不感兴趣，所以就只有你。"刘天昊抬起手指了指肖嘉麟，他心中暗喜，手臂的力气终于恢复了大半，举起的手不再哆嗦，他又暗中活动了一下大腿，麻木感依然存在。

"你所讲的停尸柜女鬼的故事是杜撰出来的，而老谢所讲的民国时期的青铜棺故事是真实的，老谢之所以知道这些，是因为他还有一个身份，吕老二的后人，他一直在守护着青铜棺，具体地说，应该是守护青铜棺里面的宝物，而不是尸体！"刘天昊一语惊人。

"什么宝物？"赵江瞪着眼睛问道，随后又把目光望向肖嘉麟。

"具体是什么宝物我不知道，得打开青铜棺后才能得知，但我可以确认青铜棺里面不是尸体。"刘天昊望向地面上破碎的手机，说道："如果肖主任没摔我的手机，现在我就可以把证据展示给你们。"

"你能打开青铜棺？"庄副院长问道。

"我打不开，但有一个人可以，他是个木匠，传言是鲁班一脉的传人，青铜棺的确被用某种特殊的工艺焊接上了，但目的是为了不让人尝试打开棺材。肖主任曾经数次想打开，但硬生生地打开会破坏其中的物品。原本老谢是应该可以打开的，可惜老谢死了。"刘天昊说道。

"你少来，想用这个故事拖延时间吧。"肖嘉麟并不买账，他擦了一下从鼻子流出来的血，上前两步，逼近刘天昊。

"现在我根本就不用拖延时间，因为他们已经来了。"刘天昊呵呵一笑，手指着门外的方向。

果然，几个人的脚步声响了起来。

"不管谁来，今天你都得死！"肖嘉麟恶狠狠地朝着刘天昊冲了过去，手术刀带着寒光抹向他的脖子。

第三十六章　尾声

搏击讲究的是技巧，而不是蛮力，但面对一名疯狂的持刀者，很多搏击的技巧都用不出来，更何况刘天昊身体内的药劲儿还没过。

好在肖嘉麟的眼睛肿胀起来，只剩下的一只眼睛距离感比较差。

锋利的手术刀在刘天昊的肩头划过，瞬间之后，血珠从伤口处冒了出来。他借着肖嘉麟挥动刀的劲儿轻轻一推，这一招在太极里面叫借力打力，完全是以柔克刚、四两拨千斤的打法。肖嘉麟身体失去控制，撞到停尸柜，发出砰的一声，手术刀撞在停尸柜上，折成了两截。

停尸房外的砸门声不断响起，韩孟丹的声音从外面传了进来："我们是警察，马上把门打开。"

肖嘉麟一声惨笑，冲着赵江吼道："赵江，你倒是动手啊！"随后，他又扑向刘天昊，刺向刘天昊的胸口。

刘天昊躲闪不及，被断了的手术刀刺中胸口，剧烈的疼痛令他体内肾上腺激素大量分泌出来，无力感立刻消失，他大吼一声，一拳打在肖嘉麟的鼻子上。

肖嘉麟大叫一声，连续倒退了几步，最后摔倒在地，躺在地上不断地喘息着。赵江本来伸向治疗车的手慢慢地缩了回来，惊恐地望着刘天昊。

刘天昊看了看插在胸前的手术刀刀柄，嘿嘿地笑了一声，走向肖嘉麟，猛地飞起一脚踢在他的脸上。

肖嘉麟受到重击昏迷过去。

"你的选择是正确的，赵主任！"刘天昊转向赵江。

随着哐当一声，一号房间的房门被踹开，韩孟丹三人闯了进来，她举着手枪瞄准赵江二人，说道："你们被捕了。"

赵江和庄副院长不约而同地叹了一口气，缓缓地举起双手。

刘天昊见到三人后，脸上露出轻松的笑容，身体一软，倒在了肖嘉麟旁边。

……

罪犯之所以犯罪，有些是因为一时冲动，有些是因为利益。事后，他们大部分会后悔，悔恨当初所做的一切，会尽可能地挽回所造成的损失。

赵江、肖嘉麟、庄副院长三人也不例外，当他们真正面临刑法的严惩时，便开始想尽一切办法减轻刑罚。

在他们的配合下，刘天昊、虞乘风、韩孟丹三人终于在一家会所堵住了器官贩卖集团的头目老鬼，老鬼和正常人没什么分别，没有三头六臂，没有千变万化，当他被刘天昊等人抓到时，只是略感意外地笑了笑，他知道，好日子结束了。

老鬼在直接联系肖嘉麟时，就预感事情在朝着不可控的方向进行着，如果不收手，被抓到是早晚的事儿，但有些事并不能被人所控制，正所谓人在江湖身不由己就是这个道理。

肖嘉麟不是文德忠，没有赴死的勇气，这一点老鬼早就看透了，但他还存有一丝侥幸心理，正是这一丝侥幸心理，最终让他走向一条不归路。

老鬼趁着刘天昊等人不注意，把一颗小药丸迅速地放进嘴里，惨笑一声后，轰然倒地。

韩孟丹急忙上前查看，撬开他的嘴后，一股苦杏仁味道扑面而来。

"是氰化钾！"韩孟丹冲着刘天昊摇了摇头。

老鬼赴死的态度很坚决，没有一丝拖泥带水，也许他早就做好了这天的准备，他不愿意被警方逮捕肯定有他的原因，也许是他背后的势力很大，大到可以让他的全家都跟着遭殃，这才促使他毅然赴死，和文德忠赴死的原因一样。

老鬼的死，又把国际器官贩卖的案子推向了死角，但至少刘天昊等人斩断了贩卖集团的罪恶触角，让非法贩卖器官的行为得到了抑制。

王佳佳关于医院闹鬼的报道令 NY 市的人们震惊，其中的观点更是博得诸多粉丝的认可，案子破了，但案情背后的现实更加引人深思。

尤其是庄副院长的作案动机，更是引发了网友的热议。身为一名母亲，为自己的孩子铤而走险，走上了一条不归路，究竟是对还是不对？

面对大量需要器官移植的病人，违法取死者器官，先是违背了法律，也践踏了死者本身的尊严，但对于器官受赠者却得到了重生的机会，究竟是对还是不对？

每个人心中的答案都会随着身份和所处位置的转化而不同，急需器官移植的病患愿意付出任何代价取得器官，哪怕是违反法律。但还有一些事不关己者，他们会从法律和道德的角度考虑这个问题。

世界上很多事本身没有对错，却因考虑角度的不同而产生对错之分！

凡事都有 AB 两面，当人们放大 A 面的同时，自然就会疏忽了 B 面，王佳佳要做的就是让人们重新看到事物的 B 面。

中国人受到几千年封建思想的影响比较严重，正所谓"身体发肤，受之父母，不敢毁伤，孝之始也。立身行道，扬名后世，以显父母，孝之终也"，很多人还逃不掉这种观念，宁可死后一把火烧掉，也绝不遭受第二刀的折磨！

王佳佳的报道让很多人看到了 B 面，同时意识和觉悟有了一些提升，更多的人加入到器官捐献的行列中，更多的患者得到了帮助，也算是不幸中的万幸吧。

然而法律就是法律，法律是有情的，也是无情的。赵江涉及器官非法移植、谋杀老谢被提起公诉，但因配合态度较好，有立功表现被判处死缓。庄副院长涉及器官非法移植、谋取巨额利益，被判处有期徒刑 10年。肖嘉麟涉嫌器官非法移植、谋杀未遂、故意伤害等罪，被判处无期徒刑并不得假释。

结案不到一个月的时间，案件背后所带来的热议已经远远超过案件本身，这种结果是刘天昊、王佳佳等人盼望的，离奇的案件只能吸引人们一时的好奇，并不能引人深思，只有抛开案情表象直指核心，才能真正让人们认清本质、回归真我。

……

刘天昊、院长、虞乘风、王佳佳、韩孟丹、姚文媛、赵清雅等人站在青铜棺前面，他们身后还站着两名考古专家，众人的目光盯在了刘天昊身上。

"行不行啊，小子，你可别逞强，要是弄坏了文物，估计你就得从医院直接到监狱了！"其中一名专家说道。

"两位大叔听过鲁班锁吧？"刘天昊问道。

两名专家不屑一顾地笑了笑，说道："你这小子，少弄些玄乎乎的东西，鲁班锁谁不知道，不就是一种玩具嘛，起源于中国古代木质建筑中的榫卯结构。"

刘天昊点点头，盯着两名专家看。

两名专家互看一眼，又望向刘天昊，说道："你的意思是青铜棺的打开方式是鲁班锁？"

　　"我仔细观察过青铜棺，它的盖子和下半部分的铆焊方式是镀锡法焊接，这一点从边缘部分有打磨过的痕迹上就可以看出来。"刘天昊指着青铜棺边缘说道。

　　"没错，棺材盖和棺材之间就是用这种方法焊接的。"其中一名专家说道。

　　"打开焊接层不是难题，难的是它们之间另有机关锁在一起，就是鲁班锁，这么多年没人打开它不是因为鲁班锁的难度，而是没人想到。"刘天昊说道，随后他拿出一张纸交给专家。

　　专家接过后一看，是国家文物局下发的文件，允许对青铜棺进行试探性开启。

　　"这种文件你也能拿得到？"专家看着文件目瞪口呆。

　　"开始吧！"刘天昊自信满满地一笑。

　　专家毕竟还是专家，动作麻利、专业，不到两个小时，焊锡层已被完全去掉，刘天昊上前按动棺材上的花纹，令人惊讶的是花纹竟然可以上下活动，这个按下去，那个就会浮起来，经过紧张的一小时后，刘天昊最后在一个最复杂的花纹上按了一下，随着咔嚓一声，棺材盖和棺体之间打开一条缝。

　　两名专家面色一喜，激动地说道："成了，真的成了！"

　　在机械的辅助下，重达半吨的棺材盖终于被打开。棺材中并没有尸首，也没有传说中的宝物，只有一幅画，小心翼翼地打开画卷之后，一个美人呈现在画纸上。

　　所有人的第一感觉便是这名美人就是民国时期地主吕老二的第四房姨太太，仿佛看到了他和她之间的爱情，他对她的浓情蜜意，在这一刻，所有人的灵魂仿佛穿越到那个混乱的时代，感受着那个时代的悲哀。

　　用这样一尊青铜棺密封他对她的爱，也许只有这样才能让两人的爱永恒，只有这样才能让他们的爱屏蔽世人的俗，对他、对她！

对于相对永恒的世界，每个人都是过客，有爱有恨，恨只是一时，但爱可以一生一世，甚至会超越时代。

……

随着赵江和庄副院长等人的服法，市医院精神科中坚力量被一网打尽，许安然、童医生成为精神科的主力。

然而，正在新老交替之时，一封辞职信却出现在院长的桌上，那是许安然的辞职信。她站在院长的办公桌前，眼神中满是不舍和后悔，不时地瞥了瞥坐在旁边的刘天昊。

许安然说过，在整个案件结束后会给刘天昊一个交代，辞职后到公安局自首，接受法律的惩罚，然后……

在她的眼里，如果失去了医生的职业，她不知道然后之后是什么，哪怕她拥有巨额的财富和强悍的背景，对于一名敬业的医生而言，没什么比职业更重要的了。

刘天昊与院长对视一眼，笑了笑，耸了耸肩。

院长意味深长地看了一眼许安然，拿起辞职信顺手塞到一旁的碎纸机里面："对不起，你的辞职我不能批准，我需要你用青春来弥补你的错误。"

许安然张大嘴巴愣了，随后她明白了院长的意思，脸上露出了笑容，冲着院长鞠了一躬，随后悄悄地伸手在刘天昊的身上戳了一下。

"从今天起，你负责精神科的业务工作，我希望你能给患者们带来惊喜。"院长向许安然伸出手。

人和人之间更需要是谅解，而不是责怪和惩罚，院长是一位慈祥而宽容的长者，他宁愿相信许安然内心的善良和诚意，当刘天昊找到他说明一切时，他选择了宽容。在他心中，许安然始终是一名优秀的精神科医生，年轻人犯错误在所难免，只要不是十恶不赦，应该给她一个机会，证明自己的机会。医院需要一名优秀的精神科医生，而不是一名罪犯！

许安然和院长握了握手，点点头说道："我明白您的苦心，我一定会尽全力做好自己的本职工作，绝不会再触犯法律。"

离开院长办公室后，许安然突然挽住刘天昊的胳膊，说道："哎，谢谢你！"

"用不着谢我，好好做你的医生吧，说不定哪天我落到你手里，你得负责把我治好。"刘天昊调侃道。

"没问题，到时候一定一对一治疗，给你安排一个单间！"

两人向前走了几步，许安然停住脚步，眼珠一转，问道："那天你和我父亲单独聊天，聊了什么？"

刘天昊呵呵一笑，轻轻地推开许安然的胳膊，向她伸出手，说道："有些秘密是永远都不能讲的。现在，我只能说，恭喜你，许主任！"

许安然抿嘴一笑，一巴掌打在刘天昊的手背上，说道："拿出点实际行动来恭喜我吧，我可是务实主义者。"

刘天昊笑了笑，看向医院门口立着的一块牌匾：NY市器官自愿捐助基金会。

许安然父亲为了弥补许安然的错误，出资成立了器官自愿捐助基金会，对器官自愿捐助者提供部分资金支持，这也促进了器官捐献事业的发展，算是为许安然之前的违法行为做出补偿。

王佳佳自然不肯放过这个机会，对基金会进行了大量的宣传，她的影响力可不是吹出来的，各行各业的大佬们对基金会纷纷施出援手，大量的资金注入，令基金会快速运转起来，更多的人走入自愿捐献器官的行列。

案件的过程是令人痛恨、揪心的，但结果是美好的，也许人们只愿意看到事物的美好，不愿意直面丑陋，不管如何，时间会抹平一切。

……

刘天昊和虞乘风在同一天出院，他们穿着便装，回头看了看医院大楼，许安然在精神科医生办公室窗口向两人挥手。

"你干吗不让安然送你？"虞乘风问道。

"这个问题是问题吗？"刘天昊反问道。

"我明白了。"虞乘风指了指从停车场入口驶来的大切诺基SRT。

刘天昊白了他一眼，说道："你这么关注许安然，是有什么想法吗？"

虞乘风憨憨一笑，说道："我很专一的。"

"如果现在是古代，允许你三妻四妾，你会不会考虑安然？"刘天昊狡黠一笑。

"当然，当个妾还是不错的！"虞乘风的笑容依然人畜无害，但他看到刘天昊的笑容后，突然感到有些不对劲。

一股若有若无的香气从身后飘了过来，虞乘风脸色一变，眼珠转了很多转后，才结结巴巴地说道："不过，我就不要了，我的心很小，只能装下一个人！"

虞乘风冲刘天昊直瞪眼睛，意思是说韩孟丹开车来接你我都告诉你了，你为什么在看到姚文媛的情况下故意害我！

要不是看到姚文媛嗔怒的表情，刘天昊几乎能笑喷出来，这么浪漫的话从虞乘风的嘴里说出来真是不容易。

虞乘风转过头，故作惊讶状："文媛，你什么时候来的？"

姚文媛轻哼一声，把出院单据塞到虞乘风手里："孟丹说你俩出院时肯定啥都不懂，让我提前来办手续，好替你们去报销药费！"

随着一声急刹车，大切诺基停在三人面前，车窗摇了下来，露出韩孟丹精致而冰冷的脸："上车，刚接到报警，天涯海角别墅区出事了。"

刘天昊三人脸色一怔，急忙上车，汽车发动机猛然咆哮一声，带着巨大的车身快速驶去……

第二卷　极凶之地 ——————————

第一章　疯狂

世界正在朝着物质极大丰富的方向发展着，精神文明却跟不上物质文明的发展，原本还曾经有过的强大精神世界已被物质所带来的享受所蒙蔽，越来越多的人极尽奢靡地享受着物质生活，却不知道内心真正需要的是什么。

人之初，性本善。

每个人最初都有一个纯净透明的本我，随着年纪的增长和阅历的增加，人们在心灵周围裹上一层厚厚的保护层，学会自私，学会纸醉金迷，学会不劳而获。

伪装后的自我可以是善变的、可以是迷失的、可以是无他的，这层伪装的主要目的就是为了一己私欲，在私欲未达到满足之前，很难被他人看破。

这是人性不可规避的一方面，但我们能做的，是让人性光辉的一面不要泯灭。

……

经济的飞速发展带动各行各业的发展，尤其是房地产业，大量的资本涌入后，很多高楼大厦、别墅庭院如雨后春笋般出现，但泡沫式的发展也是致命的。

NY市西郊白虎山脉的山脚下有一片环境优美的小平原，背靠着白虎山脉，面对的是清澈的清泉河。一条笔直的大路通向幽曲山间，半山腰有几个象征人类文明的高压电塔和无线基站。一片看起来很漂亮的别墅区坐落在山脚下，别墅三面环山一面朝水。

在大门口旁立着一块巨大的石头，上面有四个苍劲有力的大字"天涯海角"，这就是传说中 NY 市最贵的天涯海角别墅群，是"画魔"一案中受害者刘大龙的地产公司为高端人群精心打造的。

遗憾的是，原本应该停满豪车的别墅区却是一片荒凉。

对于地球来说，人只是过客，离开了谁地球都会照样转。刘大龙的死亡不但没把富强集团拖进旋涡，反而在蒋小琴大量资金的注入下有了新的活力。在大开发商高鹏宇死后，吞掉了属于他的一部分业务，一举成为 NY 市房地产开发企业的头筹。

可惜的是，人们进驻别墅区后不久，就发生了非常诡异的事，很多业主都在夜间或多或少看到些不属于这个世界的事，其中的楼王业主还成了疯子。

富强集团气势正盛，找来一些风水先生，花了不少钱，但产生幻觉的事儿依然时有发生，无奈之下，为了挽回名誉，只得给众业主退款，好好的一个别墅群就变成了无人之地。

没了物业管理，流浪汉便争相住进别墅群，进山探险的驴友们也把别墅群作为临时居住地点。水从别墅群前清泉河可以取到，驴友们带来了柴油发电机，提供照明绰绰有余。

令人意想不到的是，无论是穷人还是富人，是流浪汉还是驴友，在住过一夜后，总会有人看到了各种各样的幻境，有的人看到的是天堂，有人看到的是地狱，不一而同，人们的反应也大不相同，有的人兴高采烈，有的则狼狈不堪，甚至还有人和第一批业主一样，变成了疯子！

潘多拉盒子最奇妙的就是神秘性。越是危险而神秘，人们就越是趋之若鹜。

人们听闻后，都怀着好奇心到天涯海角来体验幻境。一时间，天涯海角居然成了网红景点，很多网友都以在天涯海角住上一夜为荣，别墅群外便有了排成很长一排的汽车队伍，有了很多野营帐篷在别墅区外排队，人们定了一个规则，只住一夜，然后让给下一波人来体验。

网络是个好东西，它让富强集团的高层们很快知道了别墅群的另类玩法，于是连夜召开董事会，计划把别墅改造成幻境体验馆，这个提议在众董事们看了络绎不绝的游客视频后立刻通过，集团斥资3000万元，对别墅区进行美化改造。

流浪汉们已经成了此地的主人，面对富强集团的驱赶，他们并不买账，集体与之对抗。富强集团本就不是好惹的茬子，便联合当地的警力准备强行驱赶。

别墅产权属于富强集团，集团有计划要进行改造，驱赶非法进入的流浪汉也是情理之中。

在当地警方的配合下，大部分流浪汉和驴友、网友相继撤离别墅群，富强集团雇用了一个班的保安接管了门卫，以只出不进的原则接手管理。流浪汉在强大背景的富强集团面前可谓是势单力薄，按说这件事是不会有太大的争议，但令人意想不到的是，居然就有人敢和富强集团对峙。

王佳佳作为NY市第一大V，自然不肯放过做头条的机会，和老蛤蟆两人立刻驱车前往别墅群，第一时间进行采访。

敢与富强集团和警方对峙的是别墅群中楼王中的6名流浪汉，他们并没有要让出别墅的样子，反而在里面大喊大叫，还不时地从破损的窗户扔出重物砸人，而且他们还养了几条比较凶悍的中华田园犬看家护院，凶狠的犬吠声不断传出来。

集团负责协调的领导不敢上前，只得让新招来的保安们处理此事。

拿人钱财，替人消灾。

10名保安拿着橡胶警棍和盾牌等准备强迁，意外就在这时发生了。

6名流浪汉从别墅冲出来，挥舞着手里的木棍和菜刀冲向保安们，与他们同时冲出来的还有两条身材敦实的中华田园犬，它们凶狠地扑向保安们。

保安们挥舞着警棍砸在狗的头部和身上。

狗儿们却一反常态，不顾疼痛继续扑咬，被打断了脊柱，依然拼命地张嘴咬向众保安。

6名衣衫褴褛的流浪汉冲到保安身边，几乎不要命地和保安厮打在一起。

围观的人们看流浪汉时心头一惊，流浪汉按说应该是营养不良、满脸菜色，两眼中应该充斥着无欲无求，但这6人却两眼通红、额头青筋暴起，脸上尽是杀伐之意。

从理论来说，房子不是流浪汉的，富强集团还请来警察和法院的人来坐镇，没必要为这点事玩命，但他们却真的玩起命来！

双方很快纠缠在一起，流浪汉动作凶狠、不顾一切，10名保安的阵形被冲散，最后陷入被动挨打的局面。流浪汉出手就是要命，只要按倒一名保安，就会连打带咬带踢，招招要人命。

警方在不得已的情况下开枪警告，但令人震惊的是，流浪汉对鸣枪示警没有任何反应，两名流浪汉还拿着从保安手里夺下来的警棍冲向警察。

为了防止事态扩大，警察们只得被迫开枪，打的是非致命部位，但子弹的冲击力并未阻止流浪汉们的冲击，挨了三枪之后，一名流浪汉还是用菜刀砍伤了一名民警。众警察在不得已的情况下，只得开枪击毙流浪汉。

警察的参与令事态很快平息下来，6名疯狂的流浪汉四死两重伤，一名保安当场死亡，另两名重伤，其余轻伤，两条中华田园犬死亡。

事态的发展令人震惊，没人能想象得到，究竟是什么力量让6名流浪汉和两条狗如此疯狂！

扛着摄像机的老蛤蟆甚至忘了移动脚步、忘了调整角度，只是愣愣地站在原地拍摄着。老练的王佳佳也忘了演练过多少次的词儿，傻愣愣地看着流浪汉和保安们倒在血泊中。愣在当场的不仅仅是王佳佳两人，还有富强集团的高层们、法院和派出所前来强制执行的民警和法官们，加上那些看热闹的驴友和无业游民。

没人能想到6名流浪汉用如此激烈的方式对抗驱赶，更没人想到在被警察击中数枪后，仍然挥舞着菜刀冲向警察！

4名死亡的流浪汉每个人身上都中了十几枪，重伤的两人也是在中了五枪后才倒下。两条狗在挨了保安们几百警棍击打后，在脊椎断裂的情况下依然保持着攻击的态势，直到把头颅打裂后才吐出最后一口气死去。

只能用疯狂和惨烈来形容！

人体本是很脆弱的，一颗子弹或者一刀都会令人死去，但这几人受到如此打击仍然保持一定的战斗力，除非是科幻中的人体改造或是超人类。

他们在别墅中究竟遭遇了什么事？究竟是什么力量赋予他们强悍的身体和疯狂？

第二章　神打

天欲其亡，必令其狂。

疯狂是毁灭的前奏曲。人可以为了钱财疯狂，可以为了欲念疯狂，可以因激情而疯狂。当人无法解释疯狂行为时，往往会把疯狂和鬼联系在一起，正所谓鬼迷心窍。

一名穿着中国式古风衣服的中年人咂了咂嘴，用手轻轻地托了托圆圆的墨镜，皱着眉头喃喃自语地说着："极凶之地，必有血光之灾！"

一名富强集团的小领导听后勃然大怒，呵斥道："你胡说什么！"

原本这名领导就带着一股无名火，正愁着无处发泄，看到中年人神神道道地说着不清不楚的话，自然是火冒三丈。

"这是福地，大师看过的，你懂什么！"小领导的吐沫星子险些喷到对方的脸上。

中年人却并未恼火，嘴角露出一丝冷笑，说道："原本是福地，但半山腰这个基站和两边的高压线塔呈现三长两短之势，你看这山体好比坟头，这三座高压电塔好比三支长香烛，两座废弃的军事雷达塔好比短蜡烛，三长两短，破坏了风水格局，福地变成了极凶之地。"

"是鬼附身吧。"有一名驴友喊道。

"大白天的怎么鬼附身，我看好像是神打！"另一名看热闹的驴友反对道。

"对，可能是神打！"又一名驴友赞同道。

所谓的神打是古代一种功法，原本的意思是元神修炼之道，其中的"神"并不是指神仙妖怪的神，而是具有无上智慧的人性本我，神打的精髓就在于挖掘人体潜能，发挥人体最大的潜力。

但后来逐渐演变成请神仙妖怪进入人体内，并控制人体，假借神附体之名增强自身的能力，以达到刀枪不入、水火不侵等能力，甚至可以上刀山下油锅。以此推理，鬼怪也可以附身，赋予人一定能力。

但在现代科学体系下，这些说法成了无稽之谈。

无论是神打还是鬼附身，都是人类对未知领域的神魔化，但这6名流浪汉和两条狗的行为的确有些反常。面对全副武装的保安、持枪的警察、拿着强制执行通知的法官，流浪汉处于绝对劣势，哪怕有一点自知之明都不会与对方硬抗。

"神探刘天昊来了！"

人群中不知谁喊了一嗓子，人们立刻向两边散去，黑色的大切诺基带着6.4机头的咆哮声进入别墅区，刘天昊、韩孟丹、虞乘风、姚文嫒四人从车上下来。

"刘队！"王佳佳和老蛤蟆向刘天昊招了招手。

刘天昊回应了一个眼神，同时向身边的警察耳语几句，警察点了点头，朝着王佳佳挥了挥手。

王佳佳和老蛤蟆穿上鞋套并戴上手套，扛着摄像机到处进行拍摄。

与刘天昊等人同来的还有两辆救护车，穿着白大褂的急救医生为受伤的人们查看着伤情。身中十几枪的 4 名流浪汉被抬上殡仪馆的白车，韩孟丹嘱咐了司机把尸体送到刑警大队法医鉴定中心后，这才进入现场。

两条狗的尸体、地面上一摊摊的鲜血和一大堆泛着暗金色光芒的子弹壳安静地躺在地上，告诉人们这里刚发生了一场激烈的搏杀，除此之外只剩下警察们忙碌的身影。

那名神神道道的戴墨镜的中年人看客在远处犹豫了一阵后，摇了摇头，看了刘天昊一眼后转身离去。

9mm 的子弹壳预示着九二式警用手枪的威力巨大以及强悍的停止作用，刘天昊数了数，一共 67 枚子弹壳，除了重伤的两名流浪汉各中五枪之外，其他 4 名流浪汉平均被 12 发子弹击中，还有 9 发子弹打空。

死亡的流浪汉躯干部分中弹数较多，其中一名胸腹部打入 10 发子弹，虽说都没打中心脏部位，但 9mm 子弹的停止作用很强，按说会让嫌疑人立刻倒地不起，但从执法记录仪和王佳佳的录像上看，犯人的动作只受了些轻微影响。

"这不符合常理呀。"虞乘风戴着白手套捏起一枚子弹壳说道。

"的确很怪。"刘天昊看着地面上的两条狗思索着。

他们两人是刑警，一年打靶的次数很多，都知道九二式警用手枪的威力，人要是中了这么多枪，不可能还行动自如，更何况 6 名流浪汉的身体并不强壮。

除非是吸了毒，人在毒品的麻醉作用下，可以不畏惧疼痛、死亡，就算吸毒能解释流浪汉的异状，却解释不了两条狗的疯狂。

两条狗脊柱被打断，身体以奇异的角度蜷在地上，舌头耷拉在嘴外面，头部亦因为受到多次击打而肿胀，长嘴巴亦被打断歪在一边。

中华田园犬不是藏獒，遇到不可抗拒的袭击后，会选择性地退避，但看两条狗的模样完全变成了疯狗，不顾一切地攻击人类，人可以伪装情绪，但狗不会。

"去房间看看吧！"刘天昊把子弹壳递给一名警察，随后和虞乘风进入别墅。

别墅的客厅很大，装修风格是欧式的，偏重豪华，地面上放着一些纸壳和一床破旧的棉被，棉被旁有一个棉花枕头，是回收棉做出来的劣质枕头。

角落里用砖头堆起一个临时灶台，有一些柴火和一口破铁锅放在一旁，铁锅里还有一些剩下的挂面，大理石的墙面大约一人高的位置被熏成了黑色。

除了数个破旧碗筷和一个旧铝盆外，还有一个满是锈迹的半人高铁皮桶，里面装着一些水，一只塑料碗漂在水面上，铁皮桶附近有几个廉价的啤酒瓶，一些破酒瓶的碎玻璃碴儿堆在铁皮桶和墙夹角里。

角落里有两个侧放着的木箱，木箱下面垫着几块砖头，木箱底板和地板之间有一些狗的便溺物，里面有两床破棉被，上面有一些黄色的狗毛。未发现吸毒用的烟壶或者是注射器等物，也未发现任何毒品。

这里距离繁华市区很远，没有救济品可以领取，没有他人的施舍，看流浪汉的状态，别说是吸毒，连正常生活都举步维艰。

韩孟丹对水源和食品取了样，随后又对被褥等物进行检查，并未发现异常。

回到客厅后，刘天昊被地面上凌乱的脚印吸引，仔细观察后，发现脚印是不久前印上去的，脚印的附近还有一些干枯的血迹，血迹呈滴落状而不是喷溅状，说明受伤者受伤不重，血迹呈现暗红色，说明这些血是不久前才滴落的。

"孟丹，你来看看这个。"刘天昊指着血迹说道。

韩孟丹看了一眼，用棉签取了一些血样放进证物袋，说道："血液从不同的高度滴落，所展开的面积会有所不同，从滴溅程度看，应该是人的鼻血或者是头部出血。"

刘天昊从地面捏起一块碎玻璃碴儿，看着上面的血迹缓缓说道："看来不久前这里发生过一场搏斗，有人用酒瓶砸伤了另一个人，孟丹，你还记得其中一名流浪汉的尸体吧，头部就有刚刚凝结的伤口，若不注意，还以为是和保安、警察的对峙中受的伤。"

韩孟丹点点头，说道："没错，那具尸体头上的伤是旧伤。"

"能看出来这场搏斗发生的时间吗？"刘天昊问道。

"根据血液凝固的程度和死者头上的旧伤判断，搏斗应该发生在此前的4~6小时之间，如果需要进一步确认，得回鉴定中心才行。"韩孟丹答道。

刘天昊摆了摆手："不用，这就够用了。"

他又走到铁皮桶旁，把里面的玻璃碴儿都拨弄出来，挑出一片有血迹的看了看，说道："这几人在与保安冲突之前就已经有了一场搏斗，而且就在他们之间，试想一下，一群衣不蔽体食不果腹的流浪汉会为了什么事打架？"

"他们之间又不存在利益问题，除了犯神经病之外，好像没有太充分的理由。"韩孟丹说道。

"也许还真就是神经病！"刘天昊说道。

除了一群神经病之外，没人愿意和执行公务的警察正面对抗，更没人愿意面对枪口毫不犹豫地冲过去与警察搏命！

"文媛，你没事吧？"虞乘风关心的声音从楼上传来。

"我没事，就是有些不舒服，闻着屋里的味道难受。"姚文媛有些虚弱的声音传来。

声音刚落，虞乘风搀扶着姚文媛从楼上走下来。姚文媛的脸色很差，就像刚刚得了一场大病一般。

"可能是刚才的场面太血腥了，乘风，咱们回去吧，让民警把这里再勘查一遍，以免咱们有疏漏的地方，把证物全部送到刑警大队。"刘天昊说道。

虞乘风点了点头，搀扶着姚文媛走了出去。

韩孟丹看着姚文媛的状态若有所思，愣了一阵才小声嘀咕道："就是感觉有些不对劲儿。"

第三章　没有动机

山雨欲来风满楼。

NY市的夏天又闷又热又潮，压得人有些喘不过气来。在别墅中忙碌的刘天昊等人汗流浃背，湿透了的衣服干了又湿，湿了又干。突然一阵带着诚意的凉风吹来，原本闷热的感觉转瞬即逝。

黑压压的乌云很快遮住了太阳，给大地笼罩一层灰蒙蒙的轻纱。

别墅二楼闪了一下光，刘天昊下意识地向楼梯的方向看去。

"看到什么了？"韩孟丹停止手上的活儿，沿着刘天昊的目光向二楼望去。

二楼又有一道黄色的光芒闪过，与此同时传来的还有轻微的噼啪声。刘天昊和韩孟丹走到二楼，发现是其中一个房间的灯在闪，灯是隐藏在灯带里的一个小灯，因为年头比较长了，原本应该是乳白色的光芒变成了橘黄色。

事情就是这么巧，之前众人也探察过二楼，但在大白天很难发现隐藏在灯带里面的灯泡，若不是刚才那一阵乌云，天色也不会这么黑，也就不会发现二楼居然还有电。

"别墅有电吗？"刘天昊向一名正在做勘查的民警问道。

民警抬起头看了看灯带上的灯，疑惑地说道："当初富强集团撤离时，为了防止意外，电业局把电拍了，可能是那台柴油发电机吧。"

之前就有人提过有驴友带来一台柴油发电机供基本的照明用电，这次富强集团驱赶众人给了提前量，从理论上讲驴友应该把柴油发电机运走才对，就算是小型的发电机也得几千元，不可能白白扔在这里。

民警立刻看出刘天昊的疑虑，立刻补充道："别墅区还有自带的柴油发电机组，这里距离市内比较远，市电是单独架设的路线，一旦发生停电或是线路故障，维修时间会比较长，这里住的人非富即贵，所以就在物业办公室后身的仓库里弄了一个柴油发电机，储存了一些柴油，以备不时之需，这件事因为涉及油料储存的问题，物业才把这件事报到派出所备案。"

"物业都没人管理，再说这大白天的，发电机不应该启动吧？"刘天昊问道。

"这就不知道了，可能是因为今天要强迁吧，这才打开发电机，要不我带你们去看看，离这栋别墅不远。"民警说道。

刘天昊看了看不稳定的灯泡，点了点头。

物业办公室是一栋别墅，面积比发生案件的楼王别墅小一些，装修比较粗糙，后身有一个类似于车库一样的建筑，还没走到跟前，嗡嗡的声音便从其中传了出来。

仓库的大门虚掩着，锁头虚挂在上面。

一名物业管理员从办公室走出来，见到刘天昊后急忙满脸堆笑地打着招呼："刘警官，来查案啊！"

"发电机什么时候打开的？"刘天昊指了指仓库。

管理员一愣，随后又笑着说道："集团准备接手时打开了，平时锁着的，而且发动机组启动比较复杂，当初由于某些原因，买的机组不是一键启动的那种。"

刘天昊呵呵一笑，他明白了管理员的意思，肯定是购买机组的人贪污腐败了，拿着买一键启动机组的钱却买了普通的发电机组。

门外响起了一声汽车鸣笛声，刘天昊又问了几句，随后走出门，韩孟丹已经开着车停在门口，通过车窗看到姚文媛坐在后座上，身体软绵绵地靠在虞乘风肩上，脸色煞白，嘴唇失去应有的血色。

"走吧，先送文媛去医院，然后咱们回队里，估计验尸报告应该出来了。"韩孟丹坐在驾驶位置上没有要下来的意思。

自打她和许安然成为好朋友后，就开始喜欢赛车这项运动，得知刘天昊的车不是普通的大切诺基，而是6.4V8的STR后，只要有机会，她就会立刻坐在驾驶员位置上，体验驾驶的激情。

……

韩孟丹始终是法医鉴定中心技术最好的法医。

当法医拿着一摞子检测报告放在刘天昊桌子上时，刘天昊冲着韩孟丹竖起大拇指，韩孟丹那张精致的脸上居然露出一丝笑容。

提取了流浪汉的血液、尿液、胃容物，并未发现吸毒迹象，这一点也符合了刘天昊在现场的推断，从胃容物判断出4名流浪汉最后一顿饭就是那锅面条，经化验，面条只是普通的挂面，只是存放的时间有些长。

从目前的信息看来，流浪汉的疯狂行为和毒品等无关，一定另有原因。

经过身份查找以及对众驴友们的询问，流浪汉的身份也确认下来，是从外省市来NY市讨生活的贫困户，在NY市没有亲戚，6名流浪汉因为是老乡，便组团在市里较偏僻的地方靠碰瓷谋生，但近年来车主们的防护意识很强，几乎每台车都安装了行车记录仪，他们的无本买卖越来越不好做，早年做这种事落下的后遗症逐渐开始显现出来，有的动不动就犯癫痫，有的一到下雨阴天，原来的伤处就开始疼痛。

没有经济来源，加上几人的年纪不大，所以无法博得人们的同情，讨饭都讨不到，几人又懒又馋，听说天涯海角别墅的事后，知道这是一个好机会，便相约离开城市来到别墅区。

大多数的别墅都是装修过的，能住得起别墅的人非富即贵，装修不会考虑钱的问题，动辄几百万元的装修费用，但出了怪事后，装修又带不走，就都留了下来。处于位置最好的楼王装修自然是最好的，6人一眼相中了这栋别墅，为此事几人还打了起来，最后决定是轮流住楼王。

由于他们到别墅区比较早，因此占了先机，以主人的身份出现，驴友们也不知所以然，不愿意得罪他们，便伸出援手，给吃的喝的，有的还给钱。

随着后来前来别墅探险体验的人越来越多，6人决定居住在一起，腾出来的别墅让给驴友们住，当然，居住并不是免费的。

虽说靠着网红景点过了一段好日子，但好事不出门，恶事行千里，6名流浪汉的恶名很快在驴友团中传了开来，大伙儿不再救济6人，也不再给他们钱，6人虽说会在暗中给驴友们捣乱，却并未作恶，后来驴友们团结起来，6人便没了办法，只好老老实实地住在楼王里，生活渐渐窘迫起来。

不过他们并未离开，反正在哪都是挨饿，在别墅区至少还有个地方住，还会有些不熟悉他们的人拿些吃的给他们。

6名流浪汉出门的时间越来越少，除了有新人到了，他们才会出来讹一笔，然后继续躲在楼王里。

出事前，有好事的驴友在楼王前转了一阵，听到里面传来剧烈的争吵声，但并不知道争吵的内容是什么，同时还有身体撞墙发出的咚咚声以及玻璃瓶子碎裂的声音。人们都是临时在这里做体验，没人愿意和流浪汉接触，对此事也就不管不问地过去了，要不是有警察上门询问，他们也不会想起这件事。

刘天昊放下验尸报告："从验尸报告上可以分析出很多信息，首先是流浪汉的经济状况不好，他们最后一顿饭只有面条，按照这种情况，怕是连走路的力气都没有，怎么可能硬生生地挨了十几枪。另外，在他们的头发和其他部位的毛发里发现了虱子，这说明他们很久都没洗过澡，卫生条件也很差。他们没有吸毒、没中毒，社会关系简单，不存在为了钱被人收买而玩命的说法。"

"那会不会和之前的那次争吵、打架有关？"韩孟丹问道。

"从理论来讲有可能，那次争吵是形成对抗的起因，但这些人之间并没有利益瓜葛，为什么会吵起来呢？没有动机，完全没有动机，也说不通！"刘天昊说道。

韩孟丹摇了摇头。

刘天昊拿起装子弹头的证物袋放在手上掂了掂，紧皱眉头说道："他们的行为无异于自杀，对于流浪汉而言，这几乎是不可能的，可问题究竟出在哪里呢？"

两个人各自寻思着事情，房间内安静下来。

"其实这件事可以不用深究的，虽说是刑事案件，但已经结束了。"法医在一旁说道。

"结束……劫数……"刘天昊突然间想起人群中那个戴着墨镜的神秘中年人来，中年人和物业人员争吵的话他还记得，三长两短，福地变极凶之地，显然他是有意而来的。

"不是结束，我的直觉告诉我，眼下这个事件仅仅是个开端，孟丹，你再对尸体进行详细的勘验，我出去一趟。"刘天昊说完便向外走去。

……

人生是在无数次选择中度过的，每一次选择都会对人生造成影响，有些甚至可能是决定性的影响，但很少有人会做出主动选择。

人可以被动地承受被动选择带来的巨大痛苦，却无法承受主动选择带来的微小伤害。

夏乔是一名肯于吃苦的女子，在 35 岁时，她已经拥有两家公司，NY 市中心三套房产，一辆宝马 X5 车，七位数的存款。

人不可能事事如意，有得有失，在金钱和事业方面多得了一些，家庭和爱情就会相应少一些。中国讲究男主外女主内，一旦位置发生变化，家庭不和就是早晚的事儿了。

夏乔的丈夫也是一名商人，本有大好前途，但由于好面子，花钱大手大脚，所以公司账目总是入不敷出，每次银行催还款时，他只得厚着脸皮到妻子夏乔处求助。

夏乔刀子嘴豆腐心，每次丈夫来找她要钱，他们都会吵得不可开交，但她心软，最终还是选择拿钱给他，帮他堵上窟窿。吵架这东西比较奇怪，有时候吵多了，到最后都不知道为什么要吵，而且吵架还有一定的惯性，吵习惯了，一点火气就会引发一场莫名其妙的争吵。

夏乔的父母一直帮着她带孩子，因此他们一直住在一起。最初时还好，那时夏乔的事业只是刚刚起步，她是怀着一颗感恩的心对待父母的。

随着她事业腾飞以及和丈夫感情的破裂，她把一肚子的怨气撒在父母身上。父母是世界上最伟大的人，他们心里明白夏乔的苦，知道她需要一个宣泄渠道，于是他们便成了夏乔情绪发泄的唯一渠道，因为只有父母才能任由她耍性子。

感情是无法用数字量化的，有些情侣吵架可以促进感情，越吵越浓厚。有些情侣吵架却能把感情吵得很淡，直到最后分手。

夏乔和丈夫属于第二种。吵到最后，两人已经没了力气，还能维系在一起的原因就是他们还有一个儿子。

很多夫妻因为心疼孩子，担心影响孩子健康成长，勉强生活在一起，但破镜不能重圆，感情破裂了就是破裂了，而且现代人受到的诱惑太多，想法也多，已经不是孩子能够守得住婚姻的了。

在离婚前夜，夏乔做了最后的努力，她单独约了他在最初相识的地方，餐厅还是那个餐厅，桌子还是那张桌子，人也还是两个人，可心不在一起了，无论怎么挽救也都是徒劳。

原本有一肚子的话，最后一句话也没说出来，两人默默地喝光了杯中的红酒后，分别转身离去，甚至都没回头看对方一眼，此时，他们心如死灰。

直到离婚当天，丈夫爱面子、倔强的特性也没能改掉，他坚持净身出户，把属于自己的那部分财产留给儿子。

夏乔松了一口气，专心地做自己的事业，专心地去养育儿子，专心地伺候父母，然而当初的她已经回不来了，她的心变得坚硬起来，变得难以接近。

事业越做越大，物质生活越来越丰富，但人心却散了……

第四章　奇人异士

科技日新月异，天上有北斗卫星、GPS等，地面上有天网、海燕等监控系统，加上互联网的发展、身份证信息的覆盖，人口信息高度透明化，想找到一个人相对早年已经容易很多。

但有些别有目的的人也会有相应隐藏自己的方法，比如假的身份信息，化妆、乔装、整容等，加上很少使用身份证、淘宝、支付宝、微博、微信等现代互联网通信手段，会让行踪变得神秘起来。

在案发现场出现的神秘中年人就是相对难找的人之一。

刘天昊要找他的主要原因有三：第一是他在现场说出三长两短的话肯定是话中有话，很明显他知道一些事，但又不便直说。第二是看他的穿着打扮不像驴友，别墅区的位置很偏，驱赶事件不可能传到市里，也不可能是路过这里，所以墨镜中年人应该是姿态比较高的俯视者身份。第三是墨镜中年人临走时看了刘天昊一眼，一副欲言又止的模样。

幸运的是，王佳佳有现场的录像，那名中年人正好在镜头里。找人是一门学问，不但要知道目标的相貌、体征、身份，而且还得有熟悉的人脉，这几点全了之后，找到目标就是时间的问题了。

为了摘去墨镜中年人的眼镜，刘天昊特意让虞乘风把姚文媛请来。姚文媛上次在别墅身体不适，到了医院后，几乎把能检查的项目都做了，却没发现任何问题。

后来还是许安然从心理学上解释了不适的原因：姚文媛是文职警员，从没见过如此惨烈的场面，6个人身体几乎被打成了筛子，血流满地，有的人内脏还从弹洞冒出来，加上血腥和脏器发出的味道，一般人看了都受不了，更何况近在咫尺的姚文媛。

在精神上极度排斥引发生理上的不适应，只要经过心理介入，或者过一段时间，当姚文媛把这件事忘了，就会恢复正常。

姚文媛却不赞同许安然的说法，别墅的现场的确很血腥，却并未让她产生排斥心理，但她又找不到反驳许安然的论点，也只得作罢。

在姚文媛的配合下，老蛤蟆很快锁定中年人的身份，他叫葛青袍，45岁，据传言说他是东晋名家葛洪的后代，继承的是祖上传下来的本领，在 NY 市最高建筑正隆大厦买了 19 层整整一层作为他的道馆，他精通的是奇门遁甲术，算命、看相、指点迷津非常灵验，每天只算两卦，应了事不过三的说法。

"画魔"一案中的名模林娜娜和刘大龙都曾经找他算过，林娜娜在模特界红得发紫，刘大龙在商场上叱咤风云了好多年。他告诫刘大龙对女人方面一定要收敛，否则定会有灭顶之灾。告诫林娜娜懂得急流勇退，多做善事，这样才会化解她命中的死劫。

可刘大龙只相信好的，不相信坏的，最终惨死在杨红手上。林娜娜成为名模后，名利双收，还攀上了刘大龙这棵大树，势头正盛的她怎么可能急流勇退，结果也死在了杨红手上。

葛青袍除了一些必要活动之外很少外出，大部分时间在道馆中钻研奇门遁甲，用他的话说，奇门遁甲是一门极其高深的学问，究极一生也无法窥其全貌。

清楚葛青袍的身份后，他出现在案发现场就更加令人起疑了。

一名身价千万的算命先生，无缘无故地出现在郊区一片废弃的别墅群，背后一定有故事。

"我之前想做他的专访，约了好多次都被拒绝了！"王佳佳说起葛青袍的时候两眼放光，她一直想让葛青袍给她算一卦，但葛青袍见过王佳佳之后却说不可算，而且斩钉截铁地拒绝了王佳佳的采访提议。

"走吧，去会会他，看看究竟是什么世外高人！"刘天昊压根就不信这一套，他只相信科学和证据，一切无法用科学理论解释的都是无稽之谈！

　　王佳佳却对刘天昊的态度有些不满，白了一眼刘天昊说道："你呀，是不知道他的厉害，我告诉你，咱们市里和省里的几个大咖都找过他算命，结果，全升了，飞黄腾达，刘大龙、蒋小琴都找过他。"

　　……

　　令刘天昊等人想不到的是，他们一行四人刚下电梯，一个长相甜美的前台美女便迎了上来，说大师已经等他们好一阵了。

　　虞乘风和姚文媛听后一愣，王佳佳则是露出一脸仰慕的神色，只有刘天昊，抬头看了看走廊和电梯间顶棚的监控。

　　整个19层都是葛青袍花钱买下来的，并按照奇门遁甲阵的布局进行的调整和装修，暗藏八卦阵和反八卦阵，如果不是她领着他们，只要入阵便会深陷其中，直到筋疲力尽也无法脱身。

　　美女说罢还挑衅式地看了看刘天昊。

　　要是三年前的刘天昊，肯定会应了挑战，看看究竟什么阵法能把人困住出不来，但他的心境已非当年可比，对美女的挑衅只是微微一笑，做了一个请的手势。

　　美女赞赏地点了点头，继续向前带路，刚走几步，就见一个女人突然出现，她和刘天昊对视一眼，嘴角露出一丝冷笑。

　　蒋小琴！

　　随着蒋小琴突然出现的还有葛青袍，他微微向蒋小琴点头致意，而蒋小琴的反应却出乎刘天昊的意料。

　　只见她收起嘴角的冷笑，神色郑重地转身向葛青袍鞠躬，倒退着走了几步后，才转过身向外走去，前台美女冲着刘天昊使了个眼色，随后立刻给蒋小琴引路而去。

　　因为有钱，蒋小琴养成了飞扬跋扈的性格，觉得钱可以解决一切问题，对任何人都是不屑一顾，这点在"画魔"一案中体现得淋漓尽致，甚至对丈夫刘大龙亦是如此。

　　看蒋小琴对葛青袍的态度，就知道葛青袍是真有些本事，否则也不可能让蒋小琴这样的人物低头！

葛青袍冲刘天昊笑了笑，示意他不要说话，随后转身进了房间。

房间布置得很简单，最显眼的是大厅中央一张巨大的茶台，看茶台的材料应该是价值不菲的一整棵巨大的红木竖着剖开打磨制成的。

众人落座后，葛青袍给众人倒上茶水，率先开口："刘警官，咱们是第二次见面了。"

他又看了看王佳佳，说道："王记者，咱们是第三次。"

王佳佳急忙附和着。刘天昊正要说话，葛青袍却伸手阻止。

"我知道你为什么来，极凶之地，你先别问为什么，我能先告诉你的是，我和案子没关系，还有，我可以给你讲个故事，是关于那块地的故事。"

刘天昊见对方的语气虽柔和却不容置疑，也只得点了点头。

……

人有了钱，无论是心态还是行为都会发生变化。

夏乔在外人眼里依然热心、仗义、诚实守信，无论是做生意还是对朋友，她一向是众人眼中的女中豪杰。

然而当她回到家中之后，就变了一个人，对父母的要求极为苛刻，生活中出了一点小问题，她都会暴跳如雷。

有朋友说她属于离婚后造成的心理创伤，需要一定时间治愈，或者是再遇到合适的男人，生活完整了，就会变正常，所以无论是父母还是她本人，都渴望有一个新的生活开始。

上天对人是公平的，当一个人获得大量财富，失去的可能就是青春。夏乔已经快40岁，青春不在，还带着一个孩子，这样的条件要找一个男人过日子，难度不是一般的大。

夏乔依然坚信世界上还有爱情，只是时间还未到。爱情能滋润一个人，也可以毁了一个人，它可以让人甜蜜，也能让人痛不欲生。

夏乔是一个怀旧的人，在接触了几个男性后，发现前夫的优点很多，最重要的是，两人之间还有一个孩子，孩子成为两人再次见面的桥梁。她发现自打两人离婚后，又恢复到结婚之前相敬如宾的状态，双方的矛盾开始慢慢淡化。

"要复合吗？"

夏乔看着远处和孩子玩闹在一起的前夫反复地问自己。

……

第五章　跨时空的疯狂

葛青袍不但会算命，还非常会讲故事。

故事发生在 1943 年 8 月，地点就是现在的天涯海角别墅区，而在当时，这个地方被人称作鬼子荡，驻扎着一个日军步兵中队，所担负的就是通信中转任务。

他们在鬼子荡建起坚固的防御碉堡、一座雷达塔、一座通信传输基站和一些防空火炮，主要针对的就是驻守在 NY 市附近的国民党空军部队。同时，为了绞杀我党游击队，他们经常派人到 NY 市各处进行扫荡，因此驻地才被称为鬼子荡。

当时的 NY 市是战略必争之地，几乎一直处于国民党军队的控制之下。而日军南方和北方两大部分的通信就成了问题，通信传输站的作用是起到信号中转作用，利于南北部队的通信交流。

此时中国的形势已经发生巨大变化，日本军队在战场上节节败退，在我国军民的共同打击下做着垂死挣扎，甚至还丧心病狂地弄出秘密化学武器。

对于日军的步兵中队，国民党部队和共产党游击队都对之极为痛恨，誓死要除之而后快，但步兵中队的碉堡防御非常强悍，装备了若干门加农炮、步兵炮、反坦克炮、大正十一式轻机枪若干挺，又有防空措施，加上士兵训练有素，手里的三八式步枪打得很准，几乎个个都是神枪手，整个基地牢不可破。

国军和游击队想尽了办法，攻打了很多次都没能把基地拿下，通信基站继续运转着，传输着各种各样的情报。

事情在一份密级程度极高的情报出现后发生了转机。

日军一个医疗小队秘密来到步兵中队基地，带着大量的精神类药物和镇痛类药物。

精神类药物在战争期间很少用到，一般都是用于战后恐惧症的患者。

在攻坚战中，步兵基地处于优势状态，无论是国民党成建制的正规军还是共产党的游击队，每次进攻都要付出极大的代价，而步兵基地几乎很少有伤亡出现。无论从战术地位还是物资储备上，步兵中队都处于绝对优势，士气旺盛，不太可能出现精神类疾病。

但医疗小队的确携带了大量的精神类药物进入基地，其中还有几名精神科医生，甚至连日本当时比较著名的法师长须法师也来到基地。长须法师是当时日本最高级别的降魔师，据说是得到了佛门真传，真能够降妖除魔，虽然他和医疗小队一起进入步兵基地，还穿着军装伪装，但他的几乎一尺长的胡子却出卖了他。

一个医疗队、很多精神类药物加上一个法师，这意味着什么？

一连数天的侦察都很顺利，步兵基地并没有像往常一样派出狙击手狙杀我方的侦察员，这是一件很反常的事儿。

侦察员后来带回一个消息，就是步兵基地内部经常传出枪声，近两天枪声越来越密集。

再结合长须法师的到来，有人分析可能是基地内部出了妖魔，这些天步兵中队一直在配合法师对付妖魔。

事情的转机出现在得到情报的第五天。

这天天很阴，空中飘起毛毛细雨，带着凉意的风驱散了夏天的热意，也带走了人身上的体温，让人不自觉地打着冷战。

游击队侦察员一如既往地来到隐藏地，他还来不及隐蔽起来，就发现不远处的树丛后有一双眼睛在盯着他，这双眼睛他似曾相识，同样带着杀意。他下意识地举起枪瞄准对方，却发现对方的枪口早已瞄准他，要是想杀他，怕是在他刚刚到达的那一刻就开枪了。

一秒钟后，他想起对方的身份，国民党军队的侦察员，他的老对手，两人不止一次在战场上遇到，也曾经对峙过，有几次还险些要了彼此的性命，但此刻，对方并没有要杀他的意思。

步兵基地再次传来枪声，枪声很密集，听声音应该是大正十一式轻机枪和三八式步枪交替响起的声音。

他叹了一口气，缓缓地放下枪口，而对方好像也明白了他的意思，把枪口调转，对准基地方向。

两人都是来侦察侵略者步兵基地的，无论原来属于哪支队伍，但现在他们都是中国人！

当他拿着缴获来的望远镜看向步兵基地时，他的嘴巴慢慢地张开了，脸上尽是惊愕。

步兵基地从第一声枪响开始，轻机枪几乎就没断过，直到最后被一声爆炸阻断。坚固的炮楼和工事都冒着烟，防空机枪的工事位置起了火。

不大一会儿，有一些步兵光着膀子从炮楼里跑出来，口中吼叫着不明所以的话，手上端着三八式步枪冲着对方胡乱开枪，宽敞的院子里立刻躺满了尸体。更令人恐惧的是，长须法师从一个工事中蹦出来，冲着半山腰的山洞大吼大叫，一名侵略者士兵在一旁狂吼着，用刺刀刺进他的腹部，拔出刺刀后内脏瞬间流了出来。而长须法师居然一副毫无察觉的样子，继续向前跑了几步，最后踩到了自己的肠子才被绊倒，躺在地上抽搐几下后最终一动不动了。

游击队侦察员向国民党军队侦察员的方向看了看，两人的眼神都是惊愕中带着一丝恐惧，缓过神来后，立刻向本部队发出信号。过了不多时，两支军队左右包抄步兵基地。

歪把子机枪的声音没响，狙击枪的声音没响，炮弹的呼啸声也没响，空气中只弥漫着一股烧焦的味道。

两支隶属不同的军队在此时有了默契，从大门冲进基地后开始探查其中的情况。

炮楼中的侵略者士兵都已经死亡，看粘在墙壁上的内脏、血迹和残肢断臂就知道是集束手榴弹造成的。

基地究竟发生了什么，这些战斗力极强的侵略者士兵居然在短短不到20分钟内全部死亡，而且证据表明，是自相残杀。

正当众人疑惑时，半山腰的几个山洞发生了剧烈爆炸，瞬间之后，山洞便被烟雾淹没，山体崩塌的声音传来。

两支队伍的负责人不约而同地向自己的队伍下命令：立刻撤出基地。

因为没人能解释是什么原因让侵略者自相残杀，也许是一种不明的力量，也许……至少他们都不敢冒险。

此后，侵略者很快战败，基地在一次地震中遭受毁灭，成了一片废墟，奇怪的是，半山腰那座雷达塔和通信传输基站却没受到任何影响。

……

刘天昊等人一口气听完葛青袍的故事，才长长地出了一口气。若不是他讲的时候故意停顿，怕是大伙儿会因注意力太过集中而忘记呼吸。

"这是我师父讲给我的故事，真假已经无从考究。当天我在天涯海角别墅看到流浪汉的情况后，就觉得这两件事之间一定有关联。当时刘警官正在勘查现场，我只好留下一些暗示，若刘警官与我有缘，一定会找上门，我便知无不言，如无缘，我便随缘。"葛青袍喝了一口茶水说道。

"虽然是不同的时空，但两件事的确有相同之处。"王佳佳说道。

葛青袍笑了笑，说道："刘警官一定还有个疑问，就是为什么我会去天涯海角。"

刘天昊一愣，遂点了点头。

葛青袍的确很厉害，几乎一说话就能说到人心里。这也难怪，他能在 NY 市这种卧虎藏龙的地方生存下去，就说明他具备一定的能力，算命讲究的是洞察先机，他既然能在现场给刘天昊暗示，就代表他懂刘天昊。

"是能量，无论是古代所说的妖气、鬼气，还是现代科学体系下的光、电、分子、离子等，说穿了都是能量，只是有些能量已被现在的科学体系所认知，有些超出认知范围。我为天命者，对能量的感应超出一般人，去天涯海角也是因为感到那里的能量异常，仅此而已。这样说你们能明白一点吗？"葛青袍呵呵地笑着说道，说话间脸上满是智慧光芒，就像是给小学生上课的老师一般。

"至于两者之间的联系……"葛青袍又看向刘天昊，沉吟后说道："刘警官是有缘人，这个秘密会在你的手上公布于世！"

王佳佳刚要说话，葛青袍把目光转向她，说道："刘警官是你的贵人，这句话是我送给你的，免费！"

葛青袍说完后便低下头，摆弄着手中的茶杯，既不续水也不再说话。

刘天昊和王佳佳是聪明人，场面上的事儿当然明白，葛青袍已经说完了想说的话，再多说一句都是废话，而且双方并无其他交集，话不投机半句多。于是两人立刻站起身告辞，虞乘风也拉起正在画画的姚文媛，四人向外走去。

……

人的一生有很多机遇，也会遇到很多贵人，但如果不懂得珍惜，机会会失去，贵人也等同于路人。

夏乔最终还是没能和前夫复婚，因为两人在最后一次谈话中谁都没说话，彼此低着头喝完了拿铁，各自叹了一口气，转身自顾离去，此后再无往来。

前夫离开了夏乔所在的城市，电话号码换了，微信注销，仿佛人间蒸发了一般。

时间久了不联系，感情会慢慢变淡，淡出生活、淡出记忆、淡出永远，若不是看到儿子，夏乔甚至已经忘了还有前夫这件事，心头的伤口随着时间的推移而痊愈，最终留下一道难以磨灭的疤痕，但疼痛会消失。

夏乔的生活逐渐走上正轨，没有前夫在经济上拖后腿，她把事业做到巅峰，所属的两家公司都已走向正轨，每年的利润都在百万元级别起伏。

对于孩子，夏乔是带着愧疚之心的，每当她看到别人家的夫妻成双成对地领着孩子玩耍时，她的心就会感到莫名的失落，于是她对孩子百般宠爱，只要用钱可以买到的，她绝对不眨一下眼睛。

夏乔对孩子的溺爱是疯狂的，几乎无法挽回，无论怎样，用疯狂形容对待孩子的态度，无论是爱还是恨，都过于极端。

孩子的花销越来越大，甚至快赶上一个成年人的花销，孩子的脾气也随着花销的增长而增长，只要心意得不到满足，就会连踢带打乱发脾气，尤其是对隔辈的姥姥和姥爷。

老一辈人的消费观念和年轻人不同，能节约就节约，这样便与夏乔对孩子的溺爱有了冲突。而在老人与孩子之间的冲突上，夏乔选择继续宠爱孩子，以至于老人两头受气，但身为父母心中明白夏乔的苦，最终只得强忍着心中的不快。

和很多老人一样，夏乔的父母不愿意离开夏乔是因为她忙于事业没时间带孩子，甚至没时间打理生活。

夏乔最初是理解的，可随着时间的推移，这种观点在她的心中慢慢地淡了下来，甚至在她心中，父母是依靠她而生存，帮着带孩子只是一种偿还，在本质上把父母的帮忙当作本分，是一场交易。

事情的本质变了，其他的一切都会随着变味，金钱慢慢地遮掩了亲情。

当钱主导一个家庭的世界观和人生观时，家庭就会变得低俗而无趣。她的人生已经开始倾斜，然而让她生活彻底颠覆的是另一个男人。

第六章　神经毒气

自打和许安然认识以来，不但韩孟丹喜欢上开车，爱车如命的王佳佳甚至还喜欢上了飙车，凡是有她们两人在的时候，驾驶位置就与刘天昊和虞乘风无缘了，他俩只好坐在后排座，看着前排的两个女人，一个在飙车，一个在看着窗外的风景，享受着风快速刮过带来的凉爽。

女人的方向感和驾驶感整体来说不太好，但也有例外，比如王佳佳、许安然，还有很多具有天分的女赛车手，大切诺基在王佳佳的手里硬生生地开出了战神 GTR 的感觉，比刘天昊和虞乘风开起来要疯狂得多，用刘天昊的话说，要是能给车安装一对翅膀，王佳佳能把车开上天。

姚文媛的画功绝对一流，以漫画的形式把葛青袍的故事画出来，虽说是简单的素描画，但可以让人感受到步兵基地中诡异的氛围，能感受到国民党军队和共产党游击队进入基地后惊愕的状态，足以见她深厚的功力。

尤其是山头竖起的两座巨型铁塔，在远处看果然像坟头前的两支香烛。

一行人的目的是动物卫生监督所，一进入监督所的大楼，一股尸臭味便扑面而来，刘天昊和虞乘风还好，王佳佳和姚文媛捂着嘴，脸上露出痛苦的表情，若不是强忍着，怕是要把昨夜吃的饭都吐出来！

尸检结论是两条狗无中毒现象，不携带狂犬病菌。

疯狂攻击决不后退的这种事很难在狗狗的身上发生，绝大部分未经过训练的狗狗挨了重击后，都会选择逃走，哪怕是秉性最执着的藏獒，在受到承受范围之外的攻击后，也会选择逃避！

当动物检疫人员看了姚文媛所画的画后连连摇头，并解释说根据狗的特性，在进攻体型大于它很多的人类时都会斟酌一番，大部分的狗会选择不攻击或是退避，更何况对方是十几个身强力壮的男人，手中还拿着棍棒盾牌等武器。

离开市动物卫生监督所后，一行人径直驾车驶向别墅区。

"昊子，我赞同佳佳的看法，葛青袍的故事和眼前的惨案应该有关联。"虞乘风说道。

刘天昊快速地翻着姚文媛画的画，好像看动画片一样："首先能肯定的是，三长两短中的两短不是现代通信基站的塔，而是二战时期遗留下来的雷达塔和信号中转塔，但疑问就在这儿，从葛青袍的故事到现在已经过了70多年，两座塔看起来却很新，这两座塔没法和埃菲尔铁塔相比，但理论上说应该有人维护的，乘风，你查查物质文化遗产部门，看看对这两座塔是否有保护计划。"

"好。"虞乘风痛快地答道。

"还有，三长两短中的三长是输电线路塔，每座塔之间的距离是200多米，是近代的产物，可葛青袍所讲故事的时代还没有这三座塔，不存在三长两短的说法，也就是说，至少葛青袍的故事和三长两短的说法无关。"刘天昊分析道。

"有道理，这样也就破除了迷信！"虞乘风说道。

"那些侵略者士兵的疯狂和目前这件案子中流浪汉的反应一致，都是疯狂到了极致，连命都不要，而且葛青袍的故事连除魔大师和精神类药品都出现了，说明基地的士兵肯定行为不正常。"刘天昊说道。

"那时的侵略国正处于失败边缘，一些右翼分子不甘心失败，制造了很多化学武器，比如臭名昭著的七三一部队，有没有这种可能……"王佳佳说道。

"你的意思是神经毒气？"姚文媛问道。

王佳佳点了点头。

姚文媛立刻拿起手机开始查询，但查询结果让她有些失望，神经毒气在二战时运用得最多，以德国和日本为首的轴心国为挽回败局制造了违反人类道德的化学武器，神经毒气以最大程度灭杀人类为主。

例如 1995 年 3 月发生的东京地铁毒气事件，就是恶名远扬的毒气沙林，造成 13 人死亡、5000 人受伤。

毒气虽恶，但真正恶的却是使用它的人。毒气本是中性的，可一旦落在别有用心的人手上，事情就会朝着坏的方向发展。

但已知的神经毒气都无法产生让人疯狂自相残杀的效果，除非是超出人类认知的毒气。

如果葛青袍的故事是真的，天涯海角曾经是侵略者的步兵基地，神经毒气的可能性就比较大了，这就意味着步兵基地并不像表面看起来那么简单，沿着这条线索查下去，说不定还能查出一个惊天大秘密来。

驴友们基本都是睡一夜体验一下就离开，但六名流浪汉是长期居住在别墅区里，假如神经毒气泄漏得比较慢，对于驴友们来说可能伤害不大，最多产生一些幻觉，但流浪汉长期在里面居住，受毒害较大，毒气很有可能会摧毁他们的神经，最终令他们发疯。

这也解释了之前为什么别墅业主经常看到怪异现象以及楼王的业主发疯事件。

想到这里，刘天昊说道："为了保险起见，还是请化学专家去别墅区看看。"

"有没有可能是磁场的剧烈变化让人神经崩溃？"王佳佳又提出一种可能。

地球的磁场变化会引起人的不适反应，令一些比较敏感的人烦躁不安，若是变化剧烈、频次加快，负面作用会更甚一些。

"我认识一名地理专家，可以请他帮忙来看看。"王佳佳说道。

"好，化物所有一名教授和我关系不错，看来我也得动用一下私人关系，要是等市局协调下来，估计得一个星期。"刘天昊说罢便拿起电话拨号，一番通话后，化学专家答应明天来天涯海角别墅勘查。

几人正说着，车已经到了别墅区门口，两名执勤的警察向众人敬礼，打开警戒带放车辆进入。

刘天昊等人下车后用望远镜仔细观察了半山腰的两座铁塔。

从样式上看，一座是雷达塔，一座是信号中转塔，塔身的油漆看起来很新，应该是不久前刷的油漆，山体半山腰处有几处缺了一块，像是坍塌的山洞。

如果葛青袍的故事属实，山上那几处缺一块的地方就是曾经侵略军储存粮食和军备弹药所在，也可能存有未知的毒气。

……

贵人可以让人的命运向好的方向转折，这类人可遇而不可求，遇到了算是福分，遇不到也是正常。

人的一生中总会遇到几个贵人，有人珍惜，有人毫不在乎，珍惜的人可能就此改变一生，不在乎的人会沿着原本属于他的轨迹继续生存。人遇到的第一个贵人就是自己的父母，他们给了生命，给了学习和进步的机会，给了选择的机会，父母可以无私地奉献出一切，甚至是生命。

人若有报恩之心，第一个需要回报的就是父母！

夏乔并不相信贵人的说法，她更相信生活是靠着自己的拼搏得来的，所以她在生活上非常任性，甚至慢慢地对父母失去了感恩之心。

渐渐地，她开始不愿意和父母交流，在一些问题的看法上，甚至拗着父母做事。

在一次朋友间的聚会上，一个男人的身影出现在她的视线里，他风趣、幽默、对人体贴，在朋友纷纷劝酒时，他却站出来替夏乔不断地挡酒。

会喝酒的人都知道，一旦出面挡酒，就意味着与很多人为敌，有心灌酒的、无心灌酒的都会一窝蜂上来拼酒，至于后果，就不是拼酒当时能考虑的了。

男人能喊、敢上，但酒量并不好，最后终于喝倒在桌子上。

夏乔终于在离婚两年后再一次找到有男人依靠的感觉，这种感觉令她感到内心的踏实。但她对感情依然抱着抗拒的态度，不敢轻易靠近男人。

通过朋友，她打听到男人的基本情况，男人姓霍，霍瑞元，在一家汽车租赁公司当司机，人是当地人，长相一般、身材有些臃肿，不知什么原因，还一直保持单身。

自打那次酒局后，夏乔就没再见过他，直到有一天霍瑞元给她打来电话，邀请她一起参加一个朋友的聚会。

夏乔有些犹豫，并没答应邀请，到了聚会当天，那名搞聚会的朋友也打电话邀请夏乔。

夏乔犹豫了，她不知道究竟该不该去，她知道他的意思，但她始终鼓不起勇气接受新感情。

去还是不去？

夏乔反复问着自己。

第七章　神秘夫妻

"刘队！"一名执勤的警察走了过来打着招呼。

警察 50 多岁，有些发旧的大檐帽下露出些许斑白的银发，脸上尽是历尽人间沧桑的皱纹，眼睛很小但很有神韵。

"步兴元，三元派出所民警。"老警察自我介绍着，然后随着众人的目光望向两座铁塔，脸上露出笑意，冲着刘天昊说道："齐所在我们所当代理所长时经常提起你。"

齐维的能力和刘天昊不相上下，只是由于个人原因不愿意到市刑警大队工作，反而经常到基层代职，哪怕偏僻的派出所他也不在乎，NY市从南到北的派出所他基本都待过，大量的基层经验皆来源于此。

"老步，对天涯海角的事儿你知道多少？"刘天昊问道。

步兴元掏出一根烟递给刘天昊，见刘天昊摆摆手，便自顾着点着了烟抽了一口。

"刘队，你们先聊着，我们去山上看看。"虞乘风冲着刘天昊喊道。

刘天昊摆了摆手，冲着三人点点头。

步兴元用对讲机喊着："虎子，门口的岗你别站了，陪虞警官他们上山看看。"

对讲机立刻传回一名年轻男子的声音，不到一分钟时间，一名年轻的警察跑了过来，抹了抹额头上的汗，和虞乘风打过招呼后，便领着三人向山上走去。

"天涯海角从建的那天起就没消停过，当初工地赶工期，脚手架倒塌，砸死了7个人，每名死者赔了90万元。后来弄化粪池，边坡没防护好，一名工人站在边上打混凝土时掉了下去，当时就不行了。后来业主住进来后，发生了不少怪事儿，业主们都是有钱有势的主儿，闹得厉害，最后富强集团只能赔钱了事。我在这儿干了好多年，也听老人们讲过这座山和这块地的故事。"步兴元又抽了两口烟，把烟头用脚狠狠地碾了几下。

"是侵略国步兵中队发疯的故事吧？"刘天昊呵呵一笑。

步兴元眼睛冒出兴奋的神色，说道："果然是神探，看来刘队已经知道了，您先说说。"

刘天昊把葛青袍讲的故事重复了一遍，虽说没他讲得那么精彩，但也听得步兴元直入神，时而皱眉、时而鼓掌叫好、时而跺脚骂街。

"这个故事我还是头一次听这么完整的版本，没错，就是这个故事，本来我还想和你吹吹牛的。"步兴元伸出大拇指夸赞道。

"这个故事不是我讲的，是听一个朋友说的，他讲的比我要精彩一万倍。对了，富强集团撤销对别墅的监管后，这里的治安怎么样？有没有发生过怪事儿？"刘天昊问道。

步兴元想了想："治安倒是一直挺好，我们从未接过别墅区范围的报案。到这里体验的驴友们素质还不错，临走时把卫生清扫得很干净，垃圾也都主动带走了。6名流浪汉我们也走访过，知道他们之前做过一些碰瓷的事儿，但还没触犯到法律的红线，警告了一番没再追究。"

刘天昊又问道："当初业主们遇到了什么事儿才集体退出别墅群的？"

步兴元又掏出一根烟，点燃后吸了两口说道："说怪也真怪，这别墅卖得好，开盘半年后，很多人家都装修完住了进来，从入住开始，怪事就连连不断，还有人报案，但查过之后，并未发现问题，只得作罢。不过和眼前这件案子比起来，就是小巫见大巫了。"

刘天昊听后眼睛一亮，急忙说道："您详细说说。"

这件案子本身就很诡异，但因为死了4个人，还有两个重伤昏迷，所有的线索都断了，要是能从基层民警这里得到一些线索，说不定就成了破案的关键。

步兴元点点头："我记得报案发生在一天晚上，当时我和虎子值夜班，接到报警后就开车来别墅区，当时还没怎么在意，以为就是一起乌龙事件，现在想想，还真挺怪的。"

步兴元又点燃一根烟，边抽边娓娓道来。

……

别墅区离市区比较远，能住在这里的都是 NY 市的中产阶级，此时的别墅区是人气最旺的时候，一条宽阔的道路中间是一个巨大的喷泉，从早上 8 点一直到晚上 9 点都在喷水，看起来异常壮观，到了晚上后，随着喷泉的还有变幻的灯光和轻柔的音乐。

和普通社区的广场不同，这里没有走调的二胡声，没有广场舞曲的低音炮声，没有汽车鸣笛所带来的烦躁，水声和附近山林的鸟鸣声组成了大自然的音效，给人心旷神怡的感觉。

富强集团在蒋小琴的手里运作得很好，天涯海角别墅群落宣传很到位，成为 NY 市有钱人竞相争逐的房产之一。

但奇怪的是，整个楼盘中的楼王却一直空着，原本是刘大龙准备自己留着住的，装修好了之后一直没什么机会来这里，直到刘大龙出事，楼王就再也没人过来住过。

物业公司也是刘大龙和蒋小琴的产业，见楼王一直空着比较心疼，便和蒋小琴请示后租了出去。

一般的百姓不可能会租房子，而能租得起的就能买得起，所以租楼王别墅这件事一直无人问津。直到有一天，有一对夫妻俩付了很高的租赁费用后搬了进来，登记的身份证是男人的身份证。

物业和两人签了合同后就把钥匙给了他们。

别墅是刘大龙准备给自己住的，装修得很豪华，达到了拎包入住的条件，第二天，夫妻两人就开着车进入别墅，奇怪的是两人深居简出，加上别墅区的人口密度比较小，业主彼此很少来往，除了签合同那次之外，几乎没人真正接触到这夫妻两人。

怪事就发生在楼王周边的几栋别墅里。业主在一段时间里都出现了头痛、眼睛痛、产生幻觉等现象，每个涉及的业主看到的幻觉有所不同，症状也不完全一样，有人和好人一样，但有的人病得比较厉害，直接住进了医院。

发生怪异现象的几栋别墅围绕着楼王别墅，离楼王别墅越远，症状就越轻。而住在楼王里的这对夫妻却什么事儿都没有，仍然过着深居简出的生活。

一些喜欢猜测的业主便怀疑住在楼王的夫妻有问题，便准备找夫妻俩询问，甚至提出要进入别墅搜查。夫妻俩对众人的要求并无反应，大门紧闭地过着自己的日子，物业说夫妻两人属于正常租住进来，没有任何不妥，不可能强行打开门进行搜查。

无奈之下，业主们只得联名报了案，当时三元派出所值夜班的正是步兴元和虎子。两人到了别墅区后简单了解了情况，随后敲开了楼王别墅的门，向夫妻两人表明了身份，进入别墅后进行了一番搜索，但并未发现有任何异常，夫妻两人除了一些必要的行李外，其他物品都是别墅自带的，没有科学怪人，也没有妖魔鬼怪。

夫妻俩不愿意过城市喧闹的生活，这才相约到天涯海角租别墅过二人世界，他们只是想图个安静，因此才不愿意与外人过多接触。

步兴元又查看了出事的几栋别墅，并未发现异常。此时医院传来消息，出现异状的几名业主经过检查并无大碍，身体完全恢复，此事最后只能不了了之。

可是后来的事却出乎了步兴元的意料。

时隔不久，三元派出所又接到报案，说天涯海角别墅区发生砍人事件，砍人的元凶正是楼王别墅租户的男主人，被砍的是一名巡逻的保安。

与此同时，整个小区的业主都多少地发生了头痛、恶心、出现幻觉的现象，有的严重，有的比较轻。

不知为何，男主人几乎光着身体跑出别墅大喊大叫，巡逻的保安上前询问，却遭到了男主人的疯狂攻击，男主人的手里拿着自家的菜刀，一出手就想要了保安的命。

幸好同行的保安拼命阻止，两人配合之下才将男主人按住，但男主人力气很大，挣脱后挥舞着菜刀朝两人砍去。

男主人的模样和6名流浪汉一模一样，人们都说他是被鬼附身，这才如此疯狂。

两名保安很快负了伤，正在性命危急时，幸好及时赶来的4名保安出手，用警用钢叉和辣椒水才勉强制住了男主人。

步兴元和虎子赶到后，用手铐铐住男主人，却发现别墅的女主人并不在家，在家中的是男主人的两个朋友，他们倒在血泊中，若不是步兴元等人及时赶到，怕是两人会因流血过多而死。

当女主人从海南出差回来时，男主人已经做完了医学鉴定，他患有严重的精神疾病，完全失去了神志，攻击性极强，因为危害性太强，精神病院只得将男主人强制收留。

女主人收拾了别墅中的行李，从此消失，再也没有人见过她……

"大致情况就是这样，后来大伙儿觉得这地方不祥，集体维权退了房。"步兴元说道。

"原来是这样！这件事和楼王有什么关系呢？"刘天昊听完后陷入了深深的思考中，他的眼睛盯向爬在半山腰的王佳佳等人。

……

无论女人多强，毕竟还是女人。

女人都渴望爱情，渴望有一个白马王子，能够踩着七彩祥云来向她求婚，渴望能够有一个坚实的肩膀依靠，渴望相夫教子，渴望和爱人平平安安地度过一生，一起老去。

越是外表看起来强大的女性，内心的渴望就越强烈。

夏乔也是如此，她赴了他的约，一起到朋友家喝酒聊天，但真正和霍瑞元接触后，发现他们本就不该来朋友家，而是应该选择一家法国餐厅喝点红酒，吃些法国精美餐点，然后浪漫地跳一曲舞。

男女最初接触时，都会尽可能地展现自己的优点，规避缺点，这就是很多人发现对方婚前婚后不一样的原因。

结婚后，双方不再遮遮掩掩，把自己最本质的一面展现给对方，如果对方无法接受，这段婚姻便会随着恋爱热度的降低而终结。

霍瑞元极尽所能展现着优点和长处，说一些夏乔爱听的话，给她买爱吃的蛋糕，每天无论多晚都到夏乔的公司去接她，加上他又是司机出身，所以夏乔就把司机的位置让给他。

宝马X5在老司机的驾驶下极大地发挥着性能，超越一辆又一辆的车，霍瑞元对市内任何路况都熟悉，甚至比电子狗还能规避监控和流动雷达，在快速到达目的地的同时，从未违章扣过一分。

夏乔是严谨的，上车便会系上安全带，但当霍瑞元开车时，每次夏乔要系安全带的时候，他都会阻止，让她信任他的驾驶技术。

恋爱中的女人智商归零，这句话一点也不假。平时精明果断的夏乔居然鬼迷心窍地相信了霍瑞元，坐车从来不系安全带，霍瑞元在市内的快速路上居然可以开出 120 公里每小时的速度。

也许真的是老司机的缘故，也许是幸运，两人一直没出任何事故。

更难得的是，霍瑞元对夏乔的孩子非常好，经常带他出去玩耍，每次回来的时候都给他买一大堆玩具，于是很快和孩子建立了牢不可破的友谊。对夏乔的父母更像是自己的父母一样，叔叔长阿姨短地叫着，每次到夏乔家里去时，都会买很多营养品和保健品。

老人注重养生，对保健品的渴望甚至超过广场舞！

两位老人每次一见到霍瑞元来家里，两眼就开始放光，各式各样的能治百病的保健品源源不断地送进了老人的房间中。

夏乔遇到了百年难得一见的好男人，有固定职业和收入，对内成熟、体贴、孝顺，对外敢打敢拼，敢于护着她。最重要的是，他不嫌弃夏乔的孩子。

夏乔看在眼里、甜在心里，她感到自己的春天又要到了。

第八章　神秘洞穴

步兴元是经验丰富的基层警察，他没有在刑警大队或市局大机关的工作经历，侦查破案的能力较弱，但他有一颗扎根基层的心，能够踏踏实实地用一辈子做好一件事。

"你说的这件事有个疑问。"刘天昊说道。

步兴元掐灭烟头，忙问道："是这对神秘夫妻的身份对吧？"

刘天昊摇摇头，说道："他们的身份再神秘，也有线索可查，男主人在租房子的时候使用过身份证，查他的社会背景和身份不难，我疑惑的是蒋小琴的行为。"

自打蒋小琴接手刘大龙的产业后，加上娘家家族的产业，已然成为NY市最大的地产开发商，身价也在百亿元级别，按照她的性格，不太可能把属于自己的别墅楼王租出去，除非……

"除非有问题？"步兴元惊道。

"那点租金对于普通人来说可能是笔巨款，但对蒋小琴来说，就是一顿饭的钱，她有必要为了那点钱让别人享受她的房子吗？这和她的性格不符。"刘天昊说道。

一提到蒋小琴，刘天昊就头痛不已，继刘大龙之后，蒋小琴也弄了个官员的身份，加上财富的剧增，让她比以前更加嚣张，多次在媒体面前表现出不可一世的态度，发表过很多过激的言论，一副天下唯我独尊的气势。要是想从她那里得到些线索，恐怕是不太可能的事儿。

"蒋总可厉害着呢，NY市的女强人，这块地的开发当时刘大龙有些犹豫，蒋总过来之后立刻相中了，很快就投入开发，说干就干。"步兴元说起蒋小琴时眉飞色舞。

刘天昊向山上的王佳佳等人招了招手，随后说道："老步，你是这一片的老民警了，这片地原来是做什么的？"

步兴元呵呵一笑，说道："原来就是一片荒地，侵略者步兵基地在一次地震中大部分倒塌，部分损毁，当时有小孩到这里探险失踪了，有人说可能是有地下建筑，被地震震开了入口，这才让人掉下去。政府怕有人进入后受伤，就让工程队炸平了剩下的建筑，这儿就成了一片废墟。"

随后他又向山上一指，指向半山腰几处凹洼处，说道："听武装部的人说，那几处凹洼处是塌陷后的山洞，很可能里面有侵略军留下的武器，所以，您讲的故事可能是真的哟。"

"还有，虞警官他们所在的那两座铁塔，20世纪70年代的时候说是非物质文化遗产，建设输电线路塔时就没拆，但后来两座铁塔年久失修，有可能会锈蚀倒塌，会损坏输电线路塔，而且这么具有纪念意义的塔没了对国家也是一种损失，但市里没有经费，所以镇政府就号召企业家捐款修缮铁塔，那时候大伙儿都穷，没啥钱，钱断断续续，维修也是有钱就修，没钱就拉倒，直到后来蒋总出了一大笔钱，成立维修基金会，两座塔才算得以保存下来。"步兴元说道。

"两座塔是蒋小琴出钱维修的？"刘天昊隐隐感到有些古怪。

步兴元点点头："两座塔虽说是侵略者建起来的，但对国人也是个警醒，让人们永远不要忘了那段历史，激励人们奋进，挺好的。"

对蒋小琴的印象他始终停留在"画魔"一案中，私生活混乱、为人自私自利的层面上，想不到她也做过一些好事。

但事情一旦和蒋小琴挂上钩，他就感觉有些不妙。

流浪汉袭击事件属于刑事案件，但案件中的疑点太多，要是按照袭击案结案，他心有不甘。经过调查，事件居然和蒋小琴有了联系。

但别墅区死了人，被警方封锁，加上之前怪事连连导致业主集体退房，已经是臭名在外，这种事对富强集团只有坏处没有好处，按照蒋小琴的性格，这种毫无利益的事儿她绝对不会做，那她为什么还要冒险接下刘大龙留下的楼盘？

"老步，你陪我到出事的楼王附近转转。"刘天昊带着疑惑向楼王的方向走去。

虞乘风和姚文媛不久前受过伤，虞乘风伤的是胸腹，姚文媛是腿骨折，爬个山感觉像被掏空了身体一般，警员虎子和王佳佳也识趣，两人迈开步子迅速地向半山腰爬去，他们的目标除了两座铁塔外，还有凹洼处。

为了算命先生的一个故事爬山去验证，也只有刘天昊中队才能做得出来，这件案子要是落在其他中队手上，怕是早就结了案。

姚文媛的腿还有些疼痛，加上体力原本就不如虞乘风，渐渐地她就落在了后面，脸上冒出细密的汗珠，脸蛋变得红彤彤的，水灵灵的大眼睛扑闪扑闪的，几缕不听话的头发总是落下来，给人一种劳作中女性美的感觉。

虞乘风回过头，看着慢慢追赶上来的姚文媛呆住了，直到她走到了他身边，他才缓过神来，轻轻伸出手拉住她的手，一步一步地向上走去。

虞乘风摸了摸铁塔，发现上面的油漆真的很新，和在山下看到的情况基本一致，经过了这么多年，铁塔依然屹立不倒，可见当时侵略国的冶炼技术非常先进。

姚文媛转过身向山下望去，掏出随身携带的便笺和铅笔，闭上一只眼用铅笔比量着山下，随后她又画了起来，所画的正是步兵基地的那张画，在葛青袍处听他讲故事画的只是虚拟出来的，现在她身临其境，根据山下平地的轮廓把基地重新画了一下。

虞乘风凑了过去，看到姚文媛画的画后，他呀地惊叫了一声，说道："我真的被你的画拉到了那个时代，你的画好像有魔力！"

姚文媛听到后很高兴，这句对她专业的肯定的话对她来说比任何情话都要来得甜蜜。

姚文媛的侧颜几乎是完美的，随风飘舞的几缕头发令她显得更加成熟和妩媚，朦胧的眼神让她充满了神秘的味道，就像葛青袍的故事一样，让人好奇和痴迷。

虞乘风情不自禁地吻了一下姚文媛的脸颊，随后脸红彤彤地转身向王佳佳和虎子的方向跑去。

姚文媛被突然一吻吻得脸通红，娇羞地低下头，努力地平息着狂跳的心脏。恋爱玩的就是感觉，对于内向的姚文媛而言，突如其来的甜蜜令她措手不及。

也许这就是爱上一个人的感觉吧。

王佳佳和虎子走得很快，她对两座塔并不感兴趣，引起她兴趣的是凹洼处是否真的是侵略军存放军械和物资的山洞，要是能把这件事挖掘出来，肯定又是一个热点，她甚至已经想好了题目：流浪汉疯狂袭人事件的背后居然隐藏一个二战时期的秘密军事基地。

王佳佳越过另外一座铁塔来到一处凹洼处，凹洼处前有一块平整的地面，地面铺着一些碎石子，她捡起一块看了看，碎石子是经过人工加工而成的，绝非天然形成，她走到山体前，用手拨开一些浮土后，发现下面的岩石并非一整块，而是一大块一大块的大石头。

"虎子，你过来看看，这后面应该是一个洞穴。"王佳佳喊道。

……

人生是由无数次选择组成的，有的选择是主动的，有的选择是被动的，人能够活出自己，往往都是主动选择。

在实际生活中，绝大多数人宁愿吃生活的苦，也不愿意吃主动选择带来的苦，原因就在于主动选择的苦需要主动来吃，而生活的苦你躺着不动它就来了。

夏乔沉浸和霍瑞元的爱情中，却并未失去理智。霍瑞元每天都围着她转，对她百般好，但缺点却时不时地暴露出来。

夏乔意外发现霍瑞元沉迷于网络赌博，以赌球为主，其他的博彩也会涉及一些。赌博无大小，小可以变大，大可以变巨，上一刻可能还是李嘉诚，下一刻可能会变成苏乞儿。

在一次和朋友的聚会上，她也见识到了他的另一面，无赖、蛮不讲理。她和一个朋友无意吵了起来，其实也算不上什么事儿，但他执意要让朋友给她赔礼道歉，朋友没理会，自此以后，他开始对这位朋友进行纠缠、报复。

堵门锁眼儿、扎汽车轮胎放气、在门把手上抹大便、在门口扔死猫和死老鼠的尸体等行为，最终让这个朋友服软，郑重其事地向夏乔道歉。歉道了，理赔了，夏乔从此也失去了这个朋友。

虽说霍瑞元做这件事是为了夏乔，但也暴露出他的本性。经人打听，夏乔才知道霍瑞元在年轻时混过社会，所谓的混社会并不是真正的黑社会大哥，而是地痞小流氓级别的混子，靠着坑蒙拐骗偷度日的小混混，登不上大雅之堂的小痞子。

有钱了就大手大脚，没钱了就去骗、去敲诈，正经事不做，喜欢做一些投机取巧的事儿，例如放高利贷、赌博，等等。

得知此情况后，夏乔的家人集体反对两人继续来往，但霍瑞元不知道给她吃了什么迷药，她还是逆着家人做了一个惊人决定：用自己的诚意和人格来感化霍瑞元！

第九章　救援

虎子应了一声，急忙小跑着来到王佳佳身边，他定睛一看，山体的两块石头中间还有一条若隐若现的缝隙，用手靠近后，石头缝中冒出一丝丝的凉风。

"有风就说明里面是空的，而且还有别的通道通向其中！"王佳佳兴奋地说道。

王佳佳也是 NY 市一个著名探险俱乐部的成员，这个俱乐部的入会要求非常严格，不但要求会员有一定的经济实力，更重要的是需要会员拥有一定的探险能力，在缴纳以 10 万元为单位的会员费后，会有专业级的探险家给准会员上课，通过测试后才能正式入会。

王佳佳是在许安然的介绍下知道的这个俱乐部，幸运的是，她通过了最终测试加入俱乐部。她向上看了一下山体，发现其中一处比较怪异，她把随身的照相机递给虎子，开始徒手向上爬去。

经过探险俱乐部训练过的会员就是不一样，王佳佳攀爬的山体非常陡峭，连常年接受训练的虎子都有些发怵，可她却如履平地般爬了上去，到达一处比较平缓的地方后，她眼睛一亮，冲着下面喊着："虎子，我发现一个洞口，是通往山洞里面的。"

"别进去，等我先和领导报一下。"虎子冲着山上喊着，随后立刻拿起电话给步兴元打电话。

虞乘风和姚文嫒也赶到虎子身边，两人抬头向王佳佳看去，正要阻止，却见王佳佳冲着他们挥了挥手，随后身体一缩，向山洞钻去。洞口入口很窄，目测是斜向下的走向，再向里就看不清了，洞口不时地向外冒出一股凉气，但气体中有一种奇怪的味道，王佳佳感觉有些熟悉，好像在哪里闻到过，想了一下却说不上来。

如果葛青袍所说为真，洞穴应该是军事基地的储存室，或是储存军用物资，又或是令人震惊的生化毒气！

人的好奇心重，是支撑人类发展的动力之一。王佳佳身为记者，不但要保持一颗好奇心，更要有敢于探索的狂热。

她比量了一下洞口，缩起身体勉强可以钻进去，用手机手电向里面照了照，看洞口的洞壁比较结实。于是她一沉气，缩着身体钻了进去，开始还算顺利，可进入洞口一段距离后，洞突然开阔起来，由于比较干燥，洞壁的土和砂石比较松，她的身体越滑越快，顺着洞口滑了下去。

"啊！"

……

心有灵犀一点通。

刘天昊和步兴元正聊着，隐约听见山腰传来一声惊叫，他抬头看去，却没见什么动静，遂转向步兴元问道："老步，你听到什么声音了吗？"

步兴元顺着刘天昊的目光向山上看了看，摇了摇头。

刘天昊正疑惑着，电话却响了起来。

"刘队，你快上来看看吧，王佳佳掉进山洞里了，打电话一直联系不上她，没信号打不通！"虞乘风焦急的声音从话筒传出。

刘天昊和步兴元对视一下，几乎同时甩开大步向山上跑去。

刘天昊和王佳佳从小学开始，一直到高中都是同学，两人在感情上还有过一段历史，所以他们之间的情感不能单纯地用同学或是恋人来衡量。

他跑到山体边和三人会合时已是大汗淋漓、气喘吁吁，来不及擦汗，他急忙问道："怎么回事？"

虎子脸上带着愧疚指着山体上方十来米处，简明扼要地把情况说完。

此时，步兴元才捂着腰蹒跚着走上来，边走边擦脸上的汗水，说道："累死我了！"

刘天昊向步兴元说道："老步，你马上联系消防，把救护车也叫来，快！"不等步兴元答应，他拿起电话拨号。他之前联系过化学专家来勘查现场，约好的时间是明天，但现在王佳佳陷入洞穴中生死不明，如果里面真有生化毒气，光是消防来了肯定解决不了。

三言五语后，化学专家答应刘天昊尽快赶往天涯海角，同时告诫刘天昊不要轻举妄动，据他所知，天涯海角半山腰的位置还真可能是一个军事基地，但什么性质就不知道了。

刘天昊安排好一切后，便来到凹洼处盯着塌陷的山体看，很明显这曾经是一个山洞的入口，后来不知是何原因塌了下来，很长时间后，石头渐渐地被土壤覆盖，上面长满了植被。

他开始用手抠上面的土，虞乘风等人见状也上前帮忙。经过众人不懈的努力，大部分土壤被抠掉，露出了山洞原本的面目。

堆砌在洞口的石头很大，看模样每一块都有上千斤左右，缝隙被土壤填满。这还是从表面看到的，也许在土壤下面，石头的体积更大！凭借人类的力量绝对无法撼动这些石头，要是上大型机械，估计得一天的时间才能到达，而且打开洞口的时间也无法确定。

"不行，我得上去。"刘天昊望着十几米高的山体说道。

"刘队，咱们都没经过专业的攀登训练，万一……"虞乘风劝着。

"我可以等，但佳佳的情况不明，不能等！"刘天昊坚定决心说道。

步兴元刚刚打完电话，安排了救援队和救护车的事儿，他向上方望了望，活动了一下筋骨，走到山体边看了看，用手扒了扒岩石，说道："我来吧！"

"老步……"刘天昊走到山体边说道。

"你身材魁梧，虽然在力量和耐力上高于我，但攀高的活儿肯定不

226

适合，他们几个也不行，上面那个洞看样子不会太大，你要是下不去，岂不是白爬上去耽误时间！"步兴元说道。

刘天昊环顾众人，虞乘风身材敦实，基本和他差不多，姚文媛虽说和王佳佳身材相仿，但她腿伤未愈，虎子比刘天昊还要高一些壮实一些。

步兴元在体能上不如常年锻炼的刘天昊，但他身材瘦小，如果真像他所说，山上的洞口很小，这里最适合的只能是他。他常年在基层工作，虽说见过的世面很少，但为人民服务的意识从未降低过，在火线前勇于牺牲自我的精神从未松懈过。

"老步，你一定要小心，如果感觉不行，你看一眼洞口后就下来，咱们再商量。"刘天昊嘱咐道。

步兴元郑重其事地点点头，随后朝着山体上攀爬上去。别看他身体瘦小，却非常灵活，三下两下就爬了上去。

"刘队，这个洞口我刚好能钻进去，要是你上来肯定不行。"步兴元从上方喊着。

"老步，你小心些，进去后第一时间给我打个电话。"

"好，记得给我请个功！"步兴元话音未落便蜷着身体钻了进去。

刘天昊等人站在山体下盯着上方看，步兴元进入后并未发出任何声音，也没有打电话出来。山间出奇的安静，甚至连鸟叫声也听不到，这种寂静加上天气的炎热让人感到一阵阵的窒息。

"刘队，要不我上去看看吧？"虞乘风说道。

刘天昊微微摇了摇头，用手机尝试着给步兴元打电话。

"您拨打的电话无法接通……"

和王佳佳的手机一样，进入山洞后就没了信号。

时间有时候快，有时候慢，当人遭受痛苦时，时间会变得极其缓慢，当人处于快乐时，时间就会迅速流逝。

刘天昊感觉仿佛过了一个世纪，王佳佳和步兴元进入洞穴后毫无音讯，直到等来消防中队和闻讯赶来的蓝天救援队，众人的脸色才算是有了些缓和。

　　蓝天救援队派来的是一支探险救援队伍，无论是专业技术还是设备都很专业，听完了刘天昊的叙述后，他们立刻攀上山体，从洞口向里面送进一根碗口粗的管子，新鲜空气源源不断地送了进去。

　　同时救援队长针对山洞的情况做了一个救援计划——从上方垂一条绳子，选一名瘦小的队员带着有线通信设备进入。

　　与此同时那名化学专家也赶了过来，仔细看了被巨石封闭的洞口后，就开始用手机联系人询问。

　　救援行动在队长的指挥下迅速展开，当拴在队员腰间的登山绳拽了三下表示平安后，有线步话机传出吱的一声。

　　"队长，人找到了，但……"话说到这里断了。

　　众人的心齐齐地悬了起来，凑到步话机前竖起耳朵听着。

　　……

　　反对夏乔和霍瑞元的不单是她的家人，甚至还惊动了早已联系不上的前夫。

　　两个人的婚姻已走到尽头，按说应是老死不相往来，可两人之间还有一个孩子，孩子把夏乔的情况传给了父亲。

　　夏乔前夫虽说在生活的规划上比较差，但还是具备一定的理智，当他听说这件事后，便从外地赶回 NY 市，约了夏乔见面聊。

　　一日夫妻百日恩，夏乔背着霍瑞元和他约在星巴克，她误以为前夫回心转意，诚心悔改并想回归家庭，所以内心带着些小激动赴了约。

　　夏乔对霍瑞元并不是特别满意，但到了她这个年龄，身边还带着一个孩子，想找一个合适的男人很难，老实巴交的没本事，有本事的、本分的男人会觉得她的条件不太合适，她一直希望前夫能回头，毕竟两人之间没有实质性的矛盾。

　　霍瑞元的出现算是弥补了她在感情上的空缺，虽然他有诸多问题，但凡事都听她的，把她当作太阳一样供着，像哄公主那样哄着她。以至于她疏忽了一个道理——短板原理。

两个人能否相处在一起不在于双方的优点，而在于双方的短板是否被对方所接受。

　　夏乔前夫为人豪爽，交下了很多朋友，打听霍瑞元的情况就分分钟的事儿。当他听孩子说了霍瑞元的事儿后，心中升起一股不祥的感觉。夏乔已经和他没有关系，但孩子还在夏乔那儿，一旦夏乔和霍瑞元结婚，霍瑞元对孩子会是什么态度就不好说了。

　　他和夏乔分析了霍瑞元的情况，霍瑞元的工作就属于混吃等死的那种，依仗着和单位领导关系好，愿意上班就去，不愿意去就赖在家里躺着，这样的人胸无大志，而且又好赌，曾经又是痞子出身，和夏乔相处的目的就是冲她的钱，等结婚后，他就会露出真面目，而他的短板绝对不是安分过日子的夏乔能接受的。

　　夏乔本以为前夫是来复合的，没想到他却是来劝说她离开霍瑞元的，并没有半分想复合的态度。

　　两人谈话期间，前夫数次剧烈咳嗽，咳嗽到让人揪心的程度。他原本就有比较严重的肝病，身体素质一直不好，导致肺部也出了问题。

　　夏乔有些心疼，再次委婉地劝说让前夫回归家庭，但前夫却说这次来的目的就是为了劝她不要再和霍瑞元来往。

　　夏乔内心的倔强被激了起来，付了账之后愤然离去，留下仍在咳嗽的前夫独自叹息。

　　前夫的到来没能阻止夏乔和霍瑞元的感情，反而把夏乔更快地推向了霍瑞元的怀抱。至此，夏乔也彻底对前夫死了心，她想明白了，这一辈子要活出自己，要尊重自己的选择。

　　而此时的霍瑞元也感到夏乔对他态度的转变，他数次通过各种形式表达他的观点，要做个爱家、爱她的男人，以前的所作所为都是不懂事，现在他懂了，因为爱夏乔，所以愿意痛改前非。

　　一个男人愿意为女人改掉一切坏习惯，这本身就是一个非常能打动人心的誓言。

　　霍瑞元的行动彻底让夏乔敞开了心扉，她不顾家人的强烈反对，毅然选择和霍瑞元结婚，她要向所有人证明，人是可以痛改前非的，爱情的力量是伟大的，可以让一切罪恶都灰飞烟灭！

第十章　军械库

等待是漫长的。

断了好一阵的步话机再次发出声音："已找到被救援者，他们的生命体征正常，只是受到坠地的冲击昏迷过去。"

众人听到消息后，这才松了一口气，姚文媛甚至激动得掉下眼泪来。

"这里有很多装备，好像是侵略者军队的……"

"大正十一式轻机枪、三八式步枪、迫击炮，还有一些手榴弹和炮弹，还有一些不知名的铁罐子类的东西，上面画着骷髅头的标志……"

"不会是毒气炸弹吧……"

进入洞穴的救援队员是一个军事迷，尤其对二战时期的武器装备更是了如指掌，一看便知道型号和性能。

化学专家听了之后立刻拿过步话机："千万不要碰任何东西，只把人救出来就好。重复一遍，千万不要碰任何东西！"

"收到。我马上救人出去。"救援队员回道。

救援行动并不简单，把两个大活人从狭窄的洞口运上来费了蓝天救援队和消防队员们三个多小时的时间，两人出洞口后仍处于昏迷状态，救护人员急忙上前为两人检查身体。而这个时候，从附近工地调集的大型机械也运送上来。

刘天昊早已向局里做了汇报，钱局非常重视此事，立刻和军分区的领导联系，军分区紧急从部队调来两名武器专家前往现场。

如果救援队员所说为真，里面很可能存放着大量枪支弹药，洞穴下方是三座高压输电线路塔，一旦发生爆炸后果不堪设想。

为了保险起见，钱局立刻联系了市电业局，把那条输电线路停了电以防万一。

没人能想到一次简单的现场勘查会演变成这样，事态已经发展到刘天昊无法控制的局面。在救出王佳佳和步兴元后，刘天昊等人就把现场移交给赶来的武器专家和应急管理小组，他们跟着救护人员下了山。

经过诊断后，发现王佳佳和步兴元只是受到坠落时的冲击晕了过去，除了一些部位瘀肿之外，身体并无其他的损伤。

"昊子！"王佳佳在担架上醒了过来。

刘天昊看到她脸上的瘀肿后，把原本想责怪她的话咽了下去，走到近前轻轻地握着她的手说："没事，都过去了，现在你很安全。"

王佳佳感激地点了点头，说道："我进入洞穴的那个洞口很可能是个盗洞，我进去之后顺着洞口滑了下去，在昏迷前我看到洞穴里面有很多武器，地面上好像还有一些鞋印，鞋印好像是运动鞋的鞋印，我觉得有点奇怪。对了，我的手机掉到洞里面了，里面有录像和一些照片，是我从洞穴进入开始录的。"

她摸了摸身上，发现手机并没在身边。

刘天昊听到王佳佳的叙述后，心中升起一股不祥预感，盗洞是盗墓贼盗墓的通道，但这个洞穴里面是武器库，如果落到坏人手里，后果无法想象。

"乘风，你和文媛跟着佳佳和步兴元去医院，我还得上山一趟！"刘天昊说道。

……

现代文明的发展离不开机械工程，尤其是大型机械的发明，极大地加快了人类文明的发展，缩短了史诗级工程的建设工期。

刘天昊重新回到山洞前时，在大型机械的帮助下，已经打开了一个洞口，两名武器专家和化学专家小心翼翼地进入洞穴中。

他们之所以敢于不穿戴防护进入还得益于王佳佳和步兴元两人，至少他们两人在洞中待了很久，但生命体征一切正常，这才让三名专家敢于进入洞穴。

为防止意外，武器专家在进入前已经让应急管理小组疏散了所有人，洞穴口只留下两名执勤的警察，他们穿着防爆服，警惕地向里面看着。

刘天昊请求进入洞穴，却被两名警察拦在外面，最后还是三名专家出面，这才让他走进洞穴。

洞穴入口很狭窄，像一条窄窄的走廊，走了十几米后，突然开阔起来，里面是一个将近500平方米的空间，空间又有几条通道通向其他空间。王佳佳和步兴元掉下来的盗洞就在空间的棚顶部分，应该是那次地震让棚顶部位破损，这才被人打出来一个盗洞。

一排排木架子整齐地摆放在空间周边，木架子经过防腐处理，历经数十年依然没有任何损伤，上面摆放着枪械和一些弹药箱，大型的迫击炮和一箱箱的弹药则是放在地面上的。

可能是那场强烈的地震，枪械和弹药箱离开了原来的位置，有些枪械已经倒在地上，幸运的是弹药有弹药箱保护着，并未发生爆炸。

还有一些画着骷髅头的铁罐子摆放在单独一排木架子上，这排木架子明显比其他的架子更粗壮、结实，而且还用螺丝固定在墙上和地面上，铁罐子和架子之间用一个固定装置固定在一起。

可见铁罐子里面装的东西威力要比迫击炮的炮弹厉害得多，这才如此小心地摆放着。

洞穴中的地面灰尘很厚，每走一步就会留下一个很深的脚印。洞穴内除了三名专家、刘天昊、救援人员的脚印外，还有一处痕迹是王佳佳两人摔下来造成的，除此之外还有一些凌乱的脚印，有的通向枪械架子、有的通向弹药架子、有的则通往铁罐子所在的架子。

武器专家和化学专家站在铁罐子前看着，不时地低声讨论几句。化学专家叫刘新明，不但在 NY 市有名气，在全国也是数一数二的，两名武器专家应该和他认识。

刘天昊径直来到王佳佳和步兴元摔下来的地方，果然在不远处的尘土里发现了王佳佳的手机，手机一直开着录像界面，但显示内存已满，手机背面很烫手。

他关了录像软件，随后拿出自己的手机给地面上凌乱的脚印拍了照，又走到放铁罐子的木架子前，仔细地看着铁罐子。当他看到有两个铁罐子的位置什么都没有时，他的心咯噔一下。

"三位老师，这罐子里面装的是什么？"刘天昊轻声地问道，生怕嗓门过大会引发炸弹的爆炸。

其中一名武器专家摇了摇头，说道："反正不是什么好东西，得拿回化验室，这件事还得请刘老师帮忙才行。"

一旁的化学专家点了点头，说道："义不容辞。"

刘天昊在其他位置转了一圈，一边看一边小声念叨着。

"盗贼共有两人，一人身高 170 厘米，体重 65 公斤左右，另一名身高 165 厘米，体重 55 公斤。"他用手指丈量着地面上的鞋印和步距说道。

"身高者左脚前脚掌和右脚前脚掌磨损比较严重，应该是经常开车造成的，开的车是手动挡车，身材矮小者的脚印一深一浅，说明可能在落地的时候左脚受了伤，也可能左脚天生残疾。"

"至少有一人是烟民，抽的是白色的红塔山，但刚抽了两口就掐了，还是用脚碾灭的，从烟头上的鞋印花纹上看，是经常开车的高个男人的，可能是矮个子男人抽烟，被高个子男人阻止，把烟抢过来，扔到地上用脚碾灭，这说明高个子男人比矮个子男人的安全意识要高很多，这也符合高个子男人司机的身份。"刘天昊自言自语道。

"一盒白色红塔山的零售价格在 8 元左右，是相对比较低端的香烟，说明抽烟者的经济状况处于社会底层。"

"烟嘴上有牙齿的咬痕，咬痕上方有一点凸起，下方同样的位置也有一点微微的凸起，说明抽烟者经常用两只手干活，只能用牙齿咬着烟抽烟，另外这两点凸起说明抽烟者经常嗑瓜子，导致上下门牙上有一个很大的豁口！"

他沿着脚印慢慢地走到一排木架子旁，从一个木架子上轻轻地捏起一个线头。"劳保用的白色线手套，手掌部分覆盖着橡胶。"刘天昊的手又摸到木架子的横板上两个有痕迹的地方。

武器专家走了过来，看了一眼旁边放着的手枪皮质盒子，说道："南部十四式手枪，1925年列为日本陆军制式武器，在二战期间装备于将校级军官，咦……"

"有什么问题吗？"刘天昊问道。

"看这里的装备配置应该是一个步兵中队的建制，不太可能出现将校级军官，为什么会有三把南部十四式手枪呢？"武器专家从架子上拿下来剩下的皮质盒子，打开后从里面拿出一把手枪，果然是南部十四式手枪，当时百姓们俗称王八盒子、撸子，另外两把只剩下皮质盒子。

在日军的军官体系中，军衔阶级和武器配置都是极其严格的，非将校军官绝不可能配这种手枪。

"这旁边放的是子弹，就剩下一盒了。"专家指着旁边的一盒子弹说道。

从痕迹上看，放子弹的地方应该是6盒左右的样子，现在只剩下一盒，说明盗贼手上会有5盒子弹，按照一盒子弹50发左右计算，大约能有250发子弹！

"这些子弹还能使用吗？"刘天昊急忙问道。

武器专家打开剩下的一盒子弹，发现里面只剩下6颗子弹，拿起一颗看了看，说道："这个基地一直处于密封状态，上方的盗洞应该是在不久前打开的，所以洞里面的储存条件非常好。子弹表面光滑如新，金属色很足，看起来并没有受潮，从理论讲是可以发射的。"

两把枪加上250发子弹，还有两个装着不明物质的铁罐子，一旦流入社会，将会造成巨大的危害。

……

新婚之喜从古至今总是令人向往的。

筹备婚礼的夏乔忘了一切烦恼：来自于父母的反对，来自于前夫的劝说，来自于朋友的叹息。

这一切都无法阻挡她的决定。

婚礼在一个五星级酒店举行，虽说家人极力反对，但还是如约地参加了盛大的婚礼，夏乔是二婚，但霍瑞元可是如假包换的新婚。她为了他的面子，顶着所有人的压力给他一个光明正大的婚礼，向全世界人宣告两人结婚了。

夏乔前夫是个有自知之明的男人，他并没有出现在婚礼现场，也没有再出现在夏乔的生活中。

夏乔穿着定制的婚纱，霍瑞元穿着定制的西装，两人一起从红地毯的这头走到了台上，在司仪的主持下完成了婚礼盛典。

当宾客亲朋都散去之后，偌大的酒店只剩下夏乔一家，一家人坐在礼仪台下的第一桌，众人还是兴高采烈地举起杯庆祝，事已至此，每个人都把希望寄托在两人身上，希望霍瑞元现在的表现和承诺都是真的。

霍瑞元看出全家人对他有些不信任，于是端着酒杯当着全家人的面表了态，说今生今世只对夏乔一个人好，又说了很多激昂而热血沸腾的话。

夏乔的兄弟姐妹们见如此，也纷纷举杯祝贺。

霍瑞元的酒量并不怎么样，几杯下去之后，开始摇头晃脑，说些不着边际的话，整个人也抖了起来，跷着的二郎腿一刻不停地颤抖着，脑袋在说话时也不停地晃动，吐沫星子满天飞，仿佛整个世界都是他的。

夏乔的兄弟姐妹和父母见状，只能对视一眼后微微叹着气。

霍瑞元已是 40 岁的年龄，按说这个年龄的男人应该具备成熟、稳重的特性，尤其是在酒后，更是考验男人品质的时候。

霍瑞元表现出来的却是浮躁和无知，满脸喜悦的夏乔看不出来，可身在庐山外的众人可都看得清清楚楚，这样的男人能靠得住吗？

众人心中都留了一个疑问。

有句话说得好，江山易改本性难移。俗话又说狼行千里吃肉、狗走百里吃屎，说的都是一个道理。

人的本性是很难被改变的，一场婚宴的酒几乎让霍瑞元露出了本性，现实而漫长的生活会让他暴露出更多的缺点吗？

人们都拭目以待。

夏乔喝下最后一杯酒时，天已经完全黑了下来，她搀着天地间唯我独尊的霍瑞元蹒跚着走出酒店，奔向黑暗的街区……

第十一章　未知毒气

事态发展到如此程度出乎了所有人的意料，枪和子弹还好些，只要响了第一枪，全市的警力就会闻风而上，犯罪分子很难有机会开第二枪，但铁罐子里装的如果是毒气，事情可就严重了。

以东京地铁毒气事件为例，日比谷线 A720S 列车的案子造成了 8 人死亡，2457 人重伤，经济损失不可计数！最恐怖的是，事件造成了恐慌，连带引发的社会性案件不计其数，造成了民众对政府能力的不信任，导致公信力危机。

NY 市是一个千万级别的人口大城，人口密集程度绝对不比东京差，要是在公共区域释放毒气，后果不堪设想。

不到三个小时，市委领导、军分区领导、钱局等公安局领导都到了现场，形成以市委书记为首的应急领导小组，在山脚下搬了两张桌子开现场办公会。他们是带着赴死的决心来的，如果弹药库发生爆炸，山下的领导们一个也跑不了。

没人愿意死，但肩头上担着责任，有些事不得不为！

化学专家和武器专家很快传来了坏消息，铁罐中装的肯定是生化毒气，目前可以肯定不是二战时期最具有代表性的四种毒气——塔崩、沙林、梭曼、维埃克斯，至于是什么毒气、会造成多大危害等，还要进一步验证。

假如流浪汉发疯的原因是因为这些不知名的毒气，就代表着别墅群下方可能还有武器库的存在，这就意味着70年前，这里表面看起来是步兵基地，但实际上很可能是侵略国的生化武器秘密研制基地，是侵略国穷凶极恶的罪证！

武器库除了王佳佳摔下去的那个大储藏室外，还有4个相连的储藏室，里面放着很多地雷、未组装战斗部的航空炸弹等大杀伤性武器，从航空炸弹的大小来看，应该属于300千克的中型炸弹，但数量很多，铁罐子正好和航空炸弹能结合在一起，显然是用毒气弹来空袭的。如果爆炸，怕是半座山都要毁于一旦，山脚下的天涯海角别墅群肯定是灭顶之灾，如果毒气顺着风飘到NY市或者周边城市，后果将极为严重。

众领导听了武器专家关于军火库、刘天昊关于盗贼的汇报后，立刻决定由刘天昊组成专案小组，不惜一切代价侦破盗窃案，同时让军分区派出枪炮专业官兵，立刻对弹药进行转移并适时销毁，以免造成不必要的损失。

和钱局一同来到现场的还有在基层当派出所所长的齐维，钱局为了加快破案速度，提出让齐维加入专案小组的提议，令人想不到的是，刘天昊和齐维同时拒绝了这个提议。

俗话说得好，一山不容二虎。两个神探在一起未必是叠加效果，齐维办案没有固定的套路，完全凭借本能寻找线索，而刘天昊凭借的是强大的逻辑推理能力和科学的勘查体系，两人风格完全不同，要是硬生生地凑到一起，可能会起反作用。

但齐维却提出要和刘天昊来一场竞赛，看谁能最先抓到盗贼拿回两个不明铁罐子。刘天昊立刻答应下来，赌注是输家到市局机关做文职半年。

做文职对于很多人来说是美差，不用风吹日晒雨淋，不用冒着生命危险和犯罪分子搏斗，不用没完没了地帮着街坊大妈找猫找狗，但对于刘天昊和齐维这样的人，做文职就是一场噩梦！

两人都听过彼此的名声，早就有过交集，却始终没有在一起较量的机会，这次借着这个案子也算是完成了两人的心愿。

钱局骂了两人几句，让他们立刻开始寻找盗贼拿回被盗的枪械等，限时8小时，否则两人一起到市局办公室给他写材料。

警察以服从命令为天职，明明知道8小时的时间很紧，但两人都没提出一个"不"字。

刘天昊、虞乘风、韩孟丹三人立刻行动起来，虞乘风对符合嫌疑犯条件的人口开始进行筛查，韩孟丹对现场仅留下的线手套的线头进行化验。

看着齐维信心满满的样子，刘天昊知道如果按照常规的方法破案肯定落在他后面，而犯罪分子随时可能会利用武器进行犯罪活动，形势刻不容缓。

他立刻给王佳佳打电话，知道她已经出院后，便把目前的情况讲给她听，并邀请她加入他的小组。

他想利用老蛤蟆的黑科技能力、发动王佳佳的粉丝，人海战术可能会让盗贼浮出水面。

令人意想不到的是，一向主动贴上来的王佳佳却拒绝了刘天昊的提议，理由是他既然是和齐维之间有一场赌博，王佳佳作为第三者就不应该参加。

王佳佳虽说和刘天昊的关系好，但和齐维的关系也不差，她不想因自己的加入打破两人的公平竞争，因此才狠心拒绝了刘天昊的提议。同时告诉刘天昊，她和老蛤蟆作为独立的一组查找线索，所获得的线索将与刘天昊、齐维共享。

王佳佳说做就做，拉了一个微信群，把刘天昊、齐维、老蛤蟆等人一起拉了进去，刘天昊一方有韩孟丹和虞乘风，而齐维一方则是一名基层警察叫阿哲。

齐维的搭档阿哲到达现场之后，两人便到山洞中转了一圈，还让阿哲攀上山体，勘查了洞口，随后两人便离开。

虞乘风为了方便排查，请姚文媛帮忙给犯罪分子做了画像，但从现场得到的信息量太少，只能画个大概。

刘天昊根据徒手攀登山体这个条件，把两名凶手的年纪锁定在40岁以内，再根据烟头上咬痕分析出抽烟人牙齿的磨损程度，把抽烟人锁定在年纪30岁以上。根据鞋印的深浅和覆盖灰尘的程度，确定了两名盗贼进入洞穴的时间大约在10天前。

NY市10天前基本都是大晴天，如果两人在白天上山肯定会被住在天涯海角的驴友们看到，所以可以断定两人是利用天黑后进入洞穴，盗洞下的山体攀爬的难度本就很高，如果是晚上，就更难上加难，盗贼应该有辅助攀爬的工具。

王佳佳和步兴元从盗洞进入后都顺着盗洞滑下去摔到地面上受伤昏迷，但从现场的情况看，两名盗贼只有一人的脚可能受了伤，说明两人是有备而来，应该是用了绳索等物品，而在洞口下方，除了王佳佳两人摔下的痕迹外，就剩下众人的鞋印，并没有绳子和洞口岩石磨损掉落下来的碎屑，这说明两人所用的绳子肯定不是普通的麻绳，可能是非常专业的登山绳或者是其他质量好有一定防护的绑扎绳。

专业的登山绳和质量好的绑扎绳在与岩石摩擦时不会受损，进而保障登山人员的安全。

时间一分一秒地过去，虞乘风的排查还是范围太大，人数达到了3万多人，就算他不吃不喝地带人排查，也要一个星期才能查完。

而齐维和阿哲自打离开现场后就再也没回来过，没人知道他们去哪里查案，怎么查，甚至连手机也关了机，钱局打了好几个电话都没打通，气得他差点把现场临时放置的桌子掀翻。

应急小组的领导们几乎像热锅上的蚂蚁一般，不断地催促刘天昊，他们对破案一窍不通，但高高在上指挥惯了，要让他们老老实实地坐在山脚下等着怕是不太可能。刘天昊看着闪烁不断的各个领导的手机号码后，终于明白齐维为什么关了手机，于是他在最后一次勘查完现场后，也关机了。

查案需要冷静下来，如果被领导们一个个催促指令干扰，很可能会失去原有的智商和判断力，正所谓将在外，君命有所不受。

虞乘风和韩孟丹、刘天昊三人启用了另一部只属于他们的手机，令人惊讶的是，王佳佳依然准确地找到刘天昊等人的备用微信号，把他们拉进了一个群，群里齐维等人也在。

刘天昊知道这肯定是老蛤蟆的功劳，所以在进群之后，立刻发了一张图，是《功夫》里梁小龙使出蛤蟆功的那张动图。

老蛤蟆随后发出一张坏笑的图片做回应，连一向少言寡语的齐维也发出一张黄日华扮演的郭靖打出降龙十八掌的动图。

王佳佳在群里发出了第一条共享消息，有人在黑市打听枪械和弹药出售价格，而且还找了一个曾经是化学老师的罪犯，让他帮看看一个古怪的物品。

但黑市有两个规则，其中一个是所有进入黑市的人都要戴上面具，以免被认出身份，在黑市只有代号和交易物品，交易物品可以是违禁物品，可以是市场上无法流通的东西，甚至连现金也可以进行交易。很多大贪者都在这里用现金交易电子货币，说白了就是洗钱。

第二个规则是无论交易的物品是什么，都不能沾上命案，否则就是整个黑市的公敌！

没有姓名、身份，而且黑市只属于少数人，一般人想进入都很难，这也是黑市一直与法治社会并存的原因。

王佳佳的消息代表着的确有人拿到了手枪和铁罐子毒气，但无法确认其身份。

齐维除了发出一个表情外，在群里不再说话。

刘天昊收到了韩孟丹的一份检测报告，是关于线手套纤维的，他脸上一喜，冲着一旁正在电脑前排查的虞乘风说道："走，咱们去一个地方，这次估计齐维要做半年文职了。"

……

人心隔肚皮，这是老祖宗留下来的俗话，话很俗，但道理却很真。

你永远想不到坐在你对面的人究竟在想什么，像《X战警》中的X教授那种可以窥视人心的能力也只存在于科幻电影中，在现实不太可能。

好人可以伪装，坏人更会努力伪装自己成为好人。人为了一些特别的目的可以很长时间伪装不属于自己的自己。

普卡利西尔曾经说过，伪装的朋友比凶恶的敌人更加可怕，延伸地讲，伪装的亲人或者是情侣比任何凶恶的敌人都可怕，因为人对凶恶的敌人会设防，但对于亲人或者情侣不会有设防之心。

霍瑞元是不是伪装成暖男没人知道，因为他的想法从来不和别人说，哪怕是最好的朋友。

人在平时可以装出伪善的模样来，可以变得大公无私，但真正遇到不可抗拒的灾难，涉及自身的利益时，就会露出本来面目。

夏乔和霍瑞元在婚后一直是很甜蜜的，两人甚至还出国度了一次蜜月，当然，钱都是夏乔出的。霍瑞元婚后把自己的钱看得很紧，几乎是一毛不拔，他的说法很高大上，要攒钱为夏乔买房子。

虽说夏乔不缺房子，但她听到这句话心里非常高兴，出钱给霍瑞元买了一台车，让他上下班可以开自己的车，不用再辛辛苦苦地去挤公交车。

锅和铲子总有碰撞的时候，夏乔和霍瑞元第一次大碰撞源于一次车祸。霍瑞元依仗着老司机的技巧开快车，市内的快速路他开出120公里每小时的速度，可惜的是常在河边走哪有不湿鞋，在前车一个急刹车后，他躲闪不及，不但撞到了前面的车，还殃及了旁边一台车，他的车气囊爆了四个，引擎盖冒起了白烟。

夏乔为人做事一向小心，哪遇到过这种事，她坐在副驾驶吓得呆住了，甚至连鼻子流出来的血都忘了擦。

塑料烧焦的味道很快传遍了车厢，而一向是为了夏乔可以上刀山下油锅的霍瑞元居然自己跑出了车厢，和前车的驾驶员在外面吵了起来，最后还动了手。

夏乔的车开始冒出黑色的烟，车厢中也看不见人。而夏乔却被卡死的安全带牢牢地绑在车座上。幸运的是，几名路过的司机停了车，割断了安全带，把已经熏得迷糊的夏乔拽出车厢，并用灭火器灭了引擎盖下的明火。

车的损失不大，但霍瑞元的行为却引起夏乔的反感，人怎么会自私和糊涂到这种程度，放着爱人在车里不救，反而出去和对方理论，把小混子那套又拿了出来。

从医院出来的夏乔叹了一口气，她看到霍瑞元开着她的宝马 X5 从远处过来，霍瑞元咧开嘴露出被瓜子磨出豁的大牙呵呵地笑着。

夏乔第一次觉得这张脸那么丑陋，甚至令人有些厌恶！

第十二章　齐维的秘密

年轻人做事很少会顾及后果，青春、热血、冲动、敢于拼搏是他们的优点，也是整个社会活力的象征。

王佳佳的行为的确有些冒险，也不值得提倡，任何一个成熟而稳重的人，绝不会在不知道洞内情况下贸然钻进洞穴，但也正因为王佳佳的冒失行为把隐藏了 70 多年的侵略军武器库挖掘出来，让那些罪孽深重者的恶行得以暴露，过程是惊险的，但结果却大快人心。

化学专家利用在业内的名声召集了很多专家，听闻 NY 市出现侵略者的毒气库后，专家们立刻飞往 NY 市，集中到化学专家所在的化物所实验室，他们不在乎名气、不在乎钱财、不在乎生命攸关，在乎的是整个 NY 市的安危，在乎的是人民群众的生命安全，在乎的是揭露帝国主义恶霸的罪行。

一个专家解决不了的事情，就用更多的专家来解决，这句话听起来有些糙，却在理。

在诸多化学和生物学专家的努力下，终于分析出毒气的成分，是一种未知的超级病毒和梭曼的混合物，超级病毒在无氧环境下会保持无活力状态，按照超级病毒衰减程度推断这种无活力状态可以持续 300 年，一旦遇到合适的环境就会立刻重新变成超级病毒，更加恐怖的是，超级病毒几乎可以无限制地复制和扩散下去，加上梭曼的加持，别说是当年，就是按照目前的科学技术而言，也没有任何方法可以破解，如果用航空炸弹投放，一小罐毒气污染面积可以达到 300 平方公里，甚至更多。

装着毒气和超级病毒的小铁罐经过 70 年的岁月侵蚀变得不太稳定，一旦保存不当，很有可能会造成泄漏！

得出结论后，一群中国顶级的化学专家、病毒专家、生物专家、武器专家们都暗暗地捏了一把汗，若不是当年步兵基地的那场突发性事变，若不是因为变故封锁了洞口，二战的结果会怎样没人能说得清楚，但好在历史没有假设。

王佳佳虽说有些冒失，但见自己的行动有如此辉煌的战果，心里变得喜滋滋的，她也知道，这种新闻不能随便发表，一旦处理不当，会引发人民群众的恐慌和社会的动荡！

王佳佳把所掌握的资料移交给应急领导小组后，得到了在场领导的一致表扬。作为一名媒体人，不能光为了钱和名气活着，还要担负起正能量的传导和树立正确三观的责任，她已经由一名追逐名利的媒体人不知不觉地转变成拥有正义感和正能量的媒体人，成为 NY 市媒体人的一个标杆！

另一面，齐维和刘天昊的竞赛还在紧张地进行着，双方都竭尽全力使出浑身解数，目的不是为了比赛，而是为了更快地抓到两名盗贼，因为按照毒气罐的当量，一旦罐体破裂，整个 NY 市将变成一座死城。

无知者无畏，两名盗贼也许还不知道，他们手上拿着的是一个潘多拉盒子，里面装着毁灭世界的病毒，一旦打开，他们自己也会跟着灰飞烟灭。

刘天昊和齐维两个小组正在与死神赛跑，没人敢松懈，没人敢停下脚步！

但凡犯罪都会留下痕迹，哪怕是世界上最精明的罪犯，有最厉害的反侦查技术也会留下痕迹。

韩孟丹不愧是法医界的精英，现场给她留下的线索并不多，两个人的鞋印和一小截线手套的纤维、一截白色红塔山的烟头儿。

她在手套纤维就发现了诸多的线索，而且还能像刘天昊一样进行一番推理，得出一些初步的结论，这无疑给刘天昊节省了很多时间。

手套纤维上有少量的锌粉和微量的镁粉，而 NY 市能有锌粉产生的地方只有一个，NY 市城郊的锌厂，主要为船厂做锌锭，锌锭的表面比较光滑，所以在搬运的时候会使用表面覆盖橡胶的劳保手套。

这条线索把嫌疑犯的排查范围缩小到与锌厂有业务往来的人员中：约 30 岁到 40 岁之间，身材矮小、瘦弱，其中一人经常开手动挡的车，一人抽类似于白色红塔山档次的香烟。

两人应该是锌厂运送货物的工人，也有可能是开货车拉私活的司机，这样一来所有的线索和人都对上了。

另外，她在烟头儿上发现了大量的结核分枝杆菌，俗称结核杆菌，是引发肺结核的病原菌，这说明两人中抽烟的那人得了严重的肺结核！

肺结核的治疗国家是有免费政策的，需要在当地的结核病防治中心登记并领取相应的药物，按照两名盗贼的经济收入水平，不太可能出钱到普通的医院进行治疗。

根据韩孟丹的线索，刘天昊和虞乘风进一步缩小排查范围，到结核病防治中心查找相关线索。

两人在防治中心的配合下终于查到了一个符合条件的名字——于

洋！

于洋是 NY 市周边一个村落的村民，因文化程度不高，只好到城里打工，但他又馋又懒、经常旷工，导致工作换了一个又一个，只能勉强维持生计。他曾经的一份工作就是在锌厂当搬运工，搬运工很辛苦，但好在收入比较可观，所以这份工作是他坚持最长时间的一份工作。

两人立刻到锌厂进行走访，了解到于洋在半个月前就离职不干了，和他一起辞职的还有一个人，是和他同村的村民，叫蔡刚，是名司机，自己攒钱买了一台五十铃小货车，一直在锌厂和船厂之间开货车跑短儿。跑短儿就是没有固定的长期合同，但有时候两方面需要一些临时送货的业务。

刘天昊在一名工人的手机上看到了于洋的照片，他很瘦、很黑、个子不高，一双斜吊着的三角眼散发出不友好的光芒，两个嘴唇微微分开，露出两颗带着豁儿的大门牙。

"是他，一定是他！"刘天昊说道。

可惜的是，自从于洋和蔡刚离职后，锌厂的工人没人再见到两人，联系了两人所在村的派出所，答复是两人已经很久没和家人联系了。

"车，查蔡刚的那辆货车！"刘天昊向虞乘风说道。

"你不会又让我当黑客吧？"虞乘风双手离开键盘，向他眨巴着眼睛。

"老蛤蟆和王佳佳不帮咱俩，只能靠你了。"刘天昊拍了拍他的肩膀说道。

"上次文媛和我说了，她的一个同事在网络监管中心，说我已经在网警的监控范围之内了，要是再被抓住……"虞乘风有些为难地说着。

刘天昊点了点头，说道："你不会忍心看着我输给齐维，然后调去市局给钱局当秘书吧？"

虞乘风憨憨一笑，说道："钱局就那么一说，他不可能让你去当秘书……"

"钱局可是当着市领导的面儿说的，他那么好面子，假的也能当真。"刘天昊摆出一副忧郁的神情来，好像他已经被调到秘书办一样。

虞乘风叹了一口气，又把双手放在键盘上，噼里啪啦地敲了起来……

……

齐维和搭档阿哲并没有按照传统破案的法子进行，齐维知道，刘天昊有韩孟丹和虞乘风帮忙，这是刘天昊的优势，但他的弱势也很明显，在机关的时间太长，对基层工作了解比较少。

齐维的优势在于基层经验比较足，对整个 NY 市三教九流的情况都非常熟悉，说白了就是黑白两道通吃，占尽了地利的优势。

刘天昊三人占了人和，齐维和阿哲拥有地利优势，双方拼的就是天时了！

当王佳佳发布第一条公开信息后，他就决定和阿哲前往黑市查找线索。

黑市的人都是见不得光的，不但每个人要戴着面具进入，也容不得警察这类人的进入，否则黑市早就被端几百次了。

但有一个人是例外，他就是齐维。齐维懂得黑暗与光明平衡的道理，只要黑市这帮人不冒头，他愿意睁一只眼闭一只眼。

齐维和阿哲戴上面具，在经过重重关口和怀疑的目光后，才来到黑市的核心区域。

其实黑市就是 NY 市一片棚户区，因为建设没有规划，也未能纳入正规的城市管理，所以秩序相对较乱。

齐维恰好在五年前在这一片当过副所长，主抓治安！黑市在他的治理下竟然产生了一套只属于黑市的规矩，这些规矩虽然处于法律的灰色地带，是以江湖规矩为主导，但还算有序。

齐维虽说是警察，却相当于黑市的缔造者之一，所以得到了格外的待遇，可以随时来黑市。

黑市几乎控制着 NY 市 70% 以上的非法买卖，有点名气的小偷都来这里销赃。齐维也知道这是法律所不允许的，但在经济发展不平均的情况下，这些现象却一直存在，打也打不绝，索性转为控制，让法律的大手慢慢地遏制罪恶，保证罪恶的可控性！

正因为这点，齐维知道自己是一名不合格的领导，所以他不愿意接受钱局的调派，一直在基层的岗位上来回徘徊。

齐维和阿哲来到最大的黑商老肥的住所，老肥不敢慢待，连忙好烟好酒地伺候着，而齐维从头到尾也只有一句话：帮我找一个人！

找人是一件很简单的事儿，但又是一件很复杂的事儿。

当齐维说出要找的人是两名盗窃了武器的盗贼后，老肥笑得发颤的肥脸瞬间冷了下来，他打开保险柜，从里面拿出一把枪和一盒子弹。

枪是南部十四式手枪，子弹是 8mm 子弹，虽然经过了 70 年的岁月，但枪身依然散发着金属的冷芒。

"你帮我找到那两人，这件事我就当不知道！"齐维语气波澜不惊，喝了一口老肥双手递过来的茅台说道。

"人我找不到，因为他们提供的身份证是假的！"老肥一语惊人。

要知道，在黑市用假身份证也是一种大忌，要是让人发现，会以江湖规矩进行处理，可能会失去一只手、一只脚，也可能是一只眼睛、一条命！

"两人是新手，没有太多心眼，他们手上还有一把枪和两个小铁罐，小铁罐锈迹斑斑，肯定不是古董，不值钱，所以我就没看，收了他们一把枪。"老肥说道。

齐维冷笑一声，当他把小铁罐里面装的是什么说出来时，老肥的眼珠子差点没瞪出来。

"找，一定得找到他们！"

……

警察找人都不是件容易的事儿，更何况是老百姓。

霍瑞元时不时地失踪一两天，有时可能是三四天、一个星期，不在家里，也不在单位，连同他一起消失的还有那台夏乔买给他的车。

车算不上好车，别克昂科雷，美系 3.6 排气的全尺寸大七座，64 万元的顶配，夏乔是为了全家一起出行方便才给他买的这台车。

一个男人连同车消失的可能性很多，也许被人劫持，也许是厌烦了现在的生活，独自开车到外面的世界转转，但无论如何，最终男人都会和车一同再次回到家中。

霍瑞元第一次消失的时候，夏乔急了，手机联系不上，人又找不到，只得报案处理，在没有证据和线索的情况下，派出所只能登记立案。

三天后，霍瑞元带着疲惫的身体回到了家，同时带回来一沓钱，夏乔数了数，4000多元。

霍瑞元的解释是从朋友那里接了一单活儿，长途，送人去四川又带些东西回来，一共是7000元的报酬，除了路上消耗，还剩下4000多元。

夏乔还是选择相信他，他为了这个家几乎拼了命，累得像狗一样躺在床上一动不动，打着呼噜睡了两天两夜！

至此，霍瑞元失踪的频率越来越高，但不是每一次失踪都能带钱回来，有时候会以车被撞了向夏乔要修车钱。

不例外的是，他每次回到家中，就会一头躲进二楼的房间中睡一大觉，要是中间有人打扰到他，他就会大发雷霆，不管这个人是谁，哪怕是待他像儿子一般的岳父岳母。

夏乔在做事业上是精干的女性，在为人处世方面也是女中英豪，但唯独处理和霍瑞元的关系上，她分不清黑白。

夏乔开始不相信霍瑞元，就算他真的去跑长途赚钱，也用不着把手机关掉不联系吧，她认为他在外面有了其他女人。

面对夏乔的追问，霍瑞元总是以男人的事女人不要问为由推搪，逼得急了，他就露出混混本色，对夏乔连骂带威胁，等这股劲儿过了之后，他又展开小白脸的那些套路，百般讨好夏乔，让夏乔的脸色由铁青变得红润，最终夏乔高兴了，也就忘了继续追问霍瑞元为什么消失。

这样的生活对于夏乔来说，等于身体的前面贴着冰，后背烤着熊熊烈火，反复受着煎熬……

第十三章 平手

　　于洋和蔡刚从未像今天一样高兴过，两人卖了一把枪和一盒子弹，得到了1万元钱。蔡刚常年跑车，除了车的费用和生活费之外，每个月的净收入也就在2000元左右，1万元等于是5个月的收入。

　　老肥不识货，但他们知道，两个上锈的小铁罐里面的东西绝不简单，因为它们存放的位置和贮存等级都要高于那把手枪。

　　两人住的地方是一间废弃的仓库，因为他们不舍得花钱，住工棚还得一天6元钱，他们过惯了苦日子，为了省钱，蔡刚将近一年的时间都住在货车厢里。

　　蔡刚把钱点了一遍又一遍，最后决定买些好吃的庆祝一下！有车的人一旦离开车就不太会走路，哪怕只是一公里的路程也得开车去，尤其是在蔡刚得了一大笔钱后，想着可以去把油箱的油加满。

　　现代是一个电子支付的时代，要是没有电子支付，走到外面怕是被人笑成老人家，蔡刚在这方面就吃了不少亏，有时候客户要电子支付车费时，他就比较尴尬！

　　借着出来买东西加油的机会，他绕了一圈来到最近的银行网点，开通了网银，给微信和支付宝绑定了银行卡，在里面存了2000元钱，随后买东西和加油的钱都是用手机支付的，那种"滴"的一声后转身走人的感觉的确很好，而且远没有从口袋里掏出大把钱那么让人心疼。

　　花钱不心疼是很重要的！

　　趁着蔡刚离开的时间，于洋拿起小铁罐研究着，他一直想打开小铁罐看看里面装的究竟是什么，万一要是一些贵重的东西就发达了，但小铁罐的盖子好像和罐体锈在一起，费了好大的劲儿也没能打开。他这人的气性比较大，盖子上锈了弄不开，他就找了一把锤子准备把铁罐砸开。

当他举起锤子时，蔡刚从外面回来，提了一只烤鸭、猪头肉和一些海鲜，还有两瓶红星二锅头，买一大瓶赠一小瓶的那种。

闻到肉香味的于洋立刻放下铁锤和小铁罐，连手都没洗便跑过来吃东西，两人一口酒一口肉一口海鲜，庆祝着他们的战果，推杯换盏期间，两人还打算到山洞去，再找找看有没有值钱的古董，因为他们听黑市的人说过，侵略军大肆掠夺中国的财物，在临战败前来不及转移，就找了一些隐蔽的山洞掩埋起来，以便以后再回来挖掘。

蔡刚还想着再卖点钱，然后换台像样的货车，每天多拉几趟货，现在的车三天两头出故障，不但费钱，还耽误活儿。

俗话说得好，酒壮怂人胆，于洋的本性就是疯狂的，只是现实让他不得不安分，三杯酒下肚，于洋开始滔滔不绝地讲述自己的宏伟计划。他的想法要比蔡刚疯狂得多，手里有了枪和子弹，可以做很多事，疯狂的事，比如去抢珠宝店，抢银行，抢运钞车，或者是绑架富人，总之就是要做！大！事！

虽说他没什么文化，但头脑却不差，把 NY 市规模比较大的银行以及运钞车的运送时间都弄个门清，还制订了如何逃避追查的计划，以及如何把钱洗干净的计划，总之一切计划在他自认为超智慧的头脑中酝酿完美。

蔡刚被于洋的完美计划所迷惑，陷入其中，不时地指出计划的缺陷以及如何弥补。

两人聊了很久，直到最后没了话题，撞了一下酒杯后，干了所有的酒，吃下最后一口肉，准备带着梦想去睡觉。

于洋出门上厕所回来时一脚踩到了随手扔在地上的小铁罐，令他险些摔倒，此时的他已经头晕眼花，本来没能打开小铁罐就让他生气，现在又险些令他摔倒，于是他恼羞成怒，从一旁的桌子上抄起铁锤朝小铁罐砸去!

废弃仓库的门突然打开了,具体说是被撞开的,刘天昊几乎被巨大的冲势带着向前奔去,他一个肩滚翻缓冲着,再次站起身时,举起手枪瞄准于洋,大吼一声:"不许动!"

虞乘风、韩孟丹、齐维也站在门外,举着手枪瞄向于洋和蔡刚的方向。

可于洋已经酒精上脑,反应慢了半拍,铁锤还是沿着原来的轨迹向小铁罐砸了下去。

刘天昊的枪响了,子弹击中了于洋的手腕。于洋哎哟一声松了手,但铁锤还是向小铁罐砸去。

与此同时,一条身影从仓库大门冲了进来,他是齐维的搭档阿哲,他的速度快如闪电般,在铁锤落下的一刹那把小铁罐抓到手,又一个滚翻蹿了出去,过程中又飞起一脚踢在蔡刚的脸上。蔡刚鼻血立刻蹿出,一个趔趄倒在地上一动不动。

于洋虽说手腕中了一枪,但因为酒精的原因却并未让他感到害怕,他另一只手伸向藏在一旁的手枪。

阿哲拿到铁罐后并未停止动作,身体一转,一个漂亮的回旋踢正好踢在于洋的脖子上。

于洋的手还未碰到手枪,就感到一股巨大的力量冲击着他的脑袋,在他的身体还未落地的时候,他的意识已经模糊起来……

阿哲的动作令众人刮目相看,没人能想到这样一名年轻的警员居然有这么好的身手,几乎在三秒钟就将两名嫌疑犯制服,解除了所有危机!看来齐维选择这样一名搭档是有他的道理的,他已经不再年轻,走的是智慧路线,需要一名年轻的搭档补武力的不足。

众人松了一口气,特警和武器专家一拥而进。

特警们控制住了于洋和蔡刚,并把手枪、子弹等武器收走,而武器专家和化学专家急忙从阿哲的手上小心翼翼地接过小铁罐,又从一堆乱七八糟的物品中找到了另外一个小铁罐,经过一番检查后,发现小铁罐并没有泄漏的迹象，这才松了一口气，冲着刘天昊和齐维两人竖起了大拇指。

武器专家和化学专家护送着两个小铁罐离去后，刘天昊和齐维才正式进入仓库开始进一步的搜索。

一捆带有保护塑料套的捆扎绳，应该是蔡刚送货时固定货物用的。在一个几乎破碎的床头柜里搜到了一条白色盒子的红塔山，里面只剩下三盒烟，还有两盒异烟肼和一盒利福平。

韩孟丹拿着三盒药看了一阵，说道："刘队，这些药都是初期治疗肺结核的药物，都对上了。"说完，她又看了看一旁呆立不动的齐维，眼神满是挑战之意。

"办案的方法多种多样，小鸡不撒尿，各有各的道，破了案才是王道，刘队，恭喜你！"齐维向刘天昊伸出手。

两位神探的手紧紧地握在一起，他们之间更多的是惺惺相惜。

"希望有一天咱们能真正联手破一个案子。"齐维说道。

"会有机会的！"刘天昊答道。

"对了，我记得天涯海角在土建阶段时，好像也发生过一起案件，和流浪汉发疯的案子差不多，当时我记得是按照治安案件处理的，当事人拘留 10 天，具体的你问问老步，案子是他办的，他最清楚。"齐维笑了笑，向阿哲挥了挥手，两人转身向外走去。

"这一场比赛咱们算是平手！"刘天昊冲着齐维说道。

"赢不赢并不重要，重要的是大家都活着！"齐维头也不回地说道。虽说两人断案走的路不同，但同时找到了仓库，刘天昊关注的是双方谁赢的问题，而齐维关注的是事态的发展，显然在境界上齐维更胜一筹。

这也难怪，齐维是一名老刑警了，很多事看得通透，年轻时他和刘天昊一样，争强好胜、爱争风头，几乎整个 NY 市没有不认识齐维的，但经历过一些让他终生难忘的事后，他学会了低调、收敛。

这一次他走的是非正规路线，通过黑市的情报和自己的判断最终锁定嫌疑犯的位置，很多信息是无法拿到台面上说的，案子破了之后，他立刻选择离开，把功劳让给刘天昊等人。

王佳佳和老蛤蟆从外面走进来，和离去的齐维擦肩而过时，她冲着齐维眨了眨眼，齐维笑了笑以表示回应。应急领导小组答应王佳佳，抓到嫌疑犯后，让她独家专访。这件案子可是拯救整个 NY 市的大案子，是其他的凶杀案、绑架案所不能比拟的，一旦消息传出去，定会引起整个 NY 市甚至是全国的震动，可以让她的名气更大！

"佳佳，这里就交给你了，我去找老步。另外……"刘天昊说到这里一顿，随后又笑着说道："谢谢你！"

王佳佳瞥了正在勘查现场的韩孟丹一眼，微微点了点头，捋了捋头发，冲着老蛤蟆扛着的摄像机开始录像。

一次巨大的危机解除了，可刘天昊的眉头却还是拧成一个疙瘩。危机虽大，却是天涯海角别墅案件的一个分支，危机解除了，还是要回归正轨。

"乘风、孟丹，咱们走！"刘天昊转身离开，迎着剩下一半的夕阳走去。

……

我们渴求公平，正因为世界本就不公平，但人生最重要的不是判断是否公平，而是如何面对不公平。世界没有给我们选择的自由，但我们总有选择的自由。

道理很多人都知道，但人总会把知道和懂混为一谈，知道了不等于懂，懂了不等于做到，做到了不等于做好，做好了不等于做到极致。

夏乔是名牌大学毕业，又留过学，接受的是西方自由思想教育，无论是见识还是知识都要比一般人强，但对于感情，她和普通的女人没什么两样。

不识庐山真面目，只缘身在此山中。

夏乔和霍瑞元矛盾的再次爆发源于一次丢失案，她放在抽屉里的钱丢了。她平时大大咧咧，加上有钱，所以也不知道抽屉里的钱究竟有多少，有时候可能是 1 万、2 万、5 万，反正需要钱她就在抽屉里拿着用，没了就补充上。

可最近一段时间她感觉补钱的速度有些快，她怀疑是儿子最近交了女朋友花销比较大，怀疑父母可能去买保健品或者是被传销的人骗，但她从未怀疑过霍瑞元。

这种事对于家人之间的感情是有损伤的，损伤的是信任，亲人之间的信任，在一段时间里，夏乔和儿子、父母的关系变得紧张起来，无处宣泄的她只好和霍瑞元诉苦。

想不到的是，本应安慰夏乔的霍瑞元竟然大发雷霆，痛骂她怀疑他，痛骂她的一切行为。

这种反应是令夏乔想不到的，也把怀疑转向了霍瑞元，如果他和丢钱这件事无关，为什么要发那么大的火！

他的工资从来没交到过家里，同时他利用业余时间跑车的钱也从未见过，如果他再偷她的钱，这么多钱他究竟去做了什么！

两人之间的矛盾终于全面爆发，争吵升级为动手，这是夏乔第一次挨打，从小到大第一次……

第十四章　噩梦

天涯海角已经很出名了，现在又出了半山腰山洞曾是侵略国储存武器、毒气的地方，已然成为新闻的大焦点。

它的出现挑起了国人的爱国热情，人们纷纷口诛笔伐，开始抵制侵略国的一切，侵略国的食品、轻工业品、汽车、电子设备，而侵略国对这件事并未作出表态，这种冷处理的态度令国人愤怒。

天涯海角在热搜期间，几乎每天都有成百上千的猎奇者涌来，NY

市局为了防止灾难衍生事故的发生，派了大量的警力严防死守，步兴元最熟悉情况，当仁不让地作为值守在第一线的指挥者。

武警部队也派了一个连的兵力在外围守卫，阻挡了大部分的猎奇者。

地质专家、化学专家等各个领域的专家齐聚天涯海角，各种先进的仪器日夜不停地测试着，最终得到的结果令众专家和应急领导小组松了一口气，山上除了目前发现的这个洞穴内有物资外，其他的洞穴都是空的，而天涯海角的地下并不存在秘密军事基地，也未发现其他的有毒物质。

应急领导小组立刻在现场召开新闻发布会，宣布检测的结果，令千万的 NY 市民悬着的心终于落了地，恢复了应有的社会秩序。

一辆辆军车把武器弹药运离后，武警部队便奉命撤离，各种专家带着仪器和应急领导小组相继离开，只剩下派出所的警力还在值守，他们守在这里的原因是流浪汉的案子还没有破。

键盘侠们喜欢跟风，但过了一段时间后便会忘记所有的恨与痛。

天涯海角毒气罐事件也不例外，在军分区迅速处理了所有的毒气罐和残留的武器弹药后，事件的热度迅速地降了下来，三天过后，人们被一明星卷入三角恋事件所吸引，又开始新的一轮口诛笔伐，把天涯海角事件忘个一干二净。

少数猎奇的人们从各种渠道了解了天涯海角里面的情况，知道事情已经了结，没有妖魔鬼怪、没有二战时期神经毒气、没有神秘洞穴，更没有侵略军准备东山再起的宝藏，再进去探险猎奇已没有意义，那些想借机会炒作一番的人打了退堂鼓，因为有王佳佳的存在，他们的报道和短视频不可能受到更多的关注。

一场轰轰烈烈的大事件就此落幕。

步兴元和虎子带着两名辅警在天涯海角的大门口守着，警灯在黑夜的沉寂中格外扎眼。

虽说王佳佳的报道和众人关注度下降阻止了大批的猎奇者，但还有人趁着警方不注意偷偷进入天涯海角别墅中探险，几乎是屡禁不止。

派出所不得已加强了警力，增加了两名辅警作为流动巡逻哨。

破案不但需要刘天昊和齐维这样逻辑思维强大的神探，也需要虞乘风、步兴元这样能耐得住性子，可以长时间蹲点、值守的警察，更需要像韩孟丹这种专业法医提供大量的信息。

步兴元已连续三天没离开这个位置了，虽说他能够耐得住寂寞，但不代表他没有好奇心，看着楼王近在咫尺，而且还有两名辅警帮着守住大门口，他的心长草了，他也想知道住在楼王的6名流浪汉遇到了什么，居然能做出这种惊天地泣鬼神的事儿。

虎子很聪明，立刻看出了步兴元内心按捺不住的好奇，于是他趁着上厕所的工夫撺掇他去楼王别墅看看。

步兴元嗔怒地训斥了虎子两句，但随后他的脚却带着他不由自主地向楼王方向走去。虎子见状一笑，忙和辅警打了招呼，拎着手电到柴油机房打开柴油发电机，轰的一声后，楼王别墅亮起了灯。

虽说经历了凶杀案，但楼王依然是楼王，血腥之气和黑暗都难以掩饰其浑厚的气势。

步兴元走到别墅的二楼，他不禁叹了一口气。二楼的厅很大，从大厅开放式的扶手可以看到一楼大门和部分大厅，顶棚吊着的水晶灯虽说不亮，却难以掩饰其曾经的豪华。

"有钱真好！"步兴元赞叹着，他知道，既然选择了警察这个神圣的职业，就注定一辈子只能过着平凡的日子。

他走到一间房间中，从窗户向外看着，远处的半山腰已经没有了前几天的灯火辉煌和大型机械的轰鸣声，除了一阵阵吹过的风之外，再无其他声音。

人若是长时间处于绝对安静中，会令人极度不适，甚至会产生狂躁情绪。

步兴元却极尽地享受着这种突如其来的安静，远离了人们的议论、远离警察们喋喋不休的劝说、远离警车警报的噪声、远离领导们千篇一律的讲话、远离大型机械和汽车引擎的咆哮。

也许是累极了，也许是宁静带来的催眠效果，他缓缓地坐了下来，坐在地面上一个纸壳子上，身体软绵绵地靠在墙上，眼睛一闭，居然昏睡了过去。

……

他好像做了一个梦，但又好像不是梦，是幻觉！

他看到了七色光，漫天的七色光，就像是雨后的彩虹一般，七色光时而是七色光，时而又变成刺眼的白光。

他能清晰地感到那些光是有实体的，可以抓得到、感受得到，他伸手向那些光抓去，却什么也没抓到，光调皮地向上方弯曲着，带着挑逗的意思。他兴奋地向上跳去够向那些光，等落地时才发现脚下的地板已经消失不见，取而代之的是深渊，深不见底、连光芒都能够吞噬的深渊。

他感到身体有些重，很重，不停地下坠着。下坠的过程是缓慢而不可阻止的，他看到了在一楼大厅转悠的虎子，虎子在慌张地向四周看着，好像是在寻找什么，看口型像是在喊着步兴元的名字，但却听不到他发出的声音。

步兴元想张开嘴喊叫，但发现自己也不能发出声音，眼皮仿佛千斤重，任凭他怎样努力也无法睁开，但奇怪的是，隔着眼皮他可以看到外面的景象。

他的身体在下坠过程中无法控制地左右摇摆着，坠了一阵后，他发现身体距离地面的距离并未改变，身体悬浮在离地面一米左右的高度，身体的下坠之势变成向前飞行，他飞出了别墅，沿着山间飞着，遇到一些比较高的树木，他就使劲地向高空飞行，企图躲避，但无论怎么努力也飞不高，他只好左右地躲闪着。

树枝刮在脸上、胳膊上、脖子上，他清晰地感到了疼痛，梦境中不是没有疼痛吗？

突然他看到前面有一堵很高的悬崖壁，悬崖壁很光滑，但看起来很坚硬，如果撞到就会粉身碎骨。

他咬紧牙关用力地向上飞着，但无论怎么飞也飞不起来，想落地却落不下来，身体不受控制地撞到了悬崖壁上。

令他惊讶的是，看起来坚硬无比的悬崖壁居然在他的一撞之下坍塌下来，巨大的石头压住了他的胸口，他感到胸口憋闷极了，猛地吸了几口气，却依然气不够用。

从石头缝隙中，他再次看到了七色光和站在光芒里满脸慌张的虎子，虎子转了几圈后，最后把目光盯向巨石下的他，看了一阵后，虎子叹了一口气，失望地转身离去。

他突然想起了一个词"鬼压床"！

"虎子！"步兴元用尽肺部里所有的空气和全身的力气喊着，他切切实实地感到自己真的喊出声了，在听见声音的同时，他的眼睛也睁开了，他看到了一团黄色光芒和一张紧张的脸。

"我回来了，我回来了！"步兴元嘴里喃喃地说着，与此同时，头部一股剧烈的疼痛传了出来，心脏每跳动一下，头部就跟着一阵剧痛，痛得他感觉这个世界都是黑暗的。

"我还活着吗？"步兴元不知道这句话究竟说没说出口，只感到对面的人脸挤出一个难看的表情后，他的意识就开始模糊起来。

……

人在不同的精神压力、不同的生理状况下，比如身体极度疲乏、身体病变，心里承受着巨大压力、遇到好事心情喜悦，会产生不同的梦境，有的梦境会让人笑醒，有的梦境则会让人惊醒。

夏乔最近做的都是噩梦，她梦见很多高大的树木倒塌下来，巨大的树干不断地压向她，她想躲却躲不开，而那些树无论是枝叶还是纹理都完全相同。

天下知儿心者，莫过于父母。

夏乔的父母看在眼里，疼在心里。他们知道事业上的压力再大，她都能泰然处之，然而感情的压力却让她不知所措。在心理和生理双重煎熬的情况下，她的双鬓开始悄悄地长出白发，脸色也越发晦暗，眉头上隐隐地看出一个疙瘩。

用算命先生的话说，印堂发暗会有灾祸、血光之灾。用科学理论来解释，就是烦心事会造成人的心理问题，进而导致身体调息不顺，会引发心理或者生理问题，人在精神恍惚的状态下可能会发生一些次生灾害。

夏乔的所有压力都来自于霍瑞元。

经过一段时间的观察，加上和霍瑞元家人的沟通了解，她终于知道霍瑞元三天两头消失的原因并不是女人，而是赌博。

因为职业的缘故，霍瑞元的收入并不高，处在 NY 市最低的层次上，相对于夏乔的巨额家庭开支而言，他的收入几乎等于零，家庭地位不高，加上侥幸心理作祟，他开始重新走上曾经走过的路——赌博！

这也是霍瑞元这么多年未曾结婚的原因，哪个姑娘敢把自己嫁给一个随时可能流浪街头的赌徒！

赌博圈子里有句话，叫小赌怡情、大赌伤身，这句话被霍瑞元经常挂在嘴边，但赌就是赌，不分大小。

夏乔的亲人们心里清楚，夏乔的噩梦真的要开始了！

第十五章　老步的遭遇

刘天昊、韩孟丹、虞乘风赶到医院时，步兴元正在诊疗室接受心理治疗，虎子气喘吁吁地从楼上下来，手里拿着一叠检验报告。

"老步怎么样了？"刘天昊急忙问道。

虎子擦了一把汗，咧嘴一笑，抖了抖手上的报告说道："没事儿，体检结果出来了，比牛还壮呢，没中毒，也没有任何病变。"

刘天昊长出了一口气："具体怎么回事？"

虎子便把昨晚他们两人去楼王别墅探察的事讲述出来。

原来，虎子打开柴油发电机后，就拎着手电前往楼王别墅和步兴元会合，走了几步之后，就发现楼王别墅的灯忽明忽暗，加上之前的传说，虎子心里犯了嘀咕，他担心步兴元出事，便小跑着赶了过去。

等他找到二楼时，发现步兴元躺在地上身体不断扭曲着，嘴里嘟嘟囔囔地不知道说些什么，脸上的表情时而喜悦、时而痛苦，手脚还不停地挥动着。

虎子见事情有些不对劲，便立刻用对讲机呼叫两名辅警过来帮忙。

同时，他急忙上前查看步兴元，一碰之下发现他的力气很大，按都按不住，用叫喊、拍打脸庞、摇晃身体等方法都无法将其唤醒，又过了一阵，步兴元终于睁开了眼睛，但双眼中没有任何生气，仿佛死尸一般。

他很痛苦，双手捂着头不停地嘶吼着，他推开虎子用头和身体不停地撞墙，随后还向窗户走去，打开窗户就向外跳。虎子一把拉住他，却被他用力一甩。虎子感到了一股无可匹敌的力气从手臂上传了过来，身体不由自主地撞到墙上。

幸好两名辅警及时赶到，拉住了步兴元，三人费劲全身力气才把他控制住。被控制的步兴元的呼吸有些费力，好像上了岸的鱼儿，眼见着脸成了紫色，吓得虎子只得给他做心肺复苏。

"得赶紧送医院。"虎子当机立断。

三人把步兴元从楼上抬到楼下院子里，天也蒙蒙亮，楼王别墅的灯灭了，柴油发电机的嗡嗡声也停了下来。

也许是见了风，也许是抬动过程的震动，老步终于清醒过来，虽说身体很虚弱，但眼神中有了一丝生气和灵动。

老步听了虎子的叙述感到不可思议，坐起身还要去楼王别墅查看。虎子三人哪肯再让他去，便连哄带架地把他弄上了车，急匆匆地向医院驶去。

"我怕老步有事，就赶紧把他送到医院检查，大致就是这么回事，在我查看老步时，他完全没有意识，看我的眼神都有些不对劲，就好像……"虎子挠了挠头，又说道，"好像丧尸一样，那一阵我感觉他啥都不怕，就是砍他两刀，都不会眨眼。"

听了虎子的陈述，刘天昊想起了6名流浪汉袭击保安和警察时的情景，几乎是一模一样。

至今还有两名流浪汉躺在ICU里抢救，医生说两人的身体本就很虚弱，身体多处要害部位中枪，没死已是幸运，醒过来的可能性很小。

几人正聊着，就见步兴元从诊疗室走了出来，一同出来的还有医生许安然。看两人有说有笑的样子，就知道步兴元没有大碍。

"刘队，从老步头部的CT片子看，并未发现任何病变的迹象，从生理方面讲应该没什么事儿。我给老步又做了心理催眠，也没发现异常，可能是太过劳累了吧。"许安然说道。

刘天昊微微歪着头意味深长地盯了许安然一阵，才说道："许医生的结论好像有些有气无力呀。"

许安然耸了耸肩一笑，说道："也许吧，要是赵主任和庄副院长在，可能会有不同的结论。"

"哎，你们别这样看我，我身体好着呢，还能为革命事业贡献20年！"老步用力捶了捶自己的胸膛说道。

"至于头痛的原因，现在还查不清楚，已经打了止痛针，看现在的状态，应该问题不大。"许安然说道。

一提到头痛的事儿，老步又愁眉苦脸起来，从清醒到现在，头部的剧烈疼痛无时无刻地冲击着他的神经。

"在医学界而言，很多种疼痛是找不到原因的，会莫名其妙地来，也会莫名其妙地去，像老步的头痛就是其中一种。"许安然说道。

步兴元点了点头："我现在不痛了，但想想之前的疼痛，还心有余悸。"

"观察一下吧，止痛药的药效过了以后还是这样痛，就得到神经科做一个详细检查了。"许安然说道。

刘天昊点了点头，和众人转身离去，临走时，他在许安然的眼睛里看到了一丝不安分，而且她对老步的诊断并不全面，好像有些话故意留着没说。

老步所在的三元派出所在小镇的中心位置，附近有一条街是商业街，由于小镇是 NY 市进山的必经之路，白天时还算热闹。

进入派出所大院后，发现有几名警察早在院子里站着，见警车开进来后，便立刻迎了上来。

一名警察年纪较大，肩膀上戴的是三级警督的肩章，看样子应该是所长。

"老步，你怎么样了？身体不好就快回去休息吧，怎么又来单位了！"所长上前搀扶老步。

老步一笑，顺势抓住所长的手用力握了握："我啥事没有，一场虚惊，可能是这几天累的吧。"

两人寒暄了一阵后，所长才把目光望向刘天昊三人，笑着问候道："刘队，你可是大忙人啊，能来咱们所给指导工作可是件大事儿，晚上这顿饭我安排了。"

刘天昊笑了笑："那行，我就不客气了，不过下午我还得了解点情况。"

"中，那就到会议室吧，安静。"

所长很敬业，虽说没有老步对天涯海角的情况熟悉，但也把别墅的事儿说得清清楚楚，当刘天昊问到在别墅建设期间发生的怪事时，所长把目光投向老步。

老步一直坐着低着头没说话，手指不停地揉着太阳穴，听会议室突然没了声音，才缓缓抬起头，这才看到众人的目光都集中在他身上。

"老步，天涯海角在建设期间的那件事儿你说说吧，那件事是经由你手办的，你最熟悉，刘队怀疑可能和流浪汉的案子有关。"所长提醒道。

老步愣了一下神儿，才点头应声。

刘天昊和所长对视一眼，不约而同地叹了一口气，他们显然是为老步的状况所担心。

由于现代建筑大量使用了重型机械，使得效率提高了很多，但也正是诸多的大型机械的使用，越来越多的重特大事故频发不已。

"鬼瞳"一案中升降机掉底和开车从楼上掉下来的事故正是其中之一。

而步兴元所讲述的也是一起事故，事故虽说未造成人员死亡，却造成3人重伤，经济损失高达千万元的大事故，事后经调查，肇事的塔吊司机却不知道发生了什么，最终被检察院以违反安全操作规程致人重伤起诉，判了3年有期徒刑。

"这件事发生在3年前……"老步开始娓娓道来。

……

人的天性是享受、懒惰、自私，而勤劳、勇敢、大公无私这种精神是在后天的教育中逐渐培养出来的。

霍瑞元显然在后天没有得到任何良好的教育，所以本性才显露无遗。

他天生就喜欢钻营，喜欢不劳而获地拿钱，勤劳致富自然与他无缘，他当混子的时候，一些朋友就是沉迷于赌球，风险大但来钱快，一夜暴富的人也有。

手上没钱押注就把夏乔给他买的车抵押给典当行或者是放高利贷的公司，然后拿着钱去赌球，赌赢了还好说，还完本钱交了手续费，就可以把车赎回来，而且还能拿着钱给夏乔，说这是给人跑长途赚的钱。

如果输了，他就开始东拼西凑地借钱，或者撒谎说车撞了，需要钱维修，从夏乔这儿拿到一些钱，勉强把钱还上，把车赎回来。

时间长了，工资和攒的钱不够用了，他便气急败坏地找姐姐和哥哥借钱，不借就耍脾气，又打又砸，最后导致姐姐和哥哥们都不愿意再和他接触，后来他还把手伸向夏乔的兄弟姐妹。

夏乔终于知道为什么他总会莫名其妙地消失一段时间，因为这段时间是车被抵押的时间，车开不回来没法交代。

这一次他又消失了很久，夏乔通过给车装的 GPS 定位系统找到了车，发现车就在离家不远的高利贷公司放着，还款期已经过了，高利贷公司对外销售这辆车，因为车没有手续，只得以不过户车辆出售，是正常车价的三分之一，而霍瑞元此时却不知道躲在哪里。

夏乔最终通过霍瑞元的姐姐找到了他，霍瑞元见事情瞒不住，便眼泪一把鼻涕一把地哭诉，说自己真的是为了这个家，就想赚些钱给夏乔的父母买套房子，好让他们带着夏乔前夫的孩子出去住，他和夏乔能过上二人世界。

夏乔心软，见霍瑞元如此状态，便再次相信他，和他一起去了高利贷公司，还上欠款后把车又取了回来。

霍瑞元对夏乔的态度又好像两人初恋时一般，他发下重誓，绝不沾赌球半分，让心里蒙着一层阴霾的夏乔再次高兴了起来。

可夏乔的父母和兄弟姐妹却看出了门道，霍瑞元没钱时，他就会服软回来，利用的是夏乔的善良，而当他攒了点钱或者是从夏乔这里骗点钱后，就会偷着去赌博。

两位老人和家人们也知道夏乔的性格，任凭磨破嘴皮子，也抵不上霍瑞元的一句甜言蜜语。

时隔不久，夏乔接到了一个神秘短信，告诫她不要再相信霍瑞元，否则，整个家庭都会被拖入深渊。

第十六章　共性

建筑工地在人们眼里代表着住房，有高档的，也有中低档的。但建筑工地在开发商和建筑商的眼里只代表巨额财富。

很多开发商为了利益催着施工单位加班加点干活，用现在比较流行的一句话说，就是干不死就往死里干。

加速施工是有代价的，比如钱，所付出的成本肯定要比正常施工要高，但这点钱对于开发商按照亿元为单位的贷款和融资面前也就是蝇头小肉了。为了抢工期，有些安全措施做得并不到位，甚至抱着侥幸心理去做。

安全事故往往就发生在这期间。

楼王别墅旁边立着一台塔吊，开塔吊的是一名男司机，叫杨厚光，40来岁的年纪，个子很小、人很瘦，为人很老实，平时都不见他说话，对人也很随和，和谁都不红脸。

但他却有个致命的缺点，一旦沾了酒，就会变成另外一个人，无论是行为还是说话都完全不一样，要是喝多了，就更加变得不可控，做出很多荒唐又疯狂的事儿来，为此，负责安全的副经理找了他数次谈话，告诫他如果不戒酒就离开工地。

杨厚光连写保证书带发誓，在工地干活期间绝对不再喝酒。他也知道自己的毛病，所以尽力地克制着对酒精的渴望，无论是老乡还是同事邀请，他都一概拒绝，以免喝多了控制不了自己。

出事这天，天气极其炎热，尤其是在塔吊驾驶室里工作，又闷又热，杨厚光脱光了上衣，一口一口地灌着巨大塑料杯中的凉水，面前嗡嗡转着的电风扇吹出的风不但带不走他身体的温度，反而让他感到更热。

指挥塔吊的司索工用对讲机喊着，同时对讲机也传出杨厚光满腹牢骚的声音，工地上每个人都知道天气炎热对于工人来说就是一场噩梦，但为了钱，不得不强挺着忍受。

太阳无视工人们的痛苦，尽情地散发出热量折磨着这群辛苦劳作的人们。司索工刚刚把一捆钢筋绑好，正准备用对讲机指挥杨厚光起吊时，意外发生了。

塔吊突然发了疯一般，吊着一吨多重的钢筋抡起了圈，巨大的离心力把原本成捆的钢筋甩得散开，根根钢筋好像利箭一般飞向工作中的人们。

被钢筋砸中的还好说些，最多就是身上砸出瘀肿、吓了一跳，但被钢筋正好戳中身躯的可就不妙了，一根5米多长的钢筋贯穿了身体，又带着身体刺进地面，把人牢牢地钉在地上。

塔吊抡了数圈后终于停下来，人们看到杨厚光眼神直勾勾地坐在驾驶室向下望着，好像失了魂一般。

几名愤怒的工人爬上塔吊把他连拽带拉地弄下塔吊，面对在被钢筋扎砸在地上的工友们，杨厚光好像不知道发生了什么一样，只是眼神愣愣地盯着越来越大的血迹，甚至连疯狂工友打在他身上的拳头都没反应。

过了好一阵，他才缓过神来，双手捂着头倒在地上不停地号叫着。

然而人们并不可怜他，因为他在酒后耍酒疯就是这种状态，人们甚至在他的身上闻到了酒味，连一向冷静的工长也冲了过来，狠狠地踢打着他。

警察把杨厚光带走时，已经看不出他的模样，他浑身上下都是血，脸部肿胀得和猪头一般，导致警方给他录口供时费了好多工夫。

有人认为是杨厚光酒后操作，违反了操作规程，也有人认为是塔吊出现故障，导致失控。

事后，起重设备的专家上塔吊驾驶室检查，并未发现任何问题，与此同时，杨厚光承认是自己酒后作业，加上天气炎热，他还有些中暑的迹象，没能控制好塔吊，最终导致事故的发生。

幸运的是，被钢筋刺中的3名工友经过抢救都脱离危险，施工方和开发商富强集团都做了工作，积极地赔偿并给受伤工人评残，随后把他们安排到集团做一些轻便的工作，这才让事态平息下来。

警方根据供词对杨厚光进行抽血化验，发现其血液内酒精含量达到50mg/100ml，已达到了酒后驾驶的指标，开塔吊属于驾驶重型机械设备，也是不允许酒后作业的。

检察院根据杨厚光的口供和工友们的供述，最终判处他三年有期徒刑。他并未提出上诉，老老实实地去监狱服刑，由于表现良好，两年不到的时间就出来了。

当时办案的警察正是步兴元，步兴元认为案子还有两处疑点，其一是案发的时间是上午11点左右。酒都是大伙儿一起喝才有意思，杨厚光不是一个肯喝闷酒的人，据了解，他每次喝酒的前提是得人多，一旦喝起酒来，他就会变个人，原本一句话不说的他开始唠唠叨叨说个没完，而且越喝越兴奋，最后甚至主动要酒，一大杯一大杯地干，直到喝倒为止。

工地6点开工，塔吊司机必须要在这个时间之前到位，工人们一天都累得够呛，愿意在下工后喝点小酒解解乏，哪有早晨就喝酒的道理。

第二个疑点是出事后不止一个人殴打杨厚光，但人们对其是否喝酒都没有太深的印象，而且杨厚光下塔吊后一点反应都没有，如果说刚出事的时候吓呆了还好解释，但当人们疯狂地攻击他时，他甚至都没有自我保护，这点很反常。

人被攻击后会产生疼痛，会不自觉地进行自我保护，不太可能一点反应都没有。

综上所述，步兴元得出了一个结论，很可能是机械设备出了问题，杨厚光只是替罪羊，富强集团或者是建筑方用钱买通了他，让他去背黑锅，把一起原本属于集团的事故变成个人失误造成的事故，这样一来，富强集团就处在第三方的位置上，无论是调解还是事后做工作都相对比较主动。

由于事故处理得比较圆满，经过安检系统和建委对工地处罚和整改之后，工地一个星期便恢复施工，几乎没对工期造成影响。

由于利益的缘故，很多事都已经没有了真相，而一个派出所警员自然无法与巨头们抗衡，步兴元也明白，就算真的把真相查出来，最终把富强集团或者是建筑方弄破产，会有更多的人下岗没饭吃，受伤的工人利益也得不到保障。

道理明白，但他还是有些不甘心，他在杨厚光出狱后多次进行家访。但任凭他苦口婆心还是利益诱惑，杨厚光却始终守口如瓶，对当年的事闭口不提。案件已成为过去，杨厚光受到法律惩罚，步兴元见此，也只好作罢。

后来，步兴元听说杨厚光在 NY 市城里买了一套房子，又买了一台车跑起了网约车，让他更加加重了对杨厚光的怀疑，凭着杨厚光家庭收入，不可能在市里买房子，更不用提买台车了。

这些钱的来源很可能就是当年富强集团给杨厚光坐牢的报酬！

"事后，那台塔吊又换了几个司机，每个司机干了几天之后都说邪门，之后就离职，不过后来听说施工方请了大师作法，也不知道灵不灵，反正楼王和周边的几栋别墅勉强盖完后，那台出事的塔吊第一个拆掉了。"步兴元说道。

众人围坐在会议室桌子旁，兴致勃勃地听着步兴元讲故事。

"其他的塔吊发生过这种现象吗？"刘天昊问道。

步兴元想了想，说道："也有，但没这么邪乎，其他的塔吊司机有时候会出现头晕、头痛的现象，来工地诊治的 120 医生说工地三面环山一面靠水，很少有空气对流，导致这个地方比其他地方要热一些，本来 NY 市就是亚热带地区，一进入 6 月份便热得难以忍受，工人出现呼吸困难、头痛、头晕、恶心、乏力甚至昏迷，很可能是中暑。"

刘天昊沉思了好一阵，才缓过神来，喝了一口拿铁，缓缓说道："杨厚光的情况和6名流浪汉、老步的情况比较相似，在一段时间内没有自我意识，而这段时间内，不知是什么影响到脑部神经，导致人失去理智，力量大了数倍，人也变得不知疼痛。"

"对对，就是这样，老步当时的状态就是刘队说的这样，我使劲拍打老步的脸，脸都抽红了，他还是一点反应都没有。"虎子毫不掩饰地说着。

老步"啜"了一声，一巴掌打在虎子的头上，打得他脖子一缩，眼神透露着一丝愧疚之色，毕竟老步是他师父，打师父的脸无论如何说出去都不好听。

"还有一点，这三件事都发生在楼王附近，其他的地方有可能也有这种情况发生，却轻很多，很多人会以为是自己的身体不适。"刘天昊分析道。

老步想了想，随后点点头："有道理，其他地方的确很少发生类似的怪事儿。后期驴友们也是这样反映的，越接近楼王的地方，怪事就越多！"

6名流浪汉在楼王居住的时间最长，受到的影响也是最大，以至于面对警方枪械和数倍的警力时也毫不退缩。

可楼王究竟能有什么问题呢？那就是一栋普通的楼房，没有放射性元素、没有地下化学神经毒气，甚至连装修的甲醛含量都很少，是什么力量让四起事件发生得如此相像。

而且三起怪事发生的时间又有所不同。第一起事件发生在70年前，涉及的人很多，几乎是整个基地的兵士全部遇难。第二起事件发生在楼王还未建成之前。第三起事件发生在不久前，4名流浪汉当场死亡，2名重伤。第四次事件是步兴元，头部剧烈疼痛、恶心、眩晕，经过检查却未发现任何异常。

怪！怪！怪！

去趟规划局吧，也许在规划图纸上能看出点端倪，另外这件事已经涉及很多悬而未决的线索，还得请大师姐赵清雅出马，他想到了精神科主任许安然，但一想起许安然对他毫不掩饰的热辣辣的眼神，他就有些打怵。

……

每次夏乔给霍瑞元大量的钱摆平他所做的事情后，他都会表现良好很长时间，用老人的话说，就是夹着尾巴做人。

两人正甜蜜时，任何人说霍瑞元的坏话都是破坏人民内部团结，罪名和帽子可不小。

家里的经济是以夏乔为主，没人愿意为这件事得罪夏乔，家人们抱着夏乔高兴就好的理念对待这件事，但是家人异样的眼神还是瞒不过夏乔的眼睛。

夏乔觉得家里有人看不惯她和霍瑞元好，于是把工作上的一些压力发泄到两名老人身上，老人看在眼里疼在心里，为了让夏乔能有个合适的宣泄渠道，老人们选择了忍气吞声。

狗改不了吃屎。

霍瑞元和夏乔好了一段时间以后，就又不断地以各种理由要一些钱，夏乔也大方，认为钱和对他好可以让他有所改变。在积攒了一些钱后，他又开始玩起消失。

这次和霍瑞元一同消失的不但有他自己的车，连同夏乔的宝马 X5 也一起消失了。

夏乔气疯了，几乎疯狂地寻找着霍瑞元，他却并未出现在原本的地下赌场，甚至连两台车上的 GPS 也给拆掉了，显然是抵押的典当行把夏乔安装的 GPS 定位系统拆了下来。霍瑞元一向活跃的交友软件陌陌也关了定位功能，夏乔彻底找不到他了。

时间过了一个星期，夏乔绝望了，她终于认同了那句话，决定两个人能否在一起的并不取决于两个人的优点，而取决于短板。

赌博和不负责任、混子、痞子就是霍瑞元的短板，夏乔无论如何也接受不了，但她又寄托于希望，希望霍瑞元再次出现，声泪俱下地承认错误，然后痛改前非，两个人一起好好过日子。

理想是丰满的，但现实是残酷的。

夏乔却始终没懂这个道理！

她希望他只是拿了钱去赌博，这样她还容易接受这点，但从他手机中交友软件陌陌的使用频率来看，他在外面还有别的事儿。

女人！

第十七章　老狐狸

在"鬼瞳"一案中，刘天昊和市规划建设局打过不少的交道，规划建设局是一个绝对的权力部门，掌握着 NY 市绝大部分的土地建设资源。好在刘天昊在 NY 市颇有名气，走到哪都是一张名片。

这次他和虞乘风轻车熟路地来到规划建设局，找到了负责天涯海角片儿的负责人李工。李工 40 来岁的年纪，头发过早地离开头顶，远远看去好像金顶大仙一般，面相也慈祥得很，和谁都是一副笑眯眯的模样。

平时他都很忙，刘天昊提前预约了他，这才在办公室见了面。

来规划建设局也是无奈之举，如果开发商肯配合的话，最简单直接的办法就是找开发商富强集团，没人比开发商更了解天涯海角别墅，但现在富强集团已归在蒋小琴旗下，之前在"画魔"一案中，蒋小琴和刘天昊等人就结下了梁子，她的情人兼司机洪利也因为杨柳的事隐情不报坐了牢，蒋小琴对刘天昊等人恨之入骨，找她了解情况肯定也是碰钉子。

李工详细地介绍了天涯海角的建设用地情况，这块地原本就属于富强集团，是刘大龙刚刚当上富强集团董事长时，用闹市区的一块土地和政府置换的，在当时 NY 市的市区还没扩大到现在这种程度，周边有很多块待开发的土地，但刘大龙就相中了这块。

据说刘大龙找风水大师看过，说这块地属于风水宝地。不得不承认，风水师有一定的能力，尤其是那些比较相信风水的有钱人。

因为建设的是别墅，所以基坑比较浅，据当时的施工方说，之前勘探队对整个红线范围内的工地进行勘探，并未发现地下有空腔等任何异状。

规划图纸上的设计和别墅现在的格局一模一样，越是靠近山脚下的位置，别墅的密度就越低，而到了最后，楼王别墅独占一块地，其他的别墅成散射状，形成众星拱月的大建筑格局。

李工是机关人员，批个手续、和开发商吹个牛还行，但施工过程他并不清楚。聊了一阵，见李工处再无线索可查，刘天昊便起身告辞。

出了政府大楼，虞乘风拿着手机给刘天昊看，是一条市局技术科同事发来的微信，说是当年出事的杨厚光找到了，人在市监狱服刑，两年有期徒刑，罪名是聚众赌博。

杨厚光蹲监狱还蹲上瘾了，刚刚蹲了个三年，这又进去两年。

"按照老步的说法，这人应该从开发商手里得到一大笔钱，而且还买了车从事网约车行业，为什么还要去赌博呢？"虞乘风不解地说道。

刘天昊冷哼一声，说道："钱赚得太快不见得是好事儿，他那笔钱来得太快了，后面再跑网约车一天赚那么几个钱，他肯定受不了，而赌博是赚钱最快的途径。走吧，去会会他，叫上大师姐，大师姐配合你对付杨厚光应该绰绰有余，我去看看我叔。"

一说去市监狱，刘天昊立刻想起了快要刑满释放的叔叔刘明阳，如果不是当年的 NY 市五号案件的影响，他现在应该是公安局局长的级别了，而自己可能也就不会选择考警校，也许他现在是搞科研的博士。

"钱局和韩队说了……"虞乘风始终没忘韩队交给他的任务，看着刘天昊，不要让他叔叔的事干扰到他。

"好啦，我叔都快出狱了，再说，我又不是去问五号案件的事儿，放心吧，啥都不耽误。而且每次我去见我叔，都会有点收获！"刘天昊拍了拍虞乘风的肩膀，眼神清澈地望着虞乘风。

钱局和韩队最担心的是刘天昊把过多的精力放在 NY 市五号案件上，当年的事儿已经过去了，幕后真相再也无法查究，加上涉及的大人物太多，一旦碰了，可能会掉进旋涡却无法自拔，更重要的是案中的主要嫌犯是刘天昊的叔叔，于法于情，他都应该回避。

监狱绝对不是一个让人能够快乐的地方，无论你是什么心态，到了这里就只剩下一种感觉：煎熬！

刘明阳的头发白得更多了，虽说留的是小短发，但白刷刷地一片让刘天昊的心一揪。

"你怎么又来了，很快我就出狱了，你工作忙就别来看我了。"刘明阳语气中透着看破红尘后的沧桑。

"没事，就是有点想您了，来看看就走。"刘天昊轻声说道。

刘明阳眼神逐渐凌厉起来，盯着刘天昊说道："我告诉过你，永远不要碰 NY 市五号案件，你不用打我的主意，没有可能！"

刘天昊点点头，说道："叔，我没碰，之前我答应过您。"

"我出去了就更不行！"刘明阳差点没吼出来，惹得在身后站着的狱警慢慢向他走过来。

刘天昊见状急忙向狱警挥了挥手，拉长声音说道："行，您别发火嘛。"

刘明阳挥了挥手，说道："你这次来还有一个目的，是为了天涯海角别墅那件案子吧？"

刘天昊瞪大眼睛看着叔叔，说道："这件事您是怎么看出来的？"

刘明阳没入狱之前就是 NY 市有名的神探，刘天昊的神探基因就是继承叔叔的，在逻辑推理分析能力上，刘明阳绝对不比刘天昊差！

"昨天我看了 NY 市新闻，你的那位小女朋友报道了整个事件，我的一个狱友也曾经在天涯海角工地干过活儿，他对这则新闻特别感兴趣，所以我就留了心。"

"杨厚光！"刘天昊惊讶道。

刘明阳点了点头，说道："这人的嘴很严，也很顽固，估计你那两个伙伴儿怕是撬不开他的嘴。"

刘天昊看到刘明阳一脸自信，遂笑道："可是这里有您在，我应该可以得到想要的线索，对吗？"

"没错。"刘明阳身体向前探了探，小声地说道："不过我有个条件，你得给我送些好烟进来，我狱友需要。"

"行，只要不是你抽就行。"刘天昊答应得很痛快。

"我戒了！"刘明阳眼眉一挑，随后又小声说道："你心里一定在骂我老狐狸对吧？"

老狐狸，刘天昊还真是这么想的，当年他还小的时候，刘明阳就是老狐狸，现在成了名副其实的老狐狸了。

刘明阳已经接近刑满释放，和刑期比较短的犯人关押在一个监区，杨厚光判了两年，加上表现良好，减了刑期，还有半年的服刑期，两人便住在同一间监舍里。

刘明阳是监狱里的老人了，侄子又是 NY 市赫赫有名的神探，没有犯人愿意得罪这样一个人，在众犯人中拥有很高的威望。杨厚光则不同，犯人们没事就来欺负他一下，洗个衣服、袜子之类的，要不就让他扫地、捶背、倒水，反正一刻也闲不着，偶尔哪个犯人挨管教训了，还打他一顿撒气。

刘明阳看不惯欺负新人的行为，所以时常护着他，时间久了，两人就成了朋友，杨厚光就和他说一些自己曾经的事儿。

人没有一成不变的，杨厚光也是如此，和监狱这帮人时间长了，也学会了吹牛的本事，但还算不上高明，尤其是在刘明阳面前。

光是刘明阳的眼神就让杨厚光不敢再撒谎，不要说刘明阳偶尔还要问他几句比较关键性的问题。

吹得最多的就数富强集团给他的那笔封口费了，杨厚光得到了 70 万元的封口费，代价是他承认是他个人失误造成的事故，并承担相应的法律责任，在咨询了一个亲戚律师后，他知道自己最多判三年，如果集团出点钱运作一下，可能两年不到就能出来，所以他接受了这笔钱。

70万元是他一辈子都不可能赚到的。

富强集团在NY市城郊新盖了一个楼盘，杨厚光让妻子找到集团副总，想买房子，刘大龙得知后二话没说，批了一张条子，七五折。

杨厚光一家人如愿地住进了新房，孩子的学区也解决了，生活也便利了很多，剩下的钱他买了一台丰田凯美瑞跑网约车，按照一天12小时在外面跑车计算，除了成本之外，一天最多赚200元左右，一个月一天不落工，大约6000元的收入。

看着挺风光的网约车，实际上所赚的钱并不多，还没有他当塔吊司机赚的多。在NY市，一个成手塔吊司机月工资在8000—9000之间，一个月还能串休两天。

而且之前他在监狱待懒了，开网约车是需要很大毅力的，更需要好的态度和服务，作为老实巴交的一名建筑工人，干活儿还行，说起态度来就谈不上了。

很快，他因为多起投诉被吊销了资格，可怜的杨厚光守着一套房和一台车，但是没有一分钱的收入，一家人坐吃山空，很快把剩余的存款花光。

想生存又不想吃苦，杨厚光就把车做了抵押，拿着钱去地下赌场赌博，半年下来，不但没赢到钱，还把车钱全部搭了进去，他见组织赌博很赚钱，就起了歪心思。

在警方一次清理黄赌毒的行动时，他成了被打击对象，因聚众赌博被抓了起来。

刘明阳劝说他出去之后不要再沾赌博，并现场讲解老千们是如何出千、如何把他的钱从口袋套走的。

知道真相的杨厚光气得大病了一场，此后他更把刘明阳当作知己，有事就和他讲。在刘明阳的引导下，他终于把当年发生的事讲了出来。

他的第一句话就让一向冷静的刘明阳大吃一惊，杨厚光在事故发生之前看到了鬼，一只飘荡在塔吊上的女鬼。

……

在压倒骆驼的最后一根稻草出现之前，只有当事人自己知道已经积累了多少失望和难过，多少颓唐和踌躇！

很多人在大灾大难面前能够挺起胸膛勇敢去面对，反而在一些生活琐事和烦恼中败下阵来，负面的情绪水滴石穿，最终击垮当事人。

如果说之前霍瑞元赌博、典当车、打人骂人、威胁人身安全等行为是一个积累，那么外面有女人这件事就成了压倒夏乔的最后一根稻草。

在外面找女人的原因很简单，不是为了男女之情，也不是为了真爱，要是有了真爱，至少说明霍瑞元还是个真男人。可惜的是，他仍然是为了钱，当霍瑞元发现在夏乔这儿已失去信任，不可能拿到更多的钱，他开始把目标转向另外一名女人。

霍瑞元的目标很清晰，离过婚带着孩子比较富有的女人，这一类女人一般都比较强势，而且相对比较挑剔，霍瑞元虽说从相貌还是文化都不足以配上女人，但他有属于自己的一套方法，就是泡！

没话找话，没事儿就黏着女人，开始时用他所有的钱讨她的欢心，时机成熟了就结婚，如果女方没有价值了，就想个办法离婚，然后分走女人的一半家产或者是缠着女人要分手费。

当夏乔发现霍瑞元搂着一名岁数比他还大的女人走在大街上时，她知道自己错了，不应该用自己的后半生赌对方人性的暗面。

夏乔冷静下来，没有当场拆穿他的把戏，而是在事后找到了那名比她还富有、比她还高傲的女人，当那名女人知道霍瑞元的真面目后毫不犹豫地把霍瑞元踹了。

女强人就是女强人，做事绝不拖泥带水，夏乔知道，那个女人的选择是对的。

整个事件霍瑞元都蒙在鼓里，他以为是自己"泡"的策略失败了，在没有瞄准下一个目标之前，他决定还得回到夏乔身边。

他知道夏乔的软肋，夏乔心软。

心软是女人的优点，但在某些别有用心的男人眼里，这点就成了软肋，可以利用的软肋。

男儿膝下有黄金。

霍瑞元也是这么认为的，所以他一回到家中就跪在夏乔面前，把额头狠狠地磕在地上，磕出血印，磕到瘀肿，又把宝马的车钥匙、工资卡、存折、名牌手表等值钱的东西都拿到夏乔面前，发誓痛改前非，做一个好丈夫、好女婿。

夏乔真的心软了，同时冒出来的还有她的侥幸心理。

霍瑞元会真的改过来吗？

夏乔迎着父母和兄弟姐妹不信任的眼光选择再一次相信霍瑞元。夏乔是名坚强的女性，在生存压力极大的时候，她挺了过来，在生活愚弄她的时候，她挺了过来，在她的人生发生第一次巨变时，她也挺了过来。

她相信这一次也能挺过来，和那个浪子回头金不换的男人一起挺过来！

第十八章　以生命为代价

刘明阳是审讯的高手，反复问了数遍之后，他确定杨厚光没撒谎，一种可能是杨厚光说的是真的，另外一种可能就是杨厚光的眼睛和感官骗了刘明阳！

但无论怎么样，这件事都足够离奇，再结合流浪汉袭击事件，不得不让刘明阳的心中打了一个问号。

NY市的天气炎热，白天有很长时间无法施工，太阳下山后反而成了施工的高峰期。

工人们吃过晚饭，温度渐渐地降了下来，人们三三两两地回到工地，利用这点宝贵的时间抢活儿。

杨厚光的幻觉来自一名女人。

她是一名爬上塔吊以死维权讨债的倔强女工，用她的话说，但凡有一点办法都不会拿生命做赌注。

爬塔吊是最难救援的情况，没有之一！

女人手脚并用蹲在塔吊大臂的顶端，由于距离重心点太远，顶端随着风上下左右地颤动着，一个不小心就会失足掉下去，因为四周都是悬空的，救援人员很难接近，加上塔吊所在的工地地形不规则，消防救生气垫难以展开。

天公不作美，原本很少有风的 NY 市居然刮起了大风，女人在大臂顶端颤颤巍巍地蹲着，眼神中满是恐惧，但她为了能拿回自己的血汗钱，依然不肯退缩，她有因车祸瘫痪在床的丈夫要养，正在上大学的儿子需要大量的学费，身体虚弱的公婆时不时地要到医院住上一段，这些都需要钱。

最后警方和政府都出了面，勒令欠钱的工头还钱，工头见事态不可控，便立刻向项目经理等人打借据借钱，不到 10 分钟，欠女人的钱便凑足了。当公安干警把钱拿到手时，女人终于答应下来。

塔吊大臂爬过去容易，想下来却很难，尤其是女人已经在顶端待了将近 4 个小时，双腿双臂已经变得麻木，别说是在大臂上攀爬，就算是在平地上，怕是走不到两步就会摔倒。

可惜的是，女人兴奋之下脚下一个不稳，从塔吊上掉了下来。

而在当时，杨厚光作为救援人员之一爬上了塔吊驾驶室，操作着塔吊向一栋已经快建好的别墅移动着，只要塔吊大臂移动过去，在房顶的救援人员就可以把她接下来。

别墅区的塔吊本身就不高，如果是掉到平地上，生存的可能性很大，可碰巧掉下来的地方正在绑扎钢筋，女人整个身体像穿糖葫芦一般穿在钢筋上，鲜血顺着钢筋流了下去，救援人员眼睁睁地看着她在钢筋上挣扎却毫无办法，可怜的女人没等到救护车就死了。

钱要回来了，命没了。事后，施工方还赔了女人家属 60 万元，加上两年欠下的工资 12 万，总共 72 万元。

有人说女人是故意从塔吊上摔下来的，为的就是巨额的赔偿金，这样就可以让她的儿子如期毕业，可以让丈夫得到应有的治疗，让公公婆婆吃上疗效好的非公费药物！

不管怎样，女人都为了自己的权益拼搏着，远比那些甘心放弃的爷们要强！

女人的死对杨厚光的冲击很大，他始终觉得是自己动作太慢了，或者是移动塔吊大臂时正好让女人摔在钢筋上，他一闭上眼睛就会想起女人临掉下去之前看他的眼神。

而在发生塔吊失控案件时，杨厚光在驾驶室看到了那个掉下去的女人飘在他的面前，没错，是飘在他面前！

此时距离女人死亡的时间刚好是七天，头七！

杨厚光没文化，却不相信鬼魂这类传说，因为他从来没见过，可从这天开始，他成了一名信徒！

不知为何，女鬼好像要钻进他的头部一般，一股股剧烈的冲击不断地让他的大脑神经剧痛着，这种痛绝非一般人可以抵挡，甚至让杨厚光失去了其他所有的感官，视觉、嗅觉、触觉、第六感，等等，他的世界除了头痛就是头痛，爆炸一般的痛。

当他从剧烈的头痛中缓过来时，发现身体各处都有不同的痛觉传来，尤其是脸部，他勉强看了一眼周围的情况，发现女鬼消失了，眼前尽是一张张愤怒的脸。

他知道这件事无论怎么说都说不清，所以他没打算和任何人说，事情已经出了，承认错误接受惩罚罢了。

开发商和建筑商的领导却及时地找到他，让他担下所有的责任，承认是因为他酒后违章作业造成的事故，并告知他可能会坐牢，集团给他的补偿是钱。

钱不是万能的，可杨厚光缺钱。

……

"大致的情况就是这样，我觉得杨厚光所说的有个疑点，就是他所说的女鬼，除了他之外，再也没有人说看到过女鬼的事儿，也就是说很有可能是他心中有愧，加上天气炎热造成他中暑，产生了幻觉，最终导致事故发生。"刘明阳说道。

"但他的头痛症状和老步一模一样，这并非偶然。"刘天昊说道。

"我看过王佳佳的报道，既然没有神经毒气，那会不会和地质有关，就好像世界著名的死亡谷、百慕大三角等地。"刘明阳说道。

刘天昊叹了一口气，眉头紧锁着。

"对了，杨厚光说这件怪事除了和我说过，还和一个朋友说过，不过这个朋友已经离开 NY 市不知所终，说在这个世界上，只有我和他朋友肯听他讲完这个故事。"刘明阳又说道。

"好像和案子不相关吧。"刘天昊耸了耸肩说道。

刘明阳呵呵一笑，说道："看到你现在的样子就看到了当年的我，记住，透过表象看本质，才能揭开层层迷雾，而且你要记住，也许就是一些细枝末节的线索成为破案的关键。"

"叔，道理我都懂，这句话你都说了一百多遍了，每次你都说。"刘天昊摇了摇头。

刘明阳笑了，发自内心地笑了。在刘天昊说出这句话时，刘明阳感到自己的心和他突然很近，不像是叔侄，更像是父子，儿子在对父亲念念叨叨不耐烦才会发的牢骚。

"刘队，超时间了，别让兄弟为难。"狱警在后面提醒着。

刘天昊冲着狱警抱拳拱了拱手，随后看向刘明阳："叔，无论如何，谢谢您。"

望着刘明阳已经有些佝偻的背影，刘天昊不禁暗自叹了一口气。

离开探视区回到监狱办公区，看到虞乘风和赵清雅蔫头耷脑地在车旁等着，他咧嘴一笑，急忙跑了两步上前，说道："碰钉子了？"

赵清雅白了他一眼，说道："你还说风凉话，还不是为了你。那人真固执，任凭怎样说，他都不肯说出当年那件事的真相，只是一个劲儿地承认错误。"

"那件事我已经知道了，我叔告诉我的。"刘天昊没打算卖关子。

"不可能吧，刘警官可一直在监狱里，他怎么知道这些事的。"赵清雅和虞乘风异口同声地说道。

"乘风开车，我和大师姐慢慢说，看看大伙儿有什么意见。"刘天昊率先上了车，坐在了后座上。

按照刘天昊的性格，他不太可能说出和大伙儿商量的话来，但自打虞乘风受伤以来，他的性格发生了很大变化，开始变得能听得进去别人的意见，愿意敞开心扉与人商量。

不经历风雨怎能见得彩虹！

赵清雅听了刘天昊的陈述后，皱着眉头思索了一阵，才说道："有些不可思议，但隐约好像有一条线牵着整个事件，但这条线隐藏得很好，并未让咱们发现！"

"我也是这个感觉，还是漏了些什么，也许回到案发现场会有所发现吧。"刘天昊看了看快要落下山头的夕阳，随后说道："乘风，明天早晨，咱们再去天涯海角。"

若是平常，碰到这种比较疑难的案子，赵清雅是一定要缠着刘天昊一起去的，可今天她并未提出任何异议，因为她打算今晚就去，而且她不是一个人，王佳佳早就对天涯海角的事儿蠢蠢欲动，约了赵清雅和许安然好几次了，赵清雅是不感兴趣，许安然是因为值班，王佳佳一个人不敢去，这才一直没去上。

现在这件案子引起了赵清雅的兴趣，而许安然今晚又不值班，月黑风高之夜正是探险的好时候。

和王佳佳、许安然在一起时间长了，赵清雅那股稳重大师姐的范儿早被带没了，现在她的内心和两人一样，犹如滔滔江水汹涌澎湃！

......

　　夏乔也是一个极具冒险精神的人，有些事值得冒险，有些事从一开始就注定了结局，冒险便成了毫无意义的举动。

　　霍瑞元又和夏乔好了很长时间，夏乔发现了一个规律，每当霍瑞元到外面沾惹其他女人失败，或者是她给他钱之后的一段时间里，他会变成天使。

　　霍瑞元虽说没本事，却善于察言观色，可以观察到人的弱点，知道夏乔这一刻想的是什么、需要的是什么。

　　赌博是霍瑞元生活中不可或缺的，因为他要暴富，想要在地位和金钱上压过夏乔，过男人想要的真正的生活，而不是屈居人下。

　　夏乔的宝马X5已被霍瑞元偷着抵押了三次了，而霍瑞元的别克昂科雷早就被典当行当作无手续抵押车卖掉了。

　　夏乔为此和霍瑞元打得昏天黑地，几乎每次都触及离婚的底线，令人惊讶的是，每次霍瑞元都能起死回生，在最后时刻挽回败局。

　　夏乔为了防着霍瑞元把车和房子抵押，甚至在出差之后把车放在亲戚处，为了这件事，两人又是一顿争吵，甚至险些动了刀子！

　　夏乔已经精疲力尽，她有些后悔，当初应该听大家的劝，不该和霍瑞元结婚，但现在说什么都晚了，自己作下的孽缘，无论怎样都要作下去，而且她现在还有一个可以反败为胜的法宝，让霍瑞元死心塌地老老实实做人的法宝。

　　她怀孕了。

第十九章　东方三侠

王佳佳和许安然的性格中都有一丝不太安分的成分，由于职业的原因，赵清雅原本是稳重的，拥有大师姐范儿的，可她和王佳佳、许安然接触后，发现这种不安分不但不影响形象，反而增加了一种魅力，是成熟稳重的女人所不具备的。

就好像一个身材姣好、烈焰红唇的美女穿着一身豹纹，绝对比文静的穿职业装的美女吸引男人的目光要多。

王佳佳是成熟女性的典范，成熟中还隐藏着一丝难以驯服的野性。许安然的气质高贵而大度，令她也多了三分魅力。

赵清雅是心理学的专家，她知道男人要的就是征服，征服世界、征服其他种族、征服宇宙，但这些行为都是为了征服女人。赵清雅过于成熟稳重、过于理智，所以缺少吸引男人征服她的欲望。

看透了这点后，赵清雅决定改变自己，多和王佳佳、许安然接触，她们愿意做的事情，她努力地接受并去尝试，这就是她今晚组织并参加这次冒险活动的原因之一。还有一点是她的确对这个案子感兴趣，先是王佳佳的报道，后是刘天昊的求助，都让她对这件案子的神秘产生了浓厚的欲望。

三人会合后，由赵清雅讲述了探险的计划，王佳佳和许安然不时地在一旁补充着，物资方面王佳佳和许安然早就准备好了，只待机会。

一切准备妥当后，她们开着车从市内出发，沿着公路向天涯海角别墅的方向驶去，车是王佳佳的车，却是许安然开的。

论驾龄，肯定是大师姐赵清雅时间最长，在警校时，她就考下了驾驶证，这也是作为警察的必要条件之一。论开车的里程数，以王佳佳为首，这么多年的采访经历，让她开着车东奔西跑，总公里数怕是得有几十万公里了。但说开车的技术，还得是许安然，她的条件优越，能玩得起更高档次的赛车，开车的技术是经过国际级别的赛车教练亲手教出来的，虽无法和舒马赫等大师级赛手相比较，但和非专业选手还是有一拼的。

而许安然内心的狂野在开车方面展现得淋漓尽致，宝马 X5 在她的操控下几乎像一匹脱了缰绳的野马一般，王佳佳目不转睛地盯着她的操作，不时兴奋地叫上一声。要不是赵清雅屡次警告，她绝对能开出 F1 赛车的感觉。

自打步兴元出事之后，当地的派出所就下令不让警员进入别墅区巡逻，以防止再出现类似事件。一到了晚上，整个别墅断了电，陷入一片黑暗中，仿佛一个黑洞一般，连光都不能逃出去，而仅仅相隔了一座大山的 NY 市好像一大颗夜明珠一样，在黑幕中散发五颜六色的光芒，和天涯海角所在的区域形成鲜明的对比。

三人在距离警戒点很远的地方下了车，锁好车后，带着设备步行前往别墅区。白天，老蛤蟆利用卫星观察了整个天涯海角别墅区，发现在东南角的一处围墙有一个很大的豁口，可能是驴友为了进出方便弄开的，富强集团决定重新开发后，还未来得及进行维修就出了流浪汉事件。

围墙的豁口大约有 1.5 米的高度，上面堆了一些山枣的树枝作为防护，许安然戴着防刺手套挪走了山枣树枝，三人轻而易举地翻过围墙豁口，来到楼王别墅附近。

"这里离警察设置的警戒点有 1 公里左右，加上别墅高高低低，从外面不可能看到这里的情况。"赵清雅说道。

许安然抬头望着半山腰的 5 座铁塔，三长两短的格局在夜间显得格外瘆人，她指着半山腰对赵清雅说道："师姐，你说三长两短的说法会不会真的和这几件事有关？"

赵清雅扑哧一笑，说道："如果有关的话，咱们今晚就不用来了。"

"有道理，咱们来就是为了验证究竟是怎么回事，迷信是人们为了逃避追求真相的一种说辞而已。"许安然豁然开朗。

王佳佳并未闲着，她在各处布置便携式监控摄像头，摄像头都是自带电源的，可以在24小时内不间断地录像并给主机传送信号，也可以用主机遥控摄像头360度观察周围的情况。

调试了一阵之后，王佳佳向两人做了一个"OK"的手势，三人从敞开的大门进入楼王别墅。

"哎，你们看没看过张曼玉、杨紫琼、梅艳芳演的《东方三侠》？"

"看过，你不会觉得咱们就是东方三侠吗？"

"如果遇到了那个几百年的老怪物太监，他可以利用特异功能影响到人的大脑，咱们三个该怎么对付他？"

"我报道他，让粉丝骂他，他肯定受不了，脑袋炸裂而死！"

三人欢快的笑声不断地传出来。

"那我给他讲解剖学和病理学的课，无聊死他！"

"我带他参加一次达喀尔汽车拉力赛，保证晕死他、吐死他！"

……

时间会冲淡一切。

楼王别墅院子里的血迹随着时间的推移慢慢变淡，子弹打在地面上造成的坑也慢慢地被枯草叶和尘土填平，若不是地上画着的死者遗体轮廓的白线，没人会想到这里是一个极其惨烈的案发现场。

进入别墅后，三人既按照指定的计划分别进入不同的房间中开始计时，王佳佳选择的是步兴元出事的房间，赵清雅选择在一楼，许安然选择了二楼的另外一个房间。

三人约定的时间是一小时，一小时之内如果没有变化，就换其他的房间，三人每人一部对讲机，放在三频道的位置上，五频道作为备用。

王佳佳进入房间后，把许安然准备的应急电源打开，定向发射的灯把房间照亮，却不至于让光芒散射。地面上的纸壳子还在，纸壳子上有一些新鲜的脚印和鞋底橡胶摩擦的痕迹，看样子应该是步兴元出事的时候剧烈挣扎，虎子拼命想控制住他的时候造成的。

她又走到窗口，窗口正对着三长两短五座铁塔，还有那个曾经放着二战时期各种武器的山洞。

"不会这么邪门吧！"王佳佳采访了这么多年，其中也有些号称大师的人物，有些人的确有一些理论，但更多的是江湖骗子，多多少少耳闻目睹过一些古怪的事儿，有些事情用现代的科学体系无法解释，就只得以玄学为最终解释，她是无神论者，但有些事属于事实，就算不知道究竟是怎么回事，也不得不信。

她把纸壳子翻了一面看了看，上面除了尘土之外并没有其他的痕迹，她摇了摇头无奈地笑了一声，很显然她检查纸壳子这个动作是多余的，因为在步兴元出事之后，很多警察把现场翻了个底朝天，这其中还包括一直对此事抱有兴趣的齐维，但众人都没能看出个所以然来，她就算再有天分，没经过系统的训练，不用说和齐维这样的神探比，可能连普通的刑警都比不过。

一个小时说长不长说短不短，王佳佳用手电把整个房间都查看个遍之后，感到心情有些烦闷，用对讲机和另外两人联络后，便彼此保持无线电静默。

在"冤魂"一案中，她和刘天昊追查巴西柔术时，曾经到过龙隐山拜访武学前辈曲老先生。

曲老先生看王佳佳骨骼清奇，是块练武的料子，便起了收王佳佳为徒的念头，虽说后来没收成，但他还是教了王佳佳一段五禽戏，在她离开的时候还教了她一套运气的方法，虽说不能真的像武侠小说描述的那样让她产生内力，变成飞天遁地的大侠，却能让人浮躁的心安静下来。

想到这里，她盘腿坐了下来，开始用龙隐山曲老先生教授给她的气功进行吐纳，还别说，几个回合之后，她的心情开始慢慢平复下来，逐渐地进入空明状态，仿佛整个宇宙都尽收眼底一般。

曲老先生说王佳佳是极具天资的人，如果能收起浮躁的尘世之心，她的成就甚至会超过曲老先生很多，绝非刘天昊等人可比的。

修炼气功之后，时间开始变得快起来，不知什么时候，王佳佳身上挂着的对讲机"吱"地响了一声，随后赵清雅的声音传来。

三人并没有遇到和步兴元一样的经历，别墅内异常平静，除了她们之外，任何事情都没发生过。

按照预定的计划，三人在一楼大厅会合后又分别进入另外一个房间，一小时后，三人再次回到大厅，还是没有任何事发生。

当天边露出鱼肚白时，三人把所有的房间都交互着体验了一遍，但其间没发生任何事，王佳佳同步查看了便携式摄像机的录像，也没发现有用的线索。

三人又在一楼大厅会合，却因为没有任何收获都闷着不说话，最后还是赵清雅打破僵局，说道："会不会是咱们来的时间不对，或是哪个地方没对应上，所以才没事？"

王佳佳和许安然两人想了一阵，都摇了摇头。

"流浪汉在这里住的时间长，最后遭遇了一些事变得神志不清，步兴元和咱们是一个时间，就在王佳佳最初待的那个屋子里，据虎子说，不到半小时，步兴元就变成了那个模样，咱们三人把所有的房间都体验了一遍，什么事儿都没发生，甚至还赶不上某些驴友，他们有部分人至少也经历过。"许安然分析道。

王佳佳沉吟一声后说道："没错，我有很多粉丝都是来过这里的驴友，他们说过这件事，越是离楼王近的别墅，发生怪事的机会就越大。"

"可咱们就住在楼王里，什么也没遇到。"赵清雅打着哈欠说道。

"肯定不是时间的问题，我记得昊子和我说过，流浪汉事件发生在白天，塔吊司机出事是发生在上午11点左右，步兴元出事发生在晚上，至少说明一点，任何时间都可能发生怪异，而不单单是晚上。"王佳佳分析道。

赵清雅的手机闹铃响起，她又打了一个哈欠说道："你们白天可以休息，可怜的我还得去上班，得了，今天就到这吧。"

王佳佳虽说心有不甘，但事已至此也只好如此，出门收了便携式摄像机，又原路返回离开了别墅。

……

怀孕之后的女人母性最重，甚至会把身边的丈夫也当做自己的孩子，遇到好丈夫好男人，可以叫作母性的伟大，如果遇到不淑之人，就得叫母爱泛滥了。

夏乔的家人知道这个孩子来得不太是时候，如果霍瑞元是好人一个，要这个孩子没问题，如果两人闹掰了离婚，打掉孩子也是理所应当的，但现在正好处于夏乔和霍瑞元关系的分叉点上，孩子的去与留就有些尴尬了。

当着夏乔的面，没人敢讨论这个孩子和霍瑞元的事儿，家人们在私下见面商量后，最终得出了一个建议性结论，留孩子的基础是霍瑞元能彻底改邪归正，如果不留孩子，霍瑞元肯定不干，按照他痞子人格的设定，肯定让整个家庭鸡犬不宁，必须要找一个合理的理由打掉孩子，可以假借医生之口说夏乔年龄太大、身体不符合生育条件为由打掉孩子。

打掉孩子这件事容易，只要两人关系破裂，夏乔放弃这段感情便可。第一种建议却很难达到，经过这几次的反复折腾后，不但是夏乔的家人，就连霍瑞元的家人也放弃对他的救赎，几乎断了和他的联系。

朽木不可雕也！

但关于孩子的事，别人都是旁观者，只有当事人夏乔才有资格决定去与留，因为这是一个生命，每个人都应该尊重生命，而不是藐视。旁观者更不能去轻易地下结论剥脱另外一个无辜的生命。

夏乔犹豫不决，虽然有些事她看不透，但经历了这么多，对霍瑞元的信任已降到了极限，但她心中还抱有一丝希望，她希望霍瑞元能被她的诚意和爱所感动，能够浪子回头。

她期望的是浪子回头金不换，而孩子是她最后一个砝码，用孩子拴住霍瑞元的心！

人不是神仙，无法知道未来会发生什么，也许在某一刻所做的决定，会影响人一生的命运。

夏乔摸着越来越明显的肚子，脸上却愁云不展，她该如何做出选择？

第二十章　铁粉

赵清雅和许安然对别墅事件的兴趣是一时的，因为她们有属于自己的第一职业，一个是警方的犯罪心理学专家，一个是市中心医院精神科主任医师，每天都有大量的工作要做。

王佳佳则不同，她是专业的记者、网络大V，专门从事媒体工作，天涯海角的案子对赵清雅和许安然来说可能就是饭后谈资，但对王佳佳来说却是职业性的挑战，在她眼里，揭破案子的真相甚至比刘天昊还要急。

齐维曾经说过，在探案方面，王佳佳的天分不输于刘天昊和齐维，在"血雾"一案中，她就起到了非常大的推动作用，因此她极其渴望能够通过她的方式揭破一件案子，目前的天涯海角案正适合她。她知道，要想破这件案子，必须得亲身经历过一次类似于步兴元的经历，才能真正获悉案件的真相。

当三人趁着天蒙蒙亮准备离开别墅区时，王佳佳突然不走了，她对昨夜的结果有些不甘心，想再留下来查看一番。困了一夜的赵清雅和许安然自然要力挺好姐妹，正要回去陪她，却被王佳佳阻止。

王佳佳不想耽误二人的正常生活和工作，而且已经到了白天，门岗有警察站岗，相对夜里安全很多。

许安然二人反复确认了几遍，在得到答案后，连续打了几个哈欠，接过王佳佳递过来的车钥匙，开着车一溜烟地离开了。

王佳佳又回到楼王别墅附近，重新把便携摄像头找几处隐蔽的方位安放好，随后又进入别墅，她打算到别墅的房顶上去查看一番，因为她发现别墅的房顶有一个露天平台，晚上因为视线不好疏忽了。

她看了一眼无线摄像机的主机，电量已经不足，于是从包里拿出电源线插在一楼大厅原本安装电视机附近的插座上。

"我怎么糊涂了，这里没电的！"王佳佳甩了甩大波浪头发，放好主机后离开别墅前往柴油发电机房。

原本富强集团是准备重新开发，所以柴油备得很足。王佳佳曾和开锁匠小钟学过开锁，虽说赶不上大师级别，但开普通锁头也就分分钟的事儿。

柴油发电机组是半自动控制的，启动比较复杂，却难不倒见多识广的王佳佳。令她惊喜的是，控制台上还有定时开关装置。她轻松地搞定发电机，随着轰隆隆的声音，吱吱的电流声响了起来。

王佳佳正准备转身离开，回头时却发现门口站着一个人，那人神情呆滞，冷冰冰地看着她。

"啊！"王佳佳吓得惊叫一声。

人吓人吓死人。

惊魂过后，王佳佳冷静下来，仔细地看着来人。只见他40来岁，身体比较瘦弱矮小，比王佳佳还要小上一号，戴着的眼镜很厚，应该是高度近视，两个嘴角向下耷拉着，天生长的就是一副冷脸，现在这种状态实际在向王佳佳笑呢，他肩上背着一个双肩包，听到王佳佳的惊叫后下意识地做了个噤声的手势。

"小声点，门口有警察守着呢。"男人轻声地说道。

"你是谁？"王佳佳警惕地盯着对方问道，说话的同时右腿后撤半步，两手也攥起了拳头，随时做好攻击准备。

男人呵呵一笑，两手一摊，说道："我这人天生长的一副凶相，其实我可老实了，我知道您是NY市有名的大记者王佳佳，我可是您的铁杆粉丝啊，您不记得我了，'一片大海'呀，'一片大海'！"

男人说完后就用期盼的眼光盯着王佳佳，眼神也颇具期待。

千穿万穿马屁不穿。

人都爱听好话，王佳佳也免不了例外，听了对方的话后，对他的好感增加了不少，微微一笑，连忙敷衍地点了点头。

"您看，这是我在您微博上的留言。"男人拿出手机递给王佳佳看。

王佳佳接过手机看了看，才明白原来男人的网名叫"一片大海"，的确在她的微博比较活跃，是铁粉之一。

"'一片大海'，'一片大海'就是你呀，你看看我，耳朵有点失灵了，哎，你到这里干什么？"王佳佳把手机还给对方。

男人呵呵一笑："叫我'大海'就行，我看了您关于天涯海角的报道，琢磨来琢磨去有些心痒痒，想知道到底是怎么回事，这不就来了。"

王佳佳歪着头看着大海没说话。

大海头脑倒是很聪明，立刻会意道："嗨，正门有警察守着，我是跟着您从围墙的豁口跳进来的。"

"别您您的，我比你岁数小，既然碰上了，那就一起吧！"王佳佳向他伸出手。

大海急忙握了握王佳佳的手又立刻松开，颇为激动地说道："太好了，能和您……你在一起探索真相，简直太荣幸了！"

说完，大海向柴油机房里面看了看。

"我的设备没电了，得充电。"王佳佳解释道。

"我有充电宝啊！"大海就要解下背包拿充电宝。

王佳佳急忙摆手："不行，充电宝充不了我那台机器，走吧，带你去看看就知道了。"

王佳佳给柴油发电机的控制系统设了定时关机，随后离开机房关上门，在门外听了一阵，可能是房子的隔音效果很好的缘故，在外面几乎听不到柴油机运行的声音，这才把锁头锁上，回到楼王别墅。

王佳佳的设备已经开始充电，她打开主机查看摄像头周边的情况，发现无线摄像头发送给主机的信号不稳定，断断续续的，主机屏幕上时不时地出现干扰信号。她在主机上拍了拍，依然没见好转。

"哟，这台机器可不便宜，别拍坏了。"大海伸出手轻轻地摸着主机。

主机的体积不大，但分辨率很高，是王佳佳从德国带回来的最新科技产品，光是一套机器就花了她十几万元，这还没算时不时更新的软件，自打使用以来，机器的可靠性很高，从来没出过像今天这样的情况。

王佳佳点了点头，从包里找出说明书操作起来。

大海闲着没事在房间里转了两圈，用手机拍了几张照片，又偷着拍了一张王佳佳修理机器的照片后上了二楼。

王佳佳在大学时学的外语是英文，后期通过自学又学了日语、法语和德语三种语言，但并未达到可以随意浏览说明书的程度。

接收主机很贵，也体现在了说明书上，一本说明书几乎和一本出版的小说差不多厚度，光是目录就有十几页。她一边看一边操作着，半小时过去了，屏幕上还是断断续续的，并没有半点改善，而她此时也看得头晕眼花，心情开始烦躁起来。

她很不耐烦地把说明书胡乱地塞进包里，随后又很暴力地把接收机器关机，粗暴地塞进包里，甚至有一种想把机器砸碎的冲动。

也许是一夜未睡，也许是刚才盯着接收器屏幕时间过长，她不但感到头部有些发胀、发晕，而且眼睛也有些隐隐作痛，略带着点恶心，她深吸一口气，走到大厅窗户旁，打开窗户又深吸了一口气，但难受的感觉依然存在。

渐渐地，她感到头部随着每一下心跳产生一股剧痛，一阵莫名其妙的嗡鸣声传进她的耳朵，她用力拍了拍耳朵，令人烦躁的声音并未消除。

"难道说这就是那股让流浪汉疯狂的力量吗？"王佳佳暗自问道。但仔细一想又不太可能，虽说身体有些不适，却还是能控制的，这种情况以前也发生过，在她极度劳累还得坚持在报道一线工作，等工作完成，一切都安顿下来之后，头痛、疲乏、烦躁的各种不适症状就会显现出来，实际上是身体在告诉她：该休息了。

只要沉沉地睡上一觉，所有的不良症状都会消失。

"看来我是真的上岁数了。"王佳佳偷偷地用手掰了掰数着自己的年龄。

她又深吸了几口气调息，却没有任何改善，遂开始收拾东西，准备离开，打算回到家里好好休息一下。

正当她准备离开时，就听见二楼方向传来一声非常怪异的声音，像是人嗓子憋出来的，又像是某种物体挪动或是敲击的声音。

"忘了还有一个粉丝在！"王佳佳拍了拍脑袋拎着包向楼上走去，刚走到二楼，刚才那声怪异的声音再次传来，她抬头看了看二楼还有一段楼梯是向楼顶平台的，怪声就来自于平台的方向。

她慢慢地走向楼梯，向上看了看后，沿着楼梯向楼顶平台走去。

楼顶平台有 30 平方米左右的面积，王佳佳推门上来之后便环顾四周，发现粉丝大海背对着她站在平台边缘，冲着半山腰愣着。

"大海！"王佳佳轻声叫着。

"大海"一动不动，对王佳佳的叫喊完全没有反应。

王佳佳的头痛越来越厉害，恶心的感觉也越来越强烈，她强挺着不适向大海走去，正当她准备拍大海肩膀的时候，大海突然转过身来。

他狞笑着，手里拿着一把匕首，恶狠狠地捅向王佳佳。

……

人在难以主动抉择时还有一种办法，就是被动地随着事态发展，事实证明，这种方法可以让人承受更大的痛苦。

夏乔始终没下得了狠心，她无法接受一个生命就这样消失，但也无法接受这个有一半血缘属于霍瑞元的孩子。对于这种事，不做决定就等于接受了这个孩子。但无论如何，夏乔的家人们都会支持她，都会尊重她的决定。

不知道弄对了哪根筋，霍瑞元在夏乔怀孕期间还真就改邪归正了，从未沾过任何和赌博有关的东西，也不知道他从哪里弄来一笔钱，还把之前典当的车买了回来，时不时地买一些夏乔爱吃的水果回来哄她开心。

夏乔本来有些犹豫的心终于稳定下来，她决心生下这个孩子，彻底拴住霍瑞元，一家人好好过日子，可她心里知道，家人们虽然尊重她的决定，但始终不愿意接受霍瑞元和这个孩子。

不过这些都不重要，过程是痛苦的，但只要结果是好的，一切的忍耐都值得。

夏乔的公司从事的是电磁领域的公司，为了安胎，她把公司交给一名副总打点。霍瑞元也报来喜讯，他的公司提拔他为事务科科长，工资涨了，业务也忙了起来。

夏乔看到霍瑞元有如此大的改变，心中自然高兴。家人们心中却始终打着问号，霍瑞元一向是混日子，表现好也只是一时，公司老总和其他管理人员不可能看不出来，有什么理由提拔他负责一个科的业务呢？

一切事情都有可能发生，虽然不可思议，但就是发生了。从霍瑞元每个月的工资上看，提拔科长这件事还是真的。

在此之前，夏乔和家人们从来没见过霍瑞元单位的任何人，自打他当上了科长之后，他就隔三差五地邀请单位的下属到家里吃饭喝酒，来吃饭也不白来，夸赞和拍马屁自然是不能少的。

虽说花了一些钱，家里也逐渐乱了起来，但这些在夏乔眼里却是正常的，在家人们的眼里也是正常的，之前的霍瑞元太过单薄，独来独往立不住脚、存在感不真实，现在的他有了人气，和正常工薪族的男人没了区别。

夏乔要的不就是这个嘛！

夏乔公司的副总能力很强，在她不在公司时，把公司业务打点得井井有条，还扩大了业务，接了几单较大的生意，赚了不少钱。

工作、生活都走向正轨，一切看起来都是那么顺利、那么美好，每天都充满温暖的阳光和关爱。

夏乔的处境究竟是真正的顺境还是暴风雨来临前的宁静？

第二十一章　异变

　　刘天昊和虞乘风一大早就在刑警队大院集合，正要驱车前往天涯海角别墅，就见韩孟丹从大楼里走出来，径直跑到大切诺基的驾驶位置，从刘天昊手中抢过钥匙，熟练地点火。

　　"上车呀，路上有事和你们说。"韩孟丹歪着头看着愣愣的两人。

　　虞乘风自觉地坐在后座上，低头摆弄着手机，不时地傻笑一声，看样子应该是在和姚文媛互动。

　　自打"血雾"一案后，虞乘风和姚文媛就确定了恋爱关系，按照王佳佳调侃姚文媛的话说，都是老夫老妻了，但恋爱就是恋爱，两个人之间总有说不完的情话，哪怕是一片树叶，也会让两人兴致勃勃地议论半宿。

　　"去别墅区为什么不叫我？"韩孟丹一边开车一边问着，显然是带着气儿来的。自打成立刘天昊中队后，他们一向是集体行动，很少抛开一人单独行动，这是钱局和韩队在中队成立之初的设想，让法医到案发第一线，以便第一时间掌握线索，有利于快速破案。

　　坐在副驾驶位置的刘天昊并未直接回答问题，而是点开车的中控大屏，点了一曲久石让的《天空之城》，曲子响起的瞬间，韩孟丹安静了下来，微微皱着的眉头轻轻地舒展开。

　　"那个别墅太怪了，我怕你跟着去会遇到不好的事儿。要是需要法医协助勘查，我肯定叫你。"刘天昊的话还算暖心。他这招是和赵清雅学的，如果遇到气势汹汹前来质问的人，最好的办法是让对方先冷静下来，还可以利用时间做一些准备。

韩孟丹瞥了一脸认真的刘天昊一眼，她冷冰冰的脸上出现了一丝融化之意。

"还算你有良心！"韩孟丹小声地自言自语了一句，随后又说道："昨晚医院来消息了，两名重伤的流浪汉也死了，我让他们连夜把尸体送过来进行尸检，这一宿都折腾的……"韩孟丹说到一半就顿住了，用手撩了撩有些凌乱的头发，雪白的脸上出现了疲惫的痕迹，眼圈略显发黑。

连一向愚钝的虞乘风都明白韩孟丹这是在求安慰，为了案子，一个女孩一个人在解剖间面对两具尸体。

"有线索了，对吧？"刘天昊转向韩孟丹兴奋地问道。

"哎，你这人，就知道线索，不能先关心一下我吗？"韩孟丹抗议道。

刘天昊从前车窗玻璃的倒影看了看后座的虞乘风，见他在偷笑，便用手指点了点他，随后挤出一个笑容："辛苦咱们大法医了，晚上我安排，想吃啥说话。"

韩孟丹白了他一眼，语气冷淡下来："还是先说线索吧。"

刘天昊心里立刻生出愧疚之意，韩孟丹、虞乘风和他是数次经历过生与死的战友，感情自不必多说，自打组建中队以来，三人从未安安静静地一起吃个饭、喝点酒、交个心，几乎每天都是忙于查案，奔波于案发现场、刑警大队、法医鉴定中心、技术科之间。人总是有感情的，光靠着职务维系感情肯定会显得生硬。

尤其是韩孟丹，在和刘天昊工作过程还有一丝的男女感情掺杂在其中，说不清、道不明。

"我……好吧！"刘天昊无奈地笑了笑，笑声有些干涩。

……

经过数天的抢救，两个流浪汉还是死了，两人死于多脏器衰竭，除了心脏外，很多脏器都被子弹的空腔效应击碎，能挺了这么多天都是现代医学的功劳，要是放在 30 年前，两人早就死了。

其中一人在摔倒时头部撞到水泥地受了重伤，因颅内出血手术，在左半脑开了一个杯口大小的洞，由于人一直昏迷不醒，随时可能死去，就没用钛合金覆盖手术的洞，只有软乎乎的、上下浮动的一层头皮盖着。

韩孟丹看着有点下陷的头皮犹豫了一下，这人死于枪伤，按照正常的法医检测程序走一遍就可以盖棺定论。可她总觉得头颅里有些东西在吸引她，一个声音在她的脑海里反复出现：打开它！

不得不说人的第六感是存在的，而且在关键时刻会莫名其妙地出现。

时间已经指向半夜两点，韩孟丹深吸了一口气，拿起手术刀向头皮割去……

沉迷于工作时，时间是飞快的。

检测的结果出乎了她的意料，除了外伤引起的出血点外，一小部分大脑皮层颜色异常，目测应该是皮层坏死导致的，大脑皮层其中的灰质部分是神经细胞聚集之所在，是思考等活动的中枢。如果这部分出现病变或坏死，可能会影响到人的行为，指不定会发生什么莫名其妙、匪夷所思的行为，这样就可以解释流浪汉的疯狂。

很多患有精神病的患者可能是受到巨大压力、挫折后精神异常，也有一部分是生理性病变导致精神失常，生理性病变的源头很有可能是大脑皮层。

想到这里，她立刻打开另外一名死者的头颅，同样发现了大脑皮层有坏死的现象。如果推断正确的话，另外四名死者大脑皮层也应该有这种现象。

为了验证她的推论，她立刻联系了殡仪馆，另外四具尸体还放在殡仪馆的停尸柜中。凌晨1点半，她顶着殡仪馆值班人员和殡葬车司机的牢骚，硬是把四具尸体拉回了刑警大队法医鉴定中心，凌晨2点半，她开始解剖四具尸体，在没有助手的情况下，完成了对尸体大脑的检测。

结果是四具尸体大脑皮层也有不同程度的损伤和异常。

狗，还有那两条狗。狗的尸体就存放在刑警大队法医鉴定中心，取来比较容易，但韩孟丹对狗的生理结构了解不深，她犹豫了一下，拿起电话拨了一个号码。

　　无论是多大的事，凌晨4点给人打电话总是有些冒失。

　　可对方还是带着无尽的困意来了，见到韩孟丹的第一句话就是：你终于肯想起我了。

　　韩孟丹笑了笑，脸上露出歉意，随后眼睛向解剖床上的两具狗尸体瞥了瞥。

　　"也许只有尸体才是让我们相遇的桥梁。"来人摊了摊手，随后打开自带的箱子，戴上手套拿出工具，走到解剖床旁开始工作。

　　他对工作的渴望一点也不逊于韩孟丹，只是他针对的是兽类。

　　……

　　"两条狗的脑部也有变异部分，应该是让狗疯狂的主要原因。"韩孟丹说道。

　　刘天昊眨了眨眼，问道："我记得你对狗毛过敏，一碰到就会打喷嚏。"

　　韩孟丹脸上一红，说道："是我的一个同学，学兽医的，他来帮我解剖狗的尸体，结论也是他下的。"

　　刘天昊正要再问，却被韩孟丹抢过话去："今天一大早我请教了我的大学老师，他是脑科专家。人的大脑是个很复杂的器官，如果皮层受到损伤，可能会影响到人的行为，6名流浪汉的头部之前未受过外伤，同时产生病变坏死的可能性很小，不排除是病毒感染造成的病变，这种说法也最符合实际情况。"

　　让6个人同时脑部发生病变并不是一件容易的事儿，病毒是最好的解释之一。

　　刘天昊点点头，说道："可以排除的是毒气，毒气损伤的先是人的呼吸系统和脏器，然后才是大脑，而且根据武器和化学专家的勘查，山洞里的神经毒气并没有泄漏的迹象。"

"可惜我没办法进一步查找产生异状的原因，我已经把受损的大脑样本切片寄给我老师，相信很快就会给咱们答案。"韩孟丹叹了一口气。

"至少解释了流浪汉发疯的原因。我还是认为楼王有异常，能让人的大脑产生病变，咱们再次进行现场勘查就很有必要！"刘天昊说道。

"还有什么途径可以让大脑受到损伤？"虞乘风从后座问道。

韩孟丹摇摇头："很多。"

刘天昊用手指敲着额头，认真地思索着韩孟丹的话和步兴元等人出现异状的事儿，如果流浪汉大脑受损造成行为反常，那步兴元和杨厚光的大脑是不是也受到了损伤？

想到这里，他立刻给步兴元打了一个电话，让他立刻到市医院找许安然，对他的大脑进行详细的检查，同时又联系了监狱，让狱警带着杨厚光到市医院检查大脑！

"还有文媛，你还记得案发当天吧？"虞乘风焦急地说道。

刘天昊急忙冲着他点点头。虞乘风听后立刻给姚文媛打了电话，说明了原因并让她马上到医院对头部做个全面检查。

没过一会儿，许安然打来电话，告诉刘天昊步兴元之前就做过头部的检查，并未发现异常，如果想要更深入的检查，就只能到高档的私人诊所。

"好，那就去私人诊所，费用的事……"

"哈哈，大侦探为难了吧，刑警队的那点经费我知道，还是别用了，完全不够，检查费用我来想办法吧，但你欠我一个人情，得还！"许安然的声音从话筒传了出来。

车里很安静，手机扬声器声音扩散得厉害，恨得他只想把手机换掉。刘天昊尴尬地咳了两声："好，就这么说定了，对了，还有两人也需要检查，一个是文媛，另外一个是犯人杨厚光，监狱的民警会去找你。"

"行，一起吧，事儿好像越来越有意思了，昨晚我和大师姐、佳佳……哦……好吧，好像有人来了，我先去看看情况。"没等刘天昊说话，许安然就挂了电话，显然是因为她说漏了嘴，怕刘天昊继续问她。

许安然、赵清雅、王佳佳三人凑到一起会做什么呢？

韩孟丹三人都在想着这件事，许安然和王佳佳骨子里隐藏着诸多的不安分，和成熟稳重的大师姐会有什么瓜葛？

刘天昊的疑惑很快有了答案。两名民警打开警戒带，大切诺基带着轰鸣开进别墅区，还没到楼王别墅，就听到楼王楼顶传来王佳佳的惊叫声和另外一个男人的低吼声，低吼声好像猛兽捕食猎物时发出的声音，低沉而具有震撼力。

刘天昊顺着声音看向楼顶，发现王佳佳身体已经靠在平台的铁栏杆上，面对的一个男人手中拿着一把刀不停地向她挥舞着。王佳佳身上的衣服有几处被刀划开，隐约还有鲜血流下来。

她气喘吁吁满脸大汗，身体无力地靠在铁栏杆上向一旁慢慢地挪动着，显然已经没有多少体力，而对面的男人却像一头狼一般，身体缩着，眼睛放出精光，大口地喘着气，慢慢地逼近王佳佳，随时可能做出致命一击。

"不好！"刘天昊没等车停稳便下了车，掏出手枪向楼王跑去。

……

没有任何一种生命是坚不可摧的，也没有任何一种生命能够永恒，生命来之不易，应该好好珍惜。活着，每一个生命都值得尊重。

夏乔懂这个道理，对小生命的到来格外珍惜。霍瑞元虽说不懂，却因为夏乔给他带来的是一个儿子，让他有了后，自然也特别高兴。

无论从哪个角度，一个生命的诞生给人带来的总是快乐和愉悦，至少在一段时间内，夏乔和她的家人们都沉浸在小生命诞生的兴奋中。

孩子的诞生并不是简单的生命延续，给大人带来的，更多的是责任和义务，这是一个长期的过程。

过了新鲜劲儿后，霍瑞元再次露出了本来面目——好吃懒做，原本条件差的时候，他很少挑吃挑喝，但自打和夏乔结婚以来，随着物质条件的丰富，他开始挑剔起来，这个咸了、那个淡了、这个油放多了、那个没有滋味，对生活品质的要求也跟着上调，衣服要穿品牌的，出门要喷香奈儿香水，戴最贵的太阳镜。

如果夏乔的经济状况正常，这些事也算不了什么。

但人生没有一帆风顺，夏乔的公司还是出了问题，公司副总居然犯了一个原则性错误，给客户发货之后，在没收到款项之前就签了海关放货单。

客户提了货物，事后却并未付款，等夏乔强挺着身体的不适处理此事时，一切都已晚矣。

如果无法追回货款，夏乔的经济就会崩塌，而没心没肺的霍瑞元却在家中因为岳父岳母做的菜不好吃大发雷霆……

第二十二章　嫌疑

王佳佳再次睁开眼睛时，呈现在眼前的是一片雪白，房间的光很柔和，没有福尔马林的味道，也没有滴滴答答的仪器声音。

"我是在天堂吗？"王佳佳艰难地说了一句话，她的嗓子有些沙哑，一股强烈的口渴感涌了上来，头部的剧痛已经消失，取而代之的是眩晕，腹部也时不时地传来隐隐的痛楚。

她尝试着动了动手指，深吸一口气缓缓吐出，腹部又一阵疼痛传来，告诉她此时她还在人间。

门打开的声音响起，刘天昊的声音传进耳朵："你醒了！"

王佳佳扭过头去，看到刘天昊、韩孟丹和虞乘风从房门的方向走进来，与其一同进来的还有一名医生和护士。

医生和护士忙着用各种仪器给王佳佳检查着，边检查边小声嘀咕着："都睡了两天两夜了，要是再不醒就麻烦喽。"

各种仪器滴滴答答的声音不断传来，小护士认真地记录着数据。

"发生了什么？"王佳佳双眼有些茫然，显然是受伤后失血过多引发暂时失忆，她正要坐起身，腹部再次传来一阵剧痛，让她无法控制地痛苦地哼了一声。

刘天昊急忙上前轻轻按着她的肩膀，随后慢慢地坐在床前面的椅子上，叹了一口气："没事，都过去了，不过……那人没救过来。"

"谁？"王佳佳预感事情有些不妙。

刘天昊和韩孟丹对视一眼，拿出王佳佳的摄像机主机，打开后回放给她看，画面是王佳佳和粉丝"一片大海"在别墅区的影像，两人有说有笑地走进楼王别墅。

还有一段是距离楼王别墅比较远的摄像头录下来的，角度有些狭窄。王佳佳靠在楼顶的栏杆上，一把刀刺向她的腹部，她尽力地用双臂掐住对方的手，但刀尖已经刺进腹部寸余。

随着一声枪响，拿刀刺王佳佳的那只手慢慢松开，王佳佳力气一松，沿着栏杆滑到地面，晕了过去。

"子弹击中了他的肺动脉，送到医院时已经没救了……"刘天昊摇了摇头，脸上尽是自责之意，虽说是为了救王佳佳才开的枪，但毕竟打死了人。

所有的记忆突然涌入王佳佳的脑海，她记起了一切，在别墅区突然产生莫名其妙的强烈不适，还有网友"一片大海"的怪叫声和疯狂攻击她的行为，最后的记忆是她看到刘天昊从露台的大门冲上来，用手枪瞄准他们的方向，枪响后"一片大海"胸前慢慢地被鲜血洇湿，诡异的是，他的脸上居然露出了释怀的表情。

"他的真名叫吴瓷猛，曾经在市统计局工作，八级职员，后来辞了职，成为社会闲散人员，不过根据他的上网记录，他一直很关注你。"刘天昊说道。

"他是我的粉丝。"王佳佳的语气中透着悲哀，粉丝是她事业的基础，哪怕是其中一个粉丝出事，对她来说都是损失。

虞乘风微微摇头，说道："他和你之间的关系远没有你看到的那么简单。"

王佳佳一脸茫然地看着刘天昊和韩孟丹。

韩孟丹帮她把床摇了起来，让她半躺着，以免说话时不舒服。

"你还记得七年前你的一次报道吧？是关于一起车祸的，当事人是一名年轻的女教师和一个年迈的老人。"刘天昊问道。

王佳佳想了一阵，点点头，脸上露出一丝懊悔之意。

年轻的女教师骑电动车上班时和一名晨练的老人相撞，她把老人送到医院后，被赶来的家属堵住索要赔偿。由于没有目击证人，对于究竟是撞倒还是停车帮助老人，双方各持己见。社会上也分成两派，一方站在女教师角度，另一方站在老人角度，一时间 NY 市的舆论闹得沸沸扬扬。

后来双方对簿公堂，经过法院判决，女教师最后赔了老人 3 万元，宣判后，女教师没再提起上诉，拿了 3 万元给了老人，这样一来，更加让人们相信是女教师撞了老人。

但这起案子因为在彭宇案之后不久，也引发了网友们长时间的热议。

虞乘风说道："事件的余威出乎人们的意料，学校以有违师德的名义开除了女教师，随后她还遭到诸多不明真相的网友攻击，老人同样如此，有的是从网络上，有的是用电话，有的甚至到两方的家门口……"

自从人类进入网络时代后，软暴力一直是一个颇带争议的话题，人们在纷纷谴责软暴力的同时，一次又一次地制造软暴力。

事不关己高高挂起、墙倒众人推等词把人性的暗面展现得淋漓尽致。

"涉事的老人还好些，可以两眼一闭在家里养伤，女教师却不同，因为受不了各方的压力，最后喝药自杀了，当时我刚分配到刑警大队法医鉴定中心实习，是我师父带我给她做的解剖鉴定，我对她的印象很深，面容几乎紧紧地扭曲在一起，仿佛心中有着无穷无尽解不开的事。"

韩孟丹说道。

当时的王佳佳正处于创业期，追逐的都是网络热点和大事件，所要的只是名利和金钱，从未考虑事件的后续发展及其影响。只要事件热度一过，便没了价值，在这个价值至上的网络时代，没价值就代表着抛弃，至于当事人最终下场的事儿就不是媒体人和三分钟热血的键盘侠考虑的事儿了。

那件事无论是后续的反转还是法院的最终判决，都没给出人们一个真相，而事件本身被发酵后，走向了不可控的深渊。

老人得了 3 万元的赔偿，涉事女教师丢了工作和性命，但没有最终的赢家，因为事件代表着社会道德的退步，代表着精神文明的退步，这是王佳佳从未想过的。

"这件事一直困扰我好久，那时我还太年轻，不懂事。"王佳佳低下头说道。

"'一片大海'就是女教师的男朋友，当时两人已经准备结婚，女教师的肚子里还有了孩子，要不是当年那件事，也许……"韩孟丹叹着气说道。

"这正是他关注你的原因，在他的家中，我们搜到了很多关于你的资料。"刘天昊说道。

虞乘风从文件袋中拿出一些资料，最上面的一张贴着王佳佳的照片，资料很详细。王佳佳接过资料看着，惊讶的表情浮现出来，这是一份相当全的资料，从王佳佳上学开始一直到现在，很多事情她本人都已经忘了，资料上却写得清清楚楚，她的习惯、社会关系，甚至是个人生理隐私都记录得清清楚楚。

这个时代是一个资源共享的时代，加上智能手机的普及，使得人们对隐私的保护削弱了很多。

王佳佳作为记者一刻不停地工作着，记录着各种稀奇古怪的事，但也有人盯着她，记录着她的一切！

"他一直在暗中观察你，也许是他发现你有了变化，不再是那个只是追逐名利的媒体人，更多的是注重民生、注重导向、三观很正的网络记者，所以他选择了宽恕。"刘天昊一张一张地翻着资料，早期的资料很多都用红笔打了一个大大的叉，到了后面的资料上，多了一些铅笔的注解，多半是对王佳佳变化的注解，近一年来的资料上白白净净，除了打印出来的字外，再无其他文字。

从资料上能看出"一片大海"在情绪上的变化，他已经没有谋害王佳佳的动机，应该是想找一个单独的机会和王佳佳接触，讨一个说法或者是寻求安慰。但他却受到那股神秘力量的侵扰，激起他内心对王佳佳的恶。

刘天昊把资料轻轻地塞进档案袋，放在王佳佳的手中，轻轻地拍了拍档案袋。王佳佳投去感激的眼神，把档案袋紧紧地攥在手上。

"我给他做了尸检，发现他的脑部皮层受到轻微损伤，比6名流浪汉的大脑损伤轻一些，可能是导致发疯的主要原因。"韩孟丹说话间看了看王佳佳的头部。

王佳佳一听，下意识地用手摸了摸脑袋，脸上露出一丝惊恐。

"我给你做了详细的检查，你的头部没有任何问题，腹部的刀伤并未伤及内脏，明天就可以出院了。"医生说道，随后和女护士走了出去。

王佳佳这才注意到这里并不是市中心医院，而是高档私人诊所。

"这儿是距天涯海角最近的医院，医疗条件又很好，所以就把你俩送到这里了。"刘天昊解释道。

犯人杨厚光和民警步兴元、姚文媛三人也是在这儿检查的头部，检查结果和王佳佳的一致，并未发现头部有损伤。

"你能说说在我们到达楼王别墅之前发生了什么吗？"刘天昊问道。

王佳佳思索了一阵，才缓缓地点点头，遂把她身体极度不适和"一片大海"的异状讲出来。

"从目前掌握的线索来看，'一片大海'介入天涯海角事件纯属意外。"刘天昊说道。

王佳佳点点头，说道："之前还好好的，看不出他有任何异常。"

刘天昊瞥了瞥放在房间墙角的无线摄像器材，问道："我听老蛤蟆说这套器材很昂贵，从未出现过任何故障，但刚才你说它们之间传输信号时出了问题？"

"说来很奇怪，好像是无线信号传输过程中被干扰造成的，从来没遇见过这种情况。"王佳佳说道。

"我们假设在楼王附近有一股神秘力量，它可以影响到生物的大脑，同时对无线信号传输也产生影响，先后受到影响的有侵略国步兵基地所有官兵、塔吊司机杨厚光、6名流浪汉、两条狗、姚文媛、步兴元、王佳佳、吴瓷猛。生物大脑受到影响，头部会出现诸多的强烈不适，行为变得极其不可控，可能会有强烈的攻击欲望，做事不计较后果！"刘天昊分析道。

王佳佳点点头，说道："异状产生时，我的心情非常糟糕，感觉整个世界都是灰暗的，生无可恋的感觉。"

生无可恋，人要到什么状态下才会产生这样的感觉？

……

夏乔明白了什么叫生无可恋。

一单生意赔了100多万元，公司被诸多的债权方告上法庭。夏乔是个讲究信誉的人，不得已只得卖房子卖车来还债，多年的积蓄耗尽。

卖车时，她才发现自己的宝马X5和霍瑞元的别克昂科雷已被银行列为不良资产，无法出售！

逼问之下，霍瑞元只得说出两台车在夏乔生孩子期间被他抵押给高利贷，理由是想为夏乔还债而去赌博！

夏乔和家人急忙查看保险柜中的房产证，发现房产证也不见踪影，几乎可以确定就是霍瑞元偷走了房产证拿去抵押，但此时的霍瑞元又重蹈覆辙，整个人失联。

在家人的支持下，夏乔果断选择报警，幸运的是，警方很快从霍瑞元手上拿回了房产证，找到他时，他正在高利贷公司用房产证办理贷款手续，如果再晚一步，房产证也会沦为高利贷的抵押品！

霍瑞元是典型的欺软怕硬，在派出所的拘留室里像个孙子一样和警察道歉。

因为霍瑞元是夏乔的丈夫，警方无法以盗窃罪定罪，加上霍瑞元态度较好，当天就被释放。

霍瑞元表面点头哈腰，但心中已充满怒火，离开派出所后立刻回到家中，气急败坏地辱骂夏乔，不但又砸又打，还拿夏乔一家老小的性命相威胁，目的还是要钱。

夏乔和一家老小吓得缩在卧室不敢出来。

在气势上占据上风的霍瑞元暴跳如雷，吼叫着从厨房拎出煤气罐放在卧室门口，关上门窗后丧心病狂地拧开了阀门，吱吱的煤气泄漏的声音像是死神在耳边呼吸的声音……

生无可恋是一种感觉吗？

夏乔已经知道了答案。

第二十三章　生门与死门

告别了王佳佳，三人走出私人诊所的别墅小楼，看到两名外国籍医生陪着一个身穿淡灰色唐装的中国男人在院子里走着。

葛青袍！

葛青袍擅长的是东方神秘文化——奇门遁甲，高档私人诊所是完全西方化的产物，怎么会和他搭上边！

葛青袍好像有很强的感应能力，虽说背对着刘天昊等人，身形顿了一下，扭过头望向刘天昊等人，微微一笑，和旁边的医生低声说了两句，便独自一人转身走向三人。

"葛老师好，您这是……"刘天昊上前问候道。

葛青袍回头看了看不远处小声聊天的两名外国医生，小声地说道："有时候，外国人比中国人更欣赏东方的神秘文化，他俩可是我的忠实粉丝，每隔一段时间就找我来看看风水。"

"风水不是看一次就可以了吗？"虞乘风好奇地问道。

葛青袍呵呵一笑，说道："无论是什么学问，都要与时俱进。现代不同于古代，古代建筑格局很少发生变化，能影响风水的因素很少，一般都是在动土之前看一次，只要不动土就不用再看。可现代不同，周边环境几乎每天都会变化，正所谓三日不出门，新笋已成竹。影响风水的因素很多，所以得进行微调。"

韩孟丹一直都不看好葛青袍，因此在嘴角流露一丝冷笑。上次去葛青袍的道馆的事情她是通过姚文媛知道的，但在她看来，奇门遁甲只是心理学的一个旁支，利用的是人的心理进行揣摩，然后推理出对方想要的答案。

葛青袍并非只研究东方神秘文化，还有心理学、建筑学、地质学、中医学、西医学数个博士头衔，都是世界顶级大学颁发的，用他的话说，要想精通一门学问，需要数门学问做辅助，等韩孟丹后来知道葛青袍的这些学历后，也不禁咋舌瞠目。

"刘警官，案子破了吗？"葛青袍满脸慈祥地问着。他没有那些所谓的大师们的高傲，反而像一个慈祥的父亲。

刘天昊抿嘴一笑，微微摇了摇头。

"王记者的报道我都看了，前期你们做得很好。我有个线索，不知道能不能对破案有益。"葛青袍语气异常谦虚。

"您说说。"刘天昊饶有兴趣地说道，他知道葛青袍身为大师，肯定不会平白无故地说话。

葛青袍点点头，沉吟道："我看过王记者报道里的别墅区俯视图，发现整个别墅区以楼王别墅为定点呈扇形分布，而整个扇形和周围的山脉、河流形成一幅八卦图，别墅群所在的方位为'震'位，震数木，而别墅区外的一条河属水，水生木，属生门，显然是有高人指点过，按说别墅区应该很旺才是，可半山腰三长两短的设置破坏了八卦，把生门变成死门，源头就是顶点——楼王别墅。"

韩孟丹听后脸上写满了不服，反问道："那您给算一卦，凶手是谁？他用的是什么手法作案？"

葛青袍看了看韩孟丹，脸上依然是那副看起来很慈祥的笑容，说道："韩法医，奇门遁甲讲究的是推演运势，无法具体化，大约像中医和西医之间的区别，中医无法像西医一样量化，靠的是经验和感觉，所以不被现代科学体系认可。但世间万物之间皆有联系，能够根据其他相关联事物推演出本体的运势，这就是奇门遁甲推演的原理。"

"那就是算不出来喽！"韩孟丹避开对方的目光嘀咕着。

葛青袍没有继续辩驳，冲着刘天昊抱了抱拳，说道："有空儿代我向令叔问候一声，就说等出牢狱之时，青袍在道观备茶接风。"

葛青袍突然说到刘天昊的叔叔，弄得他一愣，见葛青袍已经转身离去，也只得应了一声。

葛青袍刚走，刘天昊的电话便响了起来，是市监狱的电话，监狱长说刘明阳要见刘天昊，让他现在就过来。

按说犯人不可能说见谁就见谁，但刘明阳即将出狱，原本又是警察出身，加上刘天昊这层关系，算是用了点特权。

刘天昊知道肯定是叔叔从杨厚光处得到了关键线索，这才急着叫他过去！原本要是没有王佳佳的事儿，三人是打算勘查天涯海角别墅的，王佳佳无恙后，他们还得完成原本的计划。

韩孟丹却提出分头行动，虞乘风和韩孟丹按照原计划去天涯海角别墅，说不定影响王佳佳和"一片大海"的神秘力量还在，可以将其抓个现行。刘明阳和二人不熟，且监狱探视也只允许一个人。

"分头行动，车归你们，我打车去市监狱。"刘天昊朝着远去的大切诺基挥了挥手，随后向市监狱的方向走去。

……

刘明阳一直在等刘天昊，两人一见面，他立刻说道："杨厚光提供了一条重要线索，关于他出事后的具体细节他只说给过两人听，其中一人是我，另外一个叫齐鑫，齐鑫和杨厚光是表亲关系，原本两家走得不近，但自打杨厚光从监狱里出来并从富强集团拿了一大笔补偿后，两家便走近了。"

"贫居闹市无人问，富家深山有远亲"说的就是这个道理。

原本杨厚光只是一个民工级别的，是来 NY 市打工的外来者，和城市里这些亲戚几乎不在一个层面上，相互之间很少有来往，但杨厚光得了补偿款，买了房子又买了车，一段时间内生活无忧，这才敢和亲戚来往。

齐鑫开了一家公司，是一家和电磁防护有关的公司，手下有 20 多名员工，开着一辆路虎揽胜，是名副其实的大老板，平时对这些穷亲戚不冷不热，也很少和他们来往。

刘明阳和杨厚光聊天是有意而为，所以问了很多细节问题。齐鑫和杨厚光差距很大，对杨厚光入狱的事儿并不感兴趣，却比刘明阳问得还详细，几乎刘明阳问过的问题，他都问过。

齐鑫还让杨厚光带着他去别墅区看过一次，详细询问了当时杨厚光出事时所在的位置。

"杨厚光所经历的怪事早就成为过去，就算里面有古怪，早已经不是什么秘密，齐鑫问得这么详细，肯定是别有用心。"刘天昊说道。

"没错。杨厚光和富强集团达成一致协议，以酒后违章作业为理由背了锅，背后的真相不可能到处去说，到目前为止除了咱们，就只有齐鑫知道。可关于齐鑫，杨厚光就说这么多，我再问，他就有了警惕，不肯再说一个字。"刘明阳说道。

"您的意思是说……"

刘明阳突然一笑，说道："你是侦探，我只是线人，如果破案了，别忘了为我请功，这里我待够了。"

刘明阳熬了这么多年都熬过来了，眼看着就要出狱，却说待够了，而且眼神中充满了对自由世界的向往，难道他心理有了变化？

刘天昊笑着说道："好，一定请功。"

离开了监狱后，他立刻给技术科打电话，立刻排查 NY 市叫"齐鑫"的人，是一家电磁防护科技公司的老板。

电磁防护……电磁，仔细想想，刘明阳在谈话中特意在说这两个字的时候，有意无意地加强了语气，肯定是有意而为。

电磁在生活中无处不在，电磁炉、微波炉、电脑、电视、手机等等，虽说电磁辐射有些危害，但效果却都很慢，要达到影响人体健康的剂量需要日积月累，而且影响也是呈渐变式的。

侵略军步兵营、杨厚光、流浪汉、姚文媛、步兴元、王佳佳、"一片大海"，步兵营士兵和流浪汉时在这个地方待的时间稍长，其他人几乎都只待了很短时间，如果是电磁辐射造成的，得需要很大剂量才行。

想到这里，他立刻给韩孟丹打电话："孟丹，你们俩没事吧？"

韩孟丹的声音从话筒传出："没事，一点反应都没有，在楼王别墅待了快 3 个小时了，腻死了。"

"孟丹，你说有没有可能是电磁辐射影响了人体？"刘天昊问道。

"不可能，电磁辐射没那么大的威力。再说，别墅中又没有能够产生电磁辐射的设备呀，如果是外面产生的电磁辐射，隔着这么远，别墅的墙体又很厚，根本穿不过来。"韩孟丹几乎立刻否定了他的推理。

"我……"刘天昊话还未说完，就听到话筒另一头儿传来争吵的声音。

"昊子，不和你说了，外面老步他们好像和人吵起来了，我出去看看，一会儿再联系你。"韩孟丹说完就挂了电话。

"电磁"这个词在刘天昊脑海中始终转着，好像在和他捉迷藏一般。想了好一阵也没有收获，便叫了一辆网约车，准备回刑警大队技术科，技术科小王却突然打来电话。

"刘队，找到齐鑫的资料了，NY 市齐鑫科技发展有限公司的总经理，走的是高科技的路子，但不知道为什么，公司已经黄了，而且……"电话那头又传来鼠标点击的声音。

"他人在哪儿？"刘天昊的直觉告诉他齐鑫很可能和这件案子有关。

"仙人顶！"

刘天昊呼出一口气，眉头又紧皱了起来。

仙人顶是 NY 市最大的公墓。

……

霍瑞元因为违反治安管理处罚条例被拘留三天，三天后，他带着怨气回到家中，却发现用钥匙打不开房门。

夏乔终于认清了他的本质，趁着他被拘留时把防盗门锁换了，又贷了款解除了宝马车的抵押手续，那辆别克昂科雷最终还是没能拿回来，被债权人低价卖了出去。

霍瑞元在门口又喊又叫，撒起了泼，见没人应答后，他怒气冲冲地跑到地下车库，却发现车位上空空如也。

他在门口保安处得知夏乔两天前搬了家，不知去向。他又找到夏乔的公司，发现公司也是人去楼空。

所有和夏乔有关的一切都不复存在，仿佛这个世界压根就没有过夏乔！

他开始一遍遍地打夏乔的电话，发微信、短信，给夏乔的家人打电话、发短信，但电话打不通，短信也没人回。

霍瑞元彻底疯了，在微信给夏乔留言：立刻出现，否则，让我抓到，杀你全家！

夏乔和霍瑞元之间的矛盾已经达到极点，只要一个不慎，就会遭到灭顶之灾。人疯狂起来连自己都会不认识，就像天涯海角 6 名疯狂的流浪汉一样。

第二十四章　疏忽的线索

步兴元和警察虎子正拦着一群身穿登山服装的驴友，还有一些驴友从别墅区门口广场的车上下来，加入到责问的行列中。

很显然这是一群经济上比较有实力的驴友，开的车除了三菱帕杰罗、丰田陆巡、雷克萨斯 LX570、奔驰 G 还有路虎卫士等比较稀少的车型。

驴友们想穿过别墅区登上后面的竖着三长两短的山峰，但因为有命案未破，而且那股神秘力量不知道什么时候会降临，为了人身安全，公安方面一直没有解除封闭天涯海角的禁令。

步兴元的身体已经恢复如初，负责别墅区警力的安排，面对这样一群不正面讲理的富人们，步兴元只好采用磨的战术。

虞乘风是老刑警了，既有基层经验又有在大机关工作过的经历，处理起这样的事儿要比步兴元厉害得多。

韩孟丹刚走到别墅大门，原本群情激奋的场面已经变成了一个领头的驴友和虞乘风到一旁私谈。

虞乘风三言两语便说服了领头的驴友，同时在聊天中得知这些驴友是第二次来这里探险，第一次是在很久之前，而且也发生了一些怪异的事儿。

领头的驴友是一名资深驴友，在一家富强集团下属的建筑公司做总工程师，当时天涯海角别墅群就是他参与设计和建造的，他的爱好还有玩车和探险，当听说天涯海角别墅出现怪异，所有业主集体退房后，就组织了一群玩得好的驴友前来探险。

由于是建筑公司领导，和集团很多人都比较熟，打了几个电话后，门岗保安就放他们进了别墅区。

　　登山进行一番探险后并没有发现异常，但众驴友都是各个领域的成功人士，每次都是借着探险的机会聚会，探险只是个引子，实际上相聚还是为了寻找合作和商机。

　　由于下山的时间比较晚，总工程师就给集团打了电话，安排众驴友在别墅区住下。当时别墅区的业主刚刚撤出去不久，房子的装修还未遭到破坏。

　　楼王别墅是蒋小琴的产业，总工程师再喜欢探险也不可能私自去楼王别墅，所以众人就在离楼王别墅 300 米左右的一栋别墅聚会。

　　但此时的别墅已经停了电，总工程师就让保安把发电机组打开，给在这条线路上的别墅送电。众人用手机和便携式摄像机拍了一天的照片，电量消耗得差不多了，就把手机纷纷插在插排上充电，然后聚在客厅开始喝酒聊天。

　　也有驴友趁着空闲的机会给家里打电话报平安，有的则是联系客户做生意，但出乎意料的是所有的手机的信号都是断断续续，无论是电信、联通还是移动，信号好的时候总有杂音进入通话，信号不好的时候直接断线，惹得众人一阵破口大骂。

　　这种情况一直持续了好一阵，让所有驴友都放弃了手机，投入到热闹的酒局中。

　　……

　　"那晚大伙儿都喝了很多，迷迷糊糊地睡了，我安顿好了一切后，才得着空儿给家里打电话，开始时信号还不错，打了两分钟后，手机话筒里就传出滋滋啦啦的噪音声，随后信号变得极差，我说话对方听不清楚，最后干脆断了线。第二天我们起来的时候已经是中午，很多人都嚷着头痛，说这次我拿的酒不好，上头。"总工程师转身从一台雷克萨斯LX570上拿来一瓶 750 毫升的牛栏山二锅头。

　　虞乘风接过来看了看，摇摇头，他不太懂酒，看不出这酒是什么档次，是真是假。

韩孟丹接过来看了看，打开盖子闻了闻，说道："清香型56度牛栏山绿棒，应该是真的。"

总工程师呵呵一笑，从韩孟丹手里接过酒瓶，说道："这酒是我去酒厂直接提的，在家里的酒窖放了十来年，绝对假不了，可那帮人却冤枉我。当年酒驾抓的还不是很厉害，所以大伙儿都多少喝点，现在不行了，出门都得带着司机。"说完话，他回头向汽车驾驶室看了看。

驾驶位置上坐着的一个美女，皮肤黝黑但长相绝对可以和任何一个明星比肩，雇用这样一名司机显然不单是司机那么简单。

"还有没有其他奇怪的事发生？"虞乘风问道。

总工程师皱着眉头想了想，说道："没了，我们这帮人都是业余探险的，说穿了就是为了在一块儿聚个会什么的。"他说到这里停顿了一下，又说道："还有件事，虽说不怪，但也比较有意思。"

"您快说说。"虞乘风忙催道。

"每次信号不太好的时候，房间里的灯都会闪，用专业电工的话说，就是电压不稳。"总工程师说道。

"这附近有通信转信塔吗？"虞乘风问道。

总工程师摇摇头，说道："听集团的人说过，原本是准备安装在那个山头的，就是传说中三长两短的那个山头，但还没来得及安装，业主集体退了房，集团损失了不少，安装的事儿也就没人再提了。"

虞乘风点点头，抱歉地说道："总工，现在是非常时期，要不，等这件事一结束，我给您打电话，邀请您一起上山探险如何？"

总工程师呵呵一笑，说道："我们呐，就是冲那个山洞来的，不是说里面的武器装备都运走了嘛，就想看看里面是什么样，看看还有没有可能捡个漏，哈哈，得了，那就不耽误你了，我们进山玩去了。"

两人又聊了几句，互相留了名片后，总工程师带着驴友开着车浩浩荡荡地离开。步兴元看着千万元级别的大车队叹了一口气，又看了看虎子。虎子露出了憨厚的笑容，眼神却是一片清澈，看得步兴元一阵羡慕。

年轻人对物质的需求不高，能吃饱喝足就好，不像人到中年，肩膀上担着的担子太重，对物质和精神的需求极大，眼睛里满满的欲望。

步兴元和虞乘风对视一眼，两人似有同感。

虞乘风原本和虎子一样，单身汉一个，没有太多的欲望，一心就是当好警察做事业，但现在他和姚文媛谈恋爱，可能还要结婚生子，房子、车、衣服、吃喝、孩子的教育、双方父母的养老等，进入而立之年的他开始考虑的东西越来越多。

虞乘风的手机响了起来，是刘天昊打来的电话。

"乘风，你看看微信，我发了一张照片，老步在不在你身边，你让他看看认不认识这个人？"

虞乘风打开微信，是一个中年男人的彩色照片，照片的周围是花岗岩石材，这是墓碑上的照片。

步兴元凑过来看了看照片，说道："这个人我一点印象都没有，没见过，他是？"

有时候人就是这样，本来就在嘴边的事儿却怎么也说不出来，等到不经意的时候，记忆才会恢复，但还有一种可能，就是真的不知道。

虞乘风给刘天昊回道：刘队，老步不认识这个人。

刘天昊发回一个省略号。

步兴元挠了挠脑袋，苦着脸结结巴巴地说道："我这脑子最近有些不好用，总忘事儿，可能是楼王那次事儿把我脑子弄坏了，虎子，以后你当上局长了，可得给哥评个伤残啊。"

虎子在一旁连忙点了点头。

刘天昊又发来数条微信语音：与楼王别墅有关的受害者咱们落了那对神秘夫妻，老步当时说这事儿时我也到内网资料库查了资料，因为受害的两人轻伤，所以我就疏忽了，你问问老步，有没有那对夫妻的资料。

"落下的这条恰恰就是最重要的一条。"

316

"是不是我脑袋也受到神秘力量的影响了，最近怎么总不好使。"

……

"收到，我再和老步确认一下。你别上火啊，刘队。"虞乘风给刘天昊回了一条。

刘天昊迅速回了一条语音：我本来没上火，让你这一说，还真上火了！

韩孟丹在一旁听得直笑。

步兴元一直皱着眉头抓耳挠腮地想着，看模样应该是想不起来了。

"老步，刘队让我问你租楼王别墅的那对神秘夫妻的事儿。"虞乘风说道。

"女主人不知所终，也没什么资料，男主人说是得了精神病，在精神病医院住着呢。"步兴元一拍脑袋说道。

"有他的资料吗？"虞乘风说道。

"有，在所里。当时案子我跟进的，两名受害者看着浑身血淋淋的，但实际上受伤不重，都是皮外伤，送医院后一个星期就出院了，男的被抓到派出所后就装疯卖傻，这样人我们见多了。"步兴元说到这里给虎子一个眼神。

虎子接着说道："步队在审讯过程运用了很多审讯技巧，但那男人好像真的傻了，最后找专家做了鉴定，发现他是真的得了精神病。"

步兴元让虎子说的原因就是想展示他是一名优秀的基层刑事警察，并非一窍不通的傻蛋。

"那个男人叫什么？"虞乘风问道。

"姓霍……名字和我有重字，对，叫霍瑞元！"步兴元说道。

……

人的疯狂源于对恐惧的无知。

霍瑞元是地道的 NY 市本地人，本地人有本地人的优势，拥有外来户所没有的社会关系网。

霍瑞元利用所有的关系寻找夏乔，甚至动用了公安局内部的朋友，他现在不惜一切代价要找到夏乔。

找夏乔的幌子是为了寻找孩子，财产他可以一分钱不要，但孩子必须归他！但实际上他要找的是他的余额不足 5000 元的工资卡。

就在他疯狂找人时，夏乔突然出现在他面前，很冷静地告诉他，可以和他谈谈，给他一次机会，但这是最后一次，日子可以一起过，但必须先离婚。

霍瑞元疯狂的行为就像一名拳击手猛地打出一拳，却失去了目标，力道无处发泄全部回到自己身上一般。面对极其冷静的夏乔，他立刻答应下来。在他眼里，夏乔的公司倒闭，又欠了很多外债，离婚对他只有好处没有任何坏处，但他的幻想就是夏乔可能还有后手，也许还有大量的存款和房产，这是他拿钱的最后机会。

只要能拿到钱，委屈一段日子又能如何？

两人拿到离婚证时，霍瑞元笑了，夏乔也笑了。

第二十五章　众叛亲离

疯人院关着的病人不一定是真疯，有些人可能是知道了很多世人看不懂的事儿，有些人可能是为了某种目的装疯，但大部分人是真疯！

曾经有个人为了骗取伤残等级补助，享受病退待遇，在精神病院吃屎喝尿、装疯卖傻半年之久，在成功达到目的之后，他对前来接他出院的妻子悄悄地说道："再不来，我就真疯了。"

精神病医院与想象中的不一样，由于地点远离 NY 市主市区，没有了高楼大厦、飞机汽车，空气清新了，也没噪声了，它的占地面积很大，花园、广场也尽量地设计得很大，以防止给人压抑的感觉。

偶尔走过一名身穿病号服的患者和护士、医生，也是安安静静地走过，并没有影视剧中渲染的紧张的氛围。

当两名强壮的特护人员带着霍瑞元坐在刘天昊和韩孟丹面前时，两人对视一眼。

单从面相上看，霍瑞元脸上满是戾气，偶尔露出笑容也是冷笑，脸色没有常人的红润，反而是一种蜡黄泛着黑，两颗大门牙出现了两个巨大的豁口，眉毛的走势是由左向右倾斜，嘴的走势是由右向左倾斜，形成了一个难看的夹角，从坐下的一刻开始，双腿就不停地抖动着。

霍瑞元盯着两人看了一阵，又发出一阵冷笑，一股巨大的口臭味道迎面冲向二人，熏得他们不禁一阵阵地皱着眉头。

刘天昊翻了翻手上的档案，又抬头看了看霍瑞元，确定档案照片和对面的人一致，这才冲着两名特护人员点了点头。

"三比一押两万，赔率一比一点八，嘿嘿嘿嘿……"霍瑞元的腿抖得更厉害了，随着抖动频率越来越快，他的裤子上开始泅出尿迹，最后尿水沿着裤腿流了下来，他双眼中满是兴奋，若不是约束衣把他双手紧紧地困住，怕是会手舞足蹈起来。

一名特护人员露出不屑的笑容，说道："这人天天叨咕赌博的事儿，跟真的似的。刘警官，您也问不出啥来，他一天疯疯癫癫的，吃屎喝尿的，有时候还用屎作画，啥恶心事儿都干，没一句正话，还动不动就打人，脾气大着呢。"

"打人之前有预兆吗？"韩孟丹问道。

"要钱，见谁管谁要钱，没有就动手，但遇到比他厉害的，他就尿了，跟丧家狗一样。"特护人员说道。

霍瑞元回头看了看特护人员，突然吼道："赶紧给老子拿钱来，要不杀你全家。"

刘天昊叹了口气，冲着特护人员挥了挥手。两名特护人员像拎小鸡一样拎起霍瑞元，一左一右地架着他离开房间。果然如特护人员所说，当两人的大手拎着霍瑞元的脖领子时，他的状态就像一只柔弱的小鸡。

不多时，一名医生走进房间，手上拿着一叠厚厚的资料，放在刘天昊和韩孟丹面前。

"刘队，韩法医，这是霍瑞元的治疗档案，这家伙有严重的暴力倾向，所以不得不加以束缚，入院后医院组织了专家对其进行鉴定，严重的精神分裂症，成因应该是大脑中部分组织受损导致的功能性障碍。"医生介绍道。

"损伤不可逆？"韩孟丹又问道。

"对，不可逆，所以他永远都离不开医院了。在入院体检过程中还发现他体内含有大量的癌细胞，经后期检查后发现其患有肝癌，已经是晚期了。"医生说道。

刘天昊仔细回想了一下霍瑞元的脸色，蜡黄泛黑，眼珠也呈黄色，很明显是肝脏出现问题造成的。

刘天昊和韩孟丹翻看着霍瑞元的资料，发现在病人家属一栏空着。

"病人家属没来签字吗？"刘天昊指着文档上一处空白问道。

医生无奈地摇摇头，说道："这人是因为故意伤人直接从公安局转过来的，当时办理了移交手续，但家属一直没来签字，公安方面说已经联系了他的家人，但没人愿意来，他们也愁着呢。"

韩孟丹翻到一张脑部 CT 片子，发现其中有一块病变区域，说道："按照脑 CT 片子来看，脑皮层病变区域比 6 名流浪汉要大一些，这就意味着，他的病变程度要高于流浪汉。"

刘天昊又翻看着步兴元提供的档案，发现霍瑞元租住楼王别墅的时间是 6 个月，在时间上比流浪汉住的时间要短。

如果楼王别墅有股神秘力量能引发人脑部病变，根据目前所掌握的案件来看，居住的时间越长，病变的程度就越高，但霍瑞元居住的时间明显低于流浪汉，但病变程度却很高。

"为什么会这样呢？"刘天昊自言自语道。

"也许神秘力量对每个人影响的程度不一样吧，这应该和个人体质有关系，就像有人对霉菌不敏感，但有人可能碰一下都受不了是一个道理。"韩孟丹解释道。

"后来因为涉及治疗免责的问题，医院去找过霍瑞元的家人，最后通过他的原单位联系上了他的三个姐姐，不过她们的态度出乎意料地一致，没人愿意为他签字。"医生叹了一口气。

有些病在治疗时可能会采用比较极端的治疗方案，可能会引发对身体的衍生伤害，如果在治疗时没有家属签字，等产生伤害时，家属也许会突然跳出来，质疑治疗方案并会到法院起诉，一部分医患纠纷就是这样来的，所以医院在没有家属签字的情况下不会擅自做主治疗。

"他因为赌博欠了三个姐姐很多钱，没饭吃就到姐姐家蹭饭，没地方去了就去姐姐家住，借钱开始都是成千上万地借，后来借不出来了就三百二百地借，反正人不走空，姐姐们没办法了，就统一口径，拒绝这个弟弟再上门。"医生解释道。

医生的话让刘天昊和韩孟丹想起"众叛亲离"这个词，用来比喻霍瑞元现在的下场再合适不过了。

刘天昊翻到步兴元提供档案的最后一页，上面是一张离婚证书，妻子的名字写着夏乔。

"这是从霍瑞元的单位抽屉里发现的，除了身份证，他就剩下这个，因为涉及伤人和赌博，原单位已经把他开除了。"医生说道。

刚说完话，就听见有人喊医生的名字，医生冲着两人抱歉地笑了笑，随后转身离去。房间中顿时安静下来，静得掉落一根针都会听得清清楚楚。

"孟丹，你没发现一个问题吗？凡是在现场待过，受到过影响的人，记忆力和逻辑思维能力都有一定的影响。"刘天昊敲了敲自己的脑袋。

"每次你去的时候并没受到过任何影响啊？"韩孟丹说道。

"老步受到的影响好像要比姚文媛、王佳佳严重一些，但比不上杨厚光和网友'一片大海'，最严重的属6名流浪汉、霍瑞元以及侵略军步兵基地的官兵。老步出现了记忆力衰退、逻辑错位等问题，王佳佳已经两天没见到了，按说她要是没事的话，绝不会放着这件案子不理会。"刘天昊并未沿着韩孟丹的话题继续说下去。

"还有到天涯海角体会幻觉的驴友们，他们受到的影响最小。"韩孟丹说道。

"齐鑫在整个事件里可能有很重要的作用，甚至有可能就是凶手，虽说他已经死了，但神秘力量的危害还存在，一日不破解隐患就不能根除。"刘天昊说道。

"乘风已经去找齐鑫的线索了，应该很快。"韩孟丹说道。

"上次拜托你老师做的头部病变组织的病理报告出来了吗？"刘天昊问道。

"出来了，一份很长很专业的报告，本来想找个时间专门给你解读的。"韩孟丹把手机拿出来晃了晃。

"能不能从简解读？"刘天昊小心翼翼地试探着问道。

"可以。"

"咱们先去见一个人，也许他能给咱们解答一些问题。"刘天昊长吁出一口气。

……

何华阳是全国有名的电磁防护专家，在电磁技术运用方面有着很深的造诣，很多家科技公司的老总隔三差五地上门拜访，看看何华阳有没有最新产品问世，以防止自己所销售的产品落后。

刘天昊和韩孟丹给前台的秘书递上名片，然后规规矩矩地在公司的接待处坐着，身边还有好几个身穿西装系领带的男人，用敌视的眼光看着二人。

不大一会儿，秘书走到接待处，请刘天昊二人进入实验室。他们刚走不远，其他几个西装男交头接耳地议论起来，开始猜测他们的身份，居然不用排队直接进入实验室找何华阳。

实验室中的人们都穿着白大褂忙碌着，有的人还穿着防电磁辐射的防护服在操作台上操作着仪器，有的则是在办公桌旁低声讨论。

何华阳穿着白大褂，可能是常年从事和电磁有关的试验，眉毛和头发比较稀疏，整个人看起来有些浮肿。见两人走过来，何华阳立刻放下手上的仪器，冲着刘天昊走了过去，一边打招呼一边伸手握手。

何华阳的热情把韩孟丹看得一愣，就算是市长来他的实验室，他都爱理不理的，刘天昊一个警察却能让他以如此态度相对。

原来，何华阳当年为一个超出时代很多的实验集资而陷入一桩洗钱案，洗钱案背后又涉足一桩杀人案，何华阳只是个科学家，对于经济领域的运作一窍不通，便陷了进去。当时是刘天昊跟的这宗案子，最后把何华阳的资金弄了回来，还给他清白，事后，两人成了忘年之交，何华阳还时不时地给刑警队赞助一些费用。

刘天昊开门见山地把来意说明，同时又把天涯海角的事件始末也讲述出来。何华阳听后思索了一阵，又用笔在纸上计算了一阵，随后才说道："你的怀疑不是没道理，但电磁的能量没那么大，要想对大脑造成影响，怕是得经过一番精心设计才行。"

刘天昊点点头，看了看实验室中的仪器几乎都是挺大的个儿，又说道："您是说这种情况是有可能发生的？"

何华阳把他刚才计算的纸推到两人面前，说道："单凭电磁辐射让人脑短时间内发生病变不太可能，但要是让多重电磁辐射叠加起来，在波峰处交汇后，就有可能实现，甚至会造成人迅速死亡。"

"这么厉害！"刘天昊惊道。

"试想一下，如果把你放进微波炉里会怎么样？"何华阳指着一台身形庞大的机器说道。

第二十六章　电磁叠加效应

　　韩孟丹老师的报告非常专业，专业到一般的病理科医生都难以看懂，更不用提普通的刑警了。报告里有关于大脑解剖学的专业数据，也有流浪汉的大脑切片病理分析，刘天昊拿着报告单坐在副驾驶的位置看着，始终愁眉不展。

　　韩孟丹的车开得很猛，晃了一阵后，刘天昊感到头有些发晕，一股异常难受的感觉涌上心头，便放下报告，他突然想起姚文媛、王佳佳两人所陈述的症状，竟然与晕车有些一致。

　　"我说你看不懂吧。"韩孟丹说道。

　　"你解释得太简单了，我有点不太甘心，想再找点线索。"刘天昊打开车窗，一股热浪扑了进来，他赶紧又关上车窗，脸凑到空调口吸了几口凉气。

　　对于流浪汉大脑切片的病理分析简单地说，就是有各种可能会引发病变，至于是哪种可能却无法下定论。

　　刘天昊对这个解释并不满意，他期望的是能有个确切的定论。可专家就是专家，不可能做实锤定论，万一不灵，专家的牌子就砸了，所以专家一般都会给出相对含糊的意见，韩孟丹的老师是非常注重名声的专家，自然不肯下定论。

　　韩孟丹哪能不知道刘天昊的心思，于是说道："老师之所以不敢下定论，是因为不确定因素太多，单凭一块病理切片很难下定论。结合几件怪事，我觉得流浪汉是受到了某种神秘力量长时间的影响，这才导致脑部发生病变，驴友、姚文媛、王佳佳和咱们因为时间较短，加上体质的差异，受到影响很小。"

刘天昊点点头，韩孟丹的分析他之前就说过，他现在想知道的是这种神秘力量的来源是什么，只有找到来源，才能真正地揭破作案手法，顺藤摸瓜才好找到真凶。

从目前的情况看，那股神秘力量应该在70年前就存在。

找出神秘力量是关键！

"电磁辐射或者是磁场、微波、核辐射等等都有可能对人脑造成类似的伤害。"韩孟丹说道。

"微波、核辐射、磁场都可以排除，生化毒气也可以排除。就像何博士说的那样，如果把电磁波叠加起来，就会造成对人体的伤害，可天涯海角附近哪来的电磁波呢？"刘天昊自问着。

"这些电磁波、宇宙射线之类的随处可在，但对人体是无害的，除非是……"韩孟丹说到这里顿了一下。

"除非是人为制造的电磁波！"两人几乎异口同声地说道。

刘天昊想到这里，立刻又拿出笔在报告的背面画着，画了一阵后，才抬起头，说道："我有一个大胆的设想。"

"不会是侵略者步兵基地的两座通信塔吧？"韩孟丹随意地说道。

"就是它们，你还记得葛青袍的话吧，三长两短，天涯海角小区是整个八卦的一部分，原本是生门的位置变成死门，这些都和两座塔有关，如果两座塔是好用的，接上电之后就可以发射某种电波，再加上合适的角度，就会形成何博士所说的叠加。"刘天昊手舞足蹈地说着。

韩孟丹脸上尽是不可思议的表情，说道："这不太可能吧，那两座塔已经70多年历史了，能立着已经不容易了，怎么可能还好用，而且它们都是发射信号的信号塔，没有信号源怎么发射信号！"

"没错，信号源是关键，信号塔始终都是媒介，信号源才是关键。"刘天昊说道。

"也不知道你在说什么，神神道道的。"韩孟丹自顾着开车，对刘天昊所说的话懵懵懂懂的。

"好不好用咱们试一下就知道了，今天无论如何，我都要勘破凶手作案的手法！"刘天昊说到这里立刻给王佳佳打了电话。

王佳佳的声音有些有气无力，很明显是还没起床，别墅神秘力量影响了她的大脑，同时又被网友"一片大海"捅伤，无论是身体还是精神状态都未得到恢复。

"喂……"王佳佳连一个字都不愿意多说，只是从嗓子里哼哼出声音来，估计要不是看到是刘天昊的电话，都有可能拒接。

"佳佳，你准备一下无线监控设备，我现在和孟丹去找你，咱们去天涯海角做个实验。"刘天昊说道。

"做什么实验啊，该做的我都做了，没用的，这件事就让它过去吧。"王佳佳语气很随意。

"这次不同，我可以勘破作案手法，快来吧，带着设备。"刘天昊语气中掩饰不住兴奋，丝毫没顾及王佳佳的想法。

"哦，好吧。"王佳佳的声音听起来有些不情愿，但又不愿驳了他的面子。

"你没事吧？"刘天昊才想起王佳佳刚刚出院，便关心地问着。

"没……没事，这两天睡得有些不太好，白天没精神，你俩不用来接我了，我自己开车过去。"王佳佳长出了一口气说道。

……

NY市一进入夏季异常炎热，天涯海角对比炎热的市区来说就凉爽很多了。

无线摄像器材并没有按照王佳佳原先的方案摆放在楼王别墅周围，而是分别放在别墅的每个房间中，主机则是安排在离楼王别墅相邻的别墅内。

刘天昊这样做主要是为了人身安全，万一神秘力量对他们造成伤害可就得不偿失了。

除了刘天昊、韩孟丹、王佳佳之外，刘天昊还邀请了步兴元、虎子、富强集团的物业经理和一名电工，还有一些建筑工人和地质勘探人员。

人们互相望着，不知道刘天昊葫芦里卖的是什么药。

当楼王别墅一切都调试好了之后，众人开始撤离楼王别墅，进入相邻的别墅内，观察着无线摄像系统的接收主机。

主机连接着一个比较大的显示器，是刘天昊特意从老蛤蟆那儿借来的，显示器上有九个画面，每个画面对应一个房间，房间中都放着铁质的笼子，笼子里面装的是家畜家禽，有的是狗，有的是猪，有的是鸡、鸭、鹅、鸽子，还有的笼子里面装的是老鼠。

在某些时候，动物的敏感性要比人强很多，比如对于地震波，老鼠、鸡、狗之类的动物就要比人先知道，是因为它们对地震所产生的次声波比较敏感。

刘天昊选择小动物做实验的对象也是基于这个道理。

刘天昊和王佳佳是最后离开楼王别墅的，两人走到别墅大门时，刘天昊突然站住，向外面的草地上看了看，又向楼王楼顶方向看了看，最后把目光望向一脸疲惫的王佳佳。

"佳佳，你知道楼王别墅的秘密！"刘天昊一语惊人。

王佳佳脸上的疲倦之意立刻消散，微微一笑，说道："我的大神探啊，我只不过是一名小记者，哪能勘破这件案子啊，我还等着你的专访呢。"

她晃了晃手上的便携式摄像机，歪着头冲着他一笑。

"'一片大海'跟踪你好几年，你身为记者不可能不知道。出事那天，你、许安然、赵清雅三人连夜来别墅楼王探险，什么收获都没有，而你偏偏在快要离开的时候又折返回去，这本身就不正常，如果要解释一个原因，就是你发现了什么，但又不能和许安然、赵清雅共享。"刘天昊说道。

"你怀疑我是凶手吗？"王佳佳说道，手有意无意地摸向腹部的伤口。

"如果是和流浪汉的案件有关的线索，你当然不会拒绝和她们分享。

但如果这条线索只属于你呢？"刘天昊用逼视的目光盯着对方。

"好啦，大侦探，把心思放在眼前吧。"王佳佳歪着头说道。

"你们三人熬夜一夜都已疲乏至极，赵清雅和许安然归心似箭，并未观察周围的环境，你却不同，你的眼睛时刻在搜索着任何可疑成为新闻热点的线索，所以你看到了跟踪你的'一片大海'。这些年你一直都知道他的存在，但因为心中有愧，而且他并没有实质性的行动，你也拿他没办法。"刘天昊说道。

"我并不知道他的存在，你冤枉我啦，得赔偿！"王佳佳依然撒着娇，并未受到刘天昊情绪的影响。

"但他一直这样也对你的生活造成了影响，一个女孩，肯定不希望有一个有过节的男人潜伏在身边，可能会对她的生活造成威胁，当你勘破别墅楼王的真相后，你就起了利用之心，利用这股神秘力量彻底摆脱'一片大海'。"刘天昊说道。

"大哥，我可是受害者呀！"王佳佳白了一眼刘天昊，脸上露出了委屈的神色。

"我知道你没想害死他，只想让他受到神秘力量的干扰知难而退，但没想到的是，他身体受到神秘力量干扰后反应比较大，如果不是我们及时赶到，你的计划就要坑了自己了。"刘天昊说道。

王佳佳摇了摇头，说道："一切都是要讲证据的。"

刘天昊呵呵一笑，说道："要是有证据，我就没必要和你在这儿说话了。佳佳……咱们认识多少年了？"

王佳佳立刻答道："26年零73天。"

她的回答令刘天昊一愣，一个女人要是把相识的时间记得那么清楚，就表示她对他的心意有多深，刘天昊不是爱情专家，也不是登徒子，但对于男女之间的感情，他如何不知。

"这些年你变了很多，不再单纯、不再执着，不过，无论怎样，我都希望你别触犯法律……有什么难处，可以随时找我。"刘天昊话里有话。

刘天昊是个执法者，如果知道王佳佳犯法，肯定会秉公执法，两人的关系会坠入冰点，这是她和他都不想看到的。

王佳佳想了一阵，才说道："明白，咱们继续吧，他们还等着呢。"

刘天昊点点头，问道："我发现一个问题，就是事故发生之前都会有一个共同点。"

"什么共同点？"王佳佳问道。

"电，柴油发电机！它们在出事前都开着！"

"你怀疑是发电机组产生的电磁辐射？"王佳佳有些不太相信。

刘天昊摇摇头，看了看柴油发电机仓库的方向，笑着说道："当然不是，发电机组提供的只是能源。"

第二十七章　验证

柴油机房中充满着柴油的味道，巨型的钢铁机械是工业时代的产物，代表着人类文明的先进。随着柴油发电机组发出嗡的一声，电流的滋滋声充斥着整个房间，房顶的灯边闪烁边亮了起来。

"电流有些不稳定。"电工用电表测量着，又测了几次后，他沿着输电线一直查找着。

"有什么不对劲的吗？"王佳佳问道。

"这种柴油发电机虽说不是大品牌，但质量很稳定，从未听说过输出电流不稳定的事儿。"电工在机械上边测边说道。

"对下手表，10分钟后停机3分钟，然后再开机，1小时后彻底关机……"刘天昊和电工同时看了看手表。

王佳佳疑惑地看着刘天昊，刘天昊神秘一笑，说道："先别问我，马上你就会知道了。"

电工鼓捣了一阵，也没看出有啥问题，叹了一口气向刘天昊和王佳佳说道："刘警官，你们先忙去吧，我再查查，看是哪条线路出了问题。"

刘天昊又嘱咐了几句，才和王佳佳离开，来到众人聚集的别墅内。

别墅一楼大厅比楼王别墅的大厅小了很多，十多号人在里面显得有点拥挤，靠近中央的位置摆放着王佳佳的无线监控的主机，电源线插在墙上的一个插座上。

众人围着主机屏幕看着，屏幕上显示的是装有各种动物的笼子，可能是运输过程中有些晕车，动物们安安静静地待在笼子里。主机屏幕上的画面隔十来秒就闪一下，有时候闪得厉害了，甚至会出现一片雪花。

"刚才还好好的，怎么突然变成这样了。"

"不会是那股神秘力量来了吧。"

"我们会不会变成王记者故事里面的流浪汉和步兵基地官兵啊？"

"没事没事，刘大神探来了。"

……

人们七嘴八舌地议论着，刘天昊站在屏幕前始终没说话，过了5分钟左右，屏幕突然闪得厉害了，他把手机屏幕冲向众人，说道："在屏幕闪烁的时候，手机也没信号了，你们看看各自的手机。"

众人纷纷掏出手机看了看，果然手机信号都受到了影响。

"真没信号了，这是怎么回事？"众人惊讶地问着。

话音未落，屏幕上又出现录像画面，手机信号也恢复了正常。

"咦，手机又恢复信号了。"众人说道。

刘天昊向两个手持一个巨大仪器的人点了点头，两人立刻离开房间向楼王别墅的方向走去。

信号中断又恢复，如此反复几次后，屏幕上显示的鸡、鸭、猪、狗等动物开始躁动起来，不停地在笼子里走来走去，狗朝着一个方向疯狂地咆哮着，鸡、鸭和鸽子在笼子里不停地扑棱着翅膀，羽毛从身体上落了下来。

"这些动物好像发疯了哎……"

"是那股神秘力量，肯定是它！"

"会不会是外星人的飞船？"

"我看更像是超自然的幽冥事件。"

"大白天的，哪来的幽冥事件，不可能！"

在屏幕前的人们无法感受到那股力量，但此时在楼王别墅的家畜们却笼罩在神秘力量之下，极尽本能地想逃离这个极凶之地。

极凶之地是王佳佳给天涯海角起的另外一个名字，她是从葛青袍的理论中得来的灵感，生门变成死门，福地变成极凶之地。

刘天昊看了看王佳佳，叹了一口气。

为了赚足眼球，王佳佳把别墅流浪汉袭警案事件刻画得很神秘，在描述中始终有一股神秘力量左右着案情的发展，影响着一个又一个前来探察的人，NY市最著名的神探抽丝剥茧地追逐着案情，甚至连神探也深陷其中无法自拔，他的好友和搭档先后受到神秘力量的影响……

正所谓三人成虎。她的叙述带有艺术加工的成分，但传得多了，人们便信以为真，甚至还有影视公司找到她，要买整个事件的影视版权拍成惊悚电影。

王佳佳操作着主机，把声音切换到放狗笼子的房间，狗的狂吠声已经连贯在一起，好像野狼嗥一般，狗蜷缩在笼子的一角，眼睛中充满恐惧，身体不住地颤抖着，四个爪子尽量地张开着，扒在笼子的钢条上。

又过了一阵，狗眼睛中的恐惧渐渐消失，两只前爪不停地扒着它的头部，狂吠声变成了呻吟，头不停地甩来甩去，口中流出白沫。

刘天昊看了看手表，距离打开柴油发电机已是40分钟。

狗的情况时刻在变化着，它的双眼中出现了一丝戾气，不时地抽抽着鼻子，露出锋利的犬齿，口中低吼着，偶尔发出两声叫声。狗在这种状态就是做好了攻击的准备，就像和6名流浪汉一起冲锋陷阵的两条狗一样。

鸡、鸭、鹅、鸽子、猪、老鼠的表现几乎和狗一样，先是剧烈挣扎，然后是萎缩成一团。

狗的状态是最疯狂的。

"狗所待的房间正是我当天产生强烈幻觉的房间。"王佳佳惊道。

刘天昊突然一怔，紧紧地盯着屏幕看了一阵，向韩孟丹问道："孟丹，如果墙上有残留的血迹，时隔半年左右还能验出来吗？"

"从理论上讲是可以的。"韩孟丹也盯着屏幕看着，在狗笼子左上方的墙壁上隐约有一些发黑的痕迹，与其他部位的霉迹有些不同。

"OK，等你的实验结束，我会去勘查现场提取样本。"韩孟丹说道。

刘天昊的手机闹铃响起，他拿出一看，是1小时的约定到了。别墅中的电灯立刻灭了，王佳佳的无线监控接收主机也转为自身电池供电。

"去看看！"刘天昊一马当先冲了出去。

当众人跟着刘天昊进入楼王别墅时，那只狗正龇着牙朝着刘天昊吼叫着，要不是有铁笼子挡着，怕是早就扑过来撕咬刘天昊了。

笼子里的猪不停地拱着笼子，用牙齿咬着铁栅栏，咬得铁栅栏咯嘣咯嘣直响，大牙不时地崩掉一块，却丝毫不能影响到它的行为。

鸡、鸭、鹅、鸽子、老鼠已经恢复正常，但没精打采地待在笼子里一动不动，要不是时而眨动的眼睛，怕是以为已经死了。

"哎呀，怎么会这个样子！"众人纷纷议论着。

刘天昊拿起对讲机喊着："小夏，你再开一下柴油发电机！"

对讲机立刻传出回话："收到，5秒钟后启动！"

众人听罢，皆抬起头盯着头顶的灯，为了实验，刘天昊让物业把房间的灯都恢复上了，5秒钟后，灯闪了两下后亮了起来。

众人又把目光盯向狗笼子。

也不知是狗狗见人多害怕了，还是受到神秘力量的影响过劲儿了，它趴在笼子角落里几乎一动不动，眼睛都不愿抬起来一下。突然，灯光一闪，随即不停地闪烁着，狗狗猛地站起身，朝着山的方向警惕地望着，10秒钟后，它再次狂吠起来，虽说声音有些沙哑，却掩饰不住内心的疯狂！

刘天昊立刻朝对讲机说着："小夏，停止发电机！"

众人又把目光望向房顶的灯，却发现灯依然闪烁着。

"小夏，小夏，快停止！"刘天昊再次喊着。

虎子很机灵，见对讲机另一头没反应，立刻冲了出去，飞快地向柴油发电机房跑去。

"小夏，小夏，收到请回复！"刘天昊喊着。

对讲机传来滋滋啦啦的声音，却听不清对方说的是什么。

狗狗的行为更加疯狂了，在笼子里上蹿下跳地没一刻闲着，口鼻不停地撞在笼子上，鲜血从鼻孔不断地蹿出。其他房间的笼子里也传出噼里啪啦的声音，还有猪嚎叫的声音同时传来。

幸运的是，在场的人并未出现任何异状，大伙儿互相望着，几乎大气都不敢喘。

灯突然灭了，狗狗的疯狂行为仍在继续着。

对讲机传出电工小夏的声音："刘队，刘队，发电机组已经关闭，刚才对讲机受到干扰，听不到你讲话的内容。"

"收到，收到，不要再开发电机组了。"刘天昊松了一口气。也不知是紧张还是受到了影响，他的头部隐隐有些胀痛，随着每一次心跳头部都会有一次胀痛发生，他不由自主地用手指按摩着太阳穴和眼睛缓解着。

王佳佳走上前，轻声问道："昊子，你没事吧？"

刘天昊深吸了一口气，微微摇了摇头。

狗狗的疯狂依然持续着，冲着众人的方向不停地龇牙吼叫，身体微微后坐，做出攻击状态，嘴角流下来的白沫不停地落到地面上，形成一大摊。

"大伙儿把动物们拿到院子里吧。"刘天昊说道。

众人纷纷行动起来，把笼子拎到别墅院子里。为了保险起见，刘天昊亲自拎着狗的笼子，狗狗数次向笼子上方扑咬，企图咬他的手。

刘天昊把狗笼子放在地面上，随后冲着众人说道："其实神秘力量并不神秘，一切都是来源于它，这个故事要从 70 年前开始说起了。"

第二十八章　自作孽不可活

侵略军步兵基地的存在像一颗钉子，拔不下来，刺得肉痛。

步兵基地承担着生化毒气的实验和制造，给南北的侵略军部队输送了大量的生化武器，对中国军队造成了无可计量的损失。

NY 市是极其重要的战略要地，每天都有不计其数的间谍往来于 NY 市和附近的城市，把城市建设、工事建设、兵力部署等情报源源不断地送进步兵基地，这些情报对中国军队的打击绝不亚于一个集团军的攻击。

不得不说侵略军的战略战术很厉害，中国军队的数次明攻暗打都没能成功，反而牺牲了不少英勇将士。

此时，由于多个强国的参战，侵略国已处于劣势，步兵基地的作用却愈加明显。中国两方的军队都得到了高层的死命令，不惜一切代价攻下步兵基地，斩断生化毒气运输线和情报转运站。

中国两方军队的指挥官知道，就算再来一个军的兵力，也不可能攻占步兵基地，逼急眼了，步兵基地把毒气一放，不但攻打他的部队要遭殃，连整个 NY 市也要遭到毒气的袭击。

双方不断地派出侦察兵进行侦察，但均无功而返。步兵基地的防御过于完美，如果没有强力的武器，单单凭借兵力，从外部根本不可能攻克！

自作孽不可活！

在一天夜晚，步兵基地中有几名士兵突然病倒，头痛欲裂，脾气极为暴躁。

侵略军的军衔等级是很森严的，差一级都压死人，更何况是士兵与最高长官之间，但士兵真的冲着长官发怒了，而且歇斯底里。

最高长官并没有像以往一样处罚士兵，反而让随军的军医给几人进行诊治。

医生的结论是士兵得的是战场综合征，是因为压力过大，造成士兵产生失眠、精神压抑、记忆衰退、脾气暴躁等症状，在得不到心理治疗的情况下会愈加严重，甚至会摧毁人的心智，让人变成彻头彻尾的疯子。

心理医生在这个年代还是稀罕的职业，对于几名出现异状的士兵，最高长官只好先将他们关押起来，每天给服用一定的镇静剂，等战况好转后再转移到后方基地进行治疗。

为此，最高长官还给众将士上了一堂帝国主义思想课以鼓舞士气，但他的如意算盘还没能奏效，又有十几名士兵产生了异状，而且症状比之前的几个人还要严重，不但喜怒无常，还特别容易攻击人，很多不防备的士兵都受了伤。

随军的医生见事态有些严重，便建议上报陆军军部，让军部派一些医生来辅助治疗。

最高长官不愿这个时候给军部添麻烦，思来想去后还是决定由步兵基地自己来处理，于是再次把十几名产生异状的士兵关押起来。

当又有20多名士兵疯狂攻击其他士兵时，最高长官坐不住了，先是带着宪兵队剿灭了发疯的士兵，然后把消息立刻上报陆军军部。

陆军军部非常重视步兵基地的异常事件，于是派出了医疗小队前往基地，令人意想不到的是，在医疗小队进驻的第三天，又有20多名士兵发生异变，异变的士兵拿着武器疯狂地攻击周围的人，若不是最高长官有所防备，怕是整个基地都要被一锅端。

剿灭了发疯的士兵后，医疗小队认为是神经毒气泄漏影响了人的神经，这才导致士兵发疯，于是最高长官连夜命人启用半山腰的山洞，把所有的毒气弹都运到山洞里面并加以封存，存取虽然麻烦了点，却能保证安全。

之前发疯的 20 几名士兵经过治疗却并不见好，甚至连医疗小队也出现了异样征兆。医生没治好病，结果自己也疯了，这句话听着是笑话，却在当时实实在在地发生了。

医疗小队不肯承认是他们的医疗水平不行，在此时，如果出现了渎职或是办事不力是要被处决的，因此他们联名发了一封电报给军部，说基地可能有神秘力量影响人的神志，需要从国内派一名高等级的法师来驱魔！

基地最高长官虽说不相信，但也没其他办法，眼见着兵力越来越少，要是不处理就只能放弃这个基地，放弃基地就意味着他要放弃自己的职业生涯乃至生命。军部立刻联系了国内最著名的长须法师，并又派出一支精明强干的医疗专家组配合长须法师来到基地。

长须法师在侵略国国内非常出名，但至于有没有法力，只有他自己才知道。来到基地后，他开始对整个基地布局进行勘察，同时精英医疗专家组对整个基地的情况进行调查。

长须法师的勘察结果很惊人，说整个基地充满了邪气，但邪气却不是来自基地本身，而是外部，想找到邪气的来源却需要一定的时间。

精英医疗专家组也得出结论，用正常的科学理论无法阐述怪异现象，随后又对藏在山洞的神经毒气进行鉴定和排查，发现神经毒气可以对人体产生巨大危害，却无法让人发疯。

不得不说长须法师还是有些实力的，经过他的一番布置后，基地进入了一个短暂的寂静阶段。可这种安静却并未持续太久，三天后，整个基地所有官兵开始暴发异状，几乎所有的人都疯狂起来，甚至包括精英医疗专家组。

未受到影响的只有少数的几个人，其中包括长须法师、最高长官和几名军官。

疯狂的无差别攻击开始了，所有人拎着枪和手榴弹杀人，长须法师和最高长官凭借自身的能力挺到了最后，但他们不是神仙，最终被疯狂的士兵杀死。

等我方军队冲进步兵基地时，整个基地已经没有活口。

在场的中国军人都惊呆了，他们不知道究竟是什么力量让一个基地的侵略军官兵全部遇难，他们很少相信神明，但这次他们信了，相信这是上天对侵略军的惩罚，让他们丢了性命。

我方军队掩埋了尸体后，对基地内部的设备能搬走的就搬走，搬不走的就地销毁，又对整个基地进行毁灭性破坏，以防止再有侵略者军队占领此地，随后才离开。

……

刘天昊指着三长两短中的两座铁塔，说道："当年的步兵基地毁灭之谜就是它造成的。"

众人一听，立刻交头接耳地议论起来。

两座转信台铁塔，只是个铁塔而已，作用是发射通信信号，信号对人体的影响微乎其微，如何会让一整个基地的侵略军士兵发疯呢！

刘天昊并未解释，只是微微地笑着。两名手拿着巨大仪器的人走了进来，冲着刘天昊点了点头，他这才清了清嗓子，说道："这两位是NY市电磁辐射防护的专家，下面就请他们说说检测结果。"

其中一名专家打开仪器的屏幕，上面出现了很多数据，随着仪器嘀嘀叫了几声，他才说道："经过测试，楼王别墅二楼靠阳面的第一个房间辐射值超出常规天然本底辐射2万多倍。"

另一名专家接着说道："两座塔原本是通信用铁塔，通信所用的无线电波是频率较低的电磁波，本来对人体的伤害是微乎其微的，但有人偷偷调整了两座塔的发射功率，同时两座塔发射的电磁波通过后面的山崖的反射，聚焦在一个点上，聚焦的方位就在二楼靠阳面第一个房间，电磁波不停地振荡会对人的中枢神经系统造成多种不良症状，比如头痛、头晕、无力、记忆力减退、睡眠障碍、易激动、多汗、心悸、胸闷等，对视觉神经也有一定的影响，如果两者结合在一起，又非常严重的话，就会令人产生幻觉，并很有可能发生人的行为不可控的现象，也就是疯子。"

"没错，我们根据时间计算了一下，假设两座通信塔一直发射信号的话，每天会有48次电磁波聚焦在那个房间中，强烈的电磁振荡会让人中枢神经和脑部大脑皮层发生病变。"第一名专家接着解释道，随后朝着刘天昊使了个眼神。

"两座通信塔本来是二战时期的产物，就算塔还在，但不可能平白无故地产生电磁波，所以我又咨询了主管的建设部门和施工单位的施工员。他们给出的解释是，从工地施工开始，因为得不到市电的供应，所以只得采用柴油发电机给整个工地供电，那台发电机的位置就在现在的发电机的位置。而据当时施工单位的电工说，他在发电机下方发现了两根很粗的电缆，虽说有些陈旧，但里面的线还是好用的，本来电工想拔出来卖钱，但后来被包工头发现，便假装接线，把两根电线接到了发电机上，后来他因为其他事就先忙去了，等他回来时，发现电缆已经被埋在了地下。再后来就发生了杨厚光塔吊事故，而那个电工就是受害人之一，没错吧，兄弟？"刘天昊冲着物业管理人员说道。

第二十九章　秘密洞穴

物业管理员叹了一口气，说道："是我，确实有这件事，受伤后我就到集团上班，后来才到的物业，接了无名电线的事儿我早就忘了，也没当回事。"

"等别墅建起来之后，物业为了防止停电就换了一台柴油发电机，接线的时候就是按照原来的线接的，这样做也是为了省钱。"刘天昊说道。

物业管理员点了点头，一脸不可思议地说道："想不到这几桩悬案还是因我而起！"

"业主住进来之后，由于输电线架设有问题总是停电，在停电期间，物业就把电闸推到自发电的线路上，而业主们产生幻觉就是在这期间发生的。"刘天昊看着物业管理员。

"让你这样一说，还真是这样。"物业管理员想了想说道。

"先后出现幻觉和异状的有塔吊司机杨厚光、业主、神秘夫妻的丈夫霍瑞元、6名流浪汉和两只狗、警察姚文媛、警察步兴元、记者王佳佳、网友'一片大海'，还有就是这些动物，我发现其中有两个共同点，其一是症状，头痛、头晕、短暂性失忆、浑身难受，严重的甚至精神失常、疯狂、迷失自我，这是典型的超剂量电磁辐射造成的症状。其二就是发生怪异事件时，柴油发电机都是打开状态，如果柴油发电机关闭了，神秘力量的影响就会消失或者减轻。"刘天昊分析道。

众人又开始议论起来，都觉得刘天昊分析得在理。

"你是怎么注意到这点的？"王佳佳问道。

"这个要从你的无线监控设备说起，你还记得你和许安然、赵清雅来探险的那次吧。"刘天昊说道。

王佳佳点了点头，那次探险不但没有任何收获，还搭上网友"一片大海"的命，她也受了伤，虽然刘天昊对"一片大海"的死有怀疑，但却没有任何证据。在王佳佳和"一片大海"探索过程中，无线监控系统和刚才的情况一样，出现了数次信号干扰，这期间两座塔吊反复发射信号，信号被后面的悬崖壁反射聚焦在楼王别墅，以至于敏感的"一片大海"神志受到影响并产生幻觉，唤醒了内心的恶，导致追杀王佳佳。

"回去后我仔细地看了监控中的录像，发现信号受到干扰并不是随机的，而是有规律的，更加确定了我的推论，是电磁波干扰了信号传输，再加上从杨厚光处得到的信息，我锁定了一名叫齐鑫的人，他是电磁防护专家……"刘天昊看了看众人。

众人也明白了刘天昊的意思，齐鑫是电磁防护专家，很有可能就是整个事件的始作俑者。

"柴油发电机可以提供电力，两座塔是发射电磁波的工具，但真正起作用的设备却不是这两样。"刘天昊说道，随后他冲着两名专家点了点头。

一名专家指着两座铁塔中间的一个位置说道："产生电磁波的设备就在两座塔之间的那个位置，设备是 70 年前的产物，经历了这么多年仍保存完好，电源线是施工方电工无意中接上的，没想到却促成了这一系列的案件。"

"更正一点，两座塔其中一座是用于通信的塔，另外一座是雷达塔，是用来监控 70 年前 NY 市中国军队在附近设置的机场，只要有飞机起飞或者降落，又或者是来空袭这里，步兵基地都会准确地知道消息。"刘天昊说道。

两名专家几乎动作一致地耸了耸肩。

"咱们上山去看看，把它找出来，齐鑫的事儿容后再说。"刘天昊说罢便向山上走去，边走边用对讲机说道："小夏，10 分钟后打开柴油发电机组，然后向山上看我的信号再关闭。"

小夏立刻回复道："收到。"

两名专家把手中的巨大仪器打开，仪器发出滴的一声，两人快到两座铁塔的时候，突然停住脚步，朝着刘天昊挥了挥手。

刘天昊等人忙跑向两名专家，在他们前面 3 米处发现一个十分隐秘的山洞，由于山体的草和灌木丛比较茂盛，山洞就藏在草丛和灌木丛中，就算是冬天，由于灌木丛的存在，也很难发现山洞的存在。

"应该就在这里面，这里的电磁辐射有些异常。"一名专家说道。

两名建筑工人拿着铁锹一阵乱砍，半人高的草纷纷倒下，露出一个半米见方的洞口，一名地质勘探人员上前查看了一下，说道："这个洞不是天然形成的，而是人工挖掘出来的，受到山洪或者泥石流的影响被掩埋了起来。"

两名工人用铁锹把洞口扩大后，才发现洞里面很大，大约有一人多高、2米多宽、纵深5米左右的空间，两台很大的机器靠在洞最里面的位置，不停地闪着红色的灯，机器发出低沉的嗡嗡声。

机器旁边有几把木质的凳子，木料已接近于腐朽，呈现快要风化的灰色，还有一些不知名的物品凌乱地放在地面和机器顶部。

"里面说不定会有犯罪嫌疑人的线索，孟丹、佳佳，你俩随我进去，其他人在外面守着。"刘天昊立刻穿上鞋套戴上手套猫着腰钻了进去。

机器操作台上蒙上了一层灰，下面覆盖主机的铁板有一块被打开，铁板平放在一旁，露出密密麻麻的电线和一块巨大的电路板，电路板上满是一层灰尘，在巨大电路板旁边还有一个小型的电路板，看起来很新，他用手背轻轻地靠近小型电路板，一股热量从手背皮肤传导过来。

刘天昊用手机拍了下来发给一名电子专家，随即得到了回复：大的叫晶体管电路板，很古老的电路板，应该是初代产品，发明的年代正是二战结束前几年。小的应该是现代产物，可能是通信系统中的载波振荡器。

"就是它了。"刘天昊呵呵一笑，从密集的电线找到两根很新的电线，随后用电工钳子掐断电线，把新的那块线路板取了出来，低沉的嗡嗡声随之消失不见。

洞外面的两名电磁防护专家喊道："刘队，电磁辐射消失了。"

王佳佳在一旁用便携式录像机一直记录着，脸上尽是兴奋，她知道，这次报道肯定又让她的粉丝量大涨一次，冲击全国前十名的可能性都比较大。

从线路板接线来看，接线和焊接的手法应该是非常专业的电工的手法，甚至可以用一丝不苟来形容，保护裸露线用的是热缩管加上电工胶布的双重保险。

韩孟丹又在操作台旁边的位置上发现一个皮质的本子，经过70多年，皮质本子依然没有任何腐化的迹象，只是由于空气干燥的原因，皮子看起来有些龟裂。

她小心翼翼地拿起本子放进证物袋中，又在一旁发现了一个巴掌大小的本子，本子表面上的字迹是侵略国的文字。

"这里果然是侵略国发报和收报的地方。"韩孟丹说道。

王佳佳一边录像一边问道："他们为什么不选择在基地里面发报收报，反而选择在半山腰建立这样一个场所呢？完全没必要啊。"

刘天昊摇摇头，说道："不好说，这也是一个谜。"

"有没有可能是潜伏在侵略国军队中的我方间谍做的？"王佳佳问道。

在那个年代，敌我双方互相派卧底是常有的事，利用各种技能破坏对方的军事设施也是间谍的一项任务。

"这是后话了，还是先研究眼前的案子吧。"韩孟丹从地上捡起一小节线头放进证物袋中。

步兴元点了点头，冲着刘天昊说道："刘队，犯罪手法破解了，凶手呢？是那个齐鑫吗？"

刘天昊把线路板轻轻地放进证物袋中，说道："齐鑫在一个月前已经去世了，肺癌，虞乘风正在调查他的社会关系，看看他和受害人以及开发商之间的关系。"

如果齐鑫和开发商或者任意一名受害者存在利害关系，也就具备了作案动机。

刘天昊走出山洞，朝着天涯海角别墅方向用激光手电筒晃了晃，过了一阵，山洞中的嗡嗡声停止了。

步兴元和虎子给山洞拉上了警戒带，跟随者众人下山。

王佳佳在山洞里录完像后走出来，看到刘天昊正盯着她，于是微微笑了笑，说道："怎么了昊子？"

刘天昊沉默了一阵，才说道："如果真相不是咱们看到的这样，我应该是选择揭穿真相还是隐藏真相？"

王佳佳向下山的众人看了看，说道："每个人都会有一个选择，正确与否只能用时间来验证。我和'一片大海'的事儿也是一样，你只需要知道我没有恶意就好了，时间会证明一切的。"

刘天昊没再说话，转身向山下走去，走了几步，他的手机响起了数声。

"昊子，给你打了好多个电话都打不通，有时候打通了又断。"虞乘风的声音从话筒中传出来。

"我刚刚揭破了凶手的作案手法，等我回队里和你细说，齐鑫的社会关系查得怎么样了？"刘天昊说道。

"意想不到啊。你还记得租住楼王别墅的那对神秘夫妻吧，丈夫霍瑞元，妻子夏乔。"

"记得，我一直觉得霍瑞元发疯这件事并不简单。"刘天昊说道。

"齐鑫是夏乔的前夫！"虞乘风一语惊人。

齐鑫是电磁防护方面的专家，又从杨厚光处得知天涯海角发生怪异事件的始末，此时又和夏乔、霍瑞元发生了关联，世界上哪有那么巧合的事儿！

"齐鑫的临时住所找到了，在刘夏区，定位我发给你微信了。"

"好，我马上赶过去！"刘天昊向山下的天涯海角别墅区看去，以红黄色为主基调的别墅区在树木的绿色和河水的银光的衬托下显得那样悠闲。

第三十章　绝笔信

人生大多都是三起三落，没人会一帆风顺，落魄时不要气馁，得意时不要骄纵，这是成功之道。

齐鑫经营着 NY 市第一家做电磁防护的公司，生意是好生意，但生意最核心的还在于人，再好的生意如果遇到了不对的人，也会一败涂地。

齐鑫是个好人，但不是个好商人。

他的住所和办公场所合二为一，房间中物品摆放很乱，到处都是灰尘，看起来已经很长时间没人居住。除了一些办公电脑和打印机外，还有一些电磁防护用具的样品，一些不知名的设备胡乱地堆放在墙角。

刘天昊、韩孟丹和虞乘风三人在房间中搜索着，房子的业主在门外不知所措地站着，小心翼翼地看着房间里面的三个人。

虞乘风边查看边说道："这房子是齐鑫租用的，商住两用，合同应该是今年3月份到期，但房主收到了齐鑫的转账说要再租半年，还有两个月才到期。"

门外的业主立刻接道："我只是把房子租给他，其他的都不知道。"

刘天昊伸向一张摆台的手停住了，想了一阵后才又拿起摆台看着。

摆台摆放在老板桌的右上角，是齐鑫、夏乔和一个小男孩的合影照片，三人在一起显得很亲密，夏乔和齐鑫两个人笑得很阳光，小男孩手上拿着一个很大的变形金刚玩具，一看就知道是价值不菲的全金属限量版，绝不是几百元的地摊货。

"昊子，乘风，快来看看这个！"韩孟丹喊着。

两人立刻跑到卧室，看到韩孟丹蹲在床头柜前，床头柜的抽屉打开着，里面整齐地摆放着一些药物，她手上拿着一个信封和一张展开的信纸。刘天昊两人凑了过去，看到信的内容后，三人不约而同地互看一眼后叹了一口气。

以下是信的内容，不得不说，齐鑫的字写得很好，已经达到打印体的境界。

……

当你们看到这封信的时候，我已经上了天堂，也可能是地狱。没错，天涯海角的事儿是我干的，从杨厚光事件之后。

作案手法的原理不必多说，我是这方面的专家，是NY市第一批做电磁防护公司的技术骨干，在技术层面上，你们不必怀疑。我留下这封信的原因就是为了给你们解惑，以免冤枉好人或是成为悬案。

当我从亲戚杨厚光那儿得知天涯海角发生怪异事件后，我便留了心，因为我前妻夏乔找到我，向我陈述她现在的困境，她需要我的帮助，这是这么多年来她第一次求我，离婚后，我已经和她没了关系，但毕竟夫妻一场，而且我儿子还在她身边。

夏乔和她现在的丈夫霍瑞元闹得不可开交，霍瑞元是个地道的混蛋，欺软怕硬无恶不作，他欺骗了夏乔的感情，甚至利用他俩的孩子做文章，想骗取她所有的钱。

霍瑞元为了达到目的，三番五次地到学校门口堵我儿子，扬言要弄死他，以此要挟夏乔拿钱，虽说霍瑞元表面凶恶但实际上胆小怕事，但孩子并不知情。我不能任由霍瑞元祸害这个家庭，祸害我儿子。

当初我发短信劝过夏乔，霍瑞元三观不正，面相中带着邪气，可她偏偏被霍瑞元的表象所迷惑，完全听不进劝，她误以为我对霍瑞元有想法，其实她错了，破镜不能重圆，我不可能再回到她身边。

可恶的霍瑞元每天都变着法子折磨着夏乔和我儿子，甚至连他和夏乔的儿子也不放过，都被他当作要钱的筹码，他甚至还偷了夏乔的业务笔记本、车、房产证、身份证、信用卡等用以威胁，总之他的目标就是钱，不把夏乔榨干，他是不会离开的。

这是一条血吸虫，却寄生在肠子里，想赶走他，要付出很大的代价。

我已经病入膏肓，单凭力气，对付猪一样壮实的霍瑞元根本就是无能为力。我儿子有半个多月没敢去上学了，在家里躲着也是不得安心，再这样下去，人就废了。

报过警，法院也告过，但霍瑞元和夏乔还没离婚，派出所说这是家庭内部矛盾，霍瑞元行为过分，但并未造成实质性的伤害，没法按照刑事案件立案，只能私下进行调解。法院方面和派出所意见一致，建议先进行调解，调解不成再告。

法官和警察找到霍瑞元时，他的态度完全就是一个知错就改的浪子，但过后他会变本加厉地折磨夏乔和家人们。

MD，难道非得把人都杀干净了，才来抓他枪毙吗？

警察和法院都用不上，现在只能依靠自己的力量。

我想起了杨厚光和我说的事儿，当年问这件事时只是感兴趣而已，并未想太多，但现在对霍瑞元这样的混子，应该可以派上用场。

我酝酿了一个计划，既可以消除霍瑞元这个祸害，又不至于影响到其他人，至于我，肺癌晚期，每活一天都是痛苦。

计划的第一步得让夏乔和霍瑞元离婚，这件事得以夏乔为主，但她最大的缺点就是做事不果断，尤其是在感情方面，犹犹豫豫的很是害人。

霍瑞元因为赌博已经触及了夏乔的忍耐极限，现在只需要加一把火就可以了，所以我暗地找到夏乔，和她深谈了一次，我要把儿子的抚养权要回来，因为她现在的状态没办法抚养儿子。

我知道她不肯，要是肯的话，当初儿子就应该判给我，所以她接受了我的第二个提议——和霍瑞元离婚。

她认为所有道理她都懂，但实际上她只是知道而已，离真正懂还差得很远，也许只有当人触及生死这条线时才会真正懂得。但这样也够了，只要他俩先离了婚，然后我的计划就可以逐步得以实现。

夏乔的容忍力再强也无法允许霍瑞元破坏她的生活，这种破坏是毁灭性的破坏，加上我的说服，夏乔松了口。

我和夏乔达成了一致，我可以帮她彻底摆脱他的纠缠，条件是一切都得听从我的安排，事后我绝不干涉她的任何生活。

夏乔询问我用什么方法让霍瑞元彻底离开她。哈哈，我怎么可能告诉她，因为我看出了她眼神中的犹豫。我知道，到了计划的关键时刻，她叛变的可能性很大，所以做这件事只能依靠我！她只是整个计划的一个棋子，不能是下棋人！

计划的第二步很关键，就是验证我对杨厚光事件的推论。

当业主撤离别墅区后，我带着设备来到楼王别墅，也就是杨厚光当初开塔吊出事的地方，我测出了那里的辐射量很高，超出天然本底辐射很多倍！

果然与我预料的一模一样。

这种剂量的辐射要是集中一点爆发的话，几乎能赶上一次核爆炸的辐射量，这种当量的辐射对人体的伤害是极大的，要是能够利用的话，别说是杀一个人，就是一个步兵联队都轻而易举。

杨厚光身体受损不大是因为塔吊驾驶室的位置离辐射聚焦点比较远。

看到这里，你们一定联想到了二战时期侵略国的步兵基地吧，没错，据我分析，那次事故也不是巧合，应该是我国某方面的高人故意而为造成的。

趁着人们搬离别墅区的空当，我做了很多次检测和勘察，终于发现了电磁辐射的源头，它来自于半山腰的两座信号发射塔，产生信号的设备就在两座铁塔下方不远处的山洞，山洞很隐蔽且没有路通过去，没人会注意这样一个山洞，这也是它能一直保持秘密到现在的原因。

不得不说侵略国的技术很过硬，70年的设备除去灰尘以后居然还能用，只是功率太小了，虽然经过了后面悬崖山壁的反射聚焦，但依然需要很长时间的辐射才能影响到人的大脑。

令我意想不到的是，在探索发报室电源的过程中，我发现设备居然和天涯海角别墅的柴油发电机连在了一起，这也是杨厚光事件得以发生的先决条件，这件事情本身就很离奇，经过一番探察后，我发现有人把设备的电线接在了柴油发电机上，至于为什么却不知道。

电源和发射塔都解决了，剩下的就是换一块振荡器主板，这种东西在70年前属于超时代产物，但对于现代科技来说，几百元就可以搞定。更何况，我本身就是一名电子工程师，制作这种级别的电路板都不用代加工厂，网店可以提供给我一切可提供的工具和元件。

我突然发现这个局很巧妙，结合70年前步兵基地灵异事件，再加以艺术化加工，肯定会让人们以为是幽冥事件再现，要是能有时间的话，我可以好好设计一下，让整个计划更加完美。

可惜，我的生命快燃烧到尽头，夏乔和儿子每天都生活在水深火热中，随时受到生命威胁，我不能等，霍瑞元像一颗不稳定的定时炸弹，更不能等。

按照我的计划，夏乔和霍瑞元离婚了，代价是 5 万元钱。霍瑞元不但没给儿子一分钱的抚养费，还从她这里拿走 5 万元，这还是男人吗！

夏乔的生意赔了很多钱，公司勉力支撑，这些事霍瑞元都知道，本来他就想打退堂鼓离开夏乔，至于孩子的事儿，完全就没在他的眼里，对于一个不负责任的男人来说，孩子就等于是累赘。

得了一半的钱后，霍瑞元痛快地办了离婚，夏乔也如约地付了另外一半钱。

赌博可大可小，5 万元钱可能就是一把的事儿，在霍瑞元这里，这些钱肯定过不了一个星期，没钱之后他肯定还得来找夏乔，因为她软弱！

果然，霍瑞元输光了钱后又来找夏乔。夏乔就按照我的计划以重温旧情为由，把霍瑞元骗到天涯海角别墅，当然这也是有代价的，5 万元，这次的 5 万元是我出的，因为夏乔的确拿不出一分钱了。

楼王别墅原本是属于富强集团刘大龙的，我之前和他有过生意上的合作，如果别墅在他手里，肯定租不出来，但刘大龙死后，别墅就落在蒋小琴手里，她不但痛恨刘大龙的一切，而且爱财如命，一分钱她都会揣进兜里。

租房子的事儿很顺利，夏乔和霍瑞元如愿地住进别墅里，按照霍瑞元的性格，他一定会霸占靠阳面的主卧室，为此事，我特意让夏乔和他争这间房子，果然，霍瑞元撂下狠话，如果不让他住二楼主卧室，他立刻离开。

夏乔假装无奈，妥协后，她住在一楼的客房中。

霍瑞元以为是自己的魅力和坏男人的味道吸引了夏乔，却不知道死神离他越来越近。

我小心翼翼地调着聚焦点，尽量不伤害夏乔，但电磁波这东西很难控制，除了聚焦点之外，其他地方的辐射也很大，更何况我给设备做了改装加大了功率。

于是我又让夏乔以做生意为名离开别墅，没想到霍瑞元竟然没有一点留恋之意，也只是假惺惺地寒暄几句，他有他的如意算盘。

我知道霍瑞元一定约了别的女人来别墅幽会，借此机会显示一下他的"经济实力"，好让女人上钩，这也是他一贯的手段。

果然不出我所料，夏乔离开后，霍瑞元每天都带着不同的女人回别墅，有时候是年轻妖娆的夜店女，有时候是成熟丰腴的富婆。

我不愿意滥伤无辜，终于有一天，霍瑞元醉醺醺地从外面回来，一个人！

让别墅区停电是再简单不过的一件事了，只要在变压器上做点手脚，别墅区就会停电，物业就会转到柴油机供电。

一夜之间受到20多次电磁波聚焦的冲击，足以让他产生剧烈的反应，也许是死亡，也许是变成疯子，也许因此而得了癌症或者是其他的疾病。

令我惊喜的是，霍瑞元一睡就是一天一夜，更多次的冲击会让我的目标更加容易实现。

当第二天傍晚，一直联系不上霍瑞元的两个朋友找上了门，霍瑞元这一天一夜的睡眠质量肯定不好，被强行叫醒的滋味不好受。两个朋友也不是善茬儿，而且他们前来是担心霍瑞元，得不到理解也就罢了，还被他一顿骂，于是两人和霍瑞元争吵起来。

霍瑞元从厨房拎出一把刀，疯狂地朝两人砍去……

我就要死了，这封信算是留给世人的一个礼物吧，解开了天涯海角极凶之地的谜题，也给世人以警醒，不要用自己的人生去赌别人的人性。

齐鑫绝笔。

……

"案子就这样破了！"一股无力感涌上虞乘风和韩孟丹的心头，辛辛苦苦查了一大圈，结果被一封信破了案子！

"不对劲儿，不对劲儿……疑点太多了。"刘天昊嘴里叨咕着向外走去。

第三十一章　蝴蝶效应

无论何时，幼儿园总是充满着欢声笑语的，没有勾心斗角，没有名利追逐，没有尔虞我诈，一切都是那么纯净。孩子们在操场上尽情地玩耍着，摔疼了就哭上一通，高兴了就笑，渴了就喝水，饿了就吃饭，从不用为别人的感受而隐藏自己的情绪。

一个小男孩在操场上和小伙伴们跑着，从眉目上看，有些夏乔的影子，也有霍瑞元的影子，在和小伙伴们玩耍过程中，他不时地推搡其他的小伙伴，惹得小伙伴们要么惊叫一声，然后号啕大哭，要么跑到老师处去告状。

夏乔站在铁栅栏外看着孩子们，脸上洋溢着幸福的笑容，她一身灰色的职业装，头发高高地挽起来，看起来十分干练，眉头依稀还能看见曾经有过的皱纹痕迹，两鬓几根不老实的白头发跳了出来，随着风来回摆动着。

在她的眼里，只要她自己的孩子不吃亏，一切都不是问题，她的理念是小男孩就得敞亮一些，不能畏畏缩缩，但她始终没明白一个道理，3岁看到老，她和霍瑞元的孩子目前的状态决定他长大以后会变成第二个霍瑞元。

自打霍瑞元出事之后，她的生活开始趋于平静，公司的规模最简化，业务量也缩小到勉强维持公司的运营，她现在把主要精力投入到两个孩子身上，大儿子到了要考高中的年纪，她需要耐心辅导，小儿子刚上幼儿园，懵懵懂懂的状态，需要她的照料。

一声轻咳从身后传来，夏乔回过头，冲着刘天昊和韩孟丹笑了笑："你们是？"

刘天昊掏出证件出示给夏乔，并表明他俩的身份。夏乔愣了一下，问道："两位警官找我有什么事儿吗？"

刘天昊点点头，说道："有些事要向你了解，需要的时间可能比较长，咱们不如换个地方。"

"可是……"夏乔显然不太愿意接受这种邀请。

"要么咖啡厅，或者是刑警队！"韩孟丹斩钉截铁地说道，这招还是刘天昊当初对付蒋小琴用的，虽然有些让人不愉快，但好用。

夏乔脸色变了变，做出一副无可奈何的模样，说道："好吧，不过，一会儿我要接孩子。"

……

可能是时间的原因，咖啡厅里的顾客并不多，三三两两地散坐在各个角落，或是看书，或是在笔记本上敲着键盘，或是轻声私语，轻音乐配合着柔和的灯光，给人极其放松的感觉。

夏乔三人选了一处比较偏僻的角落坐了下来，点了三杯拿铁。刘天昊喝了一口咖啡，开门见山地说道："能和我们说说齐鑫吗？"

"他是我前夫，离婚3年多了，不久前他去世了，肺癌，走的时候没留下任何遗产，我俩有一个儿子，现在上初中，就这些。"夏乔的话说得很流利，就像是提前有准备一般。

"能具体些吗？"韩孟丹问道。

"人都已经走了，说得再细也没用，再说，我俩离婚后他是什么状态我完全不知道，两位要是对他感兴趣，可以去问他姐姐。"夏乔显得有些不耐烦。

"他涉及一系列案子，天涯海角别墅的，你应该知道。"韩孟丹说道。

夏乔端起咖啡杯子又放下，说道："我和第二任丈夫霍瑞元发生矛盾时，我向齐鑫求助过，可他天生胆小，身体又不好，不敢和霍瑞元正面对抗……"说到这里她耸了耸肩，自嘲道："当然，我也没资格让他站出来承担任何事情，让前夫来对付现任丈夫，无论对谁来说都有些过分。"

家家有本难念的经，夏乔家的复杂性远远超乎人的想象，这好比沼泽一般，无论是谁，只要陷进去就只能越陷越深无法逃离。

韩孟丹身为女人自然明白夏乔的感受，轻轻舒了一口气，示意她继续讲下去。

"但后来不知怎么，他又找到我，说要帮我摆脱霍瑞元，条件是我必须和霍瑞元离婚，然后每一步都要按照他的指示做。"夏乔抿了一口咖啡说道。

"据我了解，你是一名很有主见的女性，不太可能听他的，否则你俩也不至于离婚。"韩孟丹做了很多功课，把夏乔和齐鑫的事儿摸得很透。

夏乔显然不赞同的韩孟丹的说法，不屑一顾地回答道："霍瑞元已经把我折磨得毫无斗志，我没得选，一个落水的人哪还在乎漂着的是一根稻草还是一坨牛粪，只要能抓住的东西都会抓住。而且当时霍瑞元已经威胁到我家人的存在了，齐鑫可以不在乎我，但一定在乎他的儿子。"

"后来呢？"韩孟丹问道。

"我按照齐鑫的计划用钱做诱惑和霍瑞元离了婚，又以重温旧情的名义住进了天涯海角别墅，这些都是齐鑫安排的，钱也都是他出的。但我从未见齐鑫露过面，也没见他带着朋友找霍瑞元算账，后来他给我定了张去海南的机票，让我一个人去度个假，说等我再回来的时候，所有的问题就都解决了。"夏乔说道。

"在这期间你和齐鑫一直没见过面吗？"刘天昊问道。

"没有，他始终都没露过面，和我联系都是用短信，连微信都不用，我也不知道他搞的什么把戏，但我知道的是，只要我离开，霍瑞元一定不老实，肯定会利用别墅和女人约会，也许齐鑫玩的是仙人跳之类的把戏。"夏乔说道。

夏乔的陈述基本上和齐鑫的绝笔信内容都对上了，在一些细节问题上略有偏差，但也在正常的范围之内。

　　"也许是老天爷开了眼，霍瑞元疯了，还砍伤了他的两个朋友，那两人也不是什么好货，事后还来找我要赔偿，我和霍瑞元已经离了婚，凭什么赔他们钱。"夏乔冷笑一声。

　　"齐鑫后来呢？"韩孟丹问道。

　　"直到他要去世时才联系了我，我带着儿子去他老家看他了，他说已经帮我除掉了霍瑞元，让我以后再找男人的时候要慎重。"夏乔说到这里冷哼一声："在我眼里，这个世界上已经没有男人可以信任，爱情两个字对于普通人来说伸手可得，但对我来说就是一个笑话。"

　　"能说说霍瑞元吗？"韩孟丹问道。

　　"人渣，我不想再提起他。"夏乔眼神中透露着恨意和怒火，仿佛可以烧尽世间的一切罪恶。

　　能让一个女人恨到如此程度，霍瑞元也算是做到极致了。

　　咖啡厅的音乐可能是到了换曲子的空当，整个空间突然静下来，让本来就凝重的气氛瞬间凝固起来。

　　夏乔一声长叹，仿佛叹尽了人生苦短，脸上愤恨的神色陡然消失，取而代之的一股悲怆之意："好吧，说来话长。"

　　……

　　夏乔不是祥林嫂，她是一个极好面子、有着极高素养的女子，对于她的悲惨遭遇，宁可永远埋藏在肚子里，她也不愿意讲出去。

　　因为获得人们的同情不能带来任何实质性的用处，只是增加别人饭后的谈资。

　　通过夏乔的叙述，刘天昊和韩孟丹两人深深地感到人性的复杂。夏乔已经付出了百分之百的心，得到的却是狼心狗肺。霍瑞元不但不珍惜夏乔的好，反而利用它来获取利益，像霍瑞元这样的人并不罕见，几乎每个人在人生中都遇到过，有的可能是匆匆过客，来不及有更深的印象就一闪而过，有的则会在人生中留下很深的烙印。

夏乔最大的错误就在于用自己的人生来赌别人的人性，俗话说得好，江山易改本性难移，她用自己的半生幸福换来的是失望和痛苦，如果不是霍瑞元疯了，可能这种痛苦还会继续延续下去，也许最终疯的会是她。

第二个错误就是侥幸心理，每次霍瑞元犯错再悔改她都会接受，侥幸地认为这是最后一次，但一次又一次，把她和全家人的耐性全部磨光。

人生是自己选的，也许当下的一个微不足道的选择就会改变一个人的命运，就像蝴蝶效应一样。夏乔顶着全家的压力选择和霍瑞元结婚，选择一次又一次地原谅他，选择生下孩子企图拴住他的心，选择用钱买回他一段时间内的伪装，在旁观者眼里，这些事是完全不可能的，但她却一一做到了。

让人同情的同时也让人恨得牙根痒痒。

"他真的疯了，在医生告诉我的那一刻的，我所有的心结一下子释放开了，蒙在心头的阴霾统统散去，没有他的日子才是我的人生。"夏乔流着眼泪但脸上却露出笑容。

韩孟丹和刘天昊对视一眼，皆低头不语。他们已被夏乔的故事所感染，为她的遭遇鸣不平，为霍瑞元的行为不齿，为齐鑫的牺牲所悲鸣，但同时也为夏乔的行为感到悲哀。

"现在我有了新的人生，人只有在痛定之后才会成长起来，也许我之前一直是错的，但从那天起，我知道这些经历是上天对我的考验，我挺过来了。"夏乔拿起一片纸巾抹了抹眼泪说道。

不知道霍瑞元经历的人看到他现在的样子一定是可怜为多，但听了夏乔的陈述后，觉得老天爷对霍瑞元惩罚得还不够。

刘天昊把齐鑫的绝笔信放在夏乔面前，说道："这是齐鑫留下的信，你看看。"

夏乔拿过信看了一阵，叹了一口气，眼泪又滴了下来，把头撇过去好一阵，才转过头来，说道："没错，他为我做了很多事，他不是一个好丈夫、好父亲，却是一个好朋友。"

韩孟丹拿出一个证物袋，里面装着一小截线头，慢慢地推向夏乔，同时又拿出一份报告，说道："你看看这个。"

夏乔疑惑地看了看韩孟丹，随后才慢慢地把证物袋拿过来看了看，又瞄了一眼报告，摇了摇头，说道："韩警官，我不知道这是什么意思。"

"这是一段比较高级、昂贵的人造纤维，来自于世界顶级户外运动服装'攀山鼠'的一款登山服。在 NY 市有一个探险俱乐部，每年的会员年费 10 万元，大部分都是男性，为数不多的女性也在其中。有个女探险家叫许安然，她穿的就是攀山鼠，据她说，还有一个女人穿的也是这个品牌。"韩孟丹说道。

夏乔脸色变了变，双手在杯子边缘紧紧地攥着。

"只要到你家搜查一下就可以确定这段纤维是不是从你的衣服上掉下来的。"韩孟丹说道。

"我还是不明白，就算是我的又怎么样？"夏乔瞬间便恢复了冷静。

韩孟丹从随身的包里拿出一张搜查令，放在夏乔面前，说道："那么贵的衣服，就算你有钱也不会舍得轻易扔掉吧。"

夏乔冷哼了一下，向一旁撇过头，根本不看搜查令。

"这段纤维是在天涯海角别墅后面山腰的一个山洞口发现的。"刘天昊说道。

夏乔看了一眼刘天昊，摊了摊手说道："我和霍瑞元在天涯海角住过一段时间，天气好的时候爬过几次山，也许……"

"发现纤维的地方没有路，而且是在靠近洞口的位置，两口子饭后散步的话，不太可能去那种地方。如果能确定这就是你衣服上的纤维，这就代表着你知道那个山洞。"刘天昊盯着夏乔的眼睛问道。

夏乔立刻摇了摇头，说道："我不知道什么山洞。"

"另外，你和齐鑫一样，也是从事电磁防护生意的吧？"刘天昊问道。

"这又有什么关系，做电磁防护生意的多着呢。"夏乔说着。

"我调出了你的档案，发现你才是真正的电磁防护专家，大学毕业以最优异的成绩保研，后来又考了博士，齐鑫虽说是研究生毕业，在专业上却远不如你，这也是他公司做得不好的原因，而且后来你离开了他的公司，带走了大部分的技术和人才。"刘天昊把一沓档案和资料轻轻地放在桌子上，用指关节在资料上敲了敲。

"那是因为他的经营理念不对，和专业没什么关系，讲排场、好面子，处处和其他大公司的老板攀比，早晨不起床，晚上下班早，好好的生意让他做都做黄了，如果我不单独出来开公司，怕是连饭都吃不上。"夏乔有些激动。

"我要表达的不是这个意思，你是聪明人，应该知道。"刘天昊说道。

"我不是聪明人，否则也不会陷入霍瑞元的圈套里，不会傻乎乎地妄想着用孩子把他拴住。"夏乔把脸撇向一旁。

"好吧，那咱们就明白人不说糊涂话，你才是酝酿天涯海角系列案件的凶手！"刘天昊一语惊人。

第三十二章　尾声

真相往往是惊人的。

霍瑞元的恶有目共睹，但无论多恶，都得用法律的手段来进行惩戒，而不能动用私刑。若夏乔是整个事件的策划和执行者，真相就太惊人了。

真相往往又是让人难以抉择的。

夏乔在整个事件里始终充当着受害者的角色，她也曾经用法律的手段来保护自己，但遇到霍瑞元这样的赖子却是一点办法都没有，如果不做出相应的反击，等待她的就是被霍瑞元一次又一次的伤害。依法办事的警察们没错，法院的法官没错，那错的是谁？非得等到霍瑞元拿着刀子把一家人捅死之后再抓起来判处死刑吗？

刘天昊选择揭露真相，夏乔势必会受到法律制裁，如果不揭露真相，又违反法律和职业道德，正所谓进退两难便是如此。

他没敢把推理的结果告诉虞乘风和韩孟丹，他把所有的难处留给了自己。

所以当他说出夏乔是幕后真凶后，韩孟丹也吓了一跳，偷偷地用胳膊肘碰了碰刘天昊，轻咳了一声。

"刘警官不是号称神探吗？怎么会得出这样荒唐的结论？"夏乔并未慌张，不紧不慢地吃了一块小糕点。

"你利用了电磁反射聚焦的原理作案，单从手法上来说几乎无懈可击，又利用病入膏肓的齐鑫编出他是主谋策划的故事，最终再利用他的信来锁定事实，他有动机，因为他的儿子受到了霍瑞元的威胁，而他身体病弱，无法正面与霍瑞元对抗，便利用所学的专业谋害霍瑞元，而他的专业程度酝酿这样一起案子也不是难事，这一切看起来都顺理成章。"刘天昊说道。

"事实本来就是他做的。"夏乔说话的时候看了看手表，应该是接孩子的时间到了，她的神色也有些焦躁，但她知道，今天要是不解释清楚，找上门的刘天昊和韩孟丹不会轻易放过她。

"齐鑫的病例、死亡证明和所有的资料都在这里，他是一个胆小怕事怕麻烦的人，遇到霍瑞元这样的人很难激起他的对抗意识，更何况，他的病很严重，一个肺部功能只剩下百分之二十的人还能干什么？"刘天昊说到这里把目光转向韩孟丹。

"当肺功能只剩下百分之二十的时候，若不采取吸氧等措施，各脏器会因为缺氧而快速衰竭，而此时人的体力和耐力都会极大衰减，别说是爬山，就连普通的行走都比较吃力。"

"齐鑫的病很重，在当天涯海角别墅业主们集体退房时，他的生活已经很难自理，他怎么去爬到半山腰去检测电磁辐射值？这是破绽之一。"刘天昊说道。

夏乔抹了抹嘴角的蛋糕渣，嘴角略微抽了抽。

"其次是钱，你为了制造齐鑫出钱出主意出人的假象，让齐鑫给你的账户上汇了5万元钱，可据我们了解，齐鑫的公司这时候已经是债台高筑，别说是拿5万元，连一分钱他都拿不出来，所以我让虞乘风调查了你的银行账户，在齐鑫汇给你5万元的前一个星期，你从银行取了12万元，而且是现金，其中5万你给了齐鑫，让他转给你，另外的7万元是别墅的租金。"刘天昊说道。

"取那点钱是我的零花钱，对于我的消费来说，十来万算不上什么。"夏乔说道。

刘天昊拿出手机放了一段录像，是齐鑫拿着5万元存进银行的录像，还有一段录像是夏乔和齐鑫从一家咖啡馆里走出来的录像，时间在齐鑫存钱之前，夏乔显然是乔装过，但齐鑫因为病态十足，想掩饰都不太可能。

"这两段录像你看下。"刘天昊说道。

夏乔看了一眼，随后把头扭向一边。

"另外一点破绽就在霍瑞元身上，齐鑫对霍瑞元并不了解，而你也不知道齐鑫的计划，所以也不可能把霍瑞元的性格和特点告诉齐鑫，绝笔信中很多口吻都是对霍瑞元最了解的人写出来的，齐鑫并不具备条件。"刘天昊说道。

"是我告诉齐鑫的，这件事我好像也没必要说得那么清楚吧。"夏乔说道。

刘天昊并未在这个问题上做过多纠缠，又说道："还有一点是绝笔信，绝笔信的时间是齐鑫临去世前的一个星期，可我们发现这封信的现场的灰尘很厚，至少有3个月没进去过人了，也就意味着这封绝笔信是至少3个月前放进去的。当时，为了消除你进去过的痕迹，所以你离开齐鑫的办公室时特意做了清扫，把脚印都清除了，办公室物品堆放那么乱，却把地面清理得一个脚印都没有，这正常吗？"

韩孟丹恍然大悟状，盯着夏乔说道："怪不得我进入齐鑫的办公室后感觉有些怪，原来是这么回事。"

"最后一点，关于杨厚光和齐鑫，齐鑫本就不太愿意接触杨厚光这样的亲戚，他醉心于和各种富商和社会上层人士打交道，所以对杨厚光的话感兴趣的不是他，而是你！"刘天昊又说道。

夏乔长出了一口气，笑着摇摇头，说道："你说的这些都是推理吧，可惜你不是柯南，我也不是凶手，大侦探，游戏结束了，我还要去接孩子。"

"要证据吗？"刘天昊把装有振荡器的证物袋放在桌子上，随后又拿出一份资料，是夏乔的淘宝记录。

"我咨询过专家，这个振荡器市面上没有成品出售，就像齐鑫信里说的那样，是人工制造出来的，有几个零件很独特，在 NY 市场上没有，只能在深圳华强北电子市场才能买到。但制造这块振荡器的不是齐鑫，而是你。"刘天昊又说道。

夏乔站起身，耸了耸肩膀，要拿放在沙发上的包。

"还记得别墅二楼房间墙上的血迹吗？"刘天昊说道。

韩孟丹从一沓资料里抽出一张，放在夏乔面前。

"这是从楼王别墅二楼阳面第一个房间墙壁上提取的样本，经过检测，血液是你的。"刘天昊说道。

夏乔点点头，说道："我和霍瑞元在房间争执过，他打了我，把我鼻子打出血了，应该是那个时候弄上去的。"

"可根据化验，血液存在的时间不是你和霍瑞元租住楼王别墅的时间，而是别墅业主刚刚退房离开别墅的时间，那个时间你的血液怎么会出现在墙壁上？"刘天昊说道。

夏乔神色有些变化，抿了抿嘴没说话。

"反复做电磁波聚焦实验的是你，而不是齐鑫，为了保密，你只能偷偷地用自己做实验对象，受到剧烈辐射后，你头痛难忍，神志也变得不正常，鼻子经常出血，这块血迹就是那个时候留下的。"刘天昊说道。

夏乔摸着包的手有些发抖，却依然不动声色。

"齐鑫的绝笔信大部分内容是没问题的，但需要把所有齐鑫承担角色部分放在你身上，你才是下棋的人，他只是你的一颗棋子！事后，你也想找机会取回振荡器，可大量驴友的进驻让你没了机会，直到后来发生了流浪汉袭警案，事情便不再受你的控制了。"刘天昊斩钉截铁地说道。

夏乔身体一软，重重地坐在沙发上，面如死灰，喃喃地说道："家里不能没有我，孩子还小，离不开我，父母也老了，也离不开我！"

"自首吧，对霍瑞元而言，他是遭到了报应，但对于其他因此而逝去的生命并不公平。我知道你心里很苦，但法不容情。"刘天昊说道。

夏乔再也控制不住情绪，终于哭出声来，声音越来越大，最后变成了号叫……

……

王佳佳的报道再次引发了整个 NY 市的热议，人们对夏乔的遭遇感到同情，痛恨变成疯子的霍瑞元。好人不长命，坏人活百年。霍瑞元得了肝癌，却顽强地活着，这令人们更加气愤，纷纷找机会进入精神病院准备揍霍瑞元。

法官们更是陷入法律和人理的两难境地，要是从轻处罚，会给社会造成不良的导向作用，让人们误以为只要情有可原就可以报私仇，要是按照法律严格审判，对于人理又是一种冲击，面对恶势力时，人们是应该勇敢地抗击还是逆来顺受呢？

王佳佳并未给文章作以定论，每个读者的心中自有一个答案，相信法官最终会给夏乔一个公正的审判，会给社会上关注此案的人们一个满意的结果。

至于王佳佳和"一片大海"的事儿，刘天昊进行过深入调查，结果就是没有结果，但细心的大师姐赵清雅发现王佳佳的记忆中的确缺失了一段，这一段记忆正是王佳佳和"一片大海"出事前的那段，至于到底发生了什么，就要等到王佳佳的记忆恢复后才能知道了。

360

......

　　中国史研究馆是一个很少出现的单位，一名专家认真地看着从发报室中得来的皮质本子，一旁的 A4 纸上写着密密麻麻的字。

　　刘天昊坐在一旁认真地阅读 A4 纸上的字迹。皮质本子是收发电报的记录本，按照战时管理规定，应该定为绝密等级，内容是极其惊人的，若是公之于世，定会引发世人对战争罪恶的又一阵口诛笔伐。

　　因为涉及两国历史和外交的问题，这件事已经超出一名普通警察的职责。

　　专家把最后一个字写在纸上，用手拍了拍一沓纸，正要说话，却听见刘天昊的手机响了起来，他只好摊了摊手。

　　刘天昊抱歉地一笑，边接电话边向外面走去："喂，乘风。"

　　"昊子，接到一起绑架案的报警，报案者是蒋小琴。"虞乘风的声音传了出来。

　　"蒋小琴？"

　　"对，就是那个蒋小琴！"

　　刘天昊一听到蒋小琴的名字就头痛，只要和这个名字联系到一起的就没有好事："谁被绑架了？"

　　"她儿子刘天一，具体地说现在只是失踪，还没接到绑匪勒索电话，但在绑走刘天一的现场发现一具女尸，现场的情况有些诡异，你来一趟吧，我和阿哲在一起，松江路 228 号。"

　　刘天昊想起阿哲是齐维的那个小搭档，前几天调到松江路所在的派出所任刑事民警。

　　"松江路 228 号？怎么那么熟悉呢？"刘天昊拍了拍脑袋说道。

　　"刘大龙的别墅啊！"虞乘风提醒着。

　　"对，对，是刘大龙遇害的别墅，邪门啊，我马上就到。"刘天昊打开车门，插好钥匙点火，大切诺基 STR 引擎的咆哮声轰然响起……